reinhardt

Alle Rechte vorbehalten
© 2025 Friedrich Reinhardt Verlag, Basel
Projektleitung: Alfred Rüdisühli
Korrektorat: Daniel Lüthi
Umschlag: Romana Stamm
ISBN 978-3-7245-2763-3

Verlag: Friedrich Reinhardt AG, Rheinsprung 1,
4051 Basel, Schweiz, verlag@reinhardt.ch
Produktverantwortliche: Friedrich Reinhardt GmbH,
Wallbrunnstr. 24, 79539 Lörrach,
Deutschland, medien@reinhardt-medien.de

Der Friedrich Reinhardt Verlag wird vom
Bundesamt für Kultur mit einem Strukturbeitrag
für die Jahre 2021–2025 unterstützt.

www.reinhardt.ch

ALFRED FETSCHERIN

DER
KALABRESE
UND SEIN ZÜRCHER GEHEIMNIS

Friedrich Reinhardt Verlag

Eigentlich müsste Luciano Sestrielli längst tot sein. Aber nicht einfach gestorben, so wie die meisten Menschen ihr irdisches Dasein beenden. Nein, erdrosselt im Pariser Bois de Boulogne. Aufgehängt am Kristallleuchter im Speisezimmer seiner Ferienvilla in Portofino. Festgezurrt an der Ankerkette und als Wasserleiche baumelnd drei Meter unterhalb seiner Yacht im Hafen von Antibes. Lebendig aufgespiesst und brutzelnd über den Flammen des grossen Gartengrills. Diese und andere, ähnlich angenehme Todesvarianten hatten sich Sestriellis Feinde im Laufe der Jahre ausgedacht und bis ins Detail geplant, um den verhassten Mafia-Boss aus Kalabrien ins Jenseits zu befördern.

Doch der Don, wie Luciano Sestrielli auch genannt wurde, tat keinem von ihnen den Gefallen. Im Gegenteil: Er spottete über sie, denn er war ihnen stets einen Schritt voraus. Er wusste, was sie vorhatten, und vereitelte ihre Pläne, noch bevor sie diese auch nur zu Ende gedacht hatten.

Diese Fähigkeit hatte ihn schon in seiner Jugendzeit ausgezeichnet. Später, beim Aufbau seines Imperiums, brachte sie ihm den Ruf eines Unbesiegbaren ein.

Sestrielli bekam stets, was er wollte. Und bekam er es einmal nicht, fackelte er nicht lange: Er nahm es sich. Egal, ob es sich dabei um Geld, Waren, Wertpapiere oder um Firmen und Immobilien handelte.

Nur ein einziges Ziel gab es noch, welches er bisher nicht erreicht hatte. Doch er hütete sich, irgendjemandem davon zu erzählen.

Die Strategie, mit der er vorging, passte er dem jeweiligen Ziel seiner Begierde an. Sie reichte von blossen Drohungen und Erpressung bis hin zu Entführung eines Kindes oder Verstümmelung einzelner Körperteile. Wenn alles nichts half, scheute er auch nicht davor zurück, seine Opfer brutal hinzurichten.

Selber machte sich Sestrielli seine Hände nie schmutzig. Dafür hatte er seine Helfer und Helfershelfer. Und natürlich seine «guten Freunde». Zu diesen zählten Journalisten, Industriemagnaten, Politiker, Regierungs- und Behördenmitglieder ebenso wie Polizeikommandanten, Staatsanwälte und Richter.

Bei der Entschädigung für erwiesene Dienste liess sich Sestrielli nicht lumpen. Seine Schecks fielen stets grosszügig aus und sie kamen pünktlich. Besondere Freundschaftsbekundungen verdankte er zusätzlich mit kostbaren Geschenken oder mit Einladungen zu feudalen Partys und lukullischen Gelagen. Bei Bedarf hatte er auch immer ein paar hübsche Mädchen zur Hand, wenn es seine Gäste danach gelüstete.

Nach aussen führte Sestrielli ein bescheidenes Leben. Mit viel Fleiss und Geschick war es ihm als Sohn eines einfachen Weinbauern schon in jungen Jahren gelungen, aus der heimischen roten Gagliotto-Traube exzellente Cuvées herzustellen, die für Kenner zu den besten Tropfen Italiens zählten.

Das grosse Geld allerdings war damit nicht zu verdienen. Dazu war die Anbaufläche, die den Sestriellis gehörte, schlicht zu klein. Dennoch verblüffte er die Öffentlichkeit immer wieder mit grosszügiger Unterstützung sozialer Projekte. Mal spendete er einen neuen Kindergarten, dann wieder übernahm er die gesamten Baukosten für ein modernes Alters- und Pflegeheim. Das brachte ihm viel Dankbarkeit und hohes Ansehen ein. Einige Bürger allerdings wunderten sich, woher ein einfacher Weinbauer die Mittel nahm, um sich solche Grosszügigkeit leisten zu können. Offen danach fragen aber mochte ihn keiner.

Sestrielli war auch ein guter Ehemann. Mit seiner Frau Maria war er seit über dreissig Jahren verheiratet. Er liebte sie noch immer wie am ersten Tag, auch wenn sich die einstige Schönheitskönigin von Catanzaro im Laufe der Jahre in eine pummelige italienische Mamma verwandelt hatte.

Maria hatte ihm zwei Kinder geschenkt, denen er ein liebevoller und zärtlicher Vater war. Als seine Tochter Olivia mit fünf Jahren an Windpocken starb, brach für ihn eine Welt zusammen. Von einem Tag auf den anderen zog er sich aus den meisten seiner Geschäfte zurück und setzte geeignete Stellvertreter ein.

Sestrielli verfiel in eine tiefe Sinnkrise, die ihn während Monaten lähmte. Es war, als hätte er innerlich jeden Antrieb verloren. Ausgerechnet jene Kraft, die ihn zu dem gemacht hatte, was er bis anhin war: einer der wohlhabendsten und gleichzeitig gefürchtetsten Männer Italiens.

Dass Sestrielli angezählt und damit verletzlich war, sprach sich in den Mafia-Kreisen rasch herum. Seine Feinde witterten Morgenluft. War der Moment gekommen, in welchem sie dem Alten endlich den längst fälligen K.-o.-Schlag versetzen konnten?

Doch alle ihre Hoffnungen waren vergeblich. Als Maria ein Jahr später ein zweites Kind, diesmal einen Sohn, zur Welt brachte, fand Luciano mit einem Schlag wieder Boden unter den Füssen. Er kehrte zurück ins Geschäft, wurde wieder der Alte und hielt die Zügel fester in der Hand denn je.

Sohn Tomaso wurde sein Ein und Alles. Er schickte ihn auf die besten Privatschulen Italiens und der Schweiz. Später besorgten ihm Freunde Studienplätze in Oxford und an der Harvard-University in den USA. Für Sestrielli stand von Anfang an fest: Tomaso sollte dereinst seine Nachfolge als Capo des Imperiums antreten, das er im Laufe seines Lebens aufgebaut hatte.

Doch wie der Vater, so sollte auch der Sohn das Geschäft von der Pike auf erlernen. Sein erstes Geld verdiente sich Tomaso als kleiner Junge mit Taschendiebstählen. Später als Teenager verkaufte er seinen Freunden und Bekannten Kokain und andere Drogen. Meistens geschah dies in den fünf familieneigenen Diskotheken. Vater Sestrielli hatte diese allerdings nicht erworben, um seinem Sohn einen Nebenverdienst zu ermöglichen oder dessen Freunden aus der Jeunesse dorée zu einem speziellen Vergnügungsort zu verhelfen. Er nutzte sie vielmehr dazu, schwarzes Geld ohne Risiko weisszuwaschen.

Einige Jahre später, als Tomaso sein Studium in Betriebswirtschaft und Finanzen erfolgreich abgeschlossen hatte, übernahm er auf Geheiss des Vaters erste Führungsaufgaben im Unternehmen. Allerdings nicht in Italien, sondern bei einem Ableger des Syndikats in den Vereinigten Staaten. Hier sollte er sich seine nächsten Sporen abverdienen, um dereinst als Capo famiglia in der Lage zu sein, die Leitung der Firma zu übernehmen.

Doch in seinem Übereifer, mit dem er sich bei seinem Vater beweisen wollte, lief Tomaso bei einem grossen Deal mit tödlichem Ausgang in eine Falle der amerikanischen Drogenbehörde DEA. Er wurde verhaftet und zu einer Gefängnisstrafe von zwanzig Jahren verurteilt. Nur dank väterlicher Hilfe in Form einer überaus grosszügigen Zuwendung an die zuständigen Beamten und deren Vorgesetzte gelang es ihm, aus seiner Zelle zu fliehen und unbehelligt nach Italien zu gelangen. Die Behörden erliessen umgehend einen weltweit gültigen Haftbefehl gegen ihn. Seither konnte er sein Versteck in Kalabrien nicht mehr verlassen, ohne bei jedem Grenzübertritt die sofortige Verhaftung und Auslieferung an die USA zu riskieren.

Für seine Zukunft hatte dies weitreichende Folgen. Von einer Sekunde auf die andere veränderte sich sein bisheriges, sorgloses Leben. Statt, wie bis anhin, von Party zu Party, von Kontinent zu Kontinent zu fliegen, musste er sich mit einem Schattendasein innerhalb Kalabriens zufriedengeben.

Vater Sestrielli kostete die Rückhol-Aktion für seinen Sohn nicht nur einige Millionen an Schmier- und Unterstützungsgeldern, sondern, was für ihn weit schwerer wog, viele Monate an Zeit. Zeit, in der ihm nichts anderes übrig blieb, als wichtige eigene Vorhaben zurückzustellen.

Was ihn dabei am meisten schmerzte, war das Wissen, dass die Erfüllung eines seiner grössten persönlichen Wunschträume wegen Tomasos Versagen in den USA in weite Ferne gerückt war.

Doch so schnell lässt sich ein Mann wie Sestrielli nicht unterkriegen. Er hielt sich an einen Leitspruch, den ihm schon sein Vater beigebracht hatte:

«Viele Wege führen nach Rom.»

* * *

Charlotte, die Gattin von Doktor Frank Martin, traute ihren Augen nicht. Was sie sah, traf sie wie ein Blitzschlag. «Das kann doch nicht wahr sein!», dachte sie. Abrupt unterbrach sie das Gespräch, das sie soeben mit einem Berufskollegen ihres Mannes begonnen hatte. «Seid mir nicht böse! Da ist etwas, über das ich Frank unbedingt noch vor seiner Begrüssungsansprache informieren muss.»

Nur mit Mühe gelang es ihr, sich einen Weg durch die dicht gedrängte Gästeschar zu bahnen. Immer wieder wurde sie aufgehalten.

«Charlotte, wie schön, Sie zu sehen!» Die Stimme kam ihr bekannt vor. «Ich möchte mich für die Einladung herzlich bedanken.»

«Mein lieber Harro, ich bin gleich bei Ihnen.»

Charlotte spürte, wie ihr Puls höherschlug. Auf der Suche nach Frank liess sie ihren Blick über die Menschentrauben schweifen, die es sich in der grossen Halle rund um die weiss gedeckten Stehtische gemütlich machten. Es schien, als wäre ganz Zürich der Einladung zur Eröffnung von Frank Martins neuer Klinik für plastische, rekonstruktive und ästhetische Chirurgie gefolgt. Ehemalige Patientinnen und Patienten, aber auch bekannte Grössen aus Medizin, Kultur, Wirtschaft und Politik waren gekommen, um sich zu zeigen und dem prominenten Arzt die Ehre zu erweisen. Bei Champagner, Weisswein, Canapés und Kaviarhäppchen liessen sie es sich gut gehen.

Doch wohin Charlotte auch blickte, ihr Mann blieb wie vom Erdboden verschwunden. Fieberhaft suchte sie weiter. Beim Ausgang zur Terrasse spürte sie plötzlich eine knochige Hand, die sich in ihren Oberarm krallte. «Nanu, wohin denn so eilig, schöne Dame?»

Die Hand gehörte zu Heinrich, einem ehemaligen Studienkollegen von Frank. Er hatte offensichtlich schon eins über den Durst getrunken.

Charlotte versuchte mit aller Kraft, sich aus seinem Griff zu lösen. «Heinrich, ich muss…»

«Du musst gar nichts», lallte dieser. «Nur eine klitzeklitze-kleine Frage musst du uns beantworten. Marta meinte… Du kennst doch meine holde Angetraute? Also Marta meinte, Frank würde mehr Kohle machen mit Gesichtsliftings. Und ich sage: Es sind die Busen, die das nötige Kleingeld einspielen. Bitte, Charlotte, wer von uns beiden hat recht?»

«Die Frage musst du Frank stellen! Er kann sie dir genau beantworten. Und nun entschuldige mich!»

Sie entwand sich seiner Umklammerung und eilte zu Franks Büro. Doch auch hier war er nicht. Nur Minou, die Chefassistentin, war gerade dabei, mit Chantal, die erst kürzlich als Praktikantin zum Team gestossen war, noch einmal die Gästeliste durchzugehen.

«Minou, weisst du, wo mein Mann steckt?»

«Frank? Eben war er noch hier. Er wird sich irgendwohin zurückgezogen haben, um sich auf seine Ansprache zu konzentrieren.»

Charlotte war der Verzweiflung nahe. Endlich, nach weiteren, bangen Minuten, fand sie ihn, verdeckt von einer Säule neben der geschwungenen Treppe, die hinauf in den Behandlungstrakt führte.

«Frank, na endlich. Ich habe dich überall gesucht. Hör zu...»

«Was ist denn, Liebes? Du bist ja völlig ausser Atem.»

«Ich glaubs einfach nicht. Weisst du, wen ich gerade gesehen habe?»

«Wen denn?»

«Leo Kramer. Leo ist hier. Wie kommt dieser Mistkerl dazu, sich auf unserer Eröffnungseinladung zu zeigen?»

Frank wandte den Blick nicht ab von dem Notizzettel, auf dem er sich seine Stichworte notiert hatte.

«Frank, hörst du mir überhaupt zu?» Ihre Stimme begann sich zu überschlagen. «Leo Kramer tummelt sich unter unseren Gästen und spielt sich auf, als hätten wir ihn eingeladen. So sag doch was!»

«Bitte, Charlotte, ich muss jetzt gleich die Leute begrüssen. Können wir nachher darüber reden?»

«Nein Frank, jetzt! Das kannst du dir doch nicht bieten lassen. Ausgerechnet Leo Kramer. Wie kommt er hierher?»

Wie geistesabwesend meinte Frank: «Auf Einladung, denke ich. Wie sonst?»

Charlotte starrte ihn an. «Auf Einladung? Wer hat ihn eingeladen?»

Jetzt schaute Frank von seinem Zettel auf und blickte ihr in die Augen: «Ich.»

Charlotte glaubte, sich verhört zu haben: «Du?»

«Ja, ich.»

In Charlotte krampfte sich alles zusammen. «Du?» Sie packte Frank an beiden Armen. «Frank, wie kommst du dazu, diesen Typen einzuladen? Nach alledem, was er dir angetan und dich in aller Öffentlichkeit verleumdet hat?»

«Ich erklärs dir später, bitte!»

Frank griff nach zwei Champagnergläsern und schlug sie vorsichtig gegeneinander. Dann wartete er, bis die letzten Gespräche verstummten.

«Liebe Gäste, liebe Freunde, verehrte Kolleginnen und Kollegen, liebe Mitarbeiterinnen und Mitarbeiter. Ich erlaube mir, Ihre angeregte Unterhaltung kurz zu unterbrechen. Ich heisse Sie herzlich willkommen. Es ist für mich eine grosse Freude und alles andere als eine Selbstverständlichkeit, dass Sie sich heute Zeit genommen haben, um mit uns auf die Eröffnung unserer neuen

Klinik anzustossen. Was dieser Tag für mich bedeutet, weiss niemand besser als meine Frau. Sie war es, die mich bei der Planung und bei der Realisierung meines Traums immer wieder unterstützt und – ich gestehe es gerne – sehr oft auch auf den Boden der Realität zurückgeholt hat. Nämlich immer dann, wenn ich mich bei meinen Vorstellungen und Zielen wieder einmal zu verrennen drohte.»

Er griff nach Charlottes Hand und zog sie zu sich hinauf auf die erste Treppenstufe. Liebevoll legte er seinen Arm um sie und hauchte ihr einen Kuss auf die Stirn.

«Danke, mein Liebling, danke für alles und ganz besonders für deine Geduld!»

Dann überreichte er ihr einen Strauss langstieliger roter Rosen, die seine Assistentin in einer Vase bereitgestellt hatte.

Für einen Augenblick vergass Charlotte ihren Ärger. Ein Gefühl des Stolzes überkam sie. Ja, sie war stolz auf ihren erfolgreichen und erst noch so gut aussehenden Mann. Sie wusste, wie er diesem Tag entgegengefiebert hatte und was es ihm bedeutete, heute seinen Gästen die modernste Klinik der Stadt vorzustellen.

Frank schloss mit den Worten: «Lassen Sie mich zum Schluss noch etwas sagen, was mir sehr am Herzen liegt. Einige von Ihnen werden sich vielleicht gedacht haben, auch wenn Sie es nicht laut äussern: Was für eine Werbeveranstaltung für Frank Martin!

Eine Werbeveranstaltung aber, liebe Freunde und Gäste, soll und will unsere heutige Veranstaltung in gar keinem Fall sein. Darum möchte ich meine kurze Begrüssung auch mit einer Feststellung schliessen, die mir wichtig ist und auf die ich auch alle unsere Patientinnen und Patienten von Anfang an und in aller Deutlichkeit hinweise. Wenn heute in Klatschmagazinen und im Fernsehen Schönheitsoperationen gezeigt werden, entsteht vielfach der Eindruck, dank der plastischen Chirurgie könne jeder kleinste Makel am menschlichen Körper mehr oder weniger risikolos ausgemerzt werden.

Das aber, meine Damen und Herren, ist ein grosser Irrtum! Auch in der modernsten Praxis, mit den neusten Methoden und bei aller ärztlichen Kunst – etwas kann immer schieflaufen. Dieses Risiko besteht. Lassen Sie mich dafür nur ein einziges Beispiel anführen: Vor rund zwei Jahren kam eine Patientin zu uns, die sich bei einem unserer Mitbewerber zu einem Gesichtslifting hatte überreden lassen. Auf ihre Frage nach den möglichen Risiken, die mit der Operation verbunden sein könnten, meinte der Arzt lediglich: ‹Gute Frau, ich habe allein letztes Jahr rund zweihundert Gesichtsliftings erfolgreich durchgeführt. Genügt Ihnen das als Antwort auf Ihre Frage?›

Die Frau war beruhigt und legte sich unter sein Messer. Doch ausgerechnet bei dieser ‹Routine-Operation›, wie er es nannte, passierte dem Kollegen etwas, das man selbst seinem grössten Feind nicht wünschen möchte: Aus Versehen durchtrennte er ihr den Nervus facialis, den Gesichtsnerv.»

«Name des Arztes? Nennen Sie doch den Namen, Doktor Martin!», unterbrach ihn lautstark eine ältere Journalistin mit auffallend roten Haaren. Sie arbeitete für eine bekannte Boulevard-Zeitung und hatte Frank Martin aus aktuellem Anlass schon mehrmals interviewt.

«Namen, liebe Frau Troxler, werden Sie von mir keine hören, weder Namen von Patientinnen oder Patienten noch Namen von Mitbewerbern.»

Doch Katia Troxler liess nicht locker: «Aber können Sie uns wenigstens sagen, wie der Fall ausging? Welche Folgen ergaben sich für die Frau?»

«Ich möchte den Fall hier nicht weiter ausführen», unterbrach Dr. Martin die Fragestellerin. «Nur so viel: Die Patientin hat es selber zunächst gar nicht bemerkt. Doch vier Tage nach der Operation erschrak ihr Mann zu Tode, als er ihr beim Frühstück gegenübersass. Ihre ganze rechte Gesichtshälfte hing schief nach unten. Erster Gedanke des Mannes: Schlaganfall. Er zögerte keine Sekunde und tat das in einem solchen Fall einzig Richtige: Er rief die Ambulanz. Mit Blaulicht ging es in die Klinik.

Die Diagnose lautete: Fazialisparese, Lähmung des Gesichtsnervs. Dieser ist der siebte von insgesamt zwölf Hirnnerven und für die mimische Muskulatur zuständig. Nach gründlicher Abklärung, unter anderem mittels Magnetresonanz- und Computertomografie, stellten die Ärzte fest: Es war kein Schlaganfall. Ursache war eine Entzündung im Gehirn. Und die war ganz offensichtlich bei der Gesichtsoperation entstanden.»

«Und du hast dann den Fall ausgebügelt?», rief Heinrich mit leicht lallender Stimme durch den Saal.

Alle Augen waren auf Dr. Martin gerichtet. Doch dieser schwieg. Nur ein kaum wahrnehmbares, verschmitztes Lächeln glitt über seine Miene.

«Kein Kommentar, mein lieber Freund!» Und nach einer kurzen Pause: «Das wars, was ich Ihnen noch sagen wollte. Auch rein kosmetische Korrekturen am menschlichen Körper sind immer mit einem gewissen Risiko behaftet. Das sollten wir alle nie vergessen.»

Unter den Gästen herrschte betretenes Schweigen. Da klatschte Heinrich in die Hände: «Bravo. Bravo! Das musste einmal gesagt sein.»

Erst zögerlich, dann immer stärker ging das Klatschen in lauten Applaus über.

Frank Martin hob die Hand und bat noch einmal um Silentium.

«Meine lieben Gäste und Freunde, ich danke Ihnen allen für Ihr Kommen und lade Sie nun ein, sich an unserem Buffet zu verpflegen. Und falls Sie Lust haben: In der oberen Etage bietet sich die Gelegenheit, unsere modernen Operationssäle zu besichtigen. Meine Mitarbeiterinnen und Mitarbeiter stehen Ihnen gerne zur Beantwortung von Fragen zur Verfügung. Im Lichthof finden Sie ausserdem eine kleine Ausstellung. Sie zeigt die wichtigsten Entwicklungen der plastischen und ästhetischen Chirurgie seit ihren Anfängen bis in unsere Tage.»

Lang anhaltender Applaus erfüllte die weite, rundum mit riesigen Bouquets aus gelben Rosen geschmückte

Eingangshalle. Frank und Charlotte schüttelten unzählige Hände und nahmen Gratulationen und Komplimente entgegen.

In Charlottes Kopf aber begannen sich die Gedanken erneut wie rasend zu drehen: Leo Kramer – welcher Teufel hatte ihren Mann nur geritten, als er auf die Idee kam, ausgerechnet seinen ehemaligen Konkurrenten einzuladen? Zu einem Anlass, der für Frank zu einem speziellen Ehrentag werden sollte?

Am liebsten hätte sie Reissaus genommen und den ganzen Rummel hinter sich gelassen. Nur die Vernunft hielt sie zurück. Frank hätte es nicht verstanden, wenn sie ihn ausgerechnet an diesem Tag allein gelassen hätte. Nein, das durfte sie ihm nicht antun, nicht heute.

Sie setzte ihr hinreissendes Lächeln auf, um welches sie ihre Freundinnen schon in der Schulzeit beneidet hatten, und mischte sich unter die Menge.

Es wurde spät, bis sich auch die letzten Gäste verabschiedet hatten. Auf der Fahrt in ihr Zuhause in Erlenbach liessen Frank und Charlotte den Abend noch einmal Revue passieren. Die offizielle Eröffnung war ein grosser Erfolg, ohne Zweifel. Charlotte gab sich fröhlich, geradezu aufgekratzt. Doch in ihrem Innersten begannen sich die dunklen Wolken, die sie im Laufe des Abends verdrängt hatte, wieder aufzutürmen.

Frank spürte, dass etwas nicht stimmte. Bei nächster Gelegenheit hielt er den Wagen an und nahm seine Frau in den Arm.

«Liebling, lass uns darüber reden.» Charlotte begann am ganzen Körper zu zittern. «Ist es, was du mich heute Abend schon fragen wolltest? Ist es wegen Leo?»

Ein kaum merkliches Zucken in Charlottes Gesicht bestätigte seine Vermutung. Er drückte sie an sich und küsste sie zärtlich auf den Mund. «Wenn es nur das ist…»

«Aber warum?», unterbrach sie ihn. «Warum nur hast du ihn eingeladen? Ausgerechnet Leo, der seit Jahren nichts anderes tut, als dich bei jeder Gelegenheit schlechtzumachen?»

«Vielleicht hast du recht. Vielleicht hätte ich es nicht tun sollen. Aber die Versuchung war einfach zu gross, als mir Chantal, unsere neue Praktikantin, vorschlug, Leo auf die Gästeliste zu setzen.»

«Ich verstehe nicht…», unterbrach ihn Charlotte.

«So warte doch! Im ersten Moment hielt ich den Gedanken für genauso absurd wie du. Doch je länger ich darüber nachdachte, umso faszinierender schien mir der Vorschlag. War das nicht die Gelegenheit, diesem Fiesling ein für alle Mal und in aller Öffentlichkeit seine jahrelangen Bosheiten heimzuzahlen? Mit eigenen Augen sollte er sehen, was wir geschafft haben und was in unserem Beruf heutzutage State of the Art ist.»

«Und die Geschichte mit dem zerschnittenen Gesichtsnerv? Das war Leo?»

Frank nickte. «Aber nicht weitersagen!», flüsterte er und legte seinen Zeigefinger auf ihre Lippen. Er hielt Charlotte noch eine Weile in den Armen, bis er spürte, dass sich ihr Körper zu entspannen begann. Er liess den Motor wieder an und fuhr los.

Es war nach Mitternacht, als sie endlich zu Hause ankamen. Erschöpft sanken sie in die Betten. Seit einiger Zeit hatten sie getrennte Schlafzimmer. Frank wurde oft in der Nacht zu einem Notfall gerufen, worauf Charlotte grösste Mühe hatte, den Schlaf wieder zu finden. Aber auch nach einer ruhigen Nacht klingelte sein Wecker in aller Herrgottsfrühe, da er in der Regel bereits um sieben Uhr fünfzehn wieder am Operationstisch stand.

«Gute Nacht, mein Liebes, schlaf jetzt! Es ist alles in Ordnung.»

Ein Lächeln legte sich auf ihr Gesicht. «Du bist mir einer!» Dann übermannte sie der Schlaf. Doch die Ruhe hielt nicht lange an. Noch keine Stunde war vergangen, als Charlotte, wie von einem Peitschenschlag getroffen, aus tiefstem Schlaf aufschreckte.

Sie hatte geträumt. Eine schwarz gefleckte Deutsche Dogge stand vor ihr und fletschte mit ihren riesigen Zähnen. Die Eröffnungsgäste, mit denen sie sich eben noch unterhalten hatte, stoben panikartig auseinander. Der Hund starrte sie mit rot unterlaufenen Augen an. Aus seiner Kehle kam ein Knurren, das nichts Gutes verhiess. Er setzte zum Sprung an.

Aber es war nicht mehr die Dogge, die sich auf Charlotte stürzte.

Es war Leo Kramer.

***

»Deine Eltern sind nicht, wie man dir und wie auch ich dir erzählt hatte, bei einem Autounfall ums Leben gekommen. Dein Vater wurde ermordet. Deine Mutter starb kurz danach an einem Lungenödem.»

Sandra stockte der Atem, als sie diese Zeilen in Grossmamas Brief las. Ermordet? Wer, um Himmels willen, hatte Interesse am Tod ihres Vaters? Und weshalb? Und warum hatte man ihr diese Tatsache bis heute verschwiegen?

Sandra las weiter.

«Du warst damals knapp vier Jahre alt. Wie hätte ich dir dieses schreckliche Ereignis verständlich machen können? Und wie erklären? – Ich wollte nur das Beste für dich. Deine Kindheits- und Jugendjahre sollten nicht überschattet werden von einem Fluch, der über unserer Familie hing und den doch niemand vertreiben konnte. Also beschloss ich nach dem Tod deiner Eltern, dich bei mir aufzunehmen und von jenem Tag an für dich zu sorgen, als wärst du meine eigene Tochter.

Heute bist du erwachsen und eine starke Frau. Heute sollst du die Wahrheit erfahren über das, was damals geschah. Denn nur, wenn du alles weisst, wirst du die Kraft finden, mit dem, was auf dich zukommen wird, fertig zu werden.»

Sandra legte den Brief ihrer verstorbenen Grossmutter zur Seite. Wie immer, wenn sie darin las, überkamen sie Ängste. Ängste, die sie tagsüber kaum mehr arbeiten und nachts nicht mehr schlafen liessen. Es war, als hätte ihr Leben mit einem Schlag eine Wende genommen, bei der kein Stein auf dem anderen zu bleiben schien.

Auslöser war ein Anruf, der sie vor rund zwei Wochen in London erreicht hatte. Bei der renommierten Kanzlei Callaghan & Cohen hatte sie gerade ihre erste Stelle als Rechtsanwältin angetreten. Im Auftrag ihres neuen Arbeitgebers nahm sie an einem juristischen Weiterbildungsseminar im altehrwürdigen Bailey's Hotel in Kensington teil.

Es war am ersten Dienstag im März, kurz nach neun Uhr vormittags. Der Tagungsleiter hatte soeben die wichtigsten Programmpunkte erläutert und die Referenten vorgestellt, als Sandras Handy zu vibrieren begann. Fluchtartig verliess sie den Raum. In ihrem Rücken spürte sie die missbilligenden Blicke der Anwesenden. Durch einen kurzen Verbindungsgang gelangte sie in die Hotellobby. Dort nahm sie den Anruf entgegen. Am Apparat war Rosella, Grossmamas langjährige Haushälterin und Vertraute. Diese war völlig aufgelöst und vermochte kaum zu sprechen.

«Was ist passiert?», fragte Sandra. «Ich versteh dich nicht. Was ist mit Grossmama?»

«Die Signora ist... sie ist tot. Vor einer Stunde starb sie. An einem Herzinfarkt, im Spital von Samedan.»

Die Nachricht traf Sandra wie ein Blitzschlag. Es war, als würde ihr jemand den Teppich unter den Füssen wegziehen. Mit grösster Anstrengung gelang es ihr, sich bis zu einem tiefen Ledersessel zu schleppen. Dort kauerte sie sich in die braunen Samtkissen und liess ihren Tränen freien Lauf. Das Schlimmste, was ihr passieren konnte, war eingetroffen: Ihre über alles geliebte Grossmama war tot.

Es dauerte eine gute halbe Stunde, bis sie sich wieder einigermassen gefasst hatte. Sie rief ihren Londoner Chef an und informierte ihn über das Geschehene. Der zeigte Verständnis für die Situation und auch für ihren Wunsch, noch am selben Abend in die Schweiz zurückzufliegen. Schliesslich war sie die einzige noch lebende nahe Verwandte der Verstorbenen. Es lag somit an ihr, die Freunde und Bekannten ihrer Grossmutter über deren Hinschied zu informieren und die Beerdigung zu organisieren.

Um einundzwanzig Uhr fünfundvierzig landete die Maschine in Zürich-Kloten. Sandra nahm sich einen Mietwagen und fuhr noch in der Nacht ins Engadin, wo Grossmama die letzten zwanzig Jahre ihres Lebens verbracht hatte.

Die Fahrt in die Berge wurde zu einem wahren Horrortrip. In der Schweiz war der Winter war noch einmal mit aller Macht zurückgekehrt. Temperaturen von minus fünf Grad und ein wildes Schneegestöber verwandelten die nasse Fahrbahn streckenweise in einen Eiskanal. Die Sicht war gleich null. Zudem blendete das grelle Scheinwerferlicht der entgegenkommenden Autos Sandra so stark, dass sie sich immer wieder gezwungen sah, das Tempo zu drosseln. Sie wollte nichts riskieren, auch wenn ihre Fahrt ins Engadin dadurch noch länger dauern würde als unter normalen Umständen.

Die prekären Verkehrsverhältnisse forderten Sandras volle Konzentration. Dennoch ertappte sie sich dabei, wie ihre Gedanken immer wieder um Grossmamas plötzlichen Tod kreisten. Wie würde es nun weitergehen? Für sie persönlich? Und vor allem auch für das Familienunternehmen, die Privatbank Constaffel?

Endlich, nach viereinhalbstündiger Fahrt, überquerte Sandra den Julierpass und erreichte bald darauf bei Silvaplana den Engadiner Talboden. Es war kurz vor drei Uhr morgens, als sie in Champfèr eintraf, einem kleinen Dorf unweit von St. Moritz.

Das stattliche Patrizierhaus, in dem Grossmama in den letzten zwanzig Jahren gelebt hatte, stand am Hang oberhalb des Dorfes. Es hatte schon ihren Eltern als Sommersitz und Ferienresidenz gedient. In der übrigen Zeit lebte die Familie in Zürich.

Nach dem Tod ihres Sohnes und seiner Frau hatte sich Grossmama entschieden, ihren Hauptwohnsitz in das von ihr so geliebte Engadin zu verlegen. Seither hatte sie fast das ganze Jahr durch hier oben verbracht, zusammen mit Rosella, der treuen Seele, die sie auf allen ihren Reisen begleitet hatte und in Champfèr für den Haushalt zuständig war.

Vorsichtig bog Sandra in die von Lärchen gesäumte Einfahrt zum Anwesen ein. Kaum hatte sie den Wagen zum Stillstand gebracht, gingen im Haus die Lichter an. Dabei hatte sie Rosella am Telefon ausdrücklich gebeten, nicht auf ihre Ankunft zu warten. Bei dem herrschenden Wetter könne sie unmöglich voraussagen, wann sie eintreffen würde. Doch nichts in der Welt hätte Rosella davon abhalten können, bis zu Sandras Ankunft wachzubleiben.

Wie immer stand diese in ihrer weissen Leinenbluse und dem langen, schwarzen Jupe unter dem halbrunden Bogen der Eingangstür. Sie eilte auf Sandra zu, um sie zu begrüssen. Doch ihr Antlitz strahlte nicht wie sonst Freude des Wiedersehens aus. Es war von tiefem Schmerz gezeichnet. Tränen liefen ihr übers Gesicht. Sandra schloss Rosella in die Arme und drückte sie an sich. Keine der beiden Frauen sagte ein Wort. Minutenlang standen sie einfach da, verbunden miteinander in der Trauer um die verstorbene Herrin des Hauses.

Später, nachdem Sandra das wenige Gepäck, das sie aus London mitgebracht hatte, in der kleinen Kammer im oberen Stock verstaut hatte, stieg sie, obwohl todmüde von der mühevollen Reise, noch einmal hinunter und liess sich am Küchentisch von Rosella berichten, was sich in den letzten vierundzwanzig Stunden zugetragen hatte.

Gegen acht Uhr morgens sei die Signora von ihrem täglichen Frühspaziergang zurückgekehrt, berichtete diese. «Ich brachte ihr, wie immer, das Frühstück und die Zeitung. Doch noch bevor sie den ersten Kaffee getrunken hatte, sackte sie plötzlich zusammen. Ich versuchte, ihr aufzuhelfen, doch ich schaffte es nicht. Sie hauchte noch: ‹Rosella, den Doktor!›, dann fiel sie in Ohnmacht. Ich rief sofort Doktor Keller an, den Hausarzt. Dieser organisierte die Ambulanz und gab mir Anweisungen, wie ich inzwischen versuchen solle, mit einer Herzmassage den Kreislauf der Signora wieder anzuregen.

Die Sanität war schnell vor Ort und brachte ihre Grossmutter unter Blaulicht ins Spital von Samedan. Eine Stunde später kam der Anruf. Man habe alles Menschenmögliche unternommen, um ihr Herz wiederzubeleben, doch sämtliche Bemühungen seien erfolglos geblieben. Ihr Herz hatte aufgehört zu schlagen.»

Erschöpft schleppte sich Sandra wieder nach oben und legte sich ins Bett. Doch an Schlaf war nicht zu denken. Sie brachte kein Auge zu. Immer wieder überfiel sie die Trauer. Und immer wieder fiel ihr etwas ein, das im Zusammenhang mit der Beerdigung auch noch zu erledigen war.

Am Morgen suchte sie als Erstes Pfarrer Giovanoli auf, den Dorfgeistlichen von Silvaplana, der auch für die Seelsorge im Nachbarort Champfer zuständig war. Er empfing Sandra im alten Pfarrhaus in seinem holzgetäfelten Arbeitszimmer.

Ein Stein fiel ihr vom Herzen, als sich der Pfarrer spontan bereit erklärte, die Abdankungsfeier zu leiten. «Es ist mir eine Ehre, Frau Constaffel auf ihrem letzten Weg zu begleiten. Wir haben Ihre Grossmutter alle sehr gemocht. Ich bin ihr dann und wann begegnet, wenn sie im Dorf ihre Einkäufe erledigte. Allerdings, viel mehr als ‹Guten Tag, wie gehts?› lag meistens nicht drin. Ich bin somit darauf angewiesen, dass Sie mich über die wichtigsten Stationen Ihres Lebens informieren.»

«Da dürfen Sie nicht allzu viel erwarten, Herr Pfarrer. Ich habe wohl einen beträchtlichen Teil meiner Kindheit und später meiner Jugendzeit bei Grossmama hier oben im Engadin verbracht. Meine Eltern sind früh verstorben. So kam es, dass Grossmama quasi zu meiner Mutter wurde. Auch später, als ich in Paris und Oxford studierte, blieben wir in regelmässigem Kontakt. So haben wir mindestens jede Woche einmal miteinander telefoniert.

Persönlich gesehen habe ich Grossmama in den letzten Jahren, vor allem seit ich in London lebe, leider nur noch sporadisch. An den Festtagen allerdings, wie Weihnachten und Ostern, hätte mich nichts davon abhalten können, wenigstens diese Tage hier oben bei Grossmama zu verbringen. Da sassen wir dann jeweils stundenlang vor dem Kamin oder wanderten durch die verschneiten Wälder und sprachen über Gott und die Welt.

Besonders eindrücklich in Erinnerung blieb mir ihr Hunger nach Informationen. Sie las Zeitungen, hörte Radio und sah fern. So hielt sie sich auch mit über achtzig noch täglich auf dem Laufenden. Ja, ich denke schon, dass ich Ihnen das eine oder andere aus ihrem Leben berichten kann.»

Auf die Idee, den Dorfpfarrer von Silvaplana anzufragen, hatte Rosella sie gebracht. Jedes Mal, so erzählte diese, wenn sie mit der Signora auf dem Spazierweg nach St. Moritz am kleinen Waldfriedhof oberhalb von Champfer vorbeigekommen seien, habe diese zu ihr gesagt: «Hier, Rosella, an diesem stillen Platz im Wald, möchte ich liegen, wenn ich dereinst gehen muss.»

Den ganzen Nachmittag verbrachte Sandra damit, all den Verpflichtungen nachzukommen, die ihr in der Nacht eingefallen waren: Meldung bei den Behörden, Organisation der Abdankung, Bestellung von Blumen und Trauermahl. Allein das Zusammentragen der Adressen von Verwandten und Freunden, die über Grossmamas Tod informiert werden mussten, kostete sie Stunden. Als letzte nahe Verwandte blieb alles an ihr hängen. Und an Rosella natürlich, die rührend um sie besorgt war und ihr so viel abzunehmen versuchte wie nur möglich. Die engsten Freunde und Bekannten jedoch musste sie persönlich anrufen und ihnen die Nachricht vom plötzlichen Hinschied überbringen.

Nachdem Rosella das Abendessen weggeräumt und sich verabschiedet hatte, setzte sich Sandra im unteren Eckzimmer an den alten Arven-Holztisch, an dem Grossmama jeweils ihre Pendenzen zu erledigen pflegte. Warum diese in den Bergen ein Büro benötigte und was es hier für sie zu arbeiten gab, darüber hatte sie sich als kleines Mädchen immer wieder gewundert.

«Ach mein Goldschatz», pflegte Grossmama dann jeweils zu sagen, «das erkläre ich dir dann einmal, wenn du gross bist.»

Damit war die Sache erledigt. Weiter fragen nützte nichts, das hatte sie früh erkannt. Überhaupt konnte Grossmama eisern bleiben, wenn sie über eine Sache partout nicht reden wollte. Manchmal wurde sie sogar richtig wütend, wenn man nicht lockerliess. «Basta», rief sie dann, sie, die sonst kaum ein lautes Wort über die

Lippen brachte. In solchen Momenten bekam ihr feines Gesicht einen eigenartig harten Zug. Ihre Augen blitzten, dass einem richtig angst werden konnte. Doch schon im nächsten Augenblick war alles wieder wie weggeblasen und sie lächelte sanft: «Wir verstehen uns, mein Mädchen, nicht wahr?»

Ob sie Pfarrer Giovanoli von diesem Charakterzug ihrer Grossmutter erzählen sollte? Oder doch eher von der Liebe, mit der Grossmama an dem alten Haus und an der Engadiner Landschaft gehangen hatte?

Sandra zündete die Tischlampe aus Messing an. Draussen lag der Talboden längst im Dunkeln. Nur gegenüber am Corvatsch kletterten motorisierte Schneepflüge die verschneiten Berge hoch, um die abgefahrenen Skipisten nach einem langen Tag wieder aufzubereiten. Wie kleine Irrlichter huschten ihre Scheinwerfer über die mondbeschienenen, weissen Hänge.

Das gespenstische Bild hatte sie seit jeher fasziniert. Sie erinnerte sich, wie sie als kleines Mädchen immer dann, wenn sie den Schlaf nicht finden konnte, über die kalte Steintreppe hinunter getrippelt war und nach Grossmama Ausschau gehalten hatte. Meistens fand sie diese in ihrem Arbeitszimmer. Da sass sie an eben diesem Tisch, schrieb Briefe oder las die Zeitung. Im Kamin loderte ein warmes Feuer.

Liebevoll hatte Grossmama sie dann jeweils auf den Schoss genommen und auf das Fenster gezeigt. «Siehst du dort drüben die kleinen Lichter, die wie emsige Käfer die Hänge rauf und runter klettern? Da arbeiten Männer.

Mit ihren Fahrzeugen sorgen sie dafür, dass die Skifahrer morgen wieder über fein präparierte Pisten gleiten können. Sie tun ihre Arbeit, einsam, bei minus zwanzig Grad. Die können auch nicht einfach abhauen. Was glaubst du, wie gerne die in ein warmes Bett kriechen und schlafen würden, wenn sie nur könnten?»

Das hatte ihr eingeleuchtet. Schnell stieg sie wieder hinauf in den oberen Stock und schlüpfte in ihre Kammer. Kaum hatte sie die warme Daunendecke übers Gesicht gezogen, war sie auch schon eingetaucht ins Reich der Träume.

Unzählige Erinnerungen an die Zeiten, die sie hier oben im Engadin mit Grossmama verbracht hatte, gingen Sandra durch den Kopf. Einige notierte sie auf einem Zettel, den sie morgen dem Pfarrer übergeben wollte. Dann legte sie sich zur Ruhe. Es war ein langer Tag gewesen.

Und es sollte eine kurze Nacht werden.

***

Captain Lambert leitete den Sinkflug in Richtung Bologna ein. In der mit eleganten, weissen Ledersitzen und edlen Mahagoni-Tischen ausgestatteten Kabine des Privatjets sass ein einziger Passagier. Ein Mann um die sechzig, mit schütterem Haar und von untersetzter Statur. Er trug einen unauffälligen grauen Anzug, für welchen sein Träger offensichtlich ein paar Pfunde zu viel angesetzt hatte.

Obwohl sie ihren heutigen Passagier schon mehrmals an Bord hatten, wusste niemand von der Crew, um wen es sich dabei handelte. Aber das war nichts Neues. Diskretion war oberstes Gebot. Das wurde jedem, der sich bei «Private Starjet» um eine Stelle bewarb, bereits beim ersten Kontaktgespräch eingehämmert. Wer sich nicht daran hielt, war seinen Job los.

Es war nicht das erste Mal, dass Don Luciano Sestrielli seinen Schweizer Verbindungsmann Leo Kramer kurzfristig nach Italien beorderte. Zu diesem Zweck schickte er ihm jeweils seinen Privatjet nach Zürich. Für Kramer war das mittlerweile nichts Ungewöhnliches mehr.

Schon kurz nachdem die Maschine in Zürich von der Piste abgehoben hatte, war Kramer in seinem weichen Sessel eingedöst. Er verpasste nichts, denn die Sicht war gleich null. Es regnete es wie aus Kübeln. Eine Viertelstunde später wurde die zweistrahlige Hawker von starken Windböen erfasst. Der Tower in Kloten hatte die Crew vor den Turbulenzen gewarnt. Trotz ihrer Länge von einundzwanzig Metern und einer Spannweite von fast neunzehn Metern wurde die Maschine vom herrschenden Sturm immer wieder durchgeschüttelt.

Erst als die letzten Ausläufer des Alpenmassivs allmählich am Horizont verschwanden, beruhigte sich das Wetter und die Sonne liess sich wieder blicken.

«Darf ich Ihnen einen Kaffee bringen?»

Lisa, die Maître de Cabine, lächelte, als ihr Passagier die Augen aufschlug. «Oder lieber einen Drink?»

Der Mann schien die Frage überhört zu haben. «Wann sind wir da?», knurrte er ungeduldig.

«In zwanzig Minuten werden wir in Bologna landen. Ich bringe Ihnen einen Scotch.»

Leo Kramer blickte ihr nach, dann wandte er sich zum Fenster. Der Wind und die wärmende Sonne hatten die letzten Regenspritzer von der Scheibe gefegt. Unter sich sah er einen weissen Streifen, der sich quer durch die Landschaft zog: die Brenner-Autobahn.

Als Lisa zurückkam und ihm seinen Drink brachte, fragte er mürrisch: «Habe ich richtig verstanden: Bologna? Wir fliegen nach Bologna? Warum nicht nach Carpi? Wir sind doch sonst immer in Carpi-Budrione gelandet.»

«Das war mit der Piper», erklärte sie. «Für die Piper ist eine Landepiste von achthundertfünfzig Metern Länge kein Problem. Mit der Hawker brauchen wir das Doppelte.»

«Scheiss-Jet», brummte der Mann und nippte an seinem Scotch. Dann hing er wieder seinen Gedanken nach. Es war die Eröffnung von Frank Martins neuer Klinik, die ihm seit Tagen keine Ruhe liess. Er hätte sich ohrfeigen können, dass er überhaupt hingegangen war.

«Es wäre uns eine Ehre, wenn Sie mit einigen weiteren Persönlichkeiten diesen Abend mit uns verbringen würden.» So stand es in der Einladung. Natürlich hatte er sich im ersten Augenblick gebauchpinselt gefühlt. Schliesslich musste man schon jemand sein, um auf die Einladungsliste des prominentesten Schönheitschirurgen der Stadt zu gelangen.

Erst als es längst zu spät war, war ihm bewusst geworden, weshalb ihn Frank Martin zu seiner illustren Eröffnung eingeladen hatte. Dem Schweinekerl war es um nichts anderes gegangen, als ihn als ehemaligen Berufskollegen vor seinen Gästen blosszustellen. Es wurde ihm richtig übel, wenn er an jenen Moment zurückdachte, als Frank Martin mit seinem Gelaber von Risiko begann, das bei jeder Operation bestünde. Auch wenn er nur von einem «Mitbewerber» gesprochen und keinen Namen erwähnt hatte, so wussten doch manche der Eingeladenen, wer gemeint und welcher Arzt es war, der einer Patientin aus Versehen den Gesichtsnerv durchtrennt hatte. Das kantonale Gesundheitsamt hatte ihm daraufhin jede weitere Ausübung seines Berufes verboten. Und zwar per sofort. Die Medien hatten ausführlich über den Fall berichtet.

Leo Kramer schäumte vor Wut. Er schwor, es Frank Martin heimzuzahlen.

Lisa riss Leo Kramer aus seinen Gedanken: «Würden Sie sich bitte anschnallen? Wir landen in wenigen Minuten.»

Kurz darauf setzte die Maschine auf der Piste des Borgo Panigale Airports von Bologna auf. Ein Boden-Lotse mit einem gelb-schwarz-karierten «Follow-me»-Fahrzeug geleitete den Flieger aus Zürich an den wartenden Linienmaschinen vorbei zum General Aviation Terminal, wo die Privatjets und Helikopter abgefertigt werden.

Kaum hatte der Captain die beiden Pratt & Whitney Triebwerke zum Stillstand gebracht, näherte sich eine schwarze Limousine dem Flugzeug und hielt unmittelbar neben der Gangway an. Der Captain, sein Co-Pilot und Lisa standen beim Ausgang Spalier, als der Gast aus Zürich die Maschine verliess.

Zu ihrem Erstaunen zeigte sich dieser plötzlich von einer völlig anderen Seite. Ein Lächeln glitt über sein Gesicht und er murmelte: «Besten Dank!»

Die italienische Sonne hatte ihm offensichtlich seine gute Laune zurückgebracht.

***

Im Engadin hatte Sandra noch keine zwei Stunden geschlafen, als unten in der Eingangshalle das Telefon klingelte. Noch völlig benommen vor lauter Müdigkeit tastete sie nach dem alten Wecker, der seit Jahren auf dem Nachttisch stand, und schaute nach der Uhrzeit: Drei Uhr dreissig. Wer, um Himmels willen, versuchte, sie zu dieser nachtschlafenden Stunde zu erreichen? Wer wusste überhaupt, dass sie hier oben im Engadin war? Und was war so dringend, dass es nicht bis zum Morgen hätte warten können?

Verärgert beschloss Sandra, den Anruf nicht entgegenzunehmen und legte sich wieder hin. Doch an Schlaf war nicht zu denken. Hartnäckig klingelte das Telefon weiter. Entnervt sprang Sandra schliesslich auf. Vorsichtig stieg sie die eiskalte Steintreppe hinunter und griff nach dem Telefon, das auf der Arvenkommode in der Eingangshalle stand.

«Hallo? ... Wer ist da?»

Statt einer Antwort vernahm sie nur hektisches Atmen am anderen Ende der Leitung. Sie wollte schon auflegen, als sich eine leise Männerstimme meldete: «Frau Constaffel, sind Sie es? Hören Sie...»

Ungehalten unterbrach Sandra den Mann: «Worum geht es? Wer ist am Apparat?»

«Ich bin es, Giuseppe.» Dann herrschte wieder Schweigen.

Sandra wurde ungehalten: «Was wollen Sie? Rufen Sie morgen an.»

«So hören Sie doch!», flüsterte der Mann. «Da, wo Sie jetzt stehen, an der rechten Seitenwand der Kommode, ungefähr auf der Höhe Ihres Knies, finden Sie einen winzigen Knopf. Wenn Sie drauf drücken, öffnet sich eine Klappe. Darin finden Sie die Notiz.»

«Was für eine Notiz?»

«Lesen Sie sie!», meinte der Mann und legte auf.

Mit Sandras Nachtruhe war es nun endgültig vorbei. Wilde Gedanken schwirrten ihr durch den Kopf. Der Anruf von soeben: Wer war der Mann, der sich Giuseppe nannte? Wer hatte ihn beauftragt, sie anzurufen? Woher wusste er von der Kommode und einer Klappe, die sich auf Knopfdruck öffnen sollte? Was war mit der Notiz, die er erwähnt hatte? Von wem stammte sie?

So müde Sandra auch war, jetzt wollte sie es wissen. Doch dazu musste sie erst einmal richtig wach werden. Sie ging in die Küche und goss sich einen Earl Grey auf, ihren englischen Lieblingstee mit Bergamotte und Rosenblüten. Im Kühlschrank fand sie noch ein Stück vom Rosinenkeks, den Rosella eigens zu ihrer Ankunft gebacken hatte.

Allmählich spürte sie, wie sich ihre Lebensgeister zu regen begannen. Sie beschloss, dem geheimnisvollen Hinweis des Mannes jetzt gleich nachzugehen und damit nicht bis zum frühen Morgen zuzuwarten. Nach einigem Tasten stiess sie tatsächlich auf einen Knopf an der Seitenwand der Kommode. Als sie darauf drückte, öffnete sich, genau wie der Mann gesagt hatte, eine kleine Klappe. Darin lag ein Briefumschlag. Sandra riss ihn auf.

Er war leer.

***

«Willkommen in Bologna.» Der Fahrer der schwarzen Limousine hielt Leo Kramer die linke Fonds-Türe auf. «Ich hoffe, Sie hatten einen angenehmen Flug!»

«Es war okay. Und, wohin geht die Reise? Nach Carpi?»

«Der Don erwartet Sie in Modena.»

Kramer glaubte, sich verhört zu haben.

«In Modena? Warum denn in Modena?»

«Um zwanzig Uhr fünfundvierzig beginnt dort das Spiel Carpi gegen die AS-Roma. Sie wissen vielleicht: Seit der FC Carpi in die Serie A aufgestiegen ist, kann der Club nicht mehr im Sandro Cabassi spielen. Das Stadion ist zu klein. Carpi trägt seine Heimspiele deshalb in Modena aus.»

«Und da wollen Sie mich hinbringen? Der Don weiss haargenau, dass ich mit Fussball nichts am Hut habe.»

«Wollen Sie, dass ich ihn anrufe?» Der Fahrer griff nach seinem Handy.

«Ach, lassen Sies.» Kramer wusste nur zu gut, dass es sinnlos war, eine Anordnung des Bosses infrage zu stellen. Wenn er rief, gab es keine Frage nach dem Warum. Nicht umsonst hatte es Sestrielli bis in die höchsten Ränge einer der mächtigsten Mafia-Organisationen Europas gebracht. Als Capofamiglia dieser ehrenwerten Gesellschaft verfügte er nicht nur über weit reichende Machtbefugnisse, sondern auch über unbeschränkte finanzielle Mittel.

Leo Kramer verspürte ein Hungergefühl in sich aufkommen. Schliesslich hatte er, abgesehen von einem Sandwich vor dem Abflug in Zürich-Kloten nichts mehr zu sich genommen. Die Hoffnung allerdings, bald zu einem feinen italienischen Abendessen zu kommen, schwand von Minute zu Minute. Der Wagen hatte eben erst das Flughafengelände verlassen, als sie bereits mitten im abendlichen Stossverkehr stecken blieben.

«Rush Hour, Signore», meinte der Fahrer, als müsste er sich persönlich für das Verkehrschaos rund um Bologna entschuldigen.

Endlich, nach einer guten halben Stunde, erreichten sie die Einfahrt zur Autostrada e 45, die Bologna mit Modena verbindet. Aber auch dort ging es vorerst nur im Schritttempo vorwärts. Der Fahrer fühlte sich erneut zu einer Entschuldigung bemüssigt: «Signore, dieser

Abschnitt zählt zu den meistbefahrenen Strecken von ganz Italien.»

Kramer nahm die Feststellung kommentarlos entgegen. Ob die Fahrt nach Modena eine oder eineinhalb Stunden dauerte, interessierte ihn wenig. Seine Gedanken kreisten nur um eine Frage: Was hatte der Don diesmal mit ihm vor? Weshalb schickte er ihm Hals über Kopf eine seiner Privatmaschinen in die Schweiz, um ihn noch am gleichen Abend zu einem Fussballspiel nach Italien zu beordern?

«Haben Sie eine Ahnung, was der Chef von mir will?»

«Signore, selbst wenn ich es wüsste, würde ich mir eher die Hand abhacken lassen, als das Vertrauen des Don zu verlieren.»

Leo Kramer hätte es wissen müssen. Wer eine Stelle als persönlicher Fahrer eines Mafia-Bosses hat, wird ein solches Privileg niemals aufs Spiel setzen. Schon gar nicht für eine belanglose Indiskretion.

Gegen zwanzig Uhr näherten sie sich dem Stadio Alberto Braglia. Obwohl noch fünfundvierzig Minuten bis Spielbeginn verblieben, herrschte unter der Menge bereits eine aufgeheizte Stimmung. Mit Sprechchören und Feuerwerkspetarden versuchten sich die Fans der AS Roma und die Anhänger von Carpi gegenseitig zu übertönen.

Die Polizei unternahm alles, um allfällige Keilereien zwischen den Fangruppen bereits im Ansatz zu ersticken. Kramer war froh, dass er hinter den abgedunkelten Scheiben der Limousine für die grölende Menge nicht sichtbar war. Fussball und das ganze Drumherum waren nicht seine Welt. Aber er hatte keine Wahl. Wenn der Don rief, gab es keine Ausrede.

***

Frank Martin war am Packen. Seit fünf Jahren flog er jeden Sommer nach Monrovia, der Hauptstadt des westafrikanischen Staates Liberia.

Während vier Wochen unterstützte er dort lokale Chirurgen bei ihrer Arbeit und machte sie mit den neusten Operationstechniken vertraut. Zu den Patienten gehörten vor allem brandverletzte Kinder und Kriegsversehrte, meist aus dem Grenzgebiet zur Elfenbeinküste.

Für seinen Einsatz nahm Frank Martin kein Honorar. Selbst die Flug- und die Aufenthaltskosten bezahlte er aus der eigenen Tasche.

«Musst du dir das wirklich antun, Frank?» Charlotte brachte ihm frisch gebügelte Hemden und T-Shirts. Sie hatte Angst. Vor allem, seit Liberia täglich in den Schlagzeilen stand. Das Land zählte zu den von der Ebola-Epidemie am schwersten heimgesuchten Staaten. Die Weltgesundheitsorganisation WHO sprach von 10 500 Ebola-Fällen und über 4700 Toten allein in Liberia, unter ihnen gegen 300 Mediziner und Pflegefachleute.

Frank versuchte, seine Frau zu beruhigen. «Mein Liebes, ich weiss, dass du dir Sorgen machst. Aber bitte versteh auch meine Gedanken! Liberia zählt heute zu den ärmsten Ländern der Erde. Das war nicht immer so.

Im Gegenteil: Nach dem Zweiten Weltkrieg galt das Land sogar als einer der fortschrittlichsten Staaten auf dem afrikanischen Kontinent. Erst durch die Bürgerkriege in den 1950er-Jahren wurden die meisten Errungenschaften leider wieder zerstört.»

«Frank, du musst mir keine Geschichtslektion halten… Ich kenne mich aus.»

Sichtlich ungehalten unterbrach Frank seine Frau. «Charlotte, verstehst du denn nicht, dass ich die Menschen dort unten nicht einfach im Stich lassen kann? Ich habe Josef Okanebu, dem Spitaldirektor, fest versprochen, dass er auch dieses Jahr wieder auf mich zählen kann – Ebola hin oder her. Ausserdem ist die Krankheit am Abklingen. Im Mai kam es nur noch zu acht Neuansteckungen.»

«Frank, ich habe und ich hatte immer Verständnis für dein Engagement. Aber denk doch bitte auch mal an uns, an deine Familie, an deine Kinder! Die letzten fünf Jahre bist du jeden Sommer für einen Monat nach Monrovia geflogen, hast Tag und Nacht Kinder und alte Leute operiert, ohne Rücksicht auf dich und deine eigene Gesundheit. Und ohne einen einzigen Franken dafür zu erhalten. Jedermann dort unten hätte Verständnis, wenn du diesen Sommer einmal auslassen würdest. Noch ist Ebola nicht besiegt. Noch ist die Ansteckungsgefahr gross.»

Frank unterbrach sie erneut. «Charlotte, du weisst so gut wie ich, dass ich nicht anders kann, dass ich es tun muss. Wir haben das Privileg, in der Schweiz zu leben, in einem Land, in dem Wohlstand herrscht, Rechtssicherheit und ein funktionierendes politisches System. Ob arm oder reich, jeder profitiert von einem Gesundheitssystem auf höchstem Niveau. Wir haben alles, was wir brauchen. Und noch viel mehr dazu. Mit einer einzigen Operation verdiene ich hier hundert Mal so viel wie die meisten dieser Menschen dort unten nicht mal in einem Monat zur Verfügung haben. Mit meinem Einsatz will ich ihnen wenigstens etwas von dem weitergeben, was wir hierzulande im Überfluss geniessen. Ich könnte mir selbst nicht mehr im Spiegel entgegenblicken, würde ich ausgerechnet jetzt kneifen. Aber ich verspreche dir, ich werde Vorsicht walten lassen. Selbst die Schutzanzüge nehme ich von hier mit.»

«Und was ist mit Boko-Haram?», warf Charlotte ein. «Die Terror-Islamisten sollen inzwischen auch in Liberia ihre Stützpunkte haben.»

«Mein Liebes, wenn wir uns dem Terror beugen würden, könnten wir nirgends mehr hingehen. Denk doch nur an Paris, Nizza, London, Barcelona…»

Charlotte wusste, dass alles Flehen und Bitten nichts nützen würde, um Frank von seinem Vorhaben abzubringen. Wenn er sich einmal für etwas entschieden hatte, liess er kein Gegenargument gelten.

Im Grunde ihres Herzens bewunderte sie ihn genau für diese, seine kompromisslose Haltung. Und sie liebte ihn gerade deswegen. So hatte sie ihn bereits als jungen Mann kennengelernt: durch nichts von seinen Vorhaben abzubringen. Über all die Jahre hatte sie ihn unterstützt, wenn die Zeit seiner Abreise nach Monrovia wieder gekommen war. Selbstlos hatte sie darüber hinweggesehen, wenn die meisten ihrer Freundinnen gemeinsam mit Gatten und Kindern in die Sommerferien fuhren, während sie die schönsten Wochen im Jahr mit ihren Kindern Lewin und Beatrice allein verbringen musste.

Dieses Mal aber war alles anders. Dieses Mal hatte sie Angst. Angst um ihren Mann, Angst vor Ebola, einer der ansteckendsten Krankheiten, welche die Menschheit je heimgesucht hatten.

***

Es war bitterkalt im Engadin. Wie es Grossmama gewünscht hatte, fand die Beisetzung ihrer sterblichen Überreste im Waldfriedhof von Champfèr im allerengsten Kreis statt. Von der Familie waren nur noch eine in Basel wohnhafte Schwester der Verstorbenen sowie Sandras Cousine Brigitte aus Hamburg angereist. Und natürlich war Rosella dabei, Grossmamas gute Seele, die sie bis zu ihrem letzten Atemzug treu umsorgt hatte.

Die kleine Gruppe stand schweigend am offenen Grab im Waldfriedhof und lauschte den tröstenden Abschiedsworten von Pfarrer Giovanoli. Nach dem gemeinsam gesprochenen «Vater unser» herrschte Stille. Nur das Krächzen der Raben im angrenzenden Arvenwald störte die Andacht. Nach einer Minute des Schweigens trat Sandra vor. Aus einem Korb weisser Blumen, den Rosella bereitgestellt hatte, entnahm sie eine Lilie und liess diese ins Grab fallen.

Einen Moment lang verharrte sie in Gedanken an Grossmama, die da unten lag. Tränen liefen ihr über die Wangen. Sie wusste: Das war der endgültige Abschied. Sie suchte nach einem Taschentuch. In diesem Augenblick war ein staccatoartiges Klicken zu hören. Verärgert blickte Sandra in Richtung des Geräusches. Niemand war zu sehen. Doch für Sandra gab es keine Zweifel: Jemand musste sich hinter der Friedhofsmauer, unmittelbar beim schmiedeeisernen Eingangstor, versteckt haben, um von dort aus das Geschehen am Grab mit einer Kamera festzuhalten.

Doch wer, ausser ein paar wenigen Freunden und Bekannten, konnte ein Interesse an Grossmamas Bestattung haben? Viel Zeit zum Nachdenken blieb Sandra nicht. Denn schon in einer Stunde begann unten in der Dorfkirche von Champfer der offizielle Abschiedsgottesdienst.

Sandra, ihre Cousine sowie Grossmamas Schwester aus Basel sassen in der ersten Reihe. Der Taufstein vor ihnen war vor lauter Blumengebinden und Trauerkränzen kaum noch sichtbar. Hinter ihnen waren sämtliche Bänke bis auf den letzten Platz besetzt. Obwohl das Kirchenschiff neunzig und der Chor noch einmal fünfundzwanzig Plätze bot, waren zahlreiche Gäste gezwungen, die Abdankungsfeier stehend vom Eingangsbereich her zu verfolgen. Sandra kannte nur wenige der Anwesenden. Einmal mehr wunderte sie sich über Grossmamas riesigen Bekanntenkreis.

Für den Trauergottesdienst hatte sie sich eine besinnliche, aber keinesfalls bedrückende musikalische Begleitung gewünscht. Sie wusste: Das war auch im Sinne der Verstorbenen. Für die Eröffnung hatte der Organist den zweiten Satz der Orchestersuite Nr. 3 in D-Dur von Johann Sebastian Bach ausgewählt.

Als die letzten Klänge verstummt waren und Pfarrer Giovanoli die Trauerfeier mit einem kurzen Gebet eröffnet hatte, wurde die herrschende Stille jäh durchbrochen. Wie zuvor im Waldfriedhof war erneut das laute Klicken einer Kamera zu vernehmen, begleitet von einem Blitzlichtgewitter. Die Blicke aller Anwesenden schnellten in eine Richtung. Hinter den Trauerkränzen hatte sich ein junger Mann versteckt. Er trug Jeans und einen schwarzen Pullover mit Kapuze. Seine Kamera hielt er auf Sandra und die unmittelbar neben ihr sitzenden Trauergäste gerichtet. Im Sekundentakt drückte er auf den Auslöser.

Laute Empörung machte sich breit. Alle Augen richteten sich auf Pfarrer Giovanoli. Würde er dem pietätlosen Treiben ein Ende setzen? Der Gottesmann fackelte nicht lange und ging auf den Unbekannten zu: «Würden Sie die Freundlichkeit haben, diesen Ort zu verlassen, und zwar augenblicklich!», befahl er mit lauter Stimme.

Der junge Mann tat, als er hätte er nichts gehört. In aller Ruhe drückte er noch zweimal ab. Dann erst trat er aus seinem Versteck hervor und schlenderte provokativ langsam durch den Mittelgang in Richtung Ausgang.

Einige der Anwesenden wären am liebsten handgreiflich geworden. Auch Sandra kochte vor Wut. Bereits zum zweiten Mal innerhalb von zwei Stunden hatte sich der Kerl erfrecht, ihre Trauer zu stören. Wer war es? Und warum? In welchem Auftrag tat er es? Hatte das Ganze etwas zu tun mit dem nächtlichen Anruf?

Pfarrer Giovanoli riss sie aus ihren Gedanken: «Ich bitte Sie jetzt alle, sich zum Gebet zu erheben. Gemeinsam beten wir das ‹Vater unser›.»

* * *

«Dottore, benvenuto in Italia! Schön, dass du es noch rechtzeitig geschafft hast. In wenigen Minuten ist hier der Teufel los.»

Don Luciano hatte sich nur kurz nach Leo Kramer umgedreht, als dieser in Sestriellis private Stadion-Loge geführt wurde. Dann wandte er seine Aufmerksamkeit wieder dem Geschehen auf dem Rasen zu. Die Trainer erteilten ihren Mannschaften letzte Anweisungen. Fotografen und Kameraleute waren dabei, sich links und rechts der Torgehäuse einzurichten. Männer des Sicherheitsdienstes nahmen ihre Position rund um das Spielfeld ein.

Luciano winkte eine der beiden blonden jungen Frauen zu sich, die sich diskret im hinteren Teil der Loge aufhielten. Ihre einzige Aufgabe schien darin zu bestehen, dem Chef jeden Wunsch von den Augen abzulesen.

«Chiara, Schätzchen, unser Gast aus Zürich ist am Verdursten. Er hat eine lange Reise hinter sich. Bring dem Doktor einen Manhattan Negroni. Und du, Leo, setz dich. Einige meiner Freunde kennst du bereits.»

Es waren sechs Männer, die Lucky, wie der Boss mit Spitznamen hiess, zum Schlagerspiel Carpi gegen die AS Roma in seine VIP-Loge eingeladen hatte. Leo konnte sich nicht erinnern, auch nur einen der Anwesenden schon einmal getroffen zu haben.

Zwei von ihnen waren sichtlich für den persönlichen Schutz des Chefs zuständig. Leo erkannte sie an den Ausbuchtungen ihrer eng geschnittenen Sakkos, unter denen sie ihre Schusswaffen trugen. Bei den Übrigen musste es sich um Politiker oder Geschäftsfreunde handeln, denen der Gastgeber auf diese Weise seinen Dank für erwiesene Gefälligkeiten abzustatten pflegte.

Leo konnte es kaum erwarten, endlich zu erfahren, wozu ihn der Don Hals über Kopf nach Italien gerufen hatte. Aber er wusste, dass er unter keinen Umständen mit der Tür ins Haus fallen durfte. Die Sache musste diplomatisch angegangen werden.

«Luciano, es ist mir eine Freude und eine besondere Ehre, heute Abend dieses zweifellos spannende Spiel gemeinsam mit dir und deinen Freunden erleben zu dürfen. Ich habe dir einen kleinen Gruss aus der Schweiz mitgebracht.»

Kramer griff nach seiner Tasche, um dem Don eine Schachtel «Truffes du Jour» zu überreichen. Er hatte diese legendäre Sprüngli-Spezialität noch kurz vor dem Boarding im Airport-Shopping erstanden. Als er die Tasche öffnen wollte, warf sich unvermittelt einer der

Bodyguards mit seiner ganzen Körperfülle auf ihn, packte ihn am Genick und entriss ihm die Schachtel. Leo schrie auf. Der Mann zog seine Waffe, eine Heckler & Koch P 30.

Jetzt fuhr der Don dazwischen: «Lass es gut sein, Antonio. Er ist ein Freund.»

Der Schreck stand Leo ins Gesicht geschrieben, als er sich aus der Umklammerung des Gorillas lösen und dem Luciano sein Präsent überreichen konnte. Huldvoll nahm dieser es entgegen, ohne den Blick vom Spielfeld abzuwenden. Denn in diesem Augenblick hatte der Schiedsrichter die Partie angepfiffen.

«Danke Leo. Ich schätze deine Aufmerksamkeit und dein Kommen. Auch wenn du noch immer der alte Heuchler bist.»

Leo wollte protestieren.

«Komm schon, ich weiss doch ganz genau, dass dich Fussball einen alten Scheiss interessiert. Aber die neunzig Minuten, die wirst du wohl noch überstehen. Oder etwa nicht?»

Luciano hatte den Tarif durchgegeben. Mindestens bis zur Halbzeit durfte er nicht gestört werden. Das war eisernes Gesetz. Und es galt für alle, die je die Ehre hatten, vom Don in seine VIP-Loge eingeladen zu werden.

Leo versuchte, sich auf das Spielgeschehen zu konzentrieren. Doch so sehr er sich auch bemühte, seine Gedanken kreisten immer wieder um die eine Frage: Was hatte Luciano diesmal mit ihm vor? Nicht einmal Chiara, die Blondine im Supermini mit den langen, sonnengebräunten Beinen, vermochte ihn aus seinen Grübeleien zu reissen, als sie ihm den Manhattan Negroni brachte.

«Ihr Drink, Signore.»

Leo schien sie gar nicht zu bemerken. Wortlos stellte sie das Glas auf den Klapptisch des Nebensitzes und verschwand wieder im hinteren Teil der Loge. Leo richtete seinen Blick auf Luciano, der unmittelbar vor ihm sass. Zu seinem Erstaunen stellte er bei diesem eine seltsame Veränderung fest. Bisher kannte er den Chef nur in zerknitterten Hosen und bunten T-Shirts. Doch heute war alles anders. Zu weinroten Marken-Jeans trug dieser ein dunkelblaues Hemd mit weissem Kragen, handgenähte Schuhe und einen modischen Sommerschal von Passigatti. Den schwarzen Blazer hatte er sorgfältig über die Lehne des Nebensitzes gelegt.

Was war geschehen? Was hatte den Don veranlasst, sich bei einem Fussballspiel in einem völlig neuen Outfit zu zeigen? Hatte es etwas mit dem Auftrag zu tun, um dessentwegen er ihn, Leo, innerhalb von weniger als vierundzwanzig Stunden nach Modena beordert hatte?

Die Partie näherte sich der Halbzeit-Pause. Mit Genugtuung stellte Luciano fest, dass es den Aufsteigern aus Carpi immerhin gelungen war, gegen die Profis der AS Roma einige gute Chancen zu erarbeiten. Nur war es ihnen leider nicht ein einziges Mal vergönnt, diese auch in Tore umzumünzen. Das Wunder von Modena, auf das der Don gehofft hatte, blieb aus. Die Stars aus Rom gewannen das Spiel überlegen mit drei zu null. Carpi konnte froh sein, dass die Niederlage nicht noch höher ausgefallen war.

Mit hängenden Köpfen verliessen die Fans das Stadion. Auch wenn sie es noch immer nicht wahrhaben wollten, so wusste doch jeder von ihnen, dass das Unvermeidliche nicht mehr aufzuhalten war. Die heutige Niederlage bedeutete nichts anderes als den Anfang des Wiederabstiegs ihres Clubs in die Serie B. Eine Saison lang hatte sich der FC Carpi in der obersten Liga wacker geschlagen. Aber das Niveau der Spieler, vor allem aber auch die finanziellen Mittel, welche der Vereinsführung zur Verfügung standen, reichten bei Weitem nicht aus, um dem Club ein Überleben in der Serie A zu ermöglichen.

Der Don schien die Niederlage gelassen hinzunehmen, obwohl er – wie die «Gazzetta dello Sport» vor drei Tagen zu wissen glaubte, erst kürzlich wieder einen zweistelligen Millionenbetrag in den Club und in neue Spieler investiert hatte. Niemand, auch nicht seine engsten Freunde, verstanden, weshalb er ausgerechnet an diesem Provinzclub aus Carpi den Narren gefressen hatte. Doch keiner seiner Adlaten wagte es, ihn darauf anzusprechen. Wenn schon Fussball – so dachten sie – hätte es zweifellos andere Mannschaften gegeben, in die sich eine Investition besser ausbezahlt hätte, sowohl sportlich wie auch finanziell.

Luciano behielt sein Geheimnis für sich. Scheinbar ungerührt erhob er sich nach Spielschluss von seinem Sessel und bat Matteo, einen seiner beiden Gorillas, seine Gäste in eine bekannte Trattoria an der Via Emilia Est in Modena zu fahren. Er selbst würde in einer halben Stunde nachkommen.

«Leute, wir sehen uns!», rief er gut gelaunt.

Dann wandte er sich an seinen Gast aus Zürich. «Leo, es ist dir doch recht, wenn wir zusammen noch eine Zigarette rauchen?»

Leo Kramer wusste, was das bedeutete. In seiner Jugend, als er bei der Schweizer Armee seinen obligatorischen Militärdienst absolvierte, hiess das «Befehlsausgabe».

***

Am zweiten Juli flog Frank Martin, wie jedes Jahr im Sommer, zu seinem freiwilligen Spitaleinsatz nach Liberia. Charlotte fuhr ihn zum Flughafen. Wenn alles planmässig verlief, sollte die Reise in weniger als dreizehn Stunden zu bewältigen sein. Um siebzehn Uhr fünfunddreissig startete die Swiss-Maschine von Zürich-Kloten aus nach Amsterdam. Von dort ging es mit der Royal Air Maroc weiter nach Casablanca. Nach einem etwas mehr als zweistündigen Zwischenhalt folgte die letzte Etappe nach Monrovia. Der Flug dauerte weitere vier Stunden. Die Landung war für den nächsten Morgen um vier Uhr fünfzehn vorgesehen.

Am Flughafen der liberianischen Hauptstadt würden ihn, wie immer, zwei Mitarbeiter von Spitaldirektor Okanebu in Empfang nehmen und ihn zu seinem Hotel bringen. Sofern der Flug nicht verspätet war, würde er dann wenigstens ein paar Stunden schlafen können, bevor er wieder abgeholt und zu seinem ersten Einsatz ins Spital gefahren würde.

Charlotte hatte Frank zum Flughafen gebracht. Im Airport-Shopping machte sie noch einige Besorgungen, dann fuhr sie zurück nach Erlenbach. Kaum hatte sie das Garagentor geschlossen, sprang ihr Töchterchen Beatrice voller Freude entgegen.

«Mami, Mami», rief die Siebenjährige aufgeregt. «Julia kommt auch mit!»

«Was heisst: Julia kommt auch mit?», fragte Charlotte. In Gedanken war sie noch immer bei Frank. Während der ganzen Fahrt nach Hause hatte sie sich Sorgen gemacht, nicht nur wegen der in Liberia noch immer herrschenden Ebola-Gefahr, welcher er dort ausgesetzt war, ob er das nun wahrhaben wollte oder nicht. Gleichzeitig spürte sie Wehmut aufkommen, so wie jedes Jahr, wenn Frank wieder zu seinem Freiwilligeneinsatz flog und ihr nichts anderes übrigblieb, als mit den Kindern allein in die Sommerferien zu verreisen.

«Mami», rief Beatrice, «Du hast doch selber gesagt, Julia dürfe mitkommen, wenn ihre Eltern einverstanden wären. Vorhin hat Julias Papi angerufen, sie hätten die Sache besprochen, Julia dürfe mit nach Orselina fahren.»

«Das ist ja wunderbar!», gab sich Charlotte erfreut und nahm ihr Nesthäkchen in die Arme.

«Gibt es heute eigentlich kein Abendessen?», meldete sich in diesem Moment aus dem oberen Stock eine mürrische Knabenstimme. Es war Lewin, der noch immer über seinen Hausaufgaben sass. Die Nachricht, dass seine kleine Schwester nun auch noch ihre beste Freundin in die Ferien mitbringen würde, vermochte ihn alles andere als in Begeisterung zu versetzen. Beatrice' Freundin Julia und ihr ständiges Geplapper waren ihm schon seit jeher auf die Nerven gegangen. Er wusste allerdings nur zu gut, dass das Unheil nicht mehr zu verhindern war, wenn Mama einmal Ja gesagt hatte.

***

In Modena hatten die meisten Zuschauer das Stadion bereits verlassen, als Luciano und Leo die steilen Stadiontreppen hinunterstiegen und durch einen Notausgang in einen kleinen Hof auf der Rückseite der Haupttribüne gelangten. Der zweite Bodyguard folgte ihnen auf dem Fuss. «Es ist gut, Antonio, lass uns für einen Augenblick allein. Und du, Leo, schalt dein Handy aus.»

Der Don zündete sich eine Zigarette an und starrte in den hellen Nachthimmel. Dann wandte er sich an Leo: «Danke, dass du gekommen bist! Der Grund, weshalb ich dich rief...»

Plötzlich hielt er inne, als überkämen ihn Zweifel, ob es wirklich der richtige Moment war für das, was er vorhatte. Doch dann fuhr er fort: «Ich brauche deine Hilfe.»

«Um was gehts denn, Luciano?»

«Ich brauche einen Arzt.»

«Dann bist du bei mir ja an der richtigen Adresse!»

Leo spürte, wie ein kleines Freudenfeuer in seinem Innersten zu lodern begann. Wann war er zum letzten Mal als Mediziner angesprochen und in dieser Funktion um Hilfe gebeten worden?

«Einen Chirurgen.»

«Du weisst, ich bin…»

Höhnisch unterbrach ihn Luciano: «Du bist nicht, du warst ein Chirurg – ein sogenannter Schönheitschirurg. Aber das sind tempi passati. Ich kenne deine Geschichte, Leo. Du brauchst mir nichts vorzugaukeln. Nach deinem legendären Gesichtslifting hat die kantonale Zürcher Gesundheitsdirektion ein Berufsverbot über dich verhängt. Und das wurde meines Wissens bis heute nicht aufgehoben.»

Leo lief es kalt den Rücken hinunter. Jetzt erinnerte ihn auch noch der Don an die Schmach, die ihm Frank Martin erst kürzlich in aller Öffentlichkeit zugefügt hatte.

«Frank Martin ist doch dein Freund?», fuhr Luciano sarkastisch fort.

«‹Freund› ist vielleicht etwas übertrieben! Aber natürlich kenne ich Frank. Ich war erst kürzlich bei ihm eingeladen, als er seine neue Praxis eröffnete. Er scheint mich nach wie vor zu schätzen. Sonst hätte er mich wohl kaum auf die Liste seiner Gäste gesetzt.»

Wieder unterbrach ihn der Don: «Ja, warum wohl? Warum, denkst du, bist du auf Frank Martins Einladungsliste gelandet? Wegen deiner chirurgischen Fähigkeiten? Oder weil dich der Doktor besonders gut mag?»

Leo starrte ihn an. Fieberhaft versuchte er herauszufinden, worauf Luciano hinauswollte.

Ungerührt fuhr dieser fort: «Dann und wann muss man einer Sache halt ein wenig nachhelfen.»

«Ich verstehe nicht...?»

«Aus gut unterrichteter Quelle hatten wir Kenntnis von der Tatsache, dass Dr. Martin eine zusätzliche Assistentin suchte. Wir haben dafür gesorgt, dass sich unter den Bewerberinnen auch eine junge Dame nach unserem Gusto befand. Sie verfügt nicht nur über erstklassige Referenzen, sie ist auch ausnehmend attraktiv. Ideale Voraussetzungen also für einen Job bei einer Schönheitskoryphäe wie Frank Martin.»

«Und?»

«Chantal, so heisst die junge Dame, wenn ich mich recht erinnere.»

«Und? Was hat diese Frau mit mir zu tun?»

«Sie war es, die Dr. Martin zu gegebener Zeit vorgeschlagen hat, dich auf die Einladungsliste zu nehmen.»

«Wie kam sie dazu? Sie kennt mich nicht. Und ich kenne sie nicht.»

Doch dann begann es Leo zu dämmern: «Sie tat es in deinem Auftrag?»

Der Don schwieg und wandte sich ab. Doch ein höhnisches Grinsen auf Lucianos Antlitz blieb Leo nicht verborgen. Wut stieg in ihm auf. Und gleichzeitig ein Gefühl der Ohnmacht. Wie er diesen Mann hasste!

Doch was sollte er tun? Seit Jahren war er an diesen Teufel gefesselt. Der Don war es gewesen, der ihm nach seinem medizinischen Fiasko aus dem finanziellen Schlamassel geholfen und ihm als seinem Mittelsmann in der Schweiz eine neue Existenz ermöglicht hatte.

Kennengelernt hatten sich Luciano Sestrielli und Leo Kramer in der Kalabria-Bar im Zürcher Langstrassenquartier. Der Inhaber des Lokals stammte, wie Sestrielli, aus Kalabrien, daher der Name des Lokals. Sein Vater war in den Fünfzigerjahren mit der ganzen Familie in die Schweiz gekommen, um hier Arbeit zu finden.

Im Gastgewerbe gelang es ihm schliesslich, Fuss zu fassen und sich hochzuarbeiten. Wenige Jahre später trat Alessandro, sein Sohn, in die Fussstapfen des Vaters. Dank Fleiss und Sparsamkeit gelang es diesem später, den Barbetrieb käuflich zu erwerben.

Sestrielli hatte den Laden seinerzeit mitfinanziert. Seither kehrte er regelmässig bei Alessandro ein, wenn er geschäftlich in Zürich zu tun hatte.

Zu den Stammgästen des Lokals zählte auch Leo Kramer. Das Berufsverbot, welches die Aufsichtsbehörde nach seiner unglücklich verlaufenen Operation über den einst angesehenen Arzt verhängte, hatte ihn in eine tiefe Lebenskrise gestürzt. Er begann, Tabletten zu schlucken, um die täglichen Depressionen zu betäuben. Doch ihre Wirkung liess schon nach wenigen Monaten nach.

Fortan versuchte Kramer, seine Sorgen im Alkohol zu ertränken. Das letzte Vermögen, das er noch besass, verspielte er im Casino. Er begann, nächtelang in Kneipen und Bars herumzuhängen. Zu einer Arbeit, die auch nur die geringste Konzentration erforderte, war er nicht mehr fähig.

Als er eines Abends seinem Elend wieder einmal in der Kalabria-Bar zu entfliehen versuchte, setzte sich ein älterer, italienisch sprechender Herr neben ihn. Alessandro machte die beiden miteinander bekannt.

«Luciano, das ist Leo Kramer. Ein berühmter Mann in Zürich...»

Kramer unterbrach ihn mit lallender Stimme: «Danke! War einmal...»

«...ein bekannter Schönheitschirurg...», fuhr Alessandro fort. Dann schilderte er dem Gast, in kurzen Zügen, was dem Mann passiert war und wie das Missgeschick seiner Karriere als erfolgreicher Arzt ein jähes Ende gesetzt hatte.

«Wirklich schade um den Mann», meinte Alessandro. «Im Grunde genommen ist er ein liebenswürdiger Kerl, umgänglich und – wenn er nicht gerade zugedröhnt ist – auch blitzgescheit. Verkehrte in den besten Kreisen der Stadt.»

Bei dieser Feststellung wurde Sestrielli hellhörig. Er zog sich mit Alessandro in ein Hinterzimmer der Bar zurück, wo sie sich jeweils über neue Vorhaben und Geschäftsideen auszutauschen pflegten. Alessandro kredenzte seinem Gast dessen derzeitigen Lieblingscognac, einen Hennessy XO.

«Dieser Leo Kramer, denkst du, er könnte uns allenfalls bei gewissen Aktionen behilflich sein? Vorausgesetzt natürlich, es gelänge, ihn von seiner Sucht zu befreien.»

«Das könnte ich mir schon vorstellen», meinte Alessandro. «Dass er mit Fleiss und Durchsetzungskraft etwas erreichen kann, hat er bewiesen. Und dass er in seinem tiefsten Inneren keinen grösseren Wunsch hegt als seiner jetzigen Misere endlich zu entfliehen, lässt er in nüchternen Momenten immer wieder durchblicken.

Wohl am wichtigsten aber: Er braucht Geld. Und zwar dringend!»

Sestrielli, stets auf der Suche nach Menschen, die sich für ihn in der einen oder anderen Form als nützlich erweisen könnten, zögerte nicht lange. Er sorgte dafür, dass Leo Kramer raschmöglichst die bestmögliche medizinische und psychologische Betreuung erhielt.

Bereits nach wenigen Wochen fand der gescheiterte Arzt wieder Boden unter den Füssen. Verzweiflung und Versagensängste gehörten der Vergangenheit an.

Der Don testete seinen neuen Mitarbeiter, indem er ihn um diese oder jene Gefälligkeit bat. Kramer beschaffte ihm Informationen über Geschäftsleute und deren Firmen, er besorgte Kopien von Businessplänen und fotografierte geheime Standorte von geplanten, neuen Industrie-Ansiedlungen. Nicht selten ging es aber auch darum, ein oder zwei Mädchen zu organisieren, die bereit waren, dem Don seine Zürcher Nächte zu versüssen.

Solche Gefälligkeiten machten sich für Leo bezahlt. Die stattlichen Beträge, die nun regelmässig aus Italien auf sein Konto überwiesen wurden, ermöglichten es ihm schon bald, seinen früheren Lebensstil wieder aufzunehmen.

Gleichzeitig geriet er aber auch immer tiefer in die Schuld und in die Abhängigkeit von Sestrielli. Er war sich dessen sehr wohl bewusst. Die Befürchtung, dass ihm diese Verbindung eines Tages zum Verhängnis werden könnte, verdrängte er. Was blieb ihm anderes übrig, als gute Miene zum bösen Spiel zu machen.

Lächeln, immer nur lächeln.

In Momenten allerdings wie nach dem Fussballspiel in Modena, in denen ihn der Don an sein Versagen und damit an seine totale Abhängigkeit erinnerte, wurde er von einer unbändigen Wut gepackt. Alles in ihm krampfte sich zusammen. Er hätte den Mann auf der Stelle erwürgen können. Doch, wie stets, blieb es beim Vorsatz.

Leo liess sich nichts anmerken und zerdrückte die Zigarette, die er sich gerade erst angezündet hatte, am Geländer der Stadionwand. Dann wandte er sich an Luciano: «Was willst du? Was kann ich für dich tun?»

Einen Augenblick lang zögerte der Don. Dann liess er die Katze aus dem Sack. «Es geht um ein neues Gesicht.»

«Ein neues Gesicht? Für wen?»

«Für Tomaso.»

«Tomaso? Wer ist Tomaso?»

«Mein Sohn.»

Leo glaubte, sich verhört zu haben. «Du hast einen Sohn?»

«Das hättest du mir nicht zugetraut, was?»

«Aber natürlich, Luciano. Nur: Wozu braucht dein Sohn ein neues Gesicht?»

Der Don zögerte. Sollte er Kramer die Wahrheit erzählen? Nein, beschloss er. Warum sollte er das Risiko eingehen und ausgerechnet diesem Windhund verraten, was nur wenige wussten: Gegen Tomaso lief seit einem Jahr ein internationaler Haftbefehl, ausgestellt von den amerikanischen Justizbehörden. Grund: Beihilfe zu Mord, Drogenhandel und Geldwäscherei. Dies bedeutete nicht anderes, als dass Tomaso auf jeder seiner Reisen, ob privat oder geschäftlich, damit rechnen musste, von den Behörden verhaftet und an die USA ausgeliefert zu werden.

Nach Rücksprache mit seinen Anwälten sah Luciano nur eine einzige Möglichkeit, um seinen Sohn von diesem Fluch zu erlösen: Er musste Tomaso zu einer vollkommen neuen Identität verhelfen. Das bedeutete auch: Sein Sohn Tomaso brauchte ein neues Gesicht.

Dies alles behielt der Don jedoch für sich. Zu Kramer meinte er nur: «Wir haben unsere Gründe.»

«Aber was habe ich damit zu tun», fragte dieser, «wenn du mich nicht als Arzt…?»

«Wir brauchen einen Termin.»

«Einen Termin? – Bei wem?»

«Bei Dr. Martin.»

«Bei Frank? Du willst, dass er ihn operiert?»

«Und zwar rasch.»

«Was heisst ‹rasch›?»

«Innerhalb der nächsten zwei Monate.»

«Für eine Gesichtsoperation? Das kannst du vergessen!»

«Ach ja? Es ist dir nicht möglich, deinem Freund diesen kleinen Gefallen zu erweisen?»

«Bei allem Respekt, Luciano, aber Frank Martin ist auf Monate hinaus ausgebucht. Zudem wird er demnächst nach Liberia fliegen. Das habe ich an der Eröffnung seiner neuen Praxis in Erfahrung gebracht. Er soll dort seit Jahren jeweils im Sommer während vier Wochen unentgeltlich operieren. Bei ihm in nächster Zeit einen Termin zu bekommen, kannst du dir aus dem Kopf schlagen. Leute aus ganz Europa und selbst aus Übersee stehen Schlange, um sich bei ihm unters Messer zu legen. Ausserdem bezweifle ich, dass er dich oder deinen Sohn überhaupt als Patienten akzeptieren wird.»

Der Don geriet ausser sich. Das Blut schoss ihm in den Kopf.

«Was willst du damit sagen?»

Er packte Leo an den Schultern und schrie: «Was heisst das? Du zweifelst daran, dass er uns überhaupt akzeptieren wird? Sind wir ihm etwa nicht gut genug?»

Leo hatte den Chef noch nie in einer solchen Verfassung erlebt. Er war zu weit gegangen. Und er wusste das. Jetzt galt es, das Schlimmste zu verhüten.

«So habe ich das nicht gemeint, Luciano.»

Barsch unterbrach ihn der Don: «Es reicht, Leo. Und es ist mir scheissegal, wer da sonst noch wartet. Wozu, glaubst du, habe ich dich kommen lassen? Und dir den Jet nach Zürich geschickt?»

Leo stand mit dem Rücken zur Wand. Einmal mehr. Doch bisher war es ihm noch immer gelungen, auch die ausgefallensten Forderungen zu erfüllen. Dieses Mal aber verlangte Luciano etwas von ihm, von dem er wusste, dass es ausserhalb jeder Realität war.

«Nun, Leo – ja oder nein?»

«Ich werde mir etwas einfallen lassen.»

Der Don schrie: «...etwas einfallen lassen! Wir brauchen den Termin! Und, nur für den Fall: Solltest du dich durch meine Bitte überfordert fühlen, lass es mich wissen. Es gibt in der Schweiz genügend Leute, die nur darauf brennen, dich abzulösen und für mich zu arbeiten.»

«Ich werde mein Möglichstes tun, alles, was in meiner Kraft steht.»

Erleichtert stellte Leo fest, dass sich Luciano zu beruhigen schien.

«Ich wusste, dass ich mich auf dich verlassen kann.»

**

Im Engadin waren die letzten Trauergäste abgereist. Sandra fand endlich Zeit, sich Gedanken darüber zu machen, wie es weitergehen sollte. Nicht nur mit ihr, sondern vor allem auch mit Grossmamas Hinterlassenschaft, für die sie nun verantwortlich war. Was sie in den vergangenen Tagen erlebt hatte, liess ein mulmiges Gefühl in ihr aufkommen.

Die Nachricht, wonach ihr Vater nicht bei einem Autounfall, sondern durch Mord sein Leben verloren hatte, war erst der Anfang. Der nächtliche Anruf eines Unbekannten, der offensichtlich über Grossmamas

Gepflogenheiten und die Einrichtung ihres Engadiner Hauses genauestens Bescheid wusste; ein Fotograf, der keine Hemmungen kennt, die Stille einer Trauerfeier zu entweihen; von weither angereiste Trauergäste, die den Anschein erweckten, mit Grossmama befreundet gewesen zu sein. Dabei hatte diese zu keiner Zeit auch nur einen der Namen der Anwesenden je erwähnt.

* * *

Sandra sass im lauschigen Park des Fünf-Sterne-Hotels Baur au Lac. Im Gegensatz zum Engadin hatte in Zürich der Frühling schon vor einem Monat Einzug gehalten. Die Sonne sorgte für angenehme Temperaturen. Ein schwacher Wind liess die hellgrünen Blätter des alten Ginkgo-Baumes vor ihr erzittern. Sie hatte eine Kleinigkeit gegessen. Der Duft des Kaffees, verbunden mit einem Schuss Amaretto, weckte Erinnerungen an jene Zeiten, in denen sie als kleines Mädchen Grossmama gelegentlich hierher begleiten durfte, wenn diese in Zürich geschäftlich zu tun hatte.

Es war ruhig wie damals. Nur ab und zu durchbrach das Hupen eines ungeduldigen Autofahrers oder das tiefe Hornen eines Dampfbootes auf dem nahen Zürichsee die Stille der Oase mitten in der City. Die wenigen anwesenden Hotelgäste und Geschäftsleute waren in Gespräche vertieft oder verfolgten auf dem Handy die neusten Nachrichten und die Börsenkurse.

Nur ein junger Mann, der sich an der Bar mit dem Kellner unterhielt, konnte es sich nicht verkneifen, immer wieder einen verstohlenen Blick auf die attraktive, junge Frau zu werfen, die in die Lektüre eines offensichtlich langen Briefes vertieft war. Ihr Alter schätzte er auf Mitte dreissig. Sie trug ein eng geschnittenes, dunkelblaues Deuxpièces, welches ihrem Körper schmeichelte. Vor allem ihre schlanken Beine hatten es ihm angetan.

Sandra selber schien nichts von all dem zu bemerken, was um sie herum vorging. Ihre ganze Aufmerksamkeit galt dem, was ihr Grossmama in dem Brief zu sagen hatte. Er lag, neben anderen Dokumenten, in einer schwarzen Ledermappe, die ihr ein Mitarbeiter des UBS Wealth Management am nahen Paradeplatz im Tresorraum der Bank ausgehändigt hatte. Anschliessend wollte sie der freundliche Herr zu einem Gespräch in sein Büro einladen.

«Wir sollten über das weitere Vorgehen in Bezug auf die bei uns deponierten Finanzwerte Ihrer verstorbenen Grossmutter sprechen.»

Doch Sandra lehnte ab: «Ein anderes Mal gerne. Heute fehlt mir die Zeit dazu.»

Sie hatte nur einen Wunsch: Weiterzulesen, um endlich zu erfahren, was man ihr bis heute verschwiegen hatte. Und was dies alles für ihr künftiges Leben bedeuten könnte.

***

«Begonnen hatte alles vor über dreissig Jahren. Walter, mein Mann, also dein Grossvater, erkrankte an einem Lungenödem und verstarb kurz darauf. Zunächst dachte ich daran, unser alteingesessenes Unternehmen für Finanzberatung und Vermögensverwaltung zu verkaufen. Doch dann, nachdem ich das Für und Wider eines solchen Schrittes sorgfältig gegeneinander abgewogen hatte, entschied ich mich, darauf zu verzichten und stattdessen selber wieder in der Firma aktiv zu werden. Schliesslich hatte ich seinerzeit als Walters rechte Hand von Anfang an im Betrieb mitgearbeitet und dabei vielfältige Erfahrungen im Anlegen und Verwalten von Kundengeldern gesammelt. Immerhin arbeitete ich insgesamt drei Jahre im Asset Management.

Als dann Alex, dein Vater, zur Welt kam, habe ich im Geschäft aufgehört, um mich, zumindest vorläufig, ganz auf die Rolle der Mutter zu konzentrieren. Die Geschäftsleitung übernahm Alberto del Preto, ein alter Freund von Papa. Er hatte jahrelang mit grossem Erfolg eine eigene Finanzboutique geführt.

Als dein Vater zwölf Jahre alt war und ins Gymnasium kam, kehrte ich ins Geschäft zurück. Ich arbeitete auf den verschiedensten Positionen, um möglichst rasch einen umfassenden Überblick über den Gesamtbetrieb zu gewinnen. Als Alberto in Pension ging, fühlte ich mich in der Lage, den Vorsitz der Geschäftsleitung und damit die Gesamtverantwortung für die Firma zu übernehmen.

Dein Vater studierte, nachdem er das Gymnasium mit der Maturität abgeschlossen hatte, an der Universität St. Gallen und erwarb den Bachelor in Wirtschaftswissenschaften. Anschliessend zog es ihn in die Vereinigten Staaten. In New York fand er eine Praktikantenstelle im Asset Management bei G. P. Morgan. Offensichtlich machte er seinen Job so gut, dass ihm die Direktion schon nach kurzer Zeit eine Festanstellung anbot.

Diese Chance liess er sich nicht entgehen. Innerhalb von knapp acht Jahren arbeitete er sich von der Pike auf hoch bis in die zweitoberste Führungsebene. Gerne hätten ihn die Amerikaner behalten, doch es zog ihn zurück in die Heimat. Nach zwei Jahren wurde er in Zürich mein Stellvertreter.

Alex war Banker mit Leib und Seele. Für die Vermögensverwaltung hatte er ein besonderes Flair. Dank ihm verdienten nicht nur seine Kunden, sondern auch die Bank Jahr für Jahr gutes Geld. Das brachte ihm von allen Seiten Lob und Wertschätzung ein. Nach weiteren zwei Jahren übertrug ich ihm die operative Leitung des Gesamtunternehmens. Ich selbst übernahm das Präsidium des Verwaltungsrates. Die Geschäfte liefen prächtig, laufend kamen neue Dienstleistungsbereiche und vor allem auch neue Kunden hinzu. Aus der ursprünglich reinen Vermögensverwaltung wurde eine veritable Bank.

Umsatz, Gewinn, aber auch die damit verbundenen erhöhten Risiken erreichten schliesslich eine Grössenordnung, die von einer reinen Familien-Gesellschaft kaum mehr zu prästieren war. Ein Going public drängte sich auf. Nach gründlichen Abklärungen und der positiven Prüfung durch die Eidgenössische Finanzmarktaufsicht FINMA wagten wir schliesslich vor drei Jahren den Gang an die Börse. Seither werden die Aktien der Constaffel Private Bank in Zürich, Frankfurt, London und New York gehandelt.

Auch privat lief für deinen Vater alles rund. Noch vor seiner Rückkehr aus den USA hatte er auf einer Skitour in Aspen deine Mutter Scarlett kennengelernt. Es war Liebe auf den ersten Blick. Wenige Monate später heirateten sie. Für alle, die sie kannten, bildeten die beiden ein Traumpaar. Zur Krönung ihrer Verbindung wurde der Tag, an welchem du, meine liebe Sandra, das Licht der Welt erblicktest.

Doch dann, du warst gerade mal vier Jahre alt, geschah das Unfassbare. Dein Vater befand sich auf seiner alljährlichen Geschäftsreise durch Mittelamerika, wo einige seiner vermögenden Kunden ihren Wohnsitz hatten. Eines Abends, es war in San José, der Hauptstadt von Costa Rica, traf er einen seiner ältesten Kunden, der inzwischen zu einem Freund geworden war, zum Essen im Restaurant Ram Luna, das wegen seiner regionalen Küche und seiner traumhaften Aussicht auf die Stadt berühmt ist. Gegen dreiundzwanzig Uhr bestellte er sich ein Taxi, das ihn zu seinem Hotel zurückbringen sollte.

Doch dort ist er nie angekommen.

Auf der Suche nach dem Vermissten durchkämmten Sonderermittler und Spezialeinheiten der Fuerza Publica, die in Costa Rica für die innere Sicherheit zuständig ist, während Tagen jeden Winkel der Hauptstadt. Sämtliche Taxiunternehmen wurden überprüft, doch kein Fahrer wollte in der fraglichen Nacht unter seinen Fahrgästen einen Schweizer bemerkt haben. Mitarbeiter der Schweizer Botschaft im Centro Colon nahmen Kontakt mit örtlichen Geschäftsleuten auf, die den Vermissten möglicherweise gekannt hatten. Doch alle Bemühungen blieben erfolglos.

Erst ein halbes Jahr später lieferte die Bemerkung eines inhaftierten Kriminellen der Polizei den ersten Hinweis auf eine Spur. Der Mann war nach einem Raubüberfall auf einen Homosexuellen festgenommen und vor Gericht gestellt worden. Dabei konnten ihm weitere Vergehen nachgewiesen werden. Unter anderem wegen Drogenhandels. Es stellte sich heraus, dass er Mittelsmann eines mexikanischen Kartells war, welches in Costa Rica mehrere Gangs beschäftigte und diese mit Waffen versah. Wegen seiner Lage zwischen den Koka-Anbaugebieten in Südamerika und dem riesigen Drogenmarkt USA war Costa Rica, einst Musterland bezüglich Sicherheit und politischer Stabilität, zu einem Aktionsfeld krimineller Organisationen aus den Nachbarstaaten geworden.

Um seine eigene Haut zu retten, begann der Verhaftete zu singen. Er verriet den Strafbehörden die Namen seiner Kontaktleute in San José. Unter diesen befand sich auch ein bekannter Architekt, der die Polizei schliesslich auf eine heisse Spur führte. Bei der Überprüfung der von ihm erstellten Bauten stiessen die Ermittler auf eine weitläufige Industrieanlage in der Nähe der Stadt Limon an der Karibikküste. Neben einem mehrstöckigen Bürogebäude standen mehrere grosse Lagerhallen aus rotem Backstein sowie ein Gebäude, ausgestattet mit riesigen Tiefkühlgeräten.

Als die Polizei das Gelände durchsuchte, stellten die Beamten zu ihrem Erstaunen fest, dass niemand auf dem ganzen Areal arbeitete. Weder im Bürokomplex noch in den Lagerhallen oder an den Tiefkühlgeräten war ein einziges menschliches Lebewesen zu erkennen. Alles stand leer.

Als Besitzer des Areals stellte sich ein Mann heraus, der eine Fischerei-Flotte betrieb. Den Untersuchungsbehörden gegenüber erklärte er, dank der der neuen Anlage habe er die Möglichkeit, in Zukunft tiefgekühlten Fisch in die Nachbarländer und in die USA zu exportieren.

Warum denn niemand arbeite, wollten die Ermittler wissen. Das hänge mit seinem momentanen Finanzengpass zusammen. Schuld sei der Tropensturm «Nate», der das Land vor Kurzem heimgesucht und das Auslaufen seiner Fischerboote während Wochen verhindert hatte. Da die bisherigen Investitionen seine letzten Mittel verschlungen hätten, sei im Moment keine Bank bereit, ihm einen Betriebskredit zu gewähren.

Die Polizei glaubte den Aussagen des Mannes. Der zuständige Kommandant ordnete den Abzug seiner Leute an. Die meisten Polizisten hatten das Gelände bereits verlassen. Nur drei Mitglieder einer Einheit mit Spürhunden befanden sich noch im Gebäude mit den Tiefkühlmaschinen. Plötzlich, auf dem Weg zum Ausgang, begann eines der Tiere laut zu bellen und mit den Vorderfüssen wild am Boden zu scharren.

Die Spezialisten gingen der Sache nach und entdeckten unter einem alten Gummiläufer einen Schachtdeckel. Als sie diesen öffneten, machten sie eine grausige Entdeckung. Im Kanal lag eine bereits stark verweste männliche Leiche.

Der Fund löste umgehend neue Nachforschungen aus. Die Polizei lud den Besitzer der Fischereiflotte zu einer weiteren Befragung vor. Dabei verstrickte sich der Mann, der bei der ersten Einvernahme glaubwürdig gewirkt und überzeugend argumentiert hatte, zunehmend in Widersprüche.

Die Ermittler wurden misstrauisch. Der Verdacht kam auf, die verlassene Industrie-Anlage könnte womöglich gar nicht für die Verarbeitung von Fisch, sondern für ganz andere Zwecke erstellt worden sein.

Um einer möglichen Fluchtgefahr vorzubeugen, verfügte der zuständige Staatsanwalt Untersuchungshaft für den Mann. Als man dann auch noch DNA-Spuren des ermordeten Schweizer Bankiers auf der Kleidung des Verhafteten entdeckte, knickte der Angeklagte ein.

Kleinlaut gestand er, nicht der Eigentümer der Industrieanlage zu sein, in deren Abwasserkanal der tote Schweizer gefunden wurde. In Wirklichkeit gehöre der ganze Komplex einem Mexikaner namens Juan Pablo Ramirez. Die Gebäude seien auch nicht für die Verarbeitung und den Export von Fisch, sondern für die Zwischenlagerung und Verarbeitung von Drogen vorgesehen.

Aufgrund der strategisch idealen Lage sollte der Stoff mit Drohnen direkt vom Werkgelände aus auf Schiffe, die vor der Küste ankerten, oder auf einen nahe gelegenen Feldflughäfen transportiert und von dort in die USA geschmuggelt werden.

‹Dieser Ramirez›, unterbrach ihn der Untersuchungsrichter, ‹erzählen Sie uns mehr über den Herrn!›

‹Genaueres weiss ich nicht. Er soll – so sagte man mir – Chef einer lokalen Gang sein, die hier in Costa Rica im Auftrag des mexikanischen Sinaloa-Kartells aktiv ist.›

‹Und der tote Schweizer? Welche Rolle spielte er bei der Geschichte?›

Der Mann schwieg.

‹Der Schweizer Bankier hat die Finanzierung für den Umbau des Komplexes sichergestellt? Und Sie haben für Ihr Schweigen ein hübsches Sümmchen garniert. So reden Sie endlich!›

Der Mann senkte den Kopf und schwieg weiter.

‹Und um keine Zeugen zu haben, haben Sie den Schweizer kurzerhand umgebracht und seine Leiche im Abwasserkanal versenkt, in der Hoffnung, sie würde dort verwesen, bevor jemand sie entdeckt›, schrie ihn der Beamte an.

Jetzt brach der Mann sein Schweigen. Mit leiser Stimme erklärte er: ‹Mit dem Tod des Schweizers habe ich nichts zu tun…›

Der Untersuchungsrichter glaubte dem Mann kein Wort. Bei den täglichen Verhören, die in einem abgedunkelten Raum stattfanden, erhöhte er den Druck und stellte die Möglichkeit einer lebenslangen Haftstrafe in Aussicht, sollte sich der Verdacht auf Mord erhärten.

Gleichzeitig liess er jedoch durchblicken, eine Strafminderung könnte im Bereich des Möglichen liegen. Voraussetzung dafür sei allerdings, dass sich der Angeklagte bereit erkläre, mit den Behörden zusammenzuarbeiten. Dazu gehöre auch die Preisgabe der Namen seiner Hintermänner. Im Gegenzug könnte sich die Polizei vorstellen, ihm zum Schutz vor Racheakten zu einer neuen Identität zu verhelfen.

Die Aussicht, einer lebenslänglichen Haftstrafe zu entgehen, liess den Mann nicht lange zögern.

‹Ramirez und der Banker aus Zürich pflegten seit Jahren eine enge Geschäftsbeziehung. Der Schweizer verschaffte dem Mexikaner die benötigten Bau- und Betriebskredite. Zudem eröffnete er für Ramirez mehrere Offshore-Konten in der Schweiz, in Panama sowie bei einigen osteuropäischen Banken. Damit half er Ramirez, seine Gewinne aus dem Drogenhandel weisszuwaschen.

Als Gegenleistung kassierte der Mann namens Constaffel nicht nur überhöhte Zinsen für die Darlehen, er hatte den Drogenbaron ausserdem dazu gebracht, ihn mit zehn Prozent am gesamten Geschäftserlös zu beteiligen.›

‹Und wer hatte ein Interesse, diesen tüchtigen Schweizer Banker umzulegen?›

‹Wenn man sich in gewissen Kreisen umhörte›, gab der Angeklagte zu Protokoll, ‹sollen sich die beiden seit einiger Zeit nicht mehr besonders grün gewesen sein. Ramirez fühlte sich von Constaffel erpresst.

Kein Wunder, wurde doch die Zehn-Prozent-Klausel für ihn zu einer wachsenden Belastung. Die vereinbarte Gewinnbeteiligung bedeutete nämlich nicht mehr und nicht weniger, als dass er Jahr für Jahr über fünfzehn Millionen Dollar Gewinn an den Schweizer überweisen musste.

Da kam ihm das Angebot einer chinesischen Investmentfirma gerade recht. Diese stellte ihm Kredite zu einem wesentlich günstigeren Zins in Aussicht. Auch was die Gewinnbeteiligung anbelangte, waren die Forderungen der Chinesen weit bescheidener als diejenigen des Schweizers.›

‹Wollen Sie damit sagen, dass Ramirez für den Mord an Constaffel verantwortlich ist?›

‹Ich habe nichts gesagt. Und ich werde auch nichts dazu sagen. Welche Schlüsse Sie aus dem Ganzen ziehen, ist allein Ihre Sache!›

Die Polizei ging den Hinweisen nach und fand immer mehr Anzeichen dafür, dass der Mann jetzt die Wahrheit sagte.

***

Je mehr Sandra über die Vergangenheit ihrer Familie erfuhr, umso grösser wurde ihre Sorge, eines Tages selbst in den Strudel der Ereignisse gerissen zu werden. So, wie es ihrer Mutter ergangen war, als diese von der Ermordung ihres Mannes erfahren hatte.

Die Behörden von Costa Rica forderten Scarlett auf, innerhalb von zwei Wochen nach San José zu kommen, um ihren toten Gatten zu identifizieren. Andernfalls könnten sie aufgrund der geltenden Vorschriften keine Genehmigung für die Ausfuhr der sterblichen Überreste von Mr. Constaffel erteilen.

Scarlett war der Verzweiflung nahe. Zum Schmerz über den Verlust ihres geliebten Alex kam nun auch noch die Angst vor der Reise, insbesondere vor dem Gang, der für jeden Angehörigen zum Schlimmsten gehört, was man sich überhaupt vorstellen kann: den Gang in ein Leichenschauhaus, um den toten Ehepartner zu identifizieren.

Die Nachricht von der Ermordung ihres einzigen Sohnes traf auch Erika Constaffel wie ein Blitz aus heiterem Himmel. Eben noch hatte sich die ganze Familie in der Villa im Engadin zum Osterfest getroffen und ein paar unbeschwerte Tage miteinander verbracht. Jetzt, zwei Wochen später, war alles zunichte. Das Familienglück lag in Scherben. Sandra hatte ihren Vater, Scarlett ihren Mann und Grossmama ihren einzigen Sohn verloren.

Doch zum Trauern blieb keine Zeit. Sandra las weiter:

«Verwandte, Freunde und Behörden mussten informiert werden. In der Bank galt es, nach dem Ausfall des Chefs die Verantwortlichkeiten neu zu regeln. Ich beschloss, deine Mutter auf der Reise nach Costa Rica zu begleiten, um ihr auf dem schweren Weg zur Seite zu stehen.

Du selbst warst damals erst gerade vier Jahre alt. Während der Abwesenheit deiner Mama musste jemand nach dir schauen. Meine Schwester erklärte sich bereit, diese Aufgabe zu übernehmen.

Die Maschine der Helvetic Airways mit den beiden Frauen an Bord landete nach einem rund zwölfstündigen Direktflug von Zürich nach Costa Rica um zweiundzwanzig Uhr fünfzehn Ortszeit auf dem Juan Santamaría International Airport von San José. Ein Vertreter der Schweizer Botschaft erwartete die Reisenden aus der Schweiz, Erika und Scarlett Constaffel, am Flughafen und brachte sie in ihr Hotel im Stadtzentrum.

‹Sie müssen müde sein vom langen Flug›, meinte er. ‹Dazu kommt die Zeitumstellung von acht Stunden. Zu Hause ist es jetzt bereits halb sieben Uhr morgens. Immerhin können Sie sich jetzt für ein paar Stunden hinlegen. Morgen erwartet Sie ein schwerer Tag.›

Es blieb nicht beim Gang ins Leichenschauhaus. Scarlett hatte entschieden, ihren Mann kremieren zu lassen und seine Asche in die Schweiz zu bringen. Dazu musste sie zahlreiche Ämter aufsuchen, um die entsprechenden Bewilligungen einzuholen. Auch ein Besuch bei der der Polizei blieb ihr nicht erspart. Die Beamten wollten wissen, was ihren verstorbenen Mann nach Costa Rica geführt hatte.

‹Mein Mann ist... war Banker›, erklärte sie. ‹Er reiste jedes Jahr einmal nach Mittelamerika, um seine hiesigen Kunden zu besuchen.›

‹Was für eine Art von Bankgeschäften betrieb Ihr Mann?›, fragte der diensthabende Offizier.

‹Als Vermögensverwalter half er den Leuten, ihr Geld sinnvoll anzulegen.›

Darauf meinte der Mann voller Sarkasmus: ‹Mit anderen Worten: Er zeigte ihnen, wie sie ihr Vermögen an unseren Steuerbehörden vorbei in die Schweiz und zu ihrer Bank transferieren können.›

Scarlett platzte der Kragen: ‹Wenn Sie damit andeuten wollen, mein verstorbener Mann habe in irgendeiner Form unrecht gehandelt, muss ich diesen Vorwurf in aller Form zurückweisen. Er hat sich stets an die Gesetze Ihres Landes gehalten.›

‹So? Da muss ich Sie leider eines Besseren belehren›, unterbrach sie der Beamte barsch. ‹Uns liegen Beweise vor, dass sich Ihr Mann nicht nur um die Vermögen seiner Kunden kümmerte, sondern gleichzeitig an Drogengeschäften, Veruntreuung und Geldwäscherei in Millionenhöhe beteiligt war!›

Die beiden Frauen schauten sich an. Sie konnten nicht glauben, was sie da hörten. Alex soll an Drogengeschäften in Costa Rica beteiligt gewesen sein? Was dieser Polizeioffizier in den Raum stellte, war so ungeheuerlich, dass sie das Gespräch sofort beenden wollten.

‹Es reicht! Was für eine infame Unterstellung! So etwas müssen wir uns von Ihnen nicht gefallen lassen.›

Empört erhoben sich die beiden Frauen und machten Anstalten, das Büro stante pede zu verlassen.

‹Meine Damen, bitte!› Der Beamte stellte sich breitbeinig vor sie hin.

‹Es bringt Ihnen gar nichts, wenn Sie versuchen, vor der Wahrheit davonzulaufen. Abgesehen davon, dass Sie ja Herrn…, ich meine die Asche Ihres verstorbenen Ehegatten ins Ausland bringen möchten. Um Ihnen die dafür notwendigen Papiere aushändigen zu können, sind wir von Gesetzes wegen verpflichtet, weitere Erkundigungen einzuholen und Sie gleichzeitig über die uns bekannten Fakten zu informieren.›

Die Frauen sahen ein, dass Widerstand sinnlos war. Sie setzten sich wieder hin. Der Mann erläuterte die Ergebnisse, zu denen seine Leute im Verlaufe der Ermittlungen gekommen waren. Je mehr Details er schilderte, umso unglaublicher erschien ihnen das Ganze. Alex, der schon als Kind keiner Fliege etwas antun konnte, Alex der treusorgende Ehemann und Vater, der erfolgreiche Banker, der in der Gesellschaft als Inbegriff eines fleissigen und seriösen Schweizers galt und Mitglied des Rotary Clubs war – dieser Mann soll sich in verbrecherische Geschäfte mit südamerikanischen Drogenhändlern eingelassen haben?

Und doch, je länger Erika und Scarlett den Ausführungen des Polizeichefs folgten, umso erschreckender wurde die Erkenntnis, dass ihr geliebter Alex offensichtlich eine dunkle Seite hatte, von der sie bis zur Stunde nichts gewusst hatten.

Regungslos nahmen sie die weiteren Erklärungen von Commandante Esposito zur Kenntnis.

Nachdem man den Leichnam aus dem Schmutzwasserkanal, in welchem er gefunden wurde, geborgen hatte, habe die Polizei den Besitzer des Geländes festgenommen. Er wurde des Mordes an Alex Constaffel beschuldigt. Seine anfängliche Beteuerung, er habe die Fischverarbeitung in den neuen Gebäuden lediglich wegen eines kurzzeitigen finanziellen Engpasses noch nicht aufnehmen können, fiel angesichts des Leichenfundes wie ein Kartenhaus in sich zusammen.

Nach zwei weiteren, langen Tagen in San José hatten Erika und Scarlett Constaffel schliesslich alle Papiere und Unterschriften beisammen, die sie brauchten, um die sterblichen Überreste von Alex aus Costa Rica in die Schweiz überführen zu können.

Erika flog am Mittwoch zurück. Im Gepäck hatte sie die Urne mit der Asche ihres Sohnes. Schwiegertochter Scarlett nutzte die Gelegenheit für einen kurzen Abstecher in die USA, wo ihre Mutter in einem Seniorenheim in Michigan/Ohio lebte. Eine Woche später kehrte auch sie nach Zürich zurück.

Der Senora fiel es noch immer schwer zu glauben, was sie in Costa Rica über die Aktivitäten ihres Sohnes erfahren hatte. Doch die Abklärungen der Behörden liessen keine Zweifel offen: Alex war offensichtlich seit Jahren in verbrecherische Geschäfte verstrickt. Mit mehreren Drogenbaronen hatte er lukrative Geschäftsbeziehungen unterhalten, bis er eines Tages zwischen die Fronten geriet und ermordet wurde.

***

Wie Sandra aus Grossmamas Notizen weiter erfuhr, hatte diese nach ihrer Rückkehr in die Schweiz vor allem ein Ziel vor Augen: Sie musste unter allen Umständen verhindern, dass die Geschehnisse in Mittelamerika Schatten auf das Geschäft in Zürich warfen. Dies könnte die Grundlagen des Unternehmens in schwerster Weise gefährden.

Erika Constaffel berief die Mitglieder des Verwaltungsrates kurzfristig zu einer dringlichen Sitzung ein.

«Meine Damen und Herren, liebe Freunde, unser Institut steht vor der grössten Herausforderung seiner Geschichte. Der schockierende Tod von Alex in Costa Rica könnte sich für unsere Firma zu einem Reputationsrisiko ausweiten, dessen mögliche Folgen nur schwer abzuschätzen sind. Wir sollten uns deshalb auf alle denkbaren Szenarien vorbereiten. Dabei geht es nicht nur um das Renommee der Bank und ein paar schlechte Schlagzeilen; der Fortbestand unserer Firma als Ganzes steht auf dem Spiel. Je nachdem, wie sich die Dinge entwickeln, könnte sich die Finanzmarktaufsicht gezwungen sehen, unserem Unternehmen die Lizenz zu entziehen. Was dieser Schritt für uns alle zur Folge hätte, brauche ich wohl nicht näher auszuführen.

Unser heutiges Haupttraktandum lautet deshalb: Was können und was müssen wir unternehmen, um das Schlimmste zu verhindern? Und da in Krisensituationen, wie wir sie zurzeit durchleben, der Kommunikation nach innen und aussen eine ganz entscheidende Bedeutung zukommt, habe ich mir erlaubt, einen auf solche Risiken spezialisierten Fachmann zu unserer heutigen Sitzung einzuladen. Mit seiner langjährigen, internationalen Erfahrung im Finanzsektor kann uns dieser dabei unterstützen, Gefahrenherde frühzeitig zu erkennen und entsprechende Massnahmen einzuleiten. Es handelt sich um Herrn Gerry Schwab, Inhaber des renommierten Beratungsunternehmens ‹Schwab Risk Management› in Bern.»

Erika Constaffel bat Herrn Schwab herein und stellte ihm die anwesenden Damen und Herren vor. Dann berichtete sie, was die polizeilichen Untersuchungen in San José bisher ergeben hatten. Sie beschränkte sich dabei auf eine kurze Zusammenfassung, wie und wo die Beamten die Leiche von Alex entdeckt hatten.

Bewusst hatte sie darauf verzichtet, die Mitglieder des Verwaltungsrates im Vorfeld über die verhängnisvollen Verstrickungen ihres Sohnes in Kenntnis zu setzen. Dass dieser in Costa Rica neben seiner Tätigkeit als Vermögensverwalter seit Jahren auch im Rauschgifthandel mitgemischt und dabei Millionengewinne gescheffelt hatte, erwähnte sie auch heute mit keinem Wort. Wohl galt für jede Sitzung des Verwaltungsrates absolute Schweigepflicht. Doch die Gefahr erschien ihr einfach zu gross, dass der eine oder die andere im privaten Kreis Dinge ausplaudern könnte, die sich bei Bekanntwerden in der Öffentlichkeit zu einem medialen Tsunami entwickeln könnten.

Am Abend informierte die Kommunikationsabteilung der Constaffel Bank die Medien über den plötzlichen Hinschied ihres CEOs.

«Alex Constaffel, der Vorsitzende der Geschäftsleitung der Zürcher Privatbank Constaffel, wurde Opfer eines Gewaltverbrechens. Constaffel befand sich auf einer Geschäftsreise im mittelamerikanischen Staat Costa Rica. Aufgrund der bisherigen Fahndungsresultate vermuten die örtlichen Behörden, dass die Täter den Schweizer mit einer anderen Person verwechselten und mit ihren Kugeln den Falschen trafen.

Bis ein Nachfolger für die Position des CEO gefunden ist, übernimmt Erika Constaffel, Mehrheitsaktionärin der Bank und Präsidentin des Verwaltungsrates, vorübergehend auch die operative Leitung der Bank. Sobald weitere Einzelheiten bekannt sind, wird die Öffentlichkeit darüber orientiert. Für die Kunden und ihre Beziehungen zur Bank ändert sich nichts.»

Um weiteres Ungemach von der Firma abzuwenden, traf Erika zusätzliche Vorsichtsmassnahmen. Sie setzte eine Taskforce ein, bestehend aus langjährigen und vertrauenswürdigen Mitarbeitern. Diese fassten den Auftrag, sämtliche Verbindungen der Bank zu Personen und Unternehmen in Costa Rica zu durchleuchten. Bestand auch nur der geringste Verdacht, Einkünfte und Vermögen eines Kunden könnten aus gesetzeswidrigen Aktivitäten stammen, wurde die Geschäftsverbindung aufgelöst.

Als weiteren potenziellen Gefahrenherd erachtete Erika auch die Möglichkeit eines «unfriendly take over». Um einem Übernahmeversuch von allem Anfang an einen Riegel zu schieben, liess sie eine zweite Arbeitsgruppe das Aktionariat durchforsten. Sie wollte wissen, wer grössere Positionen an Constaffel-Anteilen hielt und ob es in jüngster Zeit an der Börse zu auffallenden Käufen von Aktien der Bank gekommen war. Dabei sprang ihr ein italienisch-schweizerisches Konsortium von Handelsfirmen ins Auge, das in jüngster Zeit mehrmals als Käufer aufgetreten war und inzwischen eine grössere Beteiligung an der Bank hielt. Auch ein Finanzinstitut mit Sitz in Malta hatte seit einigen Monaten regelmässig in Constaffel-Aktien investiert.

Die Anteile beider Gruppierungen lagen allerdings unter jener Grössenordnung, die zu einer Gefahr für die Bank hätte werden können.

Erika war beruhigt.

***

Sandra sass noch immer auf der Gartenterrasse des Baur au Lac. Der Klingelton des Handys riss sie aus ihren Gedanken. Am Apparat meldete sich Giuseppe, der Mann, der sie nach Grossmamas Tod mitten in der Nacht in der Villa in Champfer angerufen und ihr den ersten Hinweis auf das Geheimnis der verstorbenen Signora geliefert hatte.

Heute hatte er sie frühmorgens im Engadin abgeholt und sie über den Julier-Pass via Chur nach Zürich gefahren. Er kenne die Strecke inzwischen wie seine eigene Hosentasche, hatte er ihr erklärt. «Jedes Mal, wenn die Signora einen Termin in Zürich hatte, bat sie mich, sie zu chauffieren. So konnte sie sich während der Fahrt ungestört auf ihre Geschäftsbesprechungen vorbereiten.»

«Ja, Giuseppe?»

«Ich stehe mit dem Wagen hinter der Confiserie Sprüngli. Dreizehn Uhr – ist das okay für Sie?»

Sandra schaute auf die Uhr. «Danke, Giuseppe. Ich werde dort sein.»

Sie verlangte nach der Rechnung und machte sich auf den kurzen Fussweg der Bahnhofstrasse entlang in Richtung Paradeplatz. «Merkwürdig», dachte sie, «noch bis vor Kurzem habe ich diesen Mann weder gekannt noch je von ihm gehört.»

Zunächst war sie ihm denn auch mit grösstem Misstrauen begegnet. Zu oft machten in jüngster Zeit Berichte über Erbschleicher die Runde. Diese sollen sich kurz nach einem Todesfall bei den Angehörigen melden.

Doch nachdem sich alle Hinweise und Informationen, die Giuseppe ihr am Telefon oder via Mail hatte zukommen lassen, als richtig herausstellten, und nachdem sie ausserdem eine handschriftlich verfasste Notiz gefunden hatte, in der Grossmama schrieb: «Du kannst Giuseppe vertrauen. Seit über zwanzig Jahren arbeitet er für mich und er hat mich nie enttäuscht», änderte sich ihre Haltung.

Der Mann mit der leisen Stimme wurde zu ihrem Vertrauten. Zu ihrem einzigen Vertrauten, wie sich Sandra eingestehen musste.

* * *

«Sie sehen müde aus. Sobald wir unsere Flughöhe erreicht haben, werden wir Ihren Sitz in die waagrechte Position bringen. Dann können Sie sich entspannen!» Es war wiederum Lisa, die Chef-Stewardess, die sich auch auf dem Rückflug nach Zürich persönlich um das Wohl von Leo Kramer kümmerte. Wie schon beim Hinflug war er der einzige Passagier an Bord. Lautlos glitt der Jet durch das Wolkenmeer. Turbulenzen blieben diesmal aus.

Dennoch fand Leo keine Ruhe.

Die Mission, mit der ihn der Don betraut hatte, war so heikel wie noch keine andere zuvor. Doch er wusste, dass es seine letzte Chance war. Sollte es ihm nicht gelingen, den Auftrag zur Zufriedenheit des Don zu erfüllen, würde seine einzige Geldquelle ein für alle Mal versiegen. Nicht zum ersten Mal hatte Luciano ihn spüren lassen, dass er für ihn nichts anderes als eine Marionette war, die man nach Belieben durch eine andere ersetzen konnte.

Leo zermarterte sich den Kopf. Nicht nur aus Sorge, wovon er künftig leben sollte, falls er es nicht schaffen sollte, dem Don den gewünschten Operationstermin zu verschaffen. Er fragte sich auch, aus welchen Gründen ihm dieser bisher verschwiegen hatte, dass er einen Sohn hatte? Und weshalb benötigte dieser so dringend ein neues Gesicht? Und schliesslich: Warum hatte Luciano nicht direkt bei Dr. Martin angerufen und persönlich um einen Termin gebeten?

Verzweifelt suchte er nach Antworten. Dann plötzlich – es war kurz vor der Landung in Zürich – fiel es ihm wie Schuppen von den Augen: Selbstverständlich hatte der der Boss als Erstes versucht, mit der Praxis von Frank Martin direkt Kontakt aufzunehmen und ein Treffen zu vereinbaren.

Umsonst: «Leider sieht sich Dr. Martin ausserstande, in den nächsten Monaten neue Patienten aufzunehmen.»

So oder ähnlich musste die Antwort aus dem Sekretariat des Star-Chirurgen gelautet haben. Aber natürlich liess sich ein Mann wie Luciano nicht so einfach abwimmeln. Schon gar nicht, wenn es um eine Operation am eigenen Sohn geht. Da kommt nur der beste Spezialist infrage. Und der Beste war nun mal Frank Martin.

Leo griff sich an den Kopf. Dass er nicht früher darauf gekommen war! Dem Don war kein Aufwand zu gross, wenn es darum ging, ein bestimmtes Ziel zu erreichen. Mithilfe einer Vermittlungsagentur für medizinisches Personal war es ihm schliesslich gelungen, jene Chantal, von der er gesprochen hatte, als Assistentin bei Frank Martin zu installieren. Die ausgebildete Praxisassistentin verfügte nicht nur über erstklassige Referenzen, sie sah auch blendend aus. Und noch etwas sprach für sie: Chantal brauchte dringend Geld.

Geld war für den Don kein Problem. Doch allem Charme und allen Bemühungen zum Trotz schaffte es auch Chantal nicht, Lucianos Sohn als Patient bei Dr. Martin unterzubringen. Es schien, als wäre dem Doktor die Sache mit dem Italiener von Anfang an suspekt vorgekommen. Ausserdem konnte er es sich leisten, Patienten abzuweisen, selbst wenn diese zu den sogenannten Ultra High Net Worth Individuals gehörten; Leute, die über ein Vermögen von mindestens dreissig bis fünfzig Millionen Franken verfügen.

Der Don raste, als er die Nachricht von der Absage des Arztes in Zürich vernahm. So etwas war ihm noch nie passiert. Natürlich hätte er die Möglichkeit gehabt, einen anderen der führenden plastischen Chirurgen Europas anzufragen. Etwa Professor Fabrizio Paoloni, der in Rom eine Privatklinik führte, an welcher Sestrielli persönlich finanziell beteiligt war. Selbstverständlich, ohne dass der Professor davon wusste.

Doch für einen Mann wie Luciano kam das nicht infrage. Im Gegenteil: Eine so schmähliche Abweisung, wie er sie von Frank Martin erfuhr, reizte ihn bis aufs Blut.

Jetzt gab es nur noch eines: Sein Mann fürs Grobe musste her. Leo Kramer.

Und zwar sofort.

***

Eines war Kramer bewusst: Ohne massiven Druck würde Frank Martin niemals bereit sein, den Sohn des Don als Patienten zu akzeptieren. Mit der Eröffnung seiner neuen Klinik stand der Spitzenchirurg auf dem Höhepunkt seiner Karriere. Als Kapazität für rekonstruktive und ästhetisch-plastische Chirurgie genoss er einen hervorragenden Ruf, der weit über die Landesgrenzen hinaus reichte.

Genau hier sah Kramer eine Lösung für sein Problem. Wenn es ihm gelingen würde, das internationale Renommee und das Ansehen des Arztes mit einem Paukenschlag infrage zu stellen, könnte sich dieser bereit erklären, seine ablehnende Haltung gegenüber dem Patienten aus Italien aufzugeben. Dass dies alles andere als ein einfaches Unterfangen war, darüber machte er sich keine Illusionen. Frank Martin galt nicht nur als exzellenter Chirurg, er war auch integer und seriös. Und zwar in jeder Hinsicht. Die Familie war für ihn sein Ein und Alles. Selbst den erfahrensten Klatschreportern war es bis heute nicht gelungen, dem prominenten Doktor auch nur den kleinsten Fehltritt nachzuweisen.

Das sollte sich von nun an ändern. Leo Kramer griff zu einem Mittel, mit dem er seine Ziele bisher immer erreicht hatte: Erpressung mit heimlich aufgenommenen, intimen Fotos. Die Drohung, diese der Öffentlichkeit zuzuspielen, falls das Opfer nicht auf die Wünsche der Erpresser eingehen sollte, hatte bisher noch jeden Mann gefügig gemacht.

Über Frank Martins neue Assistentin Chantal erhielt er Kenntnis darüber, wann, wie lange und in welchem Spital der Doktor seinen Freiwilligen-Einsatz leisten würde. Und er wusste, wo Frank in Monrovia logierte. Ein Kontaktmann des Don, ein Franzose, der lange in Liberia gelebt hatte, verwies ihn schliesslich an Bijan, den Barkeeper des Hotels, in dem der Doktor untergebracht war. Im ganzen Land gebe es keinen besseren «Intermédiaire», wie der Mann sich ausdrückte. Das Repertoire des Barkeepers war beeindruckend: Eine Mitgliedschaft im exklusivsten Club der Stadt oder um einen Sitz in einem seit Wochen ausgebuchten Flug, ein diskretes Mittagessen mit einem Minister oder ein Schäferstündchen mit eineiigen Zwillingen – es gab nichts, was Bijan nicht hätte arrangieren können. Dass sich dieser für seine guten Dienste fürstlich entschädigen liess, verstand sich von selbst.

Am folgenden Abend erreichte Kramer den Barkeeper am Telefon in Monrovia. Er verwies ihn auf die bevorstehende Ankunft eines prominenten Gastes namens Dr. Frank Martin. Er würde diesem während dessen Aufenthalt gerne eine kleine Überraschung bereiten. Ob er denn jemanden kenne, der gegen entsprechendes Entgelt bereit wäre, den Auftrag zu erledigen?

«Da sind Sie bei mir an der richtigen Stelle», meinte Monsieur Bijan. «Sie können mir voll und ganz vertrauen. Lassen Sie mich einfach wissen, worum es geht und wann es so weit ist!»

Kramer fiel ein Stein vom Herzen. Noch am gleichen Abend setzte er sich an den Computer und schickte ein Mail nach Monrovia. Darin schilderte er, wie er sich die Überraschung für den Schweizer Starchirurgen vorstellte: heimlich aufgenommene kompromittierende Fotos, die keinen Zweifel darüber offenlassen, bei welcher Beschäftigung das Opfer gerade erwischt wurde. «Und beachten Sie bitte», schrieb er zum Abschluss, «das Ganze duldet keinen Aufschub. Der Chirurg wird nur vier Wochen lang in Liberia arbeiten.»

Bijan beschloss, den Arzt bei seinem Hobby, dem Golfspiel, in die Falle zu locken. Das stellte ihn allerdings vor einige Herausforderungen. Normalerweise stand ihm eine Reihe junger Girls zur Verfügung, die unkompliziert und gegen Bezahlung gerne bereit waren, mit einem Mann ins Bett zu steigen und ihn damit Bijan auszuliefern. In diesem Fall aber musste er ein Mädchen als Lockvogel finden, das nicht nur attraktiv und sexy aussah, sondern einem Mann wie Dr. Martin auch intellektuell gewachsen war. Und noch wichtiger: Die junge Dame musste Golf spielen können.

Frauen, die über all diesen Qualifikationen verfügten, waren nicht nur in Monrovia dünn gesät. Doch Bijan wäre nicht Bijan, hätte er nicht bald eine Lösung gefunden. Er erinnerte sich an Estefania, die Tochter eines Amerikaners und einer Mulattin. Der Mann arbeitete als leitender Ingenieur bei Firestone, die damals in Liberia die weltweit grösste Kautschuk-Plantage betrieb. Er war regelmässiger Gast an Bijans Bar. Nach Beendigung seiner beruflichen Tätigkeit hatte er Mutter und Tochter verlassen und war in die USA zurückgekehrt. Immerhin schickte er monatlich einen Scheck nach Monrovia, der es der Familie ermöglichte, anständig zu leben und das Mädchen in eine Privatschule zu schicken.

Vor einem Jahr war Bijan Estefania zufällig auf dem Somalia Drive, einer der Hauptstrassen von Monrovia, begegnet. Es gehe ihr gut, erzählte sie. Sie hoffe, in einem Jahr an der hiesigen Universität ihren Masterabschluss in Wirtschafts- und Sozialwissenschaften zu machen. In ihrer Freizeit spiele sie Golf wie schon ihr Vater. Bereits als Kind habe sie diesen oft auf den Golfplatz begleiten dürfen. Dabei habe Papa sie mit dem Golfvirus angesteckt. Nun arbeite sie an der Verbesserung ihres Handicaps.

Seit dieser Begegnung hatte sich Bijan ab und zu mit Estefania getroffen. Nicht nur, weil sie zu einer auffallenden Schönheit herangewachsen war, die er sich als willkommene Abwechslung zu seinen üblichen Gespielinnen durchaus vorstellen konnte. Er erkannte in ihr auch ein geschäftliches Potenzial, das ihm eines Tages von Nutzen sein könnte.

Auch Estefania schätzte die Zusammenkünfte mit Bijan. Er war immer guter Laune und brachte sie mit seinen Spässen zum Lachen. Jedes Mal, wenn sie sich trafen, überraschte er sie mit kleinen Geschenken oder lud sie in teure Restaurants und Clubs der Stadt ein. Gelegentlich durfte sie auch die eine oder andere Freundin mitbringen. Solche Abende endeten häufig in Form ausgelassener Partys, bei denen der Champagner in Strömen floss. Estefania und die anderen Mädchen hatten dann auch nichts dagegen, Bijan seine Grosszügigkeit auf ganz spezielle Weise zu verdanken.

Nach einem weiteren, langen Arbeitstag im Spital sass Frank Martin gegen zweiundzwanzig Uhr an der Bar seines Hotels in Monrovia und gönnte sich vor dem Schlafengehen einen Mojito.

«Danke, Bijan, der Cocktail ist wie immer exzellent!» Der junge Barkeeper strahlte über das ganze Gesicht. Solche Komplimente hörte er gerne. Sie waren ihm mittlerweile fast ebenso lieb wie die Trinkgelder, die daraus resultierten. Und diese hatte er sich redlich verdient. Niemand in der Stadt wusste den Drink aus kubanischem Rum, Limettensaft, Minze, Rohrzucker und Sodawasser besser zu mixen als Bijan.

Für Frank Martin hatte bereits die dritte Woche seines Einsatzes in dem von Ebola heimgesuchten Liberia begonnen. Seit seiner Ankunft stand er jeden Tag von halb acht Uhr morgens bis gegen einundzwanzig Uhr im Einsatz. Der Job kam ihm diesmal noch anstrengender vor als in früheren Jahren. Auf seinem Spezialgebiet, der rekonstruktiven Chirurgie, gab es zwar weniger zu tun als auch schon. Dafür waren Behandlung und Pflege der an Ebola Erkrankten nochmals aufwendiger geworden, nicht zuletzt wegen der Ansteckungsgefahr. Diese war in jüngster Zeit wieder massiv angestiegen.

Zu Hause hatte Frank seiner Frau ausdrücklich versprochen, auf gar keinen Fall auf der Isolationsstation zu arbeiten. Nun tat er es doch. Er konnte einfach nicht anders. Halbe Lösungen gab es für ihn nicht. Vor allem, wenn er an die Menschen dachte, die im Spital um ihr Leben rangen. Natürlich liess er bei seiner Arbeit grösstmögliche Vorsicht walten. So achtete er darauf, dass kein Zentimeter seiner Haut unbedeckt blieb, wenn er ein Krankenzimmer betrat. Auf diese Weise war er geschützt, selbst wenn sich ein Patient übergab oder auch nur hustete.

Am kommenden Wochenende würde er seinen ersten freien Tag haben, das hatte er mit Klinikleiter Dr. Okanebu abgesprochen. Frank freute sich darauf.

«Gehts mal wieder zum Golf, Doktor?», fragte Bijan.

«Wenn ich nicht zu müde bin, ja.»

«Dann empfehle ich Ihnen diesmal den Seaview Golf Club. Letztes Jahr spielten Sie auf dem Harbel, aber der hat ja nur neun Löcher», meinte Bijan.

Der Barkeeper schien buchstäblich alles im Gedächtnis zu behalten, was seine Gäste taten oder was sie ihm je anvertraut hatten. «Der Platz liegt nur zehn Kilometer entfernt im Norden der Stadt, gleich neben dem Hotel Africa, an der Mündung des Saint Paul River. Sie finden dort vor allem ausländische Geschäftsleute, Diplomaten und Mitglieder unserer Regierung. Prima Kontaktbörse, Doktor!»

«Danke, Bijan. Ich werds mir überlegen. Jetzt gehe ich erst mal schlafen.»

Kaum hatte der Doktor die Bar verlassen, griff Bijan nach seinem Handy und wählte eine Nummer in Zürich: «Der Fisch hat angebissen.»

***

Der mit Engadiner Arvenholz umrandete Schiefertisch war übersät mit Notizen, Verträgen, Jahresberichten, Zeitungsausschnitten und ausgedruckten E-Mails. Seit Wochen war Sandra daran, sich aus all den Unterlagen ein Bild zu machen über die Constaffel Bank und weitere Hinterlassenschaften, die nun in ihrem Besitz lagen. Sie sass auf dem gleichen Stuhl, auf welchem Grossmama zu ihren Lebzeiten jeweils gesessen und ihre Geschäfte erledigt hatte.

Allmählich wurde ihr klar, warum diese hier oben im Engadin ein Büro benötigte. Als Kind hatte sie das nie verstanden. Sie hatte sich immer nur gewundert, weshalb Grossmama jedes Mal so unwirsch reagierte, wenn sie sie darauf ansprach.

Die Nächte waren für Sandra am schlimmsten. Kaum war sie eingeschlafen, wurde sie von Albträumen heimgesucht. Sie stand bis an die Knie im Wasser, als plötzlich eine Riesenwelle über sie hereinbrach. Sie fand keine Luft mehr und erstickte. Dann wieder lag sie gefesselt auf dem Boden eines Zeppelins. Eine schwarz vermummte Gestalt öffnete eine Bodenklappe und stiess sie ins Leere hinunter. In der nächsten Nacht wurde sie von kleinen Flammen umzingelt. Sandra versuchte, über den Feuerkreis hinauszuspringen. Vergeblich. Denn der Kreis verwandelte sich in ein Feuermeer, das sie hineinsog wie in eine Flugzeugturbine.

So ging das nun schon seit Tagen. Beim Aufwachen fühlte sich ihr Körper an wie gemartert und gefoltert.

Als sie einmal mehr in Grossmamas Tagebuch blätterte, fiel ihr Blick auf die Stelle, bei der sie sich jedes Mal fühlte, als würde eine Schraubzwinge ihr Herz zusammenpressen: «Im Kanal lag eine bereits stark verweste männliche Leiche. Es war dein Vater.»

Sandra rang nach Luft. Gleich würde sie das Bewusstsein verlieren. In diesem Augenblick betrat Rosanna das Büro, um ihr ihren Morgentee zu bringen.

«Um Himmels willen, was ist passiert?», rief diese und riss die Fenster auf, um frische Bergluft hereinzulassen. Dann wischte sie Sandra Schweissperlen von der bleichen Stirn.

«Leg die Beine hoch und atme tief durch! Ich rufe den Doktor.»

«Schon gut, Rosanna, das brauchst du nicht. Es geht mir bereits besser. Es war nur ... die Stelle ...»

Sandra wies mit dem Finger auf Grossmamas Notizen. Rosanna las die Worte, die Sandra so aufgewühlt hatten.

«Sandra, ich kann sehr gut nachempfinden, wie dir zumute sein muss. Mir ging es genau so, als mir die Seniora seinerzeit davon erzählte. Es ist schrecklich. Aber einmal musstest du es erfahren. Es ist die Geschichte deiner Familie. Du kannst dich ihr nicht entziehen.»

Sandra trank vom Tee, den ihr Rosanna zubereitet hatte. Sie spürte, wie ihre Kräfte allmählich zurückkehrten. «Danke, Rosanna, danke für deine Hilfe!»

Als die besorgte Haushälterin den Raum verliess, fügte Sandra an: «Rosanna, du hast recht: Ich muss mich der Vergangenheit stellen.»

***

Leo Kramer war zufrieden. Der Anruf des Barkeepers aus Monrovia war ermutigend. Allerdings, ob der Fisch tatsächlich «angebissen» hatte, wie Bijan gemeint hatte, würde sich erst am Sonntag zeigen, wenn Frank Martin tatsächlich zum Golf fahren würde. Und selbst, wenn der Plan aufging, stand noch lange nicht fest, ob das Druckmittel reichen würde, um damit beim Chirurgen einen Termin für den Don und seinen Sohn zu erpressen.

Um auf Nummer sicher zu gehen, hatte Leo einen zweiten Pfeil im Köcher. Die Idee war ihm gekommen, als er beim Friseur eine Illustrierte las und dabei zufällig auf eine Homestory über Frank Martin stiess. Eines der Fotos zeigte den Arzt mit seiner Frau Charlotte und den beiden Kindern Lewin und Beatrice auf einer Bergwanderung in Grindelwald. Beim Anblick der glücklich strahlenden Familie spürte Leo Kramer erneut Wut und Hass in sich aufkommen.

Gleichzeitig aber machte es bei ihm Klick. Er sah die Lösung seines Problems. Würde es ihm gelingen, eines der beiden Kinder in seine Gewalt zu bringen, hätte er Frank Martin in der Hand. Dass dieser geradezu abgöttisch an den Kleinen hing, war bekannt. Sollte dem einen oder anderen etwas zustossen, wäre der Doktor zu jedem Entgegenkommen bereit, dessen war er sich sicher. Um Beatrice oder Lewin unversehrt zurückzuerhalten, würde Frank Martin selbst einen italienischen Mafia-Boss als Patienten akzeptieren.

Zwar waren Kramer Aktionen wie Kidnapping zuwider. Nicht nur wegen der kleinen Opfer, die ihm auf eine Art leidtaten. Das Unterfangen war darüber hinaus auch mit beträchtlichen Risiken verbunden. Sollte es misslingen, wäre er seinen Job beim Don für alle Zeiten los. Mehr noch: Sollte die Entführung aus irgendeinem Grund scheitern, musste er damit rechnen, sicher die nächsten paar Jahre hinter Gittern zu verbringen. Doch es blieb ihm keine Wahl. Der Don drängte mit täglich neuen Droh-Mails. Zudem lief ihm die Zeit davon. Dabei wusste er aus früheren Erfahrungen, dass eine Entführung ohne minutiöse Planung unweigerlich zum Scheitern verurteilt war.

Zu einem zentralen Punkt dabei wurde die Frage, welches der beiden Kinder das geeignetere Opfer für eine Entführung sein würde. Nach gründlicher Überlegung entschied er sich für die siebenjährige Beatrice. Bei ihr versprach er sich weniger Umstände und Probleme als mit Lewin, dem älteren Bruder.

Für die letzten Vorbereitungen blieben ihm noch knapp zwei Wochen. Dann waren die Sommerferien zu Ende und Beatrice kam in die erste Klasse im Primarschulhaus «Oberer Hitzberg».

Kramer fuhr mehrmals nach Erlenbach, in die Gegend, in der die Familie Martin zu Hause war. Er musste herausfinden, welches der günstigste Wochentag und wann der optimale Zeitpunkt für die Entführung war. Und natürlich: Wo diese stattfinden könnte, ohne bei den Anwohnern Aufsehen zu erregen.

Ein weiteres, noch ungelöstes Problem stellte sich ihm: Wo könnte er sein Opfer unterbringen und wer kümmert sich um das Mädchen, während er mit den Eltern über die Modalitäten der Freigabe verhandelt?

Mit Besorgnis stellte er fest, dass er einige Fragen erst beantworten konnte, wenn die Familie aus den Ferien zurück war und der Schulalltag wieder begonnen hatte. Insgeheim hoffte er noch immer, dass es gar nicht so weit kommen und sich die Entführung erübrigen würde. Doch das hing nicht von ihm ab. Sondern allein davon, ob die gestellte Falle auf einem Golfplatz von Monrovia zuschnappen würde.

***

In der liberianischen Hauptstadt sass Estefania vor dem Spiegel und machte sich hübsch. Ihr Alter war schwer einzuschätzen. Achtzehn? Vielleicht auch schon gegen zwanzig? Ihr üppiger Busen stand in einem seltsamen Gegensatz zu ihrem feingliedrigen Körperbau und ihren schmalen Hüften. Sie trug einen frechen Kurzhaarschnitt. Einer der angesagtesten Friseure der Stadt hatte ihr zu einer mahagoni-farbenen Tönung ihrer Haare geraten. Dies würde ihre grünen Augen besonders schön zur Geltung bringen.

Bijan stand hinter ihr. Was er sah, gefiel ihm. Er hatte nur eine Kleinigkeit auszusetzen: «Nicht zu viel Rouge, Estefania! Vergiss den Malkasten. Ich habs dir gesagt: Schweizer Männer lieben es diskret.»

Das Mädchen machte einen Schmollmund. «Du musst mir nicht sagen, was ich zu tun habe. Kümmere du dich um deine Angelegenheiten.»

«Ist ja gut», meinte Bijan. «Gehen wir nochmals die wichtigsten Punkte durch: Seit wann spielst du Golf?» – «Seit zwei Jahren.» – «Welches Handicap hast du heute?» – «Handicap zwanzig.» – «Was machst du, wenn du gerade nicht Golf spielst?» – «Ich studiere.» – «Du studierst? Wo denn?» – «An der UL.» – «An der UL?» – «Das ist die Abkürzung für die Universität von Liberia.» – «Und wo liegt diese Universität?» – «Am Capitol Hill, mitten in Monrovia.» – «Warst du schon mal in Europa?» – «Ich habe während eines Austauschjahres zwei Semester lang an der Humboldt Universität in Berlin studiert.» – «Und in der Schweiz – warst du da schon mal?» – «Leider nein. Aber ich würde das Land gerne mal besuchen. Ich habe schon viel darüber gehört. Es muss wunderschön sein, alles so sauber. Und es muss dort die beste Schokolade der Welt geben.»

«Prima, Estefania! Ich bin sehr zufrieden mit dir. Mach weiter so! In einer Stunde hole ich dich ab und bringe dich zum Golf Club.»

«Bijan, was ist mit dem Geld?»

«Das bekommst du. Morgen. Sofern alles klappt.»

***

Aus dem Kamin des Herrenhauses eines Gehöftes ausserhalb der Hafenstadt Cirò Marina in der kalabrischen Provinz Crotone stieg schon seit den frühen Nachmittagsstunden grauer Rauch in den tiefblauen Himmel. Vier Frauen, unter ihnen die über achtzigjährige Mutter Anna sowie Maria, die Frau von Luciano Sestrielli, und deren Schwester, waren am Kochen. Sie bereiteten ein Mahl zu Ehren des Don vor. Dieser feierte heute seinen sechzigsten Geburtstag.

Nach ausgewählten Antipasti wollten sie die Männer mit Piccione in forno, einer im Ofen gebratenen Taube, sowie einer traditionellen Maiale ai Peperoncini sott'Aceto verwöhnen. Im ganzen Haus roch es schon herrlich nach geschmortem Schweinefleisch mit eingelegten Peperoni.

Auf Wunsch des Don waren nur die engsten Verwandten sowie ein paar seiner besten Freunde und Mitarbeiter geladen. Sie genossen das von den Frauen zubereitete Mahl in vollen Zügen. Nach dem Dessert zogen sich die Männer zurück, um den Abend in einem der Nebengebäude bei Spirituosen und Zigarren zu beschliessen.

Heute nahmen sie jedoch nicht den üblichen Weg durch den Olivengarten. Luciano führte sie durch die Küche zu einem Treppenabgang, der von dichtem Laubwerk überdacht und deshalb von aussen kaum zu erkennen war. Er mündete in einen knapp mannshohen, nur schwach beleuchteten Tunnel.

Nach etwa zwanzig Metern öffnete der Don mit einer Magnetkarte ein schweres Eisentor. Über eine schmale Wendeltreppe gelangten die Männer wieder hinauf ins

Freie. Sie befanden sich jetzt in einem weitläufigen, von Zypressen und einer hohen Mauer umsäumten Innenhof.

Am Eingang zu dem Gebäude, das in früheren Zeiten als Weintrotte gedient hatte, wurden sie von Antonio erwartet. Jedermann kannte ihn. Schon Antonios Vater hatte der Familie seinerzeit als persönlicher Sicherheitschef gedient.

Wie er das immer tat, bevor Luciano einen Raum betrat, hatte Antonio jeden Winkel des Hauses mit Spiegeln und Metalldetektoren auf Sprengstoff, versteckte Wanzen und Kameras durchsucht. Erst als er Entwarnung gab, betrat die Gesellschaft den Raum. Auf einem langen Steintisch standen Getränke sowie tönerne Schalen mit Eiswürfeln und Rauchwaren bereit. Die Männer bedienten sich nach Lust und Laune. Dann nahmen sie auf einem der schweren, schwarzen Lounge-Sessel Platz. Gespannt warteten sie darauf, was ihnen der Don dieses Jahr in seiner Geburtstagsrede zu sagen hatte.

Luciano erhob sich. Im Saal wurde es still.

«Lieber Tomaso, meine lieben Cousins, liebe Freunde, danke, dass ihr heute alle gekommen seid! Ich habe euch allerdings nicht, wie wohl die meisten von euch dachten, nur zur Feier meines Geburtstages eingeladen. Natürlich, dies auch. Aber es gibt einen wichtigeren Grund, über den ich euch informieren möchte. Ich muss wohl nicht speziell betonen, dass alles, was wir hier besprechen, nur für eure Ohren bestimmt ist. Sollte auch nur ein einziges Wort durch diese Mauern hinausgelangen, wird am nächsten Tag die Totenglocke des Santuario Madonna d'Itria für den Verräter läuten.»

Verlegenes Murmeln ging durch den Raum.

«Apropos Totenglocke – der Hinschied einer gewissen Dame in den Schweizer Bergen veranlasste mich, unser Geschäftsmodell einmal mehr zu hinterfragen und mir Gedanken für unsere Zukunft zu machen.

So oder so, es ist an der Zeit, einige Prioritäten neu zu setzen, gleichzeitig aber auch einige alte Zöpfe abzuschneiden. Wir haben dies auch in der Vergangenheit immer wieder getan. Mit Erfolg!

Ihr erinnert euch: Vor einigen Jahren lebten unsere Berufskollegen in Sizilien in erster Linie noch immer von der Erpressung von Schutzgeldern. So, wie sie es schon immer getan hatten. Wer nicht bezahlte, den pusteten sie mit ein paar Kugeln aus dem Weg.

Im Gegensatz zu ihnen greifen wir nur dann zu Gewalt, wenn uns keine andere Möglichkeit bleibt. Doch schon damals hatten wir uns auf eine neue Strategie festgelegt. Sie lautete: ‹Kollaboration – Zusammenarbeit›. Wir liessen Politiker, Richter, Beamte, aber auch Unternehmer an unserem Geschäft teilhaben. Dies führte für beide Seiten zu einer ‹Win-win›-Situation.

Das weisse Pulver aus Südamerika sowie die neuen Designerdrogen bilden zwar noch immer unsere wichtigste Einnahmequelle. Doch die Zusammenarbeit mit den verschiedenen Honoratioren ermöglichte es uns, unser Geschäft zu diversifizieren und vermehrt in die legale Wirtschaft einzusteigen. Man könnte auch sagen: diese zu unterwandern. Nennt mir einen Bereich, in dem wir heute nicht tätig sind: Bauwesen, Immobilien, Müllentsorgung, Blumenhandel, Export von Autos, Backwaren und Früchten...»

«...und Import von frischem weiblichem Junggemüse aus dem Osten!», rief der bald achtzigjährige Stefano dazwischen.

Schallendes Gelächter erfüllte den Saal.

«Dein liebster Geschäftsbereich. Wie konnte ich das nur vergessen!», erwiderte der Don und schmunzelte. «Aber keine Sorge, niemand wird ihn dir streitig machen!»

Nachdem er sich ein neues Bier eingeschenkt hatte, wurde Luciano ernst. «Vergessen wir jedoch eines nicht: Trotz allem können einige aus der Familie heute nicht mit uns feiern. Sie sitzen im Knast, die meisten von ihnen im San Vittore in Mailand. Sie wissen nicht, ob sie in ihrem Leben je wieder die aufgehende Sonne sehen werden.

Und warum sitzen sie dort? Nicht weil sie unvorsichtig gewesen wären. Auch nicht, weil sie die falschen Leute geschmiert oder zu wenig grosszügige Geschenke verteilt hätten. Nein, sie sitzen dort, weil 1998 ein verdammter Engländer etwas erfunden hat, was die ganze Welt in einem Ausmass veränderte, wie es sich niemand hätte vorstellen können. Hat einer von euch jemals etwas von Timothy Berners-Lee gehört?»

Verdutzt schauten sich die Männer an. Keiner hatte eine Ahnung, von wem der Chef sprach.

«Sir Timothy Berners-Lee ist der Erfinder des World Wide Web, des Internets. Seine Vision von einem weltweiten, verbundenen Informationssystem entwickelte er in einem winzigen Büro am Sitz des europäischen Kernforschungszentrums CERN in Genf.

Damals interessierte seine Idee selbst an seinem Arbeitsplatz kaum jemanden. Heute ist das anders, wie wir alle wissen. Tim Berners-Lee ist aber nicht nur der Erfinder des Internets, er ist auch der Erfinder des ‹gläsernen Menschen›. Dank ihm weiss heute jeder alles über jeden.

Den einen mag das gefallen, für andere bedeutet dies das Ende ihrer Karriere. Kein Dreck am Stecken, und mag er noch so klein sein, der nicht irgendwo im Netz zu finden ist. Davor haben sie Angst, geradezu panische Angst, alle unsere lieben, scheinheiligen Politiker, unsere braven Beamten und Richter.

Und ich frage euch: Was tun sie? Aus lauter Sorge, sie könnten ihre weisse Weste aufs Spiel setzen, wollen sie plötzlich nichts mehr mit uns zu tun haben. Um die nächsten Wahlen zu überstehen, versprechen sie der Öffentlichkeit, alles zu unternehmen, um Familien wie der unseren das Genick zu brechen.

Aus einstigen Freunden und Partnern wurden Feinde.

Aber, meine Lieben, die Herren irren sich. Sie mögen ihre Überwachungssysteme noch so perfektionieren, sie mögen weltweit Haftbefehle gegen jeden von uns erlassen – wir werden ihnen immer einen Schritt voraus sein. Wir werden sie mit ihren eigenen Waffen schlagen. Facebook, X, Big Data, Künstliche Intelligenz und wie der ganze Scheiss auch immer heissen mag – ab sofort nutzen wir die gleichen Mittel, denn sie eröffnen uns Möglichkeiten, von denen unsere Väter nicht einmal träumen konnten.»

Zustimmendes Gemurmel unterbrach den Don. Dieser nutzte die Pause, um sich eine seiner Lieblingszigarren anzuzünden. Als sie glomm, hielt er sie mit ausgestrecktem Arm nach oben und rief: «Eine Cohiba, meine Freunde. Das beste Erzeugnis aus der Meistermanufaktur El Laguito. Man nennt sie auch die ‹Königin von Kuba›.

Weshalb erwähne ich dies? – Weil die Cohiba für mich ein Symbol dafür ist, wie auch wir bei unserer Arbeit vorgehen müssen: mit noch mehr Sorgfalt bei der Vorbereitung und mit noch höherer Raffinesse bei der Durchführung unserer Aktivitäten.

Und was bringt uns dies?, werdet ihr fragen. Ich sage euch: Es bringt uns das Beste, das wir erreichen können: Minimierung des Risikos, Maximierung unseres Profits.»

Der Don hatte sich in einen wahren Begeisterungsrausch geredet. Er schloss mit den Worten: «Freunde, freuen wir uns! Die besten aller Zeiten stehen vor uns.»

Alle klatschten Beifall und prosteten sich gegenseitig zu. Dann warteten sie gespannt, was ihnen Luciano noch zu sagen hatte.

Doch dazu sollte es nicht mehr kommen.

Eine ohrenbetäubende Explosion in unmittelbarer Nähe des Anwesens erschütterte das Gebäude, in welchem sich die Männer befanden, bis auf seine Grundfesten. Fensterscheiben zersplitterten, als hätte ein Steinhagel sie getroffen. Dachziegel und Mauerteile stürzten in den Saal. Es roch nach glühender Kohle und verbranntem Stroh.

Beim ersten Knall hatten sich der Don und seine Getreuen zu Boden geworfen und Schutz unter Bänken und Tischen gesucht. Wie in Trance griff jeder nach seiner Waffe. Doch vergeblich. Auf Lucianos Geheiss hatten sie bei der Ankunft am frühen Abend Messer, Revolver und andere Waffen, die sie auf sich trugen, Antonio zur «sicheren Verwahrung» übergeben.

Von draussen waren immer neue Explosionen zu hören, mal aus nächster Nähe, dann wieder aus einem entfernten Winkel des Anwesens. Es war, als hätte jemand auf dem ganzen Areal Sprengladungen ausgelegt und diese eine nach der anderen zur Detonation gebracht.

Auf einmal wurde es stockdunkel. Die Stromzufuhr zum Gebäude, in dem sie sich befanden, war unterbrochen. Schwere, schwarze Rauchschwaden durchzogen den Raum. Die Augen brannten. Einige glaubten, ersticken zu müssen. Nur gelegentlich erhellten vereinzelte Feuerblitze während Sekundenbruchteilen die nächste Umgebung.

Endlich, nach langen Minuten, schien der Spuk ein Ende zu haben. Grabesstille breitete sich aus. Nur aus einer entfernten Ecke war ein schwaches Geräusch zu vernehmen. Es hörte sich an wie das Prasseln von Feuer. Die Männer lagen noch immer regungslos auf den kalten Steinfliesen. Keiner wagte es, sich zu bewegen. Der alte Stefano zitterte um sein Leben und murmelte leise ein «Ave Maria». Auch die anderen waren von Angst erfüllt. Krampfhaft versuchten sie, sich auszumalen, was sie wohl draussen erwarten würde.

Wer hatte es gewagt, einen Anschlag auf den Don und seine Getreuen auszuüben? Wer hatte überhaupt Kenntnis von dem Treffen? Gab es gar einen Verräter in den eigenen Reihen? Und: Was war mit den Frauen im Hauptgebäude? Haben sie überlebt? Oder wurden sie Opfer des mörderischen Anschlags?

Nach einer Weile, als keine weiteren Detonationen mehr zu hören waren, wagte sich der Don, der als Einziger seine Waffe auf sich trug, aus der Deckung. Lautlos robbte er in Richtung Ausgang. Er entsicherte seine SIG Sauer. Dann öffnete er vorsichtig die Türe.

Das Bild, das sich ihm bot, war grauenhaft. Vor der Schwelle lag die halb verkohlte Leiche von Antonio, blutüberströmt, die Haut von zahlreichen Explosionen zerfetzt. Aus dem gegenüberliegenden Wohnhaus loderten riesige Feuerschwaden in den schwarzen Nachthimmel. Dann und wann glaubte Luciano, ein menschliches Wesen auf dem Gelände zu erkennen. Doch jedes Mal erwies sich der Eindruck als Trugschluss. Es waren die Schatten der Zypressen, die sich im Nachtwind hin- und herneigten. Niemand schien sich auf dem weiten Innenhof aufzuhalten.

Luciano gab seinen Männern ein Zeichen, ihm zu folgen. Doch plötzlich stutzte er. Beim alten Ziehbrunnen bewegte sich etwas. Eine schmächtige, schwarz verhüllte Gestalt erhob sich neben dem Brunnenschacht und schleppte sich mit letzter Kraft auf den Don zu. Mit leiser Stimme hauchte sie: «Luciano, bist du es? Gott sei Dank. Du lebst!»

Dann verliessen sie ihre Kräfte. Sie taumelte und stürzte auf den mit Kies belegten Weg.

Luciano rannte auf sie zu. «Maria, Maria, ich bin bei dir.»

Aber er kam zu spät.

Hätten die Männer sein Gesicht sehen können, sie hätten es nicht für möglich gehalten: Der Don weinte.

Er weinte um seine tote Frau.

Was Luciano und seine Männer nach dem Anschlag auf das Haupthaus draussen erwartete, übertraf ihre schlimmsten Befürchtungen. Es roch nach Rauch und Verderbnis. Das gesamte Wohngebäude lag in Trümmern. Nur vereinzelte Mauerstücke hatten dem Feuersturm widerstanden. Überall stiessen sie auf Schwelbrände. Mehrere heruntergestürzte Dachbalken standen noch immer in Flammen.

Die Männer machten sich auf die Suche nach Überlebenden. Doch je tiefer sie in die schwarz verkohlten Gemäuer vordrangen, umso bedrückender wurde die Gewissheit, dass es keiner der Frauen gelungen war, dem Inferno zu entrinnen. Nur ein winzig kleiner Hoffnungsschimmer blieb ihnen noch: dass sich zumindest einige von ihnen zum Zeitpunkt der Explosionen ausserhalb des Hauses aufgehalten und in einem der entfernt gelegenen Ställe Schutz gefunden hatten.

Sestriellis Sohn Tomaso und zwei seiner Cousins machten sich auf den Weg dorthin. Der Don selber war nicht ansprechbar. Er sass noch immer bewegungslos beim Ziehbrunnen im Hof, gebeugt von Schmerz und Leid, und hielt den Leib seiner toten Maria im Arm.

Nach einer Woche fand die Abdankungsfeier für die Verstorbenen statt. Jede Hoffnung, irgendwo auf dem Anwesen doch noch auf Überlebende zu stossen, hatte sich beim ersten Morgengrauen nach der Brandnacht zerschlagen. Der Don hatte nicht nur seine Frau, sondern auch seine Mutter verloren. Insgesamt sieben Särge standen vor dem Altar in der Chiesa die San Cataldo Vescovo. Sie waren geschmückt mit üppigen Blumengebinden aus roten und weissen Rosen.

Luciano Sestrielli und sein Sohn Tomaso sassen in der ersten Bankreihe. Die Angehörigen der übrigen Verstorbenen hatten in der Reihe hinter ihnen Platz genommen. Dann folgten die städtischen Honoratioren, unter ihnen auch der Sindaco, der Bürgermeister von Cirò Marina. Verwandte und Bekannte, Unternehmer, Geschäftspartner und Kunden des Clans füllten die Kirche bis auf den letzten Platz. Sie alle waren gekommen, um den Hinterbliebenen ihr Beileid auszudrücken, vor allem aber, um dem Don ihre Reverenz zu erweisen.

Nachdem Padre Moretti am Ende der Trauerfeier die Anwesenden mit dem Segen Gottes entlassen hatte, nahmen der Don und Sohn Tomaso vor dem Kirchentor mit steinerner Miene ihre Huldigungen entgegen. Dann entschwanden sie in einer schwarzen Limousine.

Es war das letzte Mal, dass man Vater und Sohn Sestrielli in Cirò Marina sah.

***

Wenige Wochen nach dem mörderischen Anschlag auf sein Anwesen hatte Luciano Sestrielli beschlossen, seinen Wohnsitz zu verlegen. Zu viele Erinnerungen waren mit der Stadt und ihrer Umgebung verknüpft. Hier hatte er seine ganze Kindheit und seine Jugendzeit verbracht. Hier hatte er mit Maria seine Familie gegründet. Hier hatte sie ihm Sohn Tomaso geschenkt. Und von hier aus hatte er sein Imperium aufgebaut.

Nun, da sein Elternhaus in Trümmern lag, hielt ihn nichts mehr in der Stadt.

Sestrielli zog mit seinem Clan an die Westküste von Kalabrien und bezog ein Landgut ausserhalb von Lamezia Terme. Während des Mafiakrieges von 2002 bis 2011 hatte er das Anwesen von einem Heroinhändler namens Silvio Rizzo aus Sizilien «übernommen», wie er sich ausdrückte. Der Mann hatte versucht, ihn beim vereinbarten Gewinnanteil an einem lukrativen Coup über den Tisch zu ziehen.

So etwas aber macht man mit einem Don nur einmal.

Lucianos Rache folgte umgehend. Mitten in einer Oktobernacht drangen zwei seiner Männer in Rizzos

Wohnhaus ein. Sie zerrten ihn aus dem Bett, fesselten ihn, verklebten ihm den Mund mit Isolierband und zogen ihm einen schwarzen Kohlensack über den Kopf. Dann schleppten sie das Menschenbündel zur Treppe, die ins Erdgeschoss führte. Brutal stiessen sie es hinunter. Der Mann schrie vor Schmerzen. Ungerührt warfen sie ihn über die steinerne Schwelle des Hauseingangs ins Freie. Dort stand ein halb verrosteter Fiat-Kastenwagen, der sonst für den Transport von Olivenöl genutzt wurde.

Sie warfen ihr Opfer auf die offene Ladebrücke und fuhren davon. Erst gegen Morgen, als es zu dämmern begann, erreichten sie ihr Ziel, einen alten Stall unweit von Cirò Marino. Er lag wenige Meter abseits der Strasse und stand leer. Den Bauern aus der Umgebung diente er gelegentlich noch als Schutz und Unterschlupf, wenn diese von einem plötzlichen Unwetter überrascht wurden.

Wie einen verpackten Pokal platzierten die Männer ihren Gefangenen vor die ehemalige Futterkrippe. Im ganzen Gebäude, das nur ein einziges, winziges Fenster hatte, war es noch immer dunkel. Nach einer Weile hörte man von ferne das Geräusch einer Limousine, die sich dem Ort näherte. Aus dem Wagen stieg der Don. Er wurde begleitet von einem gebrechlichen, alten Mann, der es nur mit Mühe schaffte, die drei Steinstufen zum Eingang hinaufzusteigen.

Die beiden betraten den Stall und nahmen auf einer Holzbank Platz, welche die Männer vor ihrem Opfer bereitgestellt hatten. Sestrielli schaute um sich, dann fixierte er Rizzo wie ein Habicht, der auf seine Beute lauert. Der Alte neben ihm schloss die Augen und schien ein Nickerchen zu machen.

«Los, zeigt uns den Betrüger!», befahl Sestrielli.

Seine Männer befreiten das Opfer von Sack, Fesseln und Isolierband.

Vor lauter Angst und vor Kälte schlotternd, stand Rizzo da, bekleidet nur mit einer Pyjama-Hose – so wie er zu Hause im Schlaf überrascht worden war.

Ohne Umschweife kam der Don zur Sache.

«Du kleines Rizzo-Schwein wolltest mich um meinen Anteil betrügen? Ich brauche dir nicht zu sagen, was mit Leuten geschieht, die mich zu betrügen versuchen.»

Er gab einem seiner Adlaten einen Wink. Dieser zog ein blinkend scharf geschliffenes Schlachtmesser aus einer Lederhülle und näherte sich dem Mann.

Als dieser realisierte, was der Don mit ihm vorhatte, fiel er vor diesem auf die Knie. Mit kaum hörbarer Stimme flehte er: «Bitte, Don Luciano, es war ein Fehler. Es war ein grosser Fehler von mir. Ich bin bereit, alles zu tun, um diesen Fehler wiedergutzumachen. Sag mir, was du von mir haben willst.»

«Wenigstens zeigst du dich reuig, das ist schon mal was», erwiderte der Don kalt. «Ich werde deshalb Gnade walten lassen und verlange nur eine Kleinigkeit von dir.»

«Ich weiss deinen Grossmut sehr zu schätzen, Luciano», erwiderte der Mann, erleichtert und dankbar zugleich. «Aber du darfst ruhig auch etwas Grösseres von mir erwarten.»

«Nein, nein, es bleibt bei einer Kleinigkeit.»

«Und die wäre?»

«Nur eine kleine Unterschrift.»

«Eine Unterschrift? Wofür?»

«Du wirst mit deiner Unterschrift bezeugen, dass du mir dein Anwesen in Lamezia Terme mit dem heutigen Tag freiwillig überträgst. Dein Haus und Hof sowie der ganze dazugehörende Umschwung gehen damit in meinen Besitz über.»

Der Mann glaubte, sich verhört zu haben.

«Du willst, dass ich dir mein Haus, das Haus meiner Familie, übergebe? Bitte, Don Luciano, alles, was recht ist. Aber das kannst du mir nicht antun, nicht mir, nicht meiner Frau und ganz besonders nicht meinen Kindern.»

«So? Du meinst also, das kann ich nicht?» Der Don wandte sich an Carlo, einen seiner beiden Begleiter.

«Was machen wir in diesem Fall mit dem Rizzo-Schwein?»

«Abstechen», meinte Carlo ungerührt und griff nach dem Messer.

Rizzo zitterte wie Espenlaub. «Nein, bitte nicht. Nicht mit dem Messer!»

«Nein? Was wäre dir denn lieber?», erkundigte sich der Don.

Rizzo wusste, dass er keine Wahl hatte.

Nach langem Schweigen hauchte er: «Ich unterschreibe…»

«Na also. Bist doch nicht ganz so blöd, wie ich dich eingeschätzt habe.» Dann wandte er sich an den älteren Herrn, der die ganze Zeit wortlos auf der Kirchenbank neben ihm gesessen hatte.

«Notaio, die Papiere!»

Und zu Rizzo: «Mein alter Freund Luigi Pialino ist Notar. Er hat alle notwendigen Unterlagen vorbereitet. Es fehlt nur noch deine Unterschrift... Hier!»

Rizzo trat vorsichtig näher. Er zögerte ein letztes Mal, dann las er das Dokument kurz durch und griff mit zitternder Hand nach dem Schreiber, den ihm der alte Herr reichte, und kritzelte seinen Namen auf das Papier.

Von diesem Augenblick an hiess der neue Eigentümer von Rizzos Anwesen Luciano Sestrielli. Notar Pialino bestätigte mit seiner Unterschrift, dass die Übertragung der Liegenschaft offiziell beglaubigt und somit amtlich besiegelt war.

Damit hatte alles seine gute Ordnung.

***

Der neue Wohnsitz hatte für den Don einen Vorteil, der ihm erst später so richtig bewusst wurde: Lamezia Terme verfügte über einen Airport, dessen Pisten nicht nur für seinen privaten Hawker-Jet lang genug waren, sondern der auch von zahlreichen internationalen Airlines angeflogen wurde.

Noch vor Ferragosto bestellte der Don seine engsten Mitarbeiter in sein neues Heim, welches er inzwischen in eine eigentliche Festung hatte umbauen lassen. Auch an ihm selber war eine Wandlung nicht zu übersehen. Sein Gesichtsausdruck war härter, sein Blick stechender und sein Befehlston lauter geworden.

Die Männer waren in der Erwartung gekommen, der Don habe mittlerweile in Erfahrung gebracht, wer für den mörderischen Überfall auf sein Haus in Cirò Marina verantwortlich war. Nun wolle er sie über den geplanten Rachefeldzug orientieren. Doch zum Erstaunen aller erwähnte Sestrielli den Anschlag, bei dem er seine halbe Familie verloren hatte, nur mit einem einzigen Satz.

«Liebe Freunde, wir wissen inzwischen, wem wir das Feuerwerk von Cirò zu verdanken haben: Der Teufel heisst Vito Cascio Ferro. Ihr könnt sicher sein, wir werden uns ihm und seiner Familie demnächst gebührend erkenntlich zeigen.»

Was dies für den Brandstifter und seine Leute zu bedeuten hatte, brauchte Sestrielli nicht näher zu erläutern. Jeder im Saal wusste, dass der Don bei solchen Strafaktionen vor keiner Grausamkeit zurückschreckte, weder gegenüber den Tätern noch deren Familien.

Das war alles, was Sestrielli dazu sagte. Dann wechselte er das Thema und fuhr an jenem Punkt fort, an dem ihr letztes Treffen vor Monaten ein jähes Ende gefunden hatte.

«Ihr erinnert euch an das, was ich euch in Bezug auf unsere neue Geschäftsstrategie und dem revidierten Business-Modell gesagt habe. ‹Big Data› und ‹Künstliche Intelligenz› lauten die Schlüsselworte. Die dafür notwendigen Anpassungen haben wir in der Zwischenzeit vorgenommen.

Wichtig für unsere Organisation wird eine neue Spezialeinheit. Zu diesem Zweck haben wir mit unseren Anwälten in den Vereinigten Arabischen Emiraten eine Firma gegründet und ein paar junge IT- und Marketingcracks angestellt. Diese arbeiten für uns von Dubai aus, natürlich diskret und vollkommen legal. Sie sammeln Daten, analysieren diese und erstellen daraus Profile von Persönlichkeiten und Unternehmen, die für uns von besonderem Interesse sind. Ich denke an Politiker, Behördenmitglieder, Manager und Unternehmer, aber auch an Kunden und Zwischenhändler.

Unsere Spezialisten durchleuchten aber auch Unternehmen sowie Institutionen wie Kirche, Militär, Gerichte und Polizei. Und sie hacken Treuhänder und Anwaltskanzleien, die auf M&A spezialisiert sind.»

Tomaso unterbrach seinen Vater. An den fragenden Blicken vieler Anwesender hatte er erkannt, dass diese mit dem Begriff M&A nichts anfangen konnten. «Vater spricht von Firmen, die auf Mergers & Acquisitions spezialisiert sind. Sie beraten Unternehmen, die vor einer Fusion oder einer Übernahme stehen.»

«Danke, Tomaso. Also: Indem unsere Leute in die Computer solcher Firmen eindringen, erfahren wir früher als andere, wenn eine Firma zum Verkauf steht und wer an ihr interessiert ist. Dadurch können wir uns zum Beispiel am Aktienmarkt rechtzeitig in Stellung bringen. Wir kaufen oder verkaufen deren Aktien, bevor andere davon erfahren und garnieren so in kurzer Zeit ein hübsches Sümmchen. Warum sollen nur ein paar ehrenwerte Herren an der Mailänder Börse oder an der Wall Street auf diese Weise Millionengewinne scheffeln? Haben wir nicht das gleiche Recht?»

«Und wie wäre es mit einer eigenen Bank? Könnte uns eine solche nicht gewisse Vorteile bringen, insbesondere wenn es um die Finanzierung neuer Business-Opportunitäten geht?», rief einer der Männer dazwischen.

«Am besten in der Schweiz!», ergänzte ein anderer.

Luciano lächelte verschmitzt. Doch dann ging in seinem Gesicht eine merkwürdige Veränderung vor. Er sprach nicht weiter. In seinen Gedanken schien er ganz woanders zu sein.

Thomaso füllte ein Glas mit Wasser und reichte es seinem Vater.

Dieser nahm einen Schluck. Zu seinem Aussetzer von eben meinte er entschuldigend:

«Scusa, mir ist nur gerade was durch den Kopf gegangen. Nichts von Bedeutung.»

Dann fuhr er weiter, als wäre nichts geschehen. Keiner der Anwesenden konnte ahnen, dass die Frage nach dem Besitz einer eigenen Bank für den Boss längst zu einem zentralen Thema geworden war, das ihn beschäftigte wie nichts anderes sonst.

Schon seit Jahren träumte er davon, eines Tages nicht mehr nur der gefürchtete Capo einer kalabrischen Familie zu sein, sondern ebenso ein erfolgreicher und angesehener Bankier.

Niemand ausser ihm wusste von diesem Traum. Nicht einmal seinem Sohn hatte er davon erzählt. Hätte ihn jemand gefragt, weshalb er sich denn ausgerechnet in diese Idee verbissen hatte, er hätte wohl selber keine Antwort darauf gehabt.

Sestrielli zählte zu den reichsten Männern Italiens. Zu seinem Imperium gehörten Firmen in der ganzen Welt. In den USA besass er eine Hotel- und Restaurantkette, in Italien einen Fussball-Club, mehrere Gemüsehandelsfirmen sowie zwei der bekanntesten Weingüter. In London und in Düsseldorf nannte er eine der grössten Immobilienfirmen sein Eigen, in der Schweiz gehörten ihm zahlreiche Pizzerien, in Israel ein Touristik-Unternehmen.

Für seine Reisen benutzte er nach Möglichkeit stets einen seiner beiden Privatjets. Bei Bedarf stand ihm aber auch ein eigener Helikopter zur Verfügung.

Zu seinen allerwichtigsten Attributen zählte jedoch ein Beziehungsgeflecht aus einflussreichen Persönlichkeiten jeder Couleur. Dazu gehörten Regierungs- und Behördenmitglieder, ebenso wie Richter, Staatsanwälte und Polizei-Chefs in aller Herren Länder.

Dass ein Mann solchen Kalibers, der sich alles leisten konnte, wonach ihm gelüstete, in erster Linie vom Traum einer kleinen Privatbank beseelt war, hätte sich niemand vorstellen können.

Doch genau dies war der Fall. Dabei ging es ihm nicht um irgendeine Bank, sondern um eine ganz bestimmte. Beim Lesen eines Artikels in der Financial Times war er auf eine Zürcher Privatbank aufmerksam geworden, die seinen Vorstellungen in jeder Hinsicht zu entsprechen schien. Bilanzmässig war sie – im Verhältnis zu ihren Mitkonkurrenten – zwar eher klein. Was jedoch ihre Bedeutung, ihren Erfolg und ihr internationales Renommee betraf, zählte sie zu den ganz grossen im Land.

Seither hatte Sestrielli nur noch dieses eine Ziel vor Augen: Was immer es ihn kosten sollte, er musste sie besitzen – eine der angesehensten Banken der Schweiz:

Die Zürcher Constaffel Bank.

Ihren Sitz hatte das Objekt seiner Begierde mitten im Herzen des Schweizer Finanzplatzes, nur wenige Schritte vom Zürcher Paradeplatz entfernt.

Hätten Sestriellis Kumpane von der Besessenheit ihres Chefs für das bescheidene Finanzhaus gewusst, sie hätten ihn wohl mitleidig belächelt. Doch niemand hatte Kenntnis davon.

Um an sein Ziel zu gelangen, arbeitete er mit allen Mitteln, die ihm zur Verfügung standen. So kaufte er an der Börse diskret, aber kontinuierlich immer mehr Aktien des Unternehmens, obwohl ihm durchaus wohl bewusst war, dass es für einen Aussenstehenden gar nicht möglich war, sich eine Mehrheit des Unternehmens unter den Nagel zu reissen. Dafür hatte die Eigentümerfamilie mit der Schaffung entsprechender Statuten gesorgt.

Er musste somit nach anderen Möglichkeiten Ausschau halten, um sich seinen Lebenstraum erfüllen zu können.

Doch zurück zum Gespräch Sestriellis mit seinen engsten Freunden und Vertrauten. Die Frage nach einer eigenen Bank kam auf, als er gerade dabei war, ihnen seine Vision für die Weiterentwicklung des Unternehmens mittels einer neuen IT-Struktur und der Nutzung künstlicher Intelligenz darzulegen.

«Luciano, das alles klingt ja gut und recht», unterbrach ihn Rodolfo, einer der Älteren. «Aber was nützt uns hier unten in Kalabrien der ganze Big Data-Scheiss?»

«Mein lieber Rodolfo, auf welchem Planeten lebst du?», antwortete Luciano höhnisch. «Dank dem, wie du ihn nennst, ‹Data-Scheiss› kennen wir auch die Stärken und Schwächen jedes Menschen, der für uns von Interesse ist. Nichts bleibt uns verborgen, auch nicht seine geheimsten Vorlieben und Lüste. Wir wissen mehr über ihn, als er je über sich selber wissen wird.»

«Und?», fragte Rodolfo weiter.

«Nehmen wir einmal an, du hättest dich gestern Abend in einem bestimmten Etablissement vergnügt – was du selbstverständlich nie tun würdest. Wie viel wäre es dir wert, wenn ich darauf verzichten würde, deiner lieben Gattin von deinem erotischen Ausflug zu erzählen?»

Betretenes Schweigen bei Rodolfo. Die anderen lachten. Der Don fuhr fort: «Dank der Daten wissen wir, wer was mit wem tut. Wir wissen, wer wann, wo und bei wem jemand einkauft. Wir erfahren, wenn ein Lebensmittelhändler sein Olivenöl, seinen Wein oder seinen Mozzarella bei einem Lieferanten bezieht, der nicht zu unserem ausgewählten Freundeskreis zählt.

Was tun wir in einem solchen Fall? Wir ziehen ganz einfach die Schraube ein kleines bisschen an. Und glaubt mir, der Mann wird sich glücklich schätzen, endlich die richtige Lieferadresse für seinen Käse oder seinen Wein gefunden zu haben.

Sollte er sich aber weigern, unserem Wunsch nachzukommen, ist er sein Geschäft los, ein für alle Mal.

Ich kenne nicht einen einzigen Bereich, in dem das Prinzip nicht funktioniert. Auch in der Politik. Sollte in Zukunft wieder mal einer unserer Politiker auf die Idee kommen, sich Wählerstimmen zu sichern, indem er ihnen die Zerschlagung unserer Organisation verspricht, werden wir das Notwendige veranlassen, damit seine Wahlchancen auf null sinken. Unsere Männer in Indien liefern uns die Fakten. Wir sorgen dann dafür, dass die Wähler in Kalabrien die richtigen Namen auf ihren Stimmzettel schreiben.»

**

Joseph Garlawoglu, der Manager des Seaview Golf Club in Monrovia, blickte mit Besorgnis in den wolkenverhangenen Himmel. Er konnte nur hoffen, dass die Meteorologen Recht bekommen würden. Obwohl man mitten in der Regenzeit stand, hatten sie für das Wochenende eine Wetterbesserung angekündigt. Statt der für diese Jahreszeit übliche Hitze und sintflutartigen Regenfällen erwarteten sie Aufhellungen und Temperaturen von höchstens fünfundzwanzig Grad.

Angesichts solcher Aussichten hatten sich zahlreiche Clubmitglieder kurzfristig entschlossen, am Wochenende eine Runde Golf zu spielen. Unter den clubfremden Gästen war ein gewisser Dr. Frank Martin angemeldet, von dem «Sir Joseph», wie der Clubmanager allgemein genannt wurde, noch nie gehört hatte.

Barkeeper Bijan klärte ihn auf. Der Doktor sei ein angesehener Chirurg aus der Schweiz, der alljährlich nach Monrovia käme und hier während ein paar Wochen freiwillig und ohne Honorar die lokalen Spitalärzte unterstütze.

«Lass ihm VIP-Behandlung zukommen! Und noch etwas, Joseph: Neben dem Doktor möchte ich dir eine junge Dame ans Herz legen. Sie heisst Estefania und ist die Tochter eines Amerikaners, der hier während Jahren für Firestone gearbeitet hat. Sie spielt Handicap zwanzig und ich möchte, dass du sie in den gleichen Flight einteilst wie den Doktor. Glaubst du, du kannst das arrangieren?»

«Mein lieber Joseph, was gibt es denn auf dieser Welt, was sich von Bijan nicht arrangieren liesse? Die Frage lautet vielmehr: Was könnte dir dieser kleine Gefallen wert sein?»

«Darüber mach dir mal keine Sorgen! Oder habe ich dich schon einmal enttäuscht?»

Die beiden Männer lachten und der Clubmanager machte sich an die Arbeit.

Tee-Time für Frank Martin war am Sonntagmorgen um elf Uhr. Er hatte endlich wieder einmal ausgiebig geschlafen und freute sich darauf, den Spitalalltag für ein paar Stunden hinter sich zu lassen. Beim Golfen hoffte er, auf andere Gedanken zu kommen.

Bijan hatte ihm ein Taxi besorgt, das ihn rechtzeitig zum Seaview Golf Club brachte. Dort stellte sich ihm Sir Joseph als verantwortlicher Clubmanager vor und offerierte ihm zur Begrüssung ein Glas Champagner.

«Es ist uns eine Ehre, einen so prominenten Gast bei uns zu haben! Sie haben ja tolles Wetter mitgebracht, Doktor: Sonnenschein und angenehme Temperaturen. Ich hoffe, unsere Fairways und Greens entsprechen Ihren Ansprüchen! Übrigens, das Schicksal hat Sie mit einer jungen Dame in den gleichen Flight eingeteilt. Sie haben hoffentlich nichts dagegen! Sonst lassen Sie es mich wissen.»

«Wie könnte ich!», lachte der Doktor. «Solange mich die junge Dame mit ihrem Spiel nicht zur Schnecke macht, ist alles bestens.»

Fünf Minuten vor dem offiziellen Start stand Frank Martin bei Abschlag Eins und wartete auf seine Mitspieler. Von Weitem näherte sich in hohem Tempo ein elektrobetriebener Club Cart. Am Steuer sass der Clubmanager, neben ihm eine junge Frau. Nachdem Sir Joseph das Fahrzeug zum Stillstand gebracht hatte, stiegen die beiden aus.

«Doktor, darf ich Sie miteinander bekannt machen: Estefania Miller, Dr. Frank Martin.»

«Lassen wir den Doktor für heute im Spital. Nennen Sie mich einfach Frank!»

«Danke, Dok… häm… Frank. Ich bin Estefania oder einfach Esti… So nennen mich meine Freunde.»

«Gerne. Aber, wo sind die anderen?»

«Ich bedaure es sehr, Doktor, aber das Ehepaar, das mit Ihnen und Estefania im selben Flight spielen sollte, hat vor einer halben Stunde angerufen und sich entschuldigt. Magenbeschwerden oder so was, haben sie mir gesagt. Ihr beide müsst deshalb miteinander vorliebnehmen. Ist das schlimm?»

«Ganz im Gegenteil», meinte Frank und warf einen anerkennenden Blick auf seine Begleiterin.

Das Spiel über die achtzehn Löcher verging wie im Flug. Obwohl Estefania ein höheres Handicap besass als Frank, war sie für ihn eine echte Herausforderung. Nicht nur dank ihrer präzisen Schläge; wenn sie zum Schwung ansetzte und ihm dabei ungewollt ihren knackigen Hintern entgegenstreckte, spürte er eine leise Nervosität in sich aufkommen.

So sehr er sich auch dagegen wehrte, seine Aufmerksamkeit galt je länger je weniger dem Spiel als vielmehr der eleganten und aufreizenden Körperhaltung Estefanias. Ihr Gesicht war perfekt geschnitten und diskret geschminkt. Als Schönheitsexperte kannte er sich aus. An dieser Frau konnte er nicht den geringsten Makel entdecken. Über ihren eng geschnittenen weissen Bermuda Shorts trug sie ein rotes Poloshirt mit weissem Kragen und weisser Knopfleiste. Die obersten drei Knöpfe waren offen. Dass sich Franks Blick mehr als einmal auf ihrem Dekolleté verirrte, blieb Estefania nicht verborgen.

«Wenn es dich stört, kann ich die Knöpfe schliessen. Ich dachte nur, als Schweizer seien dir Berge nicht allzu fremd.»

So frotzelten sie und neckten sich und kamen sich näher. Wie es denn eine so hübsche Frau ausgerechnet nach Liberia verschlagen habe, wollte er wissen.

Sie erzählte von ihrer Familie. Der Vater sei 1981 von der Firma Firestone nach Monrovia entsandt worden. Als Ingenieur hatte er eine leitende Funktion auf der noch heute grössten Kautschuk-Plantage der Welt inne. Zu jener Zeit war Firestone mit einem Weltmarktanteil von über zehn Prozent der drittgrösste Reifenhersteller hinter Michelin und Goodyear.

Liberia habe Papa so gut gefallen, dass er ein Jahr später die ganze Familie nachkommen liess. Erst nach seiner Pensionierung seien die Eltern in die USA zurückgekehrt.

«Und du? Was hält dich denn noch hier?», erkundigte sich Frank.

«Gute Freunde seit den ersten Schuljahren, ein angenehmes Leben und die Aussicht, an der hiesigen Universität schon bald den Master in Wirtschafts- und Sozialwissenschaften zu machen.»

Nach dem vergnüglichen Golfnachmittag lud Frank Estefania zu einem Drink im Clubhaus ein.

«Wenn du Lust hast, gerne!», meinte sie. «Wir sollten ja ohnehin noch unsere Score-Karten vergleichen.»

Sie nahmen in der Seaview-Bar an einem der runden Tische Platz.

«Lass mich mal sehen, ob du nicht gemogelt hast», schäkerte Estefania und lehnte sich an Franks Schulter, um seine Karte aus nächster Nähe einzusehen. In diesem Moment war ein leises Klick-Klick zu hören.

«Was war das?», fragte Frank.

«Was meinst du?»

«Das Geräusch. Klang wie der Auslöser einer Kamera.»

«Das hast du dir eingebildet, Franky! Schau doch, da ist niemand zu sehen, weder vor noch hinter der Bar.»

«Franky? Sagtest du Franky?»

«Ja, ich finde ‹Franky› passt einfach besser zu dir als Frank. Frank klingt so streng. Dabei bist du ein lustiger Kerl und...» Sie kam ihm noch näher und flüsterte ihm ins Ohr: «...und ein Mann, bei dem eine Frau schwach werden könnte.»

Erneut war das Klicken zu hören. Diesmal gab es für Frank keine Zweifel. Da war jemand, der Fotos schoss. Er löste sich von Estefania, erhob sich und schaute sich hinter der Bar um. Vergeblich. Der diensthabende Kellner, den er als Fotograf im Verdacht hatte, befand sich draussen auf der Terrasse und bediente einige neu eingetroffene Gäste.

«Ich habe dir doch gesagt, da ist nichts», schmollte Estefania. «Und selbst wenn, wäre das denn so schlimm für dich, mit mir auf einem Foto gesehen zu werden?»

«Natürlich nicht», antwortete er.

«Und deine Frau, was würde sie dazu sagen?»

«Meine Frau kennt mich, für sie wäre das nichts Neues. Als Schönheitsarzt bin ich immer mal wieder Zielscheibe eines Papagallo, der mich zusammen mit einer prominenten Dame ins Visier nimmt.»

«Dann ist ja alles gut!», meinte Estefania und kuschelte sich wieder an seine Schulter.

In Wirklichkeit war Frank nicht so gelassen, wie er sich nach aussen hin gab. Wie seine Frau wirklich auf ein Foto reagieren würde, das ihn mitten in Afrika zusammen mit einer attraktiven, jungen Frau in verdächtiger Nähe zeigte? Er war sich seiner Sache plötzlich nicht mehr so sicher.

Estefania riss ihn aus seinen Gedanken: «Franky, woran denkst du? Etwa an das Gleiche wie ich?»

«Jetzt bin ich aber gespannt, was in deinem hübschen Köpfchen vor sich geht», lachte er.

«Wie wäre es, wenn wir zusammen eine Kleinigkeit essen würden? Ich lade dich ein!»

Frank spielte den Beleidigten. «Essen schon. Aber dass du mich einlädst, kommt überhaupt nicht infrage. Ich bin der Gastgeber! Kennst du ein hübsches Lokal?»

Das war eine der Fragen, auf die Bijan Estefania vorbereitet hatte.

«Es gibt einige nette Orte. Aber die meisten sind zu touristisch und ihren Preis nicht wert. Wie wärs mit der Bar in deinem Hotel? Man isst dort ausgezeichnet. Zudem hätte das den Vorteil, dass du anschliessend nur noch den Lift nehmen und in dein Bett sinken kannst. Wir du mir erzählt hast, wartet morgen wieder ein harter Tag auf dich.»

Frank hatte nichts gegen den Vorschlag. Im Gegenteil. Die Aussicht, noch eine Weile länger in Estefanias Gesellschaft zu verbringen, war verlockend. Sie nahmen ein Taxi und fuhren zurück in die City. Vor einem eleganten Apartmentgebäude in Ufernähe des Saint Paul River liess sich Estefania absetzen. Sie wolle nur noch schnell zu Hause duschen und würde anschliessend nachkommen.

In der Hotellobby wurde Frank von Bijan erwartet. «Nun, wie lief es, Mr. Martin? Zufrieden mit dem Platz? Und wie waren Ihre Mitspieler?»

«Mitspieler? Unser Flight bestand nur aus einer jungen Frau und mir. Ein Ehepaar, das ebenfalls eingeplant war, hatte kurzfristig abgesagt.»

«Wie denn das?» gab sich Bijan erstaunt. «War Ihre Mitspielerin wenigstens hübsch?»

«Das kann man wohl sagen. Sie werden sie übrigens kennenlernen. Ich habe sie für heute Abend zum Essen eingeladen. Ich hoffe, Sie haben noch einen freien Tisch für uns?»

«Wir sind zwar ausgebucht, aber für Sie, Mr. Martin, machen wir das möglich.»

Alle Augen richteten sich auf Estefania, als diese die Hotelbar betrat. Die Männer starrten auf ihren Körper, der Eleganz und gleichzeitig pure Sinnlichkeit ausstrahlte. Sie beneideten den Mann, an dessen Seite sie Platz nahm. Die Frauen fragten sich eher, auf welche Weise sich das junge Ding sein teures Outfit wohl erworben haben könnte.

Sie trug ein champagner-farbenes, trägerloses Minikleid im Etui-Schnitt. Der glänzende Satin-Besatz brachte ihren Busen und ihre langen, sonnengebräunten Beine perfekt zur Geltung.

Auf Empfehlung von Bijan hatte Frank zum Essen einheimische Spezialitäten bestellt: frischen Fisch, Hummer und Garnelen, dazu exotische Früchte, Gemüse, Reis und Hirse. Begleitet wurden die Speisen von einem Chablis Les Clos, Grand cru, und einem Saint-Emilion,1er grand cru classé aus dem legendären Schlossgut Château Ausone.

Je länger der Abend dauerte, desto näher kamen sich Estefania und Frank. Als dieser einmal mehr das Glas erhob, um mit ihr anzustossen, spürte er, wie sich unter dem Tisch Estefanias Knie an seinen rechten Oberschenkel presste. War das Zufall? Oder eine gewollte Berührung? Frank war sich darüber nicht im Klaren.

Estefania bemerkte seine Verunsicherung und lachte: «Keine Angst, Franky. Ich habe nicht im Sinn, dich zu vernaschen. Schliesslich bist du verheiratet, hast zwei reizende Kinder und morgen früh stehst du wieder im Spital, um Menschenleben zu retten.»

Ein Anflug von Spott in ihrer Stimme war nicht zu überhören. Frank fühlte sich in seiner Männlichkeit herausgefordert.

«Du erschreckst mich keineswegs. Im Gegenteil...»

Estefania unterbrach ihn, indem sie ihren rechten Zeigefinger auf seine Lippen drückte. «Ich mache dir einen Vorschlag: Bestell uns zur Feier des Tages noch einen Caipirinha, dann bist du mich los.»

Frank liess es sich nicht anmerken, aber er fühlte sich erleichtert. So sehr ihn der Flirt mit dieser Frau im Laufe des Abends zunehmend erregt hatte, so war er jetzt doch beruhigt, nachdem Estefania klargestellt hatte, dass die Angelegenheit nicht aus dem Ruder laufen würde.

Hätte Frank allerdings mitbekommen, was in diesem Augenblick in der Küche hinter der Bar vor sich ging, hätte er wohl jeden Glauben an das Gute im Menschen verloren. Dort stand Bijan und mixte die bestellten Caipirinhas. Beim einen Glas beliess er es aber nicht bei der üblichen Rezeptur. Aus einer winzigen Flasche fügte er ein paar Tropfen einer Flüssigkeit hinzu, die er sich bei einem guten Freund besorgt hatte.

«Es sind die besten K.-o.-Tropfen, die du finden kannst. Aber sei vorsichtig bei der Dosierung!», hatte ihn dieser gewarnt. «Es handelt sich um GHB, um Gamma-Hydroxy-Butyrsäure. Nimmst du zu viel davon, wacht dein Opfer am nächsten Tag nicht mehr auf.»

«Nun, wie schmeckt dir Bijans Caipirinha?», erkundigte sich Estefania und prostete Frank zu.

«Wunderbar! Das war eine gute Idee», bedankte sich dieser. Je mehr er davon trank, umso besser fühlte er sich. Er verlor jede Zurückhaltung und flirtete mit Estefania, was das Zeug hielt. Die Komplimente, die er ihr machte, wurden immer anzüglicher. Nach etwa zwanzig Minuten allerdings ging eine merkwürdige Wandlung in ihm vor. Zunächst fühlte er sich schwindlig, dann wurde ihm richtig übel. Er versuchte, sich am Bar-Tresen festzuhalten, um nicht vom Stuhl zu kippen.

«Franky, was ist los?», fragte Estefania besorgt. «Ist dir nicht gut?»

Frank wurde weiss im Gesicht. Schweissperlen zeigten sich auf der Stirn. «Ich weiss nicht … ich fühle mich elend…»

Dann verlor er das Bewusstsein.

Bijan eilte herbei. Mit Unterstützung anderer Gäste bettete er den Doktor vorsichtig auf eine Decke, die er auf dem Boden ausgebreitet hatte.

«Wir bringen ihn auf sein Zimmer. Die Spannung beim Golfen, die Hitze und jetzt der Alkohol, das alles zusammen war wohl etwas viel für ihn. Aber er wird sich schnell wieder erholen. Jetzt braucht er vor allem Ruhe.»

Nachdem sie Frank nach oben gebracht und ihm die Kleider ausgezogen hatten, bedankte sich Bijan bei den Gästen, die ihm geholfen hatten und offerierte ihnen ein Freigetränk an der Bar. Ein paar Minuten später schlüpfte Estefania in Franks Zimmer und zog sich bis auf ihre spitzenbesetzten Strapse und schwarzen Strümpfe aus. Bijan erschien mit einer Kamera und übernahm die Regie.

«Knie dich über ihn und küss ihn auf den Mund! Jetzt spreize die Beine und stell dich über sein Gesicht.»

Bijan knipste am laufenden Band. «Noch eine letzte Aufnahme: Nimm seine Hände und halt sie dir an die Muschi. Gut so. Seine Frau wird sich freuen!»

Daraufhin bedeckten die beiden den leise schnarchenden Schweizer mit einem Bettlaken und verliessen das Zimmer.

Gegen Mitternacht erwachte Frank Martin aus seiner Bewusstlosigkeit. Erstaunt schaute er sich um und versuchte herauszufinden, wie er in sein Hotelzimmer gelangt war.

«Endlich, Doktor», heuchelte Bijan, der inzwischen zurückgekehrt war und neben dem Bett stand. «Wir haben uns echt Sorgen um Sie gemacht. Fühlen Sie sich besser?»

Mit Mühe gelang es Frank Martin, sich aufzurichten. «Es geht schon», meinte er. Danke, Bijan, für Ihre Hilfe.»

«Hab ich doch gern für Sie getan! Ich lass Sie jetzt schlafen, Sie brauchen Ruhe!»

Dann verliess er den Raum.

Frank schleppte sich ins Badezimmer. Vor dem Spiegel versuchte er sich zu erinnern. Was das wohl war, das ihn so umgehauen hatte? Ein gewöhnlicher Rausch nach zu viel Alkohol? Er fühlte sich verkatert und völlig matt. Wie war er nur in sein Zimmer gekommen? Er konnte sich noch knapp daran erinnern, dass ihm in der Bar plötzlich übel geworden war.

Was dann geschah, würde er wohl nie erfahren. Seine einzige Sorge war, wie er bis zum Morgen wieder einigermassen zu Kräften kommen könnte. Auf gar keinen Fall sollten seine Patienten und schon gar nicht die Kinder leiden, nur weil er sich bei seinem Freizeitvergnügen, einem Golfspiel und einem Techtelmechtel mit einer fremden Frau übernommen hatte. Er stellte sich unter die kalte Dusche und nahm aus seinem persönlichen Notfall-Set zwei Tabletten, die ihn rechtzeitig wieder auf den Damm bringen sollten.

Dass der Abend für ihn noch ganz andere Folgen haben sollte, konnte er nicht ahnen.

***

Die grossen Sommerferien in der Schweiz waren nur allzu schnell zu Ende. Für Charlotte und die Kinder hatte der Alltag wieder begonnen. Julia war nun stolze Erstklässlerin, während ihr Bruder Lewin bereits die fünfte Klasse besuchte.

Es war Mittwochmorgen. Lewin hatte sich bereits auf den Schulweg gemacht. Auch seine kleine Schwester Beatrice verabschiedete sich von Mama. Da fiel ihr ein, dass sie eine Zeichnung, die sie zu Hause fertiggestellt hatte, in ihrem Zimmer im oberen Stock vergessen hatte. Damit ihre Tochter nicht bereits in der ersten Schulwoche wegen Zuspätkommens einen Tadel einfing, beschloss Charlotte, Beatrice mit dem Auto zur Schule zu fahren.

Wieder zu Hause angelangt, setzte sie sich an den Computer, um, wie jeden Morgen, die eingegangenen Mails zu checken. Neben der Einladung zu einer Geburtstagsparty und einer Terminverschiebung durch das Sekretariat ihres Gynäkologen stach ihr eine Nachricht mit dem Betreff «Überraschung» ins Auge. Ihr Herz begann zu klopfen, denn sie ahnte, von wem es stammen könnte – von Frank. Hastig klickte sie das Mail an und überflog den Inhalt: «Ihr Mann bat mich, Ihnen mitzuteilen, dass er seine Mission in Liberia früher als vorgesehen beenden und bereits am kommenden Samstag um acht

Uhr zwanzig in Zürich landen wird. Er versucht heute Abend, Sie telefonisch zu erreichen.»

Charlotte konnte es kaum glauben. Nur noch drei Tage, dann würde sie ihren geliebten Frank wieder in die Arme schliessen können. Und die Familie würde endlich wieder vereint sein. Sie las weiter: «Dass es ihm gut geht und dass er seine spärliche Freizeit in angenehmer Gesellschaft zu verbringen pflegt, ersehen Sie aus dem Anhang.»

Unterzeichnet war das Mail mit «Sekretariat der Klinik».

Hastig öffnete sie das Attachment. Doch was sich ihr dabei auftat, traf sie wie ein Keulenschlag: Fotos von Frank, der fasziniert auf eine attraktive junge Dame starrt, die ihm beim Golf-Abschlag ihr knackiges Hinterteil entgegenstreckt. Es folgten Bilder, welche die beiden eng nebeneinander beim Kuscheln auf einer Rattan-Liege zeigten. Bei der nächsten Aufnahme lag Frank nackt auf einem Bett. Das Mädchen hatte ihre Kleider bis auf ihre Strapse und schwarzen Strümpfe ausgezogen. Sie kniete über Frank und küsste ihn auf den Mund. Ein letztes Foto schliesslich zeigte ihren Mann, wie er mit beiden Händen nach der Scham des Mädchens grapschte.

Charlotte starrte auf die Fotos. Sie konnte nicht glauben, was sie da auf dem Bildschirm sah. Ihre Augen füllten sich mit Tränen. Gleichzeitig spürte sie, wie sich alles in ihr zusammenzog. Fassungslos betrachtete sie den Mann auf dem Foto, der sich voller Begierde mit einer jungen Frau vergnügte.

Nein, das war nicht ihr Frank. Das war nicht ihr geliebter Frank. Das war nicht der Mann, dem sie ein Leben lang vertraut hatte. Das war nicht der angesehene Doktor Frank Martin, über den jedermann nur Gutes berichtete und auf den sie immer so stolz war.

Und doch, aus ihrem tiefsten Inneren meldete sich eine Stimme, die ihr sagte: Die Bilder täuschen nicht. Sie zeigen die Wahrheit.

Und wenn es so war, dass Frank sie betrog: War es das erste Mal? Oder hatte er sie schon bei früheren Gelegenheiten hintergangen? Bei seinem jährlichen Freiwilligendienst in Liberia? Oder gar zu Hause in der Schweiz, mit der einen oder anderen seiner gut aussehenden Patientinnen?

Hatte sich Charlotte eben noch schwach und ohnmächtig gefühlt, so spürte sie plötzlich Wut und Zorn in ihr aufkommen. Sie musste es wissen, jetzt gleich. Sie musste Frank mit dem Inhalt des Mails konfrontieren. Sie griff zum Telefon und wählte seine Handy-Nummer. Doch Frank war nicht erreichbar. Nur eine Automatenstimme meldete sich: «Ihr Gesprächspartner ist momentan nicht zu sprechen. Bitte hinterlassen Sie eine Nachricht, wir rufen Sie so rasch wie möglich zurück.»

Charlotte legte auf. Ein neuer Gedanke durchfuhr sie: Wer kam überhaupt auf die Idee, ihr solche Fotos zu schicken? Das Sekretariat der Klinik konnte es ja wohl kaum sein. Aber wer sonst in aller Welt könnte ein Interesse daran haben, sie über Franks heimliches Treiben zu informieren? Hatte der Absender die Bilder nur ihr oder auch an weitere Empfänger geschickt? Und was wollte er mit den Fotos bezwecken? Sie warnen? Ihren Mann und seinen Ruf als Chirurg in den Schmutz ziehen? Oder Zwietracht und Misstrauen innerhalb der Familie säen?

Charlotte zermarterte sich das Gehirn. Doch was immer ihr durch den Kopf ging, erwies sich bei näherer Betrachtung als wenig plausibel. Erst das Klingeln an der Haustüre riss sie aus ihren Gedanken. Ein Bote überbrachte ihr einen riesigen Strauss weisser Lilien. Ihre Lieblingsblumen! Auf der Grusskarte stand: «In Vorfreude auf unser Wiedersehen! Dein Frank.»

Charlotte wusste nicht, was sie davon halten sollte. Hatte Frank tatsächlich die Unverfrorenheit, ihr mit ein paar Blumen vorzugaukeln, wie sehr er sich auf das Wiedersehen mit ihr freue? Dabei hatte er erst gerade eine Andere vernascht. Allein der Gedanke daran liess ihr Blut erneut in Wallung geraten.

«Dieses Miststück, dieser Dreckskerl, dieser...!»

Plötzlich erschrak Charlotte über sich selbst. Noch nie hatte sie solche Ausdrücke für ihren Mann gebraucht. Noch nie hatte sie auch nur den leisesten Zweifel an dessen Treue gehegt. War nun plötzlich alles anders? Bedeuteten die Fotos und was auf ihnen zu sehen war, das Ende ihrer Liebe? Das Ende ihrer Ehe? Das Aus für ihre Familie?

Bis zur Mittagszeit hatte sich Charlotte wieder einigermassen unter Kontrolle. Sie beschloss, Frank erst nach seiner Rückkehr aus Liberia mit der Mail-Botschaft zu konfrontieren. Unter keinen Umständen wollte sie den Kindern die Vorfreude auf Papas Heimkehr verderben. Seit Tagen hatten sich Lewin und Beatrice bei jeder Gelegenheit in ihre Zimmer zurückgezogen, um an kleinen Geschenken zu basteln, die sie ihm zur Begrüssung überreichen wollten.

***

Endlich war es Samstag. Pünktlich um acht Uhr zwanzig setzte Franks Maschine in Zürich-Kloten auf. Seine Liebsten erwarteten ihn am Flughafen. Beatrice und Lewin konnten es kaum erwarten, Papa ihr Willkommenspräsent zu überreichen. Charlotte selber durchlebte ein Wechselbad der Gefühle. Noch immer hatte sie die schrecklichen Bilder im Kopf, die ihr der Unbekannte gemailt hatte. Und doch schlug ihr Herz höher, als sie ihren Mann nach den langen Wochen der Trennung endlich wieder in die Arme schliessen konnte. Frank strahlte übers ganze Gesicht, als er nach dem Zoll die Ankunftshalle betrat. Endlich zu Hause! Endlich wieder bei der Familie, die ihm so viel bedeutete. Der ganze Stress und die Anstrengungen der vergangenen Wochen fielen mit einem Schlag von ihm ab.

Auf der Heimfahrt nach Erlenbach quasselten die Kinder pausenlos auf ihn ein. Beatrice schwärmte von ihrer neuen Klassenfreundin, die sie schon am ersten Schultag ins Herz geschlossen hatte. Lewin berichtete voller Stolz von seinem Erfolg bei der Prüfung in Frühfranzösisch. Die Eltern kamen kaum zu Wort.

«Kinder, Papa möchte vielleicht auch mal was sagen. Zudem ist er müde. Er hat einen über zehnstündigen Flug hinter sich», mahnte Charlotte.

«Ja, schon», kam es von hinten. Doch dann begann der Redestrom erneut zu sprudeln.

«Lass sie doch», lachte Frank, «wir haben ja heute und morgen noch Gelegenheit genug, uns über alles auszutauschen.»

***

Seit einer Stunde lagen die Kinder im Bett. Endlich hatten Frank und Charlotte Zeit füreinander. Sie sassen draussen auf der Terrasse ihres Hauses, hoch über dem Zürichsee. Eine leichte Brise brachte die lang ersehnte Abkühlung nach der Hitze des Tages. Um seine Rückkehr zu begiessen, öffnete Frank eine Flasche.

Beide hatten sich viel zu erzählen über all das, was sie in den vergangenen drei Wochen erlebt hatten. Doch plötzlich ertappte sich Charlotte dabei, dass sie Franks Worten nur noch mit halbem Ohr folgte. Sie wusste, dass es lediglich eine Frage von Minuten war, bis es kein Entrinnen mehr gab und sie Frank auf das Mail und die Fotos ansprechen würde. Sie hatte Angst vor dem Moment, der das Ende ihrer Ehe und damit das Ende ihres Lebensglücks bedeuten könnte.

Als Frank ihr ein neues Glas Champagner einschenkte, sich dann zärtlich über sie beugte und mit leiser Stimme fragte: «Was meinst du, Liebling, hättest du auch Lust...?», war es so weit.

Brüsk richtete sich Charlotte auf, sah ihn eindringlich an und rief: «Nein, Frank, nein. Was stellst du dir eigentlich vor? Wofür hältst du mich denn? Für eines deiner Flittchen? Bin ich eine deiner Mösen, die du irgendwo auf der Welt fickst, während ich zu Hause brav nach unseren Kindern schaue?»

Frank starrte sie an. Er verstand die Welt nicht mehr. So hatte er seine Frau noch nie reden hören.

«Wovon sprichst du, Liebling? Was ist los mit dir? Wie kommst du auf so absurde Gedanken?»

Charlotte geriet ausser sich: «Wie ich dazu komme? Weil ich gesehen habe, wie du es treibst. Weil ich gesehen habe, wie du sie geküsst hast und wie sie über dir steht und du ihr zwischen die Beine greifst!»

Jetzt brauste auch Frank auf: «Sag mal, hast du sie nicht mehr alle? Was erzählst du da? Von wem redest du? Was willst du gesehen haben? Und wo?»

Wortlos sprang Charlotte auf und verschwand im Haus. Frank folgte ihr. Sie stürmte in ihr Arbeitszimmer und fuhr den Computer hoch. Als sie die Mail öffnete, stand Frank hinter ihr.

Was er sah, verschlug ihm den Atem.

«Das ist ja... Das kann gar nicht sein...», stammelte er. «Davon weiss ich nichts, das ist unmöglich...»

«Unmöglich? Offenbar nicht! Oder willst du etwa bestreiten, dass es sich bei dem unbekleideten Herrn auf dem Bild um einen gewissen Dr. Frank Martin handelt?», schrie Charlotte. «Willst du etwa behaupten, du siehst diese Dame zum ersten Mal?»

«Nein, natürlich nicht. Das ist Estefania. Der Clubmanager hat diese Frau und mich in den gleichen Flight eingeteilt. Wir haben zusammen eine Runde Golf gespielt.»

«Zusammen Golf gespielt? So nennst du das also! Ich wusste nicht, dass man sich zum Golfen splitternackt ausziehen und sich unter einem Mädchen auf den Rücken legen muss.»

«Charlotte, um Gottes willen! Du glaubst doch nicht wirklich, dass ich mit dieser Frau…»

«Ich glaube gar nichts. Ich weiss, was ich sehe. Und was mir diese Bilder zeigen, hat kaum etwas mit Golfspielen zu tun.»

Was sollte Frank sagen? Er zuckte nur mit den Schultern.

«Ich kann mir auch nicht erklären, wie es zu den Fotos kam. Ich erinnere mich lediglich daran, dass ich mich nach dem Abendessen plötzlich sterbenselend fühlte. Irgendwer muss mich dann in mein Hotelzimmer gebracht haben. Was dann weiter geschah, ich habe nicht die geringste Ahnung!»

«Ach wirklich? Du hast keine Ahnung? Du hast wohl nur im Schlaf nach diesem Flittchen geifert? Nein, Frank, ich mag ja naiv sein, aber so dumm, wie du mich einschätzt, bin ich Gott sei Dank noch nicht.»

Wütend klappte sie den Laptop zu. «Überlege dir gut, wie du dies alles den Kindern beibringen willst. Und wie du ihnen erklären willst, warum wir ab sofort getrennte Leute sind!»

Frank wusste nicht, wie ihm geschah. Eben noch fühlte er sich im siebten Himmel vor lauter Freude, endlich wieder zu Hause bei seinen Liebsten zu sein. Und jetzt, von einer Sekunde auf die andere, sass er vor dem grössten Scherbenhaufen, den sich ein Vater und Ehemann überhaupt vorstellen kann. Dabei war er sich keinerlei Schuld bewusst. Er hatte nichts getan, was er Charlotte nicht mit gutem Gewissen hätte erzählen können.

Doch da waren diese Bilder, die das Gegenteil bewiesen. Sie zeigten ihn mit Estefania in einer Situation, die nicht den Hauch eines Zweifels offen liess, bei welcher Beschäftigung die beiden gerade überrascht wurden. Er konnte Charlottes Empörung verstehen. Im umgekehrten Fall hätte er wohl genauso reagiert.

Verzweifelt suchte er nach einer Erklärung, wie es zu den Aufnahmen hatte kommen können. Er liess jede Minute seiner sonntäglichen Golfrunde in Monrovia und was danach geschah, noch einmal vor seinem inneren Auge Revue passieren. Er versuchte, sich an jedes Detail zu erinnern, bis zu dem Moment, als er in der Hotelbar zusammengebrochen war und das Bewusstsein verloren hatte.

Es blieb nur noch eine einzige Erklärung für das Entstehen der Fotos: Jemand musste sie aufgenommen haben, während er, von einem Rauschmittel betäubt, ahnungslos auf dem Bett lag. Der oder die Täter mussten ihn ausgezogen und dann in die verschiedenen, kompromittierenden Stellungen gebracht und jede Szene fotografiert haben.

Schlagartig wurde ihm auch bewusst, welche Rolle Estefania, seine Golfpartnerin, an jenem Nachmittag gespielt hatte. Mit ihrem Charme, aber auch mit ihren körperlichen Reizen hatte sie eine einzige Aufgabe, nämlich den Chirurgen aus der Schweiz bis zum Abend so weit bringen, dass er zu einem willenlosen Opfer wurde.

Ja, so muss es gewesen sein! Glücklich, endlich eine glaubwürdige Erklärung gefunden zu haben, suchte Frank nach Charlotte. Er fand sie in ihrem Schlafzimmer. Laut schluchzend sass sie auf dem Bett. Ihre anfängliche Wut war verflogen. Stattdessen hatten Angst und Verzweiflung in ihr Oberhand gewonnen.

Frank setzte sich neben sie und ergriff ihre Hand. «Mein Liebes, ich kann gut nachvollziehen, wie verletzt du dich fühlen musst. Ich habe Verständnis dafür, wenn du Verachtung für mich empfindest. Und ich könnte es dir auch nicht übelnehmen, wenn du nur Hohn und Spott für das übrig hättest, was ich dir jetzt zu erklären versuche. Aber ich glaube, ich weiss jetzt, wie es zu den Fotos kommen konnte.»

Frank erzählte ihr mit allen Details, wie der Nachmittag verlaufen war. Dass ihn seine Flight-Partnerin mit ihrem golferischen Können, genauso aber auch mit ihrem Charme und ihrer sinnlichen Ausstrahlung fasziniert hatte. Er gab zu, dass es ihm geschmeichelt hatte zu spüren, wie ihn die fast dreissig Jahre jüngere Frau anhimmelte. Und er gestand, dass er nur allzu gerne Ja gesagt hatte, als Estefania ihm vorschlug, gemeinsam noch ein kleines Nachtessen in seinem Hotel einzunehmen. Er erwähnte den Caipirinha, den er zum Abschluss noch getrunken hatte, bevor er das Bewusstsein verlor.

Dann schilderte er ihr, wie die Fotos seiner Ansicht nach entstanden sein mussten. Dass ihm der Barkeeper vermutlich eine Droge in den letzten Drink gemixt hatte. Kurz darauf habe er das Bewusstsein verloren. «Daraufhin hatten sie leichtes Spiel, die die Fotos zu machen, die sie wollten.»

Charlotte hörte ihm aufmerksam zu.

«Wie gerne würde ich dir glauben, Frank! Aber was du mir da schilderst, wie die Aufnahmen von dir und der Frau entstanden sein sollen, ist eine Vermutung, eine reine Hypothese, mehr nicht. Du hast nicht den geringsten Beweis, dass es so war und nicht anders.»

«Du hast recht, Liebling. Ich kann nichts beweisen. Ich kann nur hoffen...»

Charlotte unterbrach ihn. «Hoffen? Vielleicht hast du wenigstens eine Ahnung, was diese Leute mit den Fotos bezwecken wollten? Nur zum Vergnügen treibt ja wohl niemand einen solchen Aufwand. Und warum haben sie mir diese Bilder geschickt?»

«Das habe ich mich natürlich auch schon gefragt. Hast du die Mail genau gelesen? Haben sie nichts dazu geschrieben?»

«Nur den Satz, es gehe dir gut. Deine spärliche Freizeit würdest du in höchst angenehmer Gesellschaft verbringen – das könne man aus dem Anhang ersehen.»

«Das ist alles? Keine Drohung? Keine Forderung?»

«Nichts.»

Die Erklärung folgte am nächsten Morgen. Frank war früh in die Klinik gefahren. Er wollte seine E-Mails checken und die Post durchlesen, die sich während seiner Abwesenheit angehäuft hatte. So war er einigermassen auf dem Laufenden, als gegen sieben Uhr dreissig die Mitarbeiterinnen und Mitarbeiter eintrafen.

Chantal, die neue Assistentin, gehörte zu den ersten, die ihn begrüssten. «Schön, dass Sie wieder zurück sind, Doktor. Möchten Sie einen Kaffee?»

«Das wäre fein. Gerne! Und sagen Sie, Chantal: Gab es, ausser dem, was ich aus den Unterlagen ersehen konnte, irgendetwas Besonderes, das ich noch wissen müsste?»

«Ja, da war noch ein Anruf aus Mailand. Ein gewisser Avvocato de Monti wollte wissen, wie es um den Termin für seinen Klienten Luciano Sestrielli, beziehungsweise dessen Sohn, steht. Es eile und er erwarte Ihren raschen Rückruf.»

«Sestrielli? Das ist doch der Mann, der mehrmals versucht hat, bei uns einen Termin zu erhalten?»

Chantal nickte. «Stimmt. Ich habe ihm damals in Ihrem Auftrag eine Absage erteilt. Das war kurz vor Ihrer Reise nach Liberia. Ich sagte ihm auch, dass Sie ohnehin für den Rest des Jahres ausgebucht seien und wir deshalb keine neuen Patienten mehr annehmen könnten.»

«Hat er sonst noch irgendetwas erwähnt?»

«Er sagte etwas von Fotos. Sollten wir für Herrn Sestrielli keinen Termin finden, könne er für nichts garantieren.»

«Das war alles? Nichts Weiteres zu den Fotos?»

«Nein, das war alles.»

Frank Martin lief es kalt den Rücken herunter. Aber er liess sich nichts anmerken.

«Danke, Chantal. Machen wir uns an die Arbeit.»

Doch das Gespräch mit der Assistentin liess ihm keine Ruhe. Es fiel ihm schwer, sich beim anschliessenden Morgenbriefing mit den leitenden Ärzten und den Pflegeverantwortlichen auf das Tagesgeschäft zu konzentrieren. Glücklicherweise hatte ihm das Sekretariat für seinen ersten Tag nach der Rückkehr noch keine Operationstermine eingetragen.

Frank hatte jetzt Gewissheit darüber, was er im Geheimen befürchtet, hatte: Mit den Fotos sollte er erpresst werden. Sestrielli hatte bereits mehrmals und auf verschiedensten Wegen versucht, einen Termin bei ihm zu erhalten. Jedes Mal hatte er abgelehnt.

Warum eigentlich nur? Frank Martin wusste es selber nicht. Aber irgendwie war ihm dieser Mann von Anfang an suspekt gewesen. Jetzt zeigte sich, dass seine Abneigung mehr als begründet war.

Doch diese Erkenntnis half ihm wenig. Es brauchte kein grosses Vorstellungsvermögen, um zu erahnen, was passieren würde, sollte er Sestrielli eine weitere Absage erteilen. Mit den Fotos hatte es der Italiener in der Hand, Franks Leben zu vernichten. Mit einem einzigen Mausklick konnte er alles zerstören, was ihm lieb und teuer war und was er sich in jahrelangem Einsatz hart erarbeitet hatte, seinen Ruf als Arzt, seine Klinik, seine Frau, seine Familie.

«Kein Problem», würde wohl jeder sagen, den er fragen würde. «Gib dem Mann einen Termin und du bist all deine Sorgen und Befürchtungen los. Bei deinen anderen Kunden bist du schliesslich auch nicht so wählerisch und durchleuchtest jeden und jede auf Herz und Nieren, bevor du sie als Patienten akzeptierst.»

«Richtig», sagte Frank zu sich selber. «Die Frage ist nur: Was geschieht, wenn...»

In diesem Moment erschien Chantal in der Türe: «Doktor, eine dringende Mail für Sie.»

Auf dem Print, den die Assistentin ausgedruckt hatte, stand nur ein einziger Satz: Wir freuen uns auf Ihr Feedback zu Ihren Ferienerinnerungen bis spätestens morgen Dienstag um 12.00 Uhr. Cordiali saluti.

Absender: g.demonti@studiolegale-demonti.it.

***

Auch Charlotte fiel es an diesem Montag schwer, sich auf ihre Arbeit im Haushalt und mit den Kindern zu konzentrieren. Natürlich spürten die Kleinen ihre Nervosität. Den ganzen Tag über durchlebte sie ein Wechselbad der Gefühle. Nur zu gerne hätte sie Franks Erklärungen, wie die Fotos aus seiner Sicht entstanden sein mussten, Glauben geschenkt. Doch wenn sie an die

Bilder dachte und was darauf zu sehen war, wurde sie augenblicklich wieder von Zweifeln erfüllt.

Sie konnte es kaum erwarten, bis Frank am Abend nach Hause kam.

«Wie war dein Tag?» Aus ihrer Stimme klangen Angst und Besorgnis. «Und was ist mit den Fotos? Weisst du inzwischen mehr?»

Frank berichtete ihr, was sich noch vor und dann während seiner Abwesenheit zugetragen hatte. Er erzählte ihr von der Anfrage des Italieners, der sich mehrmals beim Sekretariat der Klink gemeldet hatte, um einen Operationstermin für seinen Sohn zu erhalten. Dieser benötige dringend eine Gesichtskorrektur. Er habe die Mitarbeiterinnen angewiesen, dem Mann unter keinen Umständen einen Termin zu geben.

«Gab es denn Gründe für deine Weigerung?», wollte Charlotte wissen.

«Wenn ich ehrlich bin: Nein.»

«Aber warum denn? Weisst du Näheres über ihn?»

«Nein, ich habe ihn weder je gesehen noch je von ihm gehört. Es war allein ein ungutes Gefühl, das mich leitete. Etwas stimmt nicht mit ihm. Dass mich mein Riecher nicht im Stich gelassen hat, zeigte sich heute erst recht.» Er reichte ihr den Ausdruck der Mail, die am Nachmittag eingetroffen war.

«Dieser Schweinehund!», entfuhr es Charlotte, als sie den Text gelesen hatte. «Er versucht, dich zu erpressen!»

Als die Kinder am Abend endlich in ihren Betten lagen, setzten sich Frank und Charlotte an den grossen Küchentisch. Verzweifelt suchten sie nach Möglichkeiten, wie das Schlimmste verhindert werden könnte. Doch je länger sie darüber nachdachten, umso klarer wurde ihnen: Es gibt keinen Ausweg.

Sollte Frank bei seiner Weigerung bleiben und Sestrielli erneut eine Absage erteilen, würde dieser keine Sekunde zögern und die Fotos publik machen. Klinikmitarbeiter, Patienten, Familienangehörige und die Presse hätten die Bilder am nächsten Tag auf ihren Laptops und Handys. Der berühmte Arzt Dr. Frank Martin wäre beruflich und gesellschaftlich erledigt. Charlotte und die Kinder würden zu Geächteten, die sich nirgendwo mehr in der Öffentlichkeit zeigen konnten.

Frank suchte nach Charlottes Hand. Tränen liefen ihm über das Gesicht. «Es tut mir so leid, dass ich dich und die Kinder in diese Situation gebracht habe.»

Dann seufzte er. «Ich werde die Polizei informieren.»

Charlotte sprang von ihrem Sessel auf. «Es braucht dir nicht leid zu tun, Frank! Und die Polizei lassen wir erst mal aus dem Spiel», rief sie zu seinem Erstaunen. «Du hattest absolut recht, dich zu weigern, den Kerl zu operieren. Soll er doch versuchen, uns zu vernichten! So schnell lassen wir uns nicht unterkriegen. Ich stehe zu dir, Frank, was immer auch passieren mag. Übrigens: Auch wir haben die Möglichkeit, an die Öffentlichkeit zu gelangen. Ich möchte dann mal sehen, wer mehr Glaubwürdigkeit besitzt, ein Dr. Frank Martin oder irgendein Ganove, der mit heimlich aufgenommenen Sex-Fotos versucht, dich zu erpressen.»

«Charlotte, du beschämst mich. Dabei kann ich dir ja nicht einmal beweisen, dass die Fotos ohne mein Wissen entstanden sind...»

«Das brauchst du auch nicht. Ich kenne dich und ich glaube dir.»

«Aber der Termin: Er will eine Antwort bis morgen Dienstag um zwölf Uhr.»

«Den Termin lassen wir platzen!», entgegnete Charlotte mit fester Stimme.

«Wie meinst du das: Den Termin lassen wir platzen?»

«Der Kerl kann so viele Termine setzen, wie er will. Für uns hat dies keine Bedeutung.»

«Charlotte, bedenke doch, was dann geschieht: Er wird die Fotos veröffentlichen!»

«Da bin ich mir nicht so sicher. Warten wir es ab!»

* * *

Der Don tobte, als er die Nachricht aus Zürich vernahm. «Was heisst das», schrie er in sein Handy, «der Doktor hat nicht reagiert? Wollen Sie damit sagen, Frank Martin weigert sich nach wie vor, uns zu empfangen?»

«Eine andere Erklärung gibt es nicht», stellte Avvocato Demonti trocken fest.

«Das wird er mir büssen!», hörte er Sestrielli noch sagen, bevor die Verbindung unterbrochen wurde.

Dass der Doktor nicht einmal versucht hatte, mit ihm ins Geschäft zu kommen und einen Deal auszuhandeln, empfand Sestrielli als persönliche Demütigung. Und eine solche liess er sich nicht gefallen.

Nur eine Minute später klingelte sein Telefon erneut. Noch einmal meldete sich der Advokat aus Mailand: «Entschuldigen Sie, Signore, aber nachdem Ihnen der Arzt aus Zürich nach wie vor die kalte Schulter zeigt – geben Sie uns nun grünes Licht für die Verbreitung seiner Ferienfotos?»

Luciano zögerte einen Augenblick, dann sagte er zu Demontis Erstaunen: «Nein. Die Fotos behalten wir uns für später auf.»

Auch wenn er sich nach aussen unberührt gab, die Schmach über die Terminverweigerung aus Zürich brachte Sestriellis Blut erneut in Wallung. Ausser sich vor Zorn griff er zum Telefon und wählte die Nummer von Leo Kramer in der Schweiz:

«Dein Freund hat wohl den Verstand verloren!», schrie er. Seine Stimme überschlug sich. «Er nimmt es in Kauf, dass wir die Fotos veröffentlichen! Was glaubt der Kerl eigentlich, wer er ist und mit wem er es zu tun hat? Kramer, und dass du es gleich weisst: Auch deine Stunde hat demnächst geschlagen. Wollt ihr Schweizer mich eigentlich zum Narren halten? Du hast mir geschworen, die Sache mit dem Termin würde laufen. Ich gebe dir eine letzte Chance und eine Woche Zeit, dann will ich wissen, woran ich bin!»

Leo kam nicht mehr dazu, auch nur ein Wort zu erwidern. Der Don hatte aufgehängt. Mit dem Anruf aus Lamezia Terme hatte sich Leo Kramers ganze Hoffnung, die Fotos aus Liberia würden ihren Zweck erfüllen, mit einem Schlag in Luft aufgelöst.

Nun blieb nur noch Plan B: Erpressung, indem er Franks Töchterchen Beatrice entführen musste.

In weiser Voraussicht hatte er für diesen Fall bereits vor einiger Zeit erste Abklärungen getroffen. Mehrmals war er nach Erlenbach, dem Wohnort der Martins, gefahren, um den Schulweg der Kleinen auszukundschaften. Seit den Sommerferien besuchte diese die erste Klasse im Primarschulhaus «Oberer Hitzberg».

Den Wagen parkte Leo in einer kleinen Strasse, von der aus er die Villa der Familie unauffällig beobachten konnte. Minutiös registrierte er die Zeiten, zu denen Beatrice jeweils das Haus verliess und nach der Schule wieder zurückkehrte. Er merkte sich den Weg, den sie gewöhnlich nahm.

Mit Genugtuung stellte er fest, dass sie den ersten Teil des Weges meistens allein zurücklegte. Erst weiter unten gesellte sich eine Klassenkameradin zu ihr. Also musste er das Mädchen möglichst rasch, nachdem es das Elternhaus verlassen hatte, in seine Gewalt bringen. Eine geeignete Stelle fand er am Ende einer Kurve, wo der Gehsteig an einem grün vermoosten, von hohen, alten Tannen umsäumten Parkplatz vorbeiführte. Hier konnte er auf sie lauern und sie im richtigen Moment in den Wagen zerren. Die nächsten Häuser standen mindestens fünfzig Meter weit entfernt. Die Gefahr, bei der Tat beobachtet zu werden, war somit gering.

Umso mehr Kopfzerbrechen bereitete ihm die Frage, wo er die Kleine, nachdem er sie in seiner Gewalt hatte, unterbringen konnte, wer auf sie aufpassen und wer für sie kochen würde.

Nach längerem Überlegen fiel ihm Lena Krasniqi ein. Er hatte die Frau während einiger Zeit als Haushalthilfe beschäftigt. Sie war, zusammen mit ihrem Ehemann, vor Jahren aus dem Kosovo in die Schweiz geflüchtet. Als ihr Mann bei einem Arbeitsunfall verstarb, schlug sie sich fortan als Reinigungskraft durchs Leben. Sie war tüchtig und zuverlässig. Dennoch litt sie immer wieder unter Geldsorgen. Sie war deshalb gerne bereit, zusätzliche Gelegenheitsjobs anzunehmen, sofern diese anständig bezahlt waren.

Leo Kramer suchte sie auf und stellte ihr einen lohnenden Auftrag in Aussicht. Er erzählte ihr, eine seiner Bekannten, eine alleinerziehende Mutter einer siebenjährigen Tochter, müsse sich einer Magen-Darm-Operation unterziehen. Sie suche deshalb eine zuverlässige Person, bei der Beatrice während der Dauer ihres Spitalaufenthaltes wohnen könnte. Mehr als eine Woche würde es nicht dauern.

Nach anfänglichem Zögern und nachdem ihr Leo eine grosszügige Entschädigung versprochen hatte, erklärte sich die Frau einverstanden, das Mädchen vorübergehend bei sich aufzunehmen.

Leo Kramer fiel ein Stein vom Herzen.

***

In Frank Martins Klinik herrschte Grossandrang. Die zahlreichen Medienberichte, die nach der Eröffnung des neuen Operationszentrums erschienen waren, hatten der Nachfrage nach chirurgischen Eingriffen zusätzlichen Schub verliehen. Das Sekretariat wurde mit Terminanfragen geradezu überflutet. Doch die Damen am Telefon hatten die strikte Weisung, neue Patienten frühestens für die ersten Monate im neuen Jahr einzuschreiben.

Um sicher zu sein, dass diese Anordnung auch eingehalten wurde, wünschte der Chef jeden Abend eine Liste mit den Namen der neu Angemeldeten auf dem Tisch zu haben. Frank Martin wollte unter allen Umständen verhindern, dass sich Sestrielli mit fingierten Angaben oder unter falschem Namen doch noch einen Termin erschleichen konnte.

Doch nichts geschah, keine verdächtigen Patienten-Anfragen, keine erpresserischen Mails, keine Drohbriefe trafen ein. Hatte der Italiener aufgegeben? Oder war das nur die berühmte Ruhe vor dem Sturm?

Nach aussen gab sich Frank Martin gelassen. Er stürzte sich in die Arbeit und stand von früh bis spät am Operationstisch. Doch von Tag zu Tag fiel es ihm schwerer, sich dabei voll zu konzentrieren. Wenn nur irgendwo im Haus ein Telefon klingelte, rasten seine Gedanken der Frage nach, wer wohl der Anrufer sein könnte.

Vor zwei Tagen war ihm gar ein Missgeschick passiert, welches für die Patientin, die gerade vor ihm lag, verheerende Folgen hätte haben können. Nur dank der Aufmerksamkeit des Anästhesisten, der neben ihm stand, wurde das Schlimmste verhindert. Frank war dabei, einen Tumor aus der Brust der jungen Frau zu entfernen. Wie immer setzte er das Skalpell so an, dass er den bösartigen Knoten zusammen mit einem Saum von gesundem Gewebe herausschneiden konnte. Alles verlief nach Plan. Nachdem er auch die letzten Reste entfernt hatte, gab er dem assistierenden Oberarzt grünes Licht für die Wundschliessung.

«Frank», fuhr der Anästhesist dazwischen, «die histologische Kontrolle!»

Frank Martin erschrak. «Verdammt, du hast recht. Wie konnte ich das vergessen!»

Zu Franks Erleichterung bestätigte der Pathologe, der das Gewebe unter dem Mikroskop untersuchte, dass der Tumor bei der Operation restlos entfernt wurde.

Am Abend, als Frank Charlotte von dem Vorfall erzählte, zeigte sich diese wenig erstaunt.

«Ich weiss, mein Lieber, wie sehr dich die Sache belastet. Es geht mir ebenso. Wir hätten wohl doch besser die Polizei beiziehen sollen!»

Frank fuhr auf: «Nein! Was hätte diese schon tun können? Unser Haus überwachen, die Klinik, unsere Telefone? Das würde nur für unnötiges Aufsehen sorgen und die Mitarbeiter und Nachbarn verunsichern. Genau dies wollen wir ja unter allen Umständen vermeiden.»

«Aber Frank», unterbrach ihn Charlotte, «im Grunde weisst du genauso gut wie ich, dass die Sache nicht ausgestanden ist. Auch wenn derzeit Ruhe herrscht, die Drohung mit den Fotos hängt nach wie vor wie ein Damoklesschwert über uns.»

Frank musste ihr Recht geben. Die Sprengladung konnte jederzeit explodieren.

***

Im Engadin hatte Sandra Constaffel inzwischen die letzten Behördengänge im Zusammenhang mit dem Tod ihrer Grossmutter hinter sich gebracht. Sie hatte alle Kondolenzschreiben verdankt, die aus nah und fern eingegangen waren. Dann flog sie für zwei Tage nach London, um mit ihrem bisherigen Arbeitgeber, der Kanzlei Callaghan & Cohen, über eine vorzeitige Vertragsauflösung zu verhandeln.

Die britischen Patrons empfingen sie im grossen Sitzungsraum der Kanzlei, dessen seidenbezogene Wände mit den silbergerahmten, in Öl gemalten Porträts ihrer altehrwürdigen Vorgänger geschmückt waren. Aufmerksam hörten sie Sandras Schilderung zu. Mit Bedauern nahmen sie zur Kenntnis, dass ausgerechnet ihre jüngste und vermutlich talentierteste Anwältin die Kanzlei bereits wieder verlassen wollte.

Doch sie zeigten Verständnis für die Situation, in der sich Sandra befand. Dass diese das Erbe ihrer verstorbenen Grossmutter so rasch wie möglich antreten und die damit verbundenen Aufgaben in Angriff nehmen wollte, konnten sie ihr nicht verübeln. So liessen sie

Sandra ziehen, ohne auf der vertraglich vereinbarten Kündigungsfrist zu bestehen.

***

Zurück in der Schweiz begann für Sandra ein neues Leben. Seit Grossmama nicht mehr lebte, war alles anders. Ihre bisherigen beruflichen Vorstellungen musste sie begraben. Ihr Traum, dereinst eine eigene Anwaltskanzlei an renommierter Adresse zu eröffnen, war ausgeträumt. Was jetzt auf sie zukam, war einige Nummern grösser.

Doch der Ehrgeiz, von dem sie schon während der Schulzeit besessen war und der ihre Klassenkameradinnen so oft genervt hatte, hätte es um nichts in der Welt zugelassen, die neue Herausforderung nicht anzunehmen. Dabei wusste sie von dem Tag an, als sie erfuhr, dass Grossmama ihr die Aktienmehrheit an der Constaffel Bank vererbt hatte, was dies für ihren weiteren Werdegang bedeutete: nochmals zurück auf Platz eins, noch einmal ganz von vorne beginnen.

Selbst in ihrer kärglichen Freizeit kniete sich Sandra in die Arbeit. Sie las Geschäftsberichte und verschlang Artikel und Bücher über Märkte, Börsen, Investieren und Finanzieren, aber auch über Risikomanagement, Cyber-Kriminalität und Corporate Governance. An der Universität belegte sie einen Studiengang über die gesetzlichen Auflagen, welche Banken und Vermögensverwaltern nach dem Finanzcrash von 2008 zusätzlich auferlegt worden waren. In Gesprächen mit der Geschäftsleitung und dem Verwaltungsrat informierte sie sich über die mittel- und langfristigen Zielsetzungen, aber auch über die aktuellen Problemfelder der Bank.

Zu letzteren gehörte insbesondere die Ablösung der bisherigen IT-Infrastruktur durch eine neue Bankensoftware. Ziel war es, die Datensicherheit sowie die Innovationskraft bei der Lancierung neuer Kundenangebote zu steigern und gleichzeitig allfällige Risiken frühzeitig zu erkennen. Auf diese Weise sollte die Bank für die Herausforderungen der Zukunft fit getrimmt werden. Für einige Mitglieder des Verwaltungsrates hätte dies bereits früher in Angriff genommen werden sollen. Andere wiederum sorgten sich wegen der zu erwartenden Kosten in Millionenhöhe, die sich negativ auf Bilanz und Gewinn auswirken würden.

Sandra liess sich von solchen Bedenken nicht beeindrucken. Umso weniger, als sie mit der IT-Thematik bestens vertraut war. Bereits während ihres Studiums der Rechtswissenschaften hatte sie im Nebenfach Vorlesungen über Informationstechnologie besucht. Das dabei erworbene Know-how hatten sich für Sandra bereits in ihrer Londoner Zeit ausbezahlt. Nachdem die Patrons von Callaghan & Cohen davon erfahren hatten, übertrugen sie ihr schon bald die Verantwortung für grössere Einzelprojekte, als es darum ging, die IT-Infrastruktur der Kanzlei auf den neusten Stand zu bringen.

Dieser Prozess brachte für Sandra nicht nur wertvolle Erkenntnisse bezüglich der Einführung einer neuen

Unternehmensinformatik, sondern insbesondere auch, was deren Kostenkontrolle betrifft.

Dem Constaffel-Verwaltungsrat kamen ihre diesbezüglichen Erfahrungen mehr als gelegen. Er übertrug ihr den Lead bei der Implementierung der neuen Software. Sie erklärte sich damit einverstanden, auch wenn ihr bewusst war, dass dadurch ihre ohnehin karge Freizeit noch stärker beschnitten wurde.

Zurzeit störte sie dies kaum. Nur dann und wann, wenn sie an einem freien Samstagmorgen allein in ihrem Bett aufwachte, musste sie sich eingestehen, dass ihr Privatleben neben dem herausfordernden Job faktisch zum Erliegen gekommen war. Seit sie London nach Grossmamas Tod fluchtartig verlassen hatte, galt das auch für ihr Liebesleben. Ihren Freund Gordon Kelly sah sie im besten Fall noch einmal im Monat.

Der Tag, an dem sie den jungen Anwalt kennengelernt hatte, blieb ihr unvergesslich. Es war bei einer Gegenüberstellung von Zeugen am Supreme Court, dem obersten Gerichtshof des Vereinigten Königreichs. Mit Fangfragen und einem knallharten Kreuzverhör hatte Attorney Kelly versucht, die Glaubwürdigkeit der Zeugen zu untergraben, die Sandra zugunsten ihres Mandanten aufgeboten hatte.

In krassem Gegensatz zu seinem von Selbstsicherheit strotzenden Auftritt stand Gordon Kellys fast ärmlich wirkendes Äusseres. Die zerknitterte graue Flanellhose, die er trug, und sein dunkelblauer Veston schienen ihre besten Tage längst hinter sich zu haben. Auch seine wilde Haarmähne hatte offensichtlich seit Wochen keinen Friseur mehr gesehen. Nur die braunen Schnürschuhe von Jimmy Choo liessen erahnen, dass sich ihr Besitzer nicht jeden Bissen vom Mund absparen musste.

Nach der Verhandlung hatte Kelly Sandra schüchtern gefragt, ob er sie noch zu einem Drink einladen dürfe. Zu ihrer eigenen Überraschung hatte sie spontan zugesagt. Sie trafen sich im «Red Lion» und am darauffolgenden Sonntag zum Sunday Brunch in der «Loose Box». Nach dem Essen unternahmen sie einen langen Spaziergang entlang der Themse bis zum Big Ben.

Gordon erzählte ihr, wie ihn das Londoner Wahrzeichen schon als kleiner Junge fasziniert habe.

«Wusstest du», fragte er Sandra, «dass der Begriff ‹Big Ben› ursprünglich nur die Bezeichnung für die grösste Glocke im Elisabeth Tower war? Und dass die Leute erst im Laufe der Jahre damit begannen, den gesamten Glockenturm so zu nennen?»

«Nein, wusste ich nicht», lachte Sandra. «Du scheinst ja die Stadt wie deine eigene Westentasche zu kennen. Erzähl mir mehr!»

Nun war Gordon in seinem Element. Fast an jeder Ecke und zu jedem Gebäude in Westminster fiel ihm eine Geschichte oder eine heitere Anekdote ein. Früher waren Sandra Männer, die meinten, immer und zu allem etwas sagen und eine Meinung haben zu müssen, auf die Nerven gegangen. Ganz besonders jene, die mit dummen oder gar anzüglichen Sprüchen bei ihr zu landen versuchten. Fast immer zog sie dann die Reissleine und es kam zu keinem weiteren Date.

Diesmal war es anders. Gordons Erzählungen und Witze brachten sie zum Lachen. Zum ersten Mal seit Langem fühlte sie sich wieder einmal richtig wohl in der Nähe eines Mannes.

Als Gordon sie gegen Abend vor ihrer Wohnung absetzte, sich mit einem flüchtigen Kuss auf beide Wangen höflich verabschiedete, ohne ein «nächstes Mal» auch nur anzudeuten, war sie richtig enttäuscht.

«Gordon», rief sie ihm nach, «es war ein wunderschöner Tag. Vielen Dank!» Dann drehte sie sich um und suchte nach dem Wohnungsschlüssel.

«Hey, so warte doch!» Mit einem Schlag wurde sich Gordon bewusst, dass er gerade dabei war, einen unverzeihlichen Fehler zu begehen.

«Sandra!»

Mit Riesenschritten übersprang er die drei Stufen, die vom Gehsteig hinauf zum Hauseingang führten, und stellte sich ihr in den Weg. Er hielt sie an beiden Schultern fest und zog sie an sich. Ehe sie sichs versah, spürte Sandra seine Lippen auf ihrem Mund. Sie wollte protestieren, doch im selben Moment musste sie sich eingestehen, dass ihr Gordons Überfall alles andere als unangenehm war.

Im Gegenteil, das Drängen seines Körpers löste in ihr ein Feuer der Erregung aus, wie sie es schon lange nicht mehr erlebt hatte. Nun war sie es, die sich an Gordon schmiegte und ihre Arme um seinen Hals schlug. Heftig erwiderte sie seine Küsse.

«Komm», flüsterte sie nach einer Weile, «ich weiss einen besseren Ort.» Sie ergriff Gordons Hand und zog ihn hinter sich her in den Fahrstuhl, der sie ins dreissigste Stockwerk brachte. Kaum hatte Sandra die Türe ihres Appartements hinter sich geschlossen, umarmten sie sich erneut und liessen ihren Begierden freien Lauf.

Während sie sich der Schuhe entledigte, machte sich Gordon an den Knöpfen ihrer Bluse zu schaffen. Auf einmal schaute ihn Sandra strafend an. «Wissen Sie eigentlich, Herr Anwalt», meinte sie tadelnd, «dass Sie soeben dabei sind, sich des Tatbestandes der sexuellen Belästigung schuldig zu machen?»

«Ach ja?», erwiderte Gordon lachend. «Und Sie, Frau Kollega, ist Ihnen bewusst, dass Sie gerade einen Mann seiner Freiheit beraubt und ihn gegen seinen Willen in Ihre Wohnung entführt haben, um ihn dort...», Gordon zögerte.

«Keine Hemmungen, Herr Anwalt, sagen Sie, was Sie glauben, sagen zu müssen!»

«...um ihn dort seiner Unschuld zu berauben. Darauf stehen mindestens drei Jahre Haft ohne Bewährung.»

«Ach, der arme, arme Gordon!», erwiderte Sandra kichernd. «Dann wollen wir doch mal sehen, wie weit her es ist mit seiner Unschuld!»

Sie gab ihm einen Schubs, so dass er rücklings auf der Couch landete. Sie kniete sich über ihn, küsste ihn und begann, nachdem sie ihm das Hemd ausgezogen hatte, an seinem Hosenstall zu nesteln. Schauer der Lust ergriffen die beiden. Nun gab es kein Halten mehr.

Erst als es draussen allmählich dunkel wurde, liessen sie voneinander ab. Ermattet, aber glücklich lagen sie nebeneinander.

«Damit wäre das auch geklärt!», stellte Sandra trocken fest.

«Du meinst, die Sache mit der Unschuld?»

«Die musste ich dir nicht rauben. Da haben schon andere offensichtlich gute Vorarbeit geleistet.»

Sandra räkelte sich wollüstig und begann von Neuem, ihn an seinen empfindlichsten Stellen zu liebkosen. Das Resultat liess nicht lange auf sich warten und schon wurden die beiden von einer neuen Liebeswoge erfasst.

Als sich auch dieses Feuer gelegt hatte, bestellte Sandra beim Pizzakurier um die Ecke eine Quattro Stagione und eine Flasche Sparkling Wine. Gegen dreiundzwanzig Uhr machte sich Gordon auf den Heimweg.

Sandra lag noch eine Weile wach und dachte über den Abend nach. Bisher hatte sie Gordon lediglich als blitzgescheiten Anwalt gekannt. Ansonsten aber hatte sie ihn als eher kleinkarierten Spiessbürger eingeschätzt. Nach all dem allerdings, was sie in den letzten paar Stunden erlebt hatte, musste sie sich eingestehen, dass sie sich in ihrem Urteil über einen Mann noch nie so getäuscht hatte wie heute.

Gordon war nicht nur intelligent und witzig, er war auch der beste Liebhaber, mit dem sie je zusammen war. Zwar konnte sie nicht gerade auf eine Heerschar von Sexpartnern zurückblicken, aber ein halbes Dutzend

Liebesbeziehungen und sogar zwei One-Night-Stands lagen immerhin hinter ihr.

Von nun an sahen sich Sandra und Gordon fast jedes Wochenende, manchmal auch unter der Woche. Die Abfolge ihrer Treffen war stets ähnlich: Sie vergnügten sich und liessen ihrer Liebe freien Lauf. Dann gingen sie einkaufen oder eine Kleinigkeit essen. Anschliessend besuchten sie ein Musical oder ein Theaterstück im Old Vic. Verregnete Sonntagnachmittage pflegten sie im Kino oder im British Museum zu verbringen. Wieder zu Hause angelangt, fielen sie erneut übereinander her und beschlossen den Tag mit einer weiteren Kuschelrunde.

Dieses Ritual fand ein abruptes Ende, als Sandra nach dem plötzlichen Tod ihrer Grossmutter London Hals über Kopf verliess und in die Schweiz zurückkehrte. Dank Beziehungen einer ihrer neuen Zürcher Arbeitskolleginnen zu einer Immobilienfirma hatte sie bereits nach kurzer Zeit eine kleine, aber gemütliche Wohnung mitten im Herzen der Limmatstadt gefunden.

Jedes Mal, wenn sie an einem freien Tag den Blick von ihrem Bett aus über die Dächer und Zinnen der umliegenden Häuser schweifen liess, konnte sie ihr Glück kaum fassen: ein Zuhause, mitten in der Altstadt! Ihre Freunde und Bekannten beneideten sie darum. Alle hatten sie gewarnt: Es sei praktisch ein Ding der Unmöglichkeit, im Zentrum Zürichs eine schöne und doch bezahlbare Wohnung zu finden.

Auch Gordon war begeistert, als er Sandra zum ersten Mal in ihrem neuen Heim besuchte und mit ihr die Aussicht auf die Limmat und die gegenüber liegenden Zunfthäuser und das Grossmünster genoss.

«Du bist wirklich ein Glückspilz, Sandra!», meinte Gordon und schmiegte sich an sie.

«Und du bist offensichtlich noch immer der gleiche Nimmersatt», stellte Sandra fest. Sie küsste ihn voller Leidenschaft, zog ihn weg vom Fenster und schloss die Vorhänge. Dann legte sie sich auf den flauschigen Hochflor-Teppich, den sie erst neulich angeschafft hatte, und gab ihm ein eindeutiges Zeichen.

«Hier?», fragte Gordon erstaunt.

«Na, hör mal! Schliesslich ist es erst Nachmittag! Viel zu früh, um bereits zu Bett zu gehen.»

Gordon liess sich nicht zwei Mal bitten und gesellte sich zu ihr. Voller Liebe und wachsender Sehnsucht tauschten sie Zärtlichkeiten aus und feierten das Wiedersehen auf ihre altbewährte Weise.

Später unternahmen sie einen Spaziergang, der sie über den Münsterplatz an die bekannte Zürcher Bahnhofstrasse führte. Sandra zeigte Gordon das Haus, in welchem sich ihr neuer Arbeitsplatz befand. Nur ein unscheinbares, aber edel wirkendes Messingschild wies darauf hin, dass hier die Constaffel Privatbank ihren Sitz hatte.

«Jetzt musst du mir mal erklären», fragte Gordon, «woher dein Familienname eigentlich stammt. Constaffel tönt ja nicht gerade urschweizerisch.»

«Ach, das ist eine ziemlich lange Geschichte», entgegnete Sandra.

«Macht nichts. Geschichte hat mich schon immer interessiert.»

«Seinen Anfang nahm das Ganze im 13. Jahrhundert in England. ‹Constable› war ein militärischer Kommandant, der im Auftrag des Königs handelte. Noch heute lebt der Begriff ‹Constable› in Grossbritannien weiter als Amtsbezeichnung für einen Polizei-Offizier eines bestimmten Ranges.

Im 14. Jahrhundert gelangte der Begriff ‹Constable›, eingedeutscht als ‹Constaffel›, auch nach Zürich. Dies zu einer Zeit, als in der Limmatstadt ein politischer Umsturz im Gange war.

Der Rat, der damals die Geschicke der Stadt bestimmte, war beim Volk sehr unbeliebt. Er bestand zum grossen Teil aus vermögenden Kaufleuten, während es Handwerkern sowie gewöhnlichen Bürgern verwehrt blieb, Mitglied des Rates zu werden.

Diese Situation machte sich Rudolf Brun, ein schlauer, aber auch ehrgeiziger und machtbewusster Mann aus dem Ritterstand, zunutze. Mithilfe der bis dahin von der Regierung ausgeschlossenen Handwerker und des allmählich verarmenden Adels vertrieb er den verhassten Rat. Es entstanden dreizehn Handwerkszünfte. Deren Zunftmeister bildeten fortan die Hälfte des neuen Rates. Die Adligen, Ritter und Grosskaufleute, die bei der Revolution mitgemacht hatten, ernannte Brun unter dem klingenden Namen ‹Constaffel› zu seiner persönlichen Leibwache. Ihre Mitglieder bildeten die andere Hälfte der Ratsangehörigen. Rudolf Brun hatte sein Ziel erreicht und wurde Bürgermeister.

Heute feiern die Zünfte gemeinsam mit der Gesellschaft zur Constaffel das ‹Sechseläuten›, das alljährlich stattfindende Zürcher Frühlingsfest. Ich habe dir davon erzählt...»

«Zwischenfrage», unterbrach Gordon sie, «dann stammst du also von einem dieser Constaffler ab?»

«Es gibt darüber nur Vermutungen. Grossmama hat mir erzählt, sie erinnere sich an eine Aussage ihres Vaters, nach der man vor zwei- oder dreihundert Jahren einen seiner Vorfahren – aus welchen Gründen auch immer – plötzlich nur noch den ‹Constaffel› gerufen habe. Irgendwann sei dann ‹Constaffel› im städtischen Bürgerverzeichnis als offizieller Familienname des Mannes eingetragen worden.

Ob das tatsächlich so war, weiss man nicht mit letzter Sicherheit. Für mich klingt es immerhin plausibel. Es könnte so gewesen sein.»

***

Für Sonntagmorgen hatte sich Sandra eine besondere Überraschung für Gordon ausgedacht. «Was meinst du, mein Lieber, lassen es deine Kräfte nach unseren gestrigen Turnübungen noch zu, mich bei einer kleinen Bergwanderung zu begleiten?»

«Eine Bergwanderung? Hier in Zürich?», fragte Gordon erstaunt. Um jedoch gleich zu ergänzen: «Wofür hältst du mich denn? Aber selbstverständlich!»

Schon bald musste sich Gordon jedoch eingestehen, dass er seine Fitness offensichtlich überschätzt hatte. Während der steile Aufstieg zum Zürcher Hausberg, dem Üetliberg, Sandra offensichtlich kaum zu fordern schien, brachte er Gordon schon nach kurzer Zeit ordentlich ins Schwitzen.

Doch oben angelangt, wurden seine Anstrengungen mit einer überwältigenden Aussicht belohnt. Der Blick reichte über die Stadt und den Zürichsee hinweg bis weit hinaus ins Schwarzwaldgebiet, von den Appenzeller- und Glarner Alpen bis hin zu den schneebedeckten Berner und Walliser Gipfeln.

***

Nur allzu schnell ging das Wochenende vorbei. Am Sonntagabend flog Gordon nach London zurück. Sandra hatte ihn zum Flughafen gefahren. Auf der Rückfahrt in die Stadt klingelte ihr Handy.

«Ja, Gordon?»

Doch es war nicht Gordon. Es war Stefan Escher, der Finanzchef der Constaffel Bank.

«Sandra, können wir uns morgen früh treffen?»

«Natürlich. Um wie viel Uhr schlägst du vor?»

«Ich habe um acht Uhr einen Termin. Ist sieben für dich okay?»

«Sieben Uhr morgens? Was ist denn so wichtig? Worum geht es denn?»

«Es ist dringend. Wir sehen uns in meinem Büro.»

«Kannst du mir wenigstens sagen...»

Doch Escher hatte bereits aufgelegt.

***

Es war vielleicht der wichtigste Tag in Leo Kramers bisherigem Leben. Ungeduldig schaute er immer wieder auf die Uhr. Eigentlich müsste Beatrice, die Tochter von Frank Martin, längst hier sein. Den speziell für sein heutiges Vorhaben gemieteten Kleintransporter hatte er rechtzeitig in Erlenbach an der vorgesehenen Stelle bei den hohen Tannen, nicht weit von Frank Martins Villa, abgestellt. Er öffnete die seitliche Schiebetüre, als er die Kleine weiter oben in der Kurve kommen sah. Fröhlich hüpfend kam sie näher. Als sie auf seiner Höhe angelangt war, sprach er sie an: «Schau mal an, das schicke Fräulein! Wohin gehts denn schon so früh?», fragte er.

Beatrice strahlte. «Zur Schule. In die erste Klasse bei Frau Kleiner», erklärte sie stolz.

«Du gehst schon zur Schule? Und wie gefällt es dir dort?»

«Prima! Heute haben wir Turnen, dann Rechnen und Lesen.»

«Das kannst du sicher gut – ein so kluges Mädchen wie du! Übrigens, wenn du möchtest, kannst du mit mir mitfahren. Ich habe ganz in der Nähe vom oberen Hitzberg zu tun. Da kann ich dich gleich neben der Schule absetzen. Was meinst du?»

«Das ist sehr lieb. Aber Mami sagt immer, ich darf nie in ein Auto von fremden Leuten einsteigen.»

«Da hat sie aber völlig recht, deine Mami. Das könnte wirklich gefährlich werden bei fremden Leuten. Aber bei uns beiden ist das ja etwas anderes. Wir kennen uns jetzt ja schon ein wenig. Oder sehe ich aus wie ein böser, fremder Mann?»

Beatrice musste lachen: «Nein!»

«Na also. Dann steig schnell ein, sonst kommen wir noch zu spät!»

«Ich möchte aber nicht einsteigen.»

«Warum denn nicht? Hast du etwa Angst vor mir?»

«Nein!» Beatrice dreht sich abrupt um und ging weiter. «Ich möchte einfach nicht.»

Leo Kramer musste handeln. Er nahm eine grosse Wolldecke, die er im Wagen bereitgelegt hatte, folgte ihr und schlang die Decke wie ein Lasso von hinten um den Kopf der Kleinen. Beatrice schrie laut auf, doch Kramer hielt ihr mit der rechten Hand den Mund zu und zerrte sie zum Auto. Wie ein schweres Paket hob er sie auf und bugsierte sie in den Laderaum. Für Rücksichtnahme war jetzt keine Zeit. Er schloss die Schiebetüre und setzte sich ans Steuer.

Beatrice heulte vor Angst und versuchte, die Türe wieder zu öffnen.

«Hör auf zu schreien», rief er nach hinten, «sonst… schneide ich dir den Kopf ab.»

Dann fuhr er los. In rasender Fahrt steuerte er den Wagen hinunter Richtung See. Vor jeder Strassenkreuzung bremste er im letzten Augenblick ab, um dann gleich wieder Gas zu geben.

Für Beatrice wurde die Fahrt zu einem Höllenritt. Bei jeder Kurve schleuderte es sie von einer Seitenwand zur anderen. Verzweifelt versuchte sie, sich an etwas festzuhalten. Umsonst. Sie weinte und schrie: «Es tut mir weh. Lassen Sie mich raus, bitte! Ich will zu meiner Mami.»

«Hör mal», brüllte der Mann, der eben noch so freundlich zu ihr gewesen war, «wenn du nicht sofort aufhörst zu schreien, wirst du dein Mami und deinen Papi in deinem ganzen Leben nie wieder sehen. Hast du das verstanden?»

«Ja», kam es schluchzend von hinten. «Fahren Sie mich jetzt zur Schule?»

«Zur Schule?», höhnte der Mann. «Die Schule kannst du vergessen. Wir fahren jetzt zu einer Frau, bei der du vorerst bleiben wirst. Wenn du artig bist und genau das tust, was ich dir sage, wird sie gut zu dir sein. Wenn nicht, werde ich dir – was sagte ich vorhin?»

«... den Kopf abschneiden», wimmerte Beatrice.

«Also, das hast du wenigstens verstanden.»

Vor einer älteren, sichtlich renovationsbedürftigen Mehrfamilien-Liegenschaft in Schwamendingen, einem Zürcher Aussenquartier, brachte er den Wagen zum Stillstand. Auf einmal war der Mann wie verwandelt. Gut gelaunt erklärte er Beatrice: «Da sind wir, Kleine. Du wartest jetzt schön, bis ich die Tante geholt habe, die auf dich aufpassen wird.»

Beatrice hörte, wie er von aussen die Wagentüre verschloss.

Nach wenigen Minuten kam er zurück. Neben ihm stand eine freundlich dreinblickende Frau. Sie trug schwarze Hosen und ein rotes T-Shirt, auf dem ein kleiner schwarzer Doppelkopf-Adler aufgedruckt war. Die Haare hatte sie unter einem grauen Kopftuch zusammengesteckt.

«Ich bin Lena», stellte sich die Frau vor und streckte Beatrice die Hand entgegen. Doch diese hatte sich in die hinterste Ecke des Wagens verkrochen. Sie schluchzte und stammelte immer nur den einen Satz: «Ich will nach Hause. Ich will zu meiner Mami!»

Lena versuchte, sie zu beruhigen. «Beatrice, du kannst jetzt nicht nach Hause. Deine Mami ist schwer krank und muss ins Spital.»

Beatrice schrie: «Du lügst! Meine Mami ist nicht krank. Sie hat mir heute Morgen wie immer Adieu gesagt, als ich zur Schule ging.»

Irritiert schaute Lena zu Leo. Hatte ihr dieser nicht erklärt, seine Bekannte müsse wegen einer Magen-Darm-Operation ins Krankenhaus? Deshalb suche sie eine zuverlässige Person, die während dieser Zeit für ihre Tochter Beatrice sorgen könnte?

Für einen Augenblick brachte Lenas Verunsicherung auch Leo aus dem Konzept. Doch er fasste sich schnell wieder und wandte sich an Beatrice.

«Vielleicht hat es dir deine Mami noch nicht gesagt, weil sie dich nicht traurig machen wollte. Aber als sie hörte, dass du während der paar Tage, die sie im Spital ist, bei Lena wohnen darfst, war sie beruhigt. Sie war sogar richtig glücklich.»

«Und was ist mit Lewin?», schluchzte Beatrice.

«Dein Bruder? Der wohnt so lange bei seinem Freund», erklärte Leo.

«Wie heisst der Freund?»

«Er heisst... hm? ... Sein Name fällt mir gerade nicht ein.»

«Ihr lügt! Ihr lügt beide!» Beatrice wurde erneut von einem Weinkrampf erfasst.

Allmählich wurde Kramer nervös. Wenn das Affentheater mit dem weinenden Mädchen auf der Strasse noch lange andauern würde, könnten Nachbarn oder auch Passanten misstrauisch werden und Fragen stellen.

«Schluss jetzt. Rein ins Haus!», befahl er und packte Beatrice an beiden Armen. Diese zappelte und versuchte mit Händen und Füssen, sich aus seinem Griff zu befreien.

Vergeblich. Je mehr sie sich wehrte, umso wütender wurde der Mann.

«Verfluchtes Ding!», schrie er. «Lena, reich mir dein Taschentuch», brüllte er.

«Wirds bald?»

Brutal stopfte er es der Kleinen in den Mund. Beatrice schluckte und japste. Sie glaubte, ersticken zu müssen. Als sie im Lift waren, der sie in den vierten Stock brachte, herrschte er sie erneut an:

«Dachtest du vielleicht, ich wüsste nicht, wie man lästige Schreihälse zum Schweigen bringt?»

Lena tat die Kleine leid. Doch solange Leo ausser sich vor Wut war, wagte sie es nicht, sich für das Mädchen einzusetzen. Erst als er die Wohnung verlassen hatte, um eine Besorgung zu machen, wandte sie sich an Beatrice. Diese kauerte wie ein heulendes Elend in einer Zimmerecke.

«Nicht traurig sein», versuchte sie die Kleine zu trösten. «Alles wird gut. Sobald deine Mami wieder gesund ist und das Krankenhaus verlassen kann, darfst auch du wieder nach Hause.»

Allmählich beruhigte sich Beatrice und trank gierig von der Cola, die ihr Lena gereicht hatte. Als diese ihr gar versprach, sie dürfe vielleicht schon bald mit ihrer Mami telefonieren, begann sie sich zu entspannen. Fürs Erste schien das Eis gebrochen zu sein. Dennoch blickte das Kind die Frau mit grossen Augen an. Lena versuchte es zu beruhigen.

«Du musst dem Mann nicht böse sein, Beatrice! Leo hat in letzter Zeit so viel um sich. Im Grunde seines Herzens ist er ein guter Kerl.»

Lenas gut gemeinte Worte verfehlten ihre Wirkung. Im Gegenteil, sie lösten neue Fragen aus.

«Warum hat er mich dann nicht zur Schule gefahren, wie er es versprochen hatte? Und warum hat er mir wehgetan und mich hierhergebracht? Und warum lügt er, wenn er behauptet, meine Mami sei krank?»

Was sollte Lena darauf antworten? Sie war selber verunsichert. Bisher hatte sie Leo Kramer als anständigen und glaubwürdigen Mann gekannt, als einen, der ihr immer mal wieder lohnende Aufträge zuhielt. Dass er auch unbeherrscht und grob sein konnte und selbst vor körperlicher Gewalt nicht zurückschreckte, hatte sie sich niemals vorstellen können. Eine Erklärung für sein Ausrasten fand sie nicht.

Am Nachmittag sollte Lena noch viel mehr Grund haben, sich über Leos Verhalten Sorgen zu machen.

***

Es war an eben diesem Freitagmorgen. Beatrice hatte das Haus verlassen und sich auf den Weg zur Schule gemacht. Charlotte Martin erledigte einige Hausarbeiten. Später setzte sie sich an den Schreibtisch und öffnete den Computer, um ihre Mails zu checken. Wieder schwankten ihre Gefühle zwischen Hoffnung und Angst. Auch wenn sich der Absender der Fotos, die Frank mit dem Flittchen in Monrovia zeigten, nicht mehr gemeldet hatte, so rechnete sie doch jeden Tag mit einer neuen Schreckensnachricht.

Im Moment aber war sie erleichtert. Nichts Aussergewöhnliches, keine neue Drohung, keine Erpressung. Sie rief Frank in der Klinik an, um ihm die gute Nachricht mitzuteilen. Auch er hatte nichts Beunruhigendes in seiner Post gefunden. Und da Frank am Freitagnachmittag nur ausnahmsweise operierte, verabredeten sie sich zum Lunch in der Stadt. Lewin war zum Mittagessen bei einem Freund eingeladen. Für Beatrice würde Cathérine, die Nanny, eine Kleinigkeit kochen und sich um sie kümmern.

Sie trafen sich in einem ihrer Lieblingslokale, einer gemütlichen Quartier-Beiz, unweit des Hauptbahnhofes. Zum Essen wählten sie das Tagesmenü, Zürcher Kalbsgeschnetzeltes mit Butterrösti. Als Nachspeise gönnten sie sich die Spezialität des Hauses, zartschmelzende Schoggichüechli mit Zitrusfrüchten und Sauerrahmglace. Sie waren entspannt und freuten sich auf das Wochenende. Sie hatten den Kindern versprochen, mit ihnen den neu erstellten Elefanten-Park im Zürcher Zoo zu besichtigen.

Frank wollte gerade nach der Rechnung verlangen, als der Patron des Lokals mit einem Mobiltelefon in der Hand an den Tisch trat.

«Ihre Sekretärin, Herr Doktor. Es sei dringend!»

Frank griff nach dem Telefon: «Ja, Minou, was gibts denn?...Wer hat angerufen?...Cathérine, unsere Nanny? Warum hat sie mich nicht direkt gesucht?...Sie habe mich nicht erreicht?»

Frank griff nach seinem Handy. Vergeblich.

«Oh, verflixt. Hab es offenbar in der Schreibtischschublade liegen lassen. Hat Cathérine gesagt, worum es geht?...Nein? Dann rufe ich sie gleich an. Danke Minou. In einer Viertelstunde bin ich in der Praxis.»

Charlotte hatte in der Zwischenzeit auf ihrem Smartphone bereits die Nummer von zu Hause angewählt.

«Cathérine, was ist ist passiert?», fragte sie.

«Wie? ... Beatrice? ... nicht nach Hause gekommen? Wo ist sie denn?»

Sie schaute zu Frank. In ihrem Blick spiegelte sich Entsetzen.

«Beatrice ist nach der Schule nicht zurückgekommen. Schnell, hol den Wagen! Wir müssen sofort nach Hause.»

Als Frank beim Eingang zum Restaurant vorfuhr, war Charlotte noch immer im Gespräch mit der Nanny. «Warum hast du dich nicht gleich gemeldet? ... Wer weiss sonst noch, dass Beatrice vermisst wird? ... Niemand? ... Gut so. Die Lehrerin, Frau Kleiner, was meinte sie? ... Die Polizei einschalten? ... Nein, warte in jedem Fall, bis wir da sind!»

In rasender Fahrt steuerte Frank den Wagen in Richtung Erlenbach. Während der Fahrt berichtete ihm Charlotte, was sie von der Nanny erfahren hatte. Beatrice sei nach der Schule nicht nach Hause gekommen. Als sie gegen ein Uhr mittags immer noch nicht aufgetaucht war, sei ihr dies merkwürdig vorgekommen. Nachdem sie dich nicht erreichen konnte, rief Cathérine im Schulhaus an. Schliesslich bekam sie die Lehrerin, Frau Kleiner an den Apparat.

Nein, hätte diese erklärt, die Kleine sei heute überhaupt nicht zum Unterricht erschienen. Sie habe sich deswegen jedoch keine besonderen Gedanken gemacht. Es komme öfters mal vor, dass Kinder krank seien und die Eltern die Schule erst im Nachhinein informierten.

Nachdem aber Frau Kleiner erfahren habe, dass sich Beatrice heute Morgen wie immer zu Hause verabschiedet und sich auf den Weg zur Schule gemacht habe, dort jedoch nie angekommen ist, begannen bei ihr die Alarmglocken zu läuten. Sie forderte Cathérine auf, uns umgehend über das Verschwinden zu benachrichtigen. Zudem riet sie, die Polizei beizuziehen. Und wir sollten sie und die Schulleitung auf dem Laufenden halten.

Unglücklicherweise hatte Cathérine ihre Handy-Nummer nicht gespeichert und Charlotte konnte sie aus bekannten Gründen nicht erreichen. Sie tat dann das einzig Richtige und versuchte es via Klinik.

Charlotte vermochte kaum mehr weiterzusprechen. Angst, vor allem aber auch ein Gefühl von Ohnmacht und Hilflosigkeit, überkamen sie. Ihr Kind, ihre einzige Tochter, war verschwunden! Die Ungewissheit, wo sich Beatrice befinden könnte, war das Schlimmste.

Auch Frank war mit den Nerven am Ende. Er durfte sich gar nicht ausmalen, was die Kleine seit den Morgenstunden durchgemacht haben musste. Was war wirklich passiert? Wo war sie? Hatte sie jemand in seine Gewalt gebracht? Und weshalb? Man hatte in den Medien in letzter Zeit so viel gelesen über Kindsentführungen und Sexualverbrechen.

Frank wagte nicht, weiterzudenken. Er versuchte, sich selbst, vor allem aber auch Charlotte zu beruhigen.

«Ich weiss, wie dir zumute ist. Mir geht es genauso. Aber es hilft nichts, wenn wir jetzt in Panik verfallen.

Sobald wir zu Hause sind und mit Cathérine gesprochen haben, wissen wir mehr. Dann schauen wir weiter.»

«Frau Kleiner hat recht», schluchzte Charlotte, «wir sollten uns an die Polizei wenden. Deren Spezialisten haben Erfahrung, wie man in einem solchen Fall am besten vorgeht.»

«Das ist eine Möglichkeit», entgegnete Frank. «Wir müssen uns aber gut überlegen, ob wir damit nicht neue Gefahren heraufbeschwören.»

Zu Hause angekommen, liess sich Frank von Cathérine noch einmal im Detail schildern, was die Lehrerin empfohlen und was sie bezüglich der Polizei gemeint hatte. Charlotte checkte in der Zwischenzeit einmal mehr ihre Mails. Vielleicht fand sich ja eine Nachricht darunter, die einen Hinweis auf das Schicksal von Beatrice geben könnte. Doch sie hoffte vergeblich. Keine der neu eingetroffenen Meldungen hatte auch nur den geringsten Bezug zu dem, was geschehen war.

Als Charlotte ins Wohnzimmer zurückkehrte, summte ihr Handy. Eine SMS war eingetroffen. Sie enthielt einen einzigen Satz:

«Keine Polizei – wenn Sie Ihre Tochter je wiedersehen wollen.»

***

In der Nacht auf Montag hatte Sandra Constaffel nur wenig geschlafen. Was konnte nur so dringlich sein, dass sich Finanzchef Escher genötigt sah, sie an einem

Sonntagabend auf ihrem Privathandy anzurufen und sie um eine Besprechung am Montag früh um sieben Uhr in seinem Büro zu bitten? So lange sie auch darüber nachdachte, ein möglicher Grund fiel ihr beim besten Willen nicht ein. Allmählich spürte sie Ärger in sich aufkommen. Wie konnte es sein, dass der Finanzchef es nicht einmal für nötig gehalten hatte, ihr den Anlass für seine ungewöhnliche Bitte zu nennen?

Als sie am Morgen, kurz vor sieben, in der Bank eintraf, wurde sie von Escher bereits in der Eingangshalle erwartet.

«Danke, dass du gekommen bist! Vermutlich bist du wohl nicht besonders gut auf mich zu sprechen. Das kann ich verstehen. Und ich entschuldige mich dafür. Du wirst aber gleich erfahren, weshalb mir deine Anwesenheit so wichtig ist.»

Im Aufzug, der sie in den vierten Stock brachte, wartete Sandra auf eine Erklärung. Doch Escher schwieg und starrte ausdruckslos vor sich hin. Sandras Augen waren auf den Boden gerichtet. Plötzlich fiel ihr Blick auf Eschers Schuhe. Sie waren völlig verschmutzt, als wäre ihr Träger eben noch durch einen sumpfigen Morast gewatet. Das passte so gar nicht zu seinem sonst stets gepflegten Äusseren und seinem perfekt sitzenden dunkelblauen Anzug. Sie war kurz davor, eine Bemerkung zu machen, hielt sich dann aber zurück. Es gab momentan Wichtigeres als das.

Im Büro des Finanzchefs hatte dessen Assistentin Kaffee und Brötchen bereitgestellt.

«Bediene dich!», ermunterte Escher sie. Dann kam er ohne Umschweife zur Sache.

«Am Freitagabend gegen neunzehn Uhr, als ich die Bank gerade verlassen wollte, erreichte mich ein Anruf aus New York. Ein gewisser Warren Jenkins gab sich als langjähriger Kunde aus und wollte mich dringend sprechen. Er habe viele Geschäfte mit deinem Vater Alex getätigt. Nun, da dieser offensichtlich nicht mehr für Constaffel arbeite, möchte er gerne mit einem anderen Repräsentanten unserer Bank ins Gespräch kommen. Er habe die Werte der Constaffel Bank, ganz besonders aber auch unsere Dienstleistungen stets sehr geschätzt.

Verstehst du mich nun? Nachdem dieser Mister Jenkins offenbar ausschliesslich mit deinem verstorbenen Vater Kontakt hatte, wollte ich seinen angekündigten Besuch unbedingt mit dir vorbesprechen.»

«Ich schätze das, Stefan. Hat der Herr auch erwähnt, in welchem Bereich er weiterhin mit uns zusammenarbeiten möchte?»

«Er erwähnte lediglich, eine seiner Gesellschaften besitze in Chile zwei Kupferminen. Du weisst ja, Chile liegt aufgrund seiner enormen Kupfervorkommen seit vielen Jahren auf Platz eins der weltweiten Kupferproduktion. Nun habe er sich zudem die Schürfrechte für den Abbau von Kobalt in einer Mine im Kongo gesichert. Dort würden grosse Vorkommen vermutet. Um diese auszubeuten, benötige er fürs Erste einen Kredit von hundertachtzig Millionen Dollar. Den würde er gerne wieder über unsere Bank abwickeln. Er gehe davon aus, dass wir ihm das Geld zu den gleichen Konditionen zur Verfügung stellen wie zu Alex' Zeiten.»

«Und wie lauten diese Konditionen?»

Escher zögerte einen Augenblick lang. Dann meinte er trocken: «Ich bedaure, diese sind mir nicht bekannt.»

Seltsam, dachte Sandra. Als Finanzchef müsste er doch auf dem Laufenden sein, zu welchen Konditionen wir welche Kredite vergeben.

«Könntest du das bitte abklären? Auch wäre es gut, wenn wir etwas mehr Informationen über diesen Herrn und die finanzielle Situation seiner Firma erhielten. Es kann in keinem Fall schaden, wenn wir dafür genügend Zeit investieren. Die Angelegenheit scheint ja nicht besonders dringlich zu sein.»

«Leider doch. Die Sache eilt. Jenkins wollte ursprünglich morgen Dienstag in Zürich eintreffen. Doch gestern Abend liess mich sein Büro per Mail wissen, der Chef habe seine Reisepläne kurzfristig geändert. Er werde bereits heute Vormittag in Zürich ankommen. Und zwar mit der Swiss Maschine, die um zehn Uhr fünfzig in Kloten landet. Ich hoffe, du verstehst nun, weshalb ich mir erlaubt habe, dich am heiligen Sonntagabend zu stören.»

«Und, wie denkst du, soll es jetzt weitergehen?», fragte Sandra.

«Wie erwähnt, Mr. Jenkins hatte mich ursprünglich um einen Termin für morgen Dienstagnachmittag um vierzehn Uhr gebeten. Ich gehe deshalb davon aus, dass er nun heute um diese Zeit bei uns eintreffen wird.»

Sandra unterbrach ihn: «Alles gut und recht. Aber so lange wir keine Ahnung haben betreffend Zinssatz und die anderen Konditionen, die er von uns erwartet...»

«Ich kann dazu wirklich nichts sagen. Die Geschäfte mit Mr. Jenkins liefen ausschliesslich über deinen Vater.»

«Aber als Chief Financial Officer müsstest du doch Kenntnis haben von den Beträgen, die Jenkins, wie er sagt, von uns erhalten hat? Diese müssten ja unter unseren Aktiva aufgeführt sein!»

«Sandra, ich war längst nicht in alle Geschäfte involviert, die dein Vater tätigte. Ich kann somit auch nicht sagen, wie und wo er die Gelder verbucht hat. Ich würde es deshalb begrüssen – und deshalb habe ich dich ja auch angerufen –, wenn du am heutigen Treffen mit Mr. Jenkins dabei sein könntest.»

Sandra verspürte wenig Lust, ihre Zeit mit einer weiteren Sitzung zu verschwenden. Doch nach kurzer Überlegung erklärte sie sich dennoch dazu bereit. Vielleicht konnte ihr ja die Begegnung mit Mr. Jenkins jenes Puzzleteil liefern, welches ihr bisher noch gefehlt hatte, um das Wesen und Handeln ihres Vaters zu verstehen.

Punkt vierzehn Uhr betrat Sandra Eschers Büro. «Ich hoffe, Mr. Jenkins lässt uns nicht warten», meinte sie und nahm in einem der schweren, braunen Ledersessel Platz. Escher setzte sich ihr gegenüber und zeigte auf sein Tablet, das er in der Hand hielt.

«Auf deinen Wunsch hin habe ich über Mittag noch einmal die Bilanzen der letzten drei Jahre durchgesehen. Leider findet sich darin nicht der geringste Hinweis auf einen Kredit, den wir Mr. Jenkins gewährt haben sollen.»

«Hast du noch von anderen Klienten meines Vaters Kenntnis, die nicht in unserem Kundenregister figurieren?», wollte Sandra wissen.

«Tut mir leid, nein. Bis gestern Abend wusste ich auch nichts von einem Mr. Jenkins.»

Als sich der Gast aus New York nach einer halben Stunde noch immer nicht blicken und auch nichts von sich hören liess, wurde Sandra ungeduldig. «In New York ist es jetzt halb zehn Uhr. Stefan, würdest du mal in Jenkins Office nachfragen? Vielleicht haben die eine Erklärung für sein Fernbleiben.»

Escher wählte die Nummer in New York, von der aus er am Freitagabend angerufen worden war. Am Apparat meldete sich eine persönliche Mitarbeiterin, wie sie sich selbst titulierte. Doch auch sie wusste nicht mehr. Der Chef habe sie lediglich gebeten, den Flug nach Zürich um einen Tag vorzuverlegen. Nach einigem Bemühen sei es schlussendlich gelungen, für Sonntagabend noch einen Sitz in der Swiss Maschine zu buchen. Abflug vom John F. Kennedy Airport um einundzwanzig Uhr, geplante Ankunft in Zürich am Montagvormittag um zehn Uhr fünfzig.

Als Escher erwähnte, Mr. Jenkins sei bis zur Stunde nicht zum vereinbarten Meeting erschienen, lachte die Frau in New York. Das erstaune sie wenig. Es sei nicht das erste Mal, dass ihr Chef seine Termine etwas durcheinanderbringe. Man dürfe ihm das nicht übelnehmen. Er werde sich bestimmt demnächst melden.

Sandras Geduld war am Ende. Unpünktliche Menschen hatte sie seit jeher nicht ausstehen können. Sie ärgerte sich aber auch über Escher. Wie war es möglich, dass dieser als oberster Finanzverantwortlicher der Bank nicht über alle grösseren Transaktionen auf dem Laufenden war? Vor allem, wenn es sich um Beträge in Höhe von über hundert Millionen handelte.

Noch zweimal im Laufe des Nachmittags rief sie bei Escher an. Seine Antwort lautete stets gleich: «Bis jetzt hat er sich leider nicht gemeldet.»

Was Sandra nicht ahnen konnte: Selbst wenn Mr. Jenkins noch hätte kommen wollen, es wäre ihm gar nicht möglich gewesen.

Denn Mr. Jenkins war bereits seit Stunden tot.

***

In Erlenbach wuchsen Angst und Verzweiflung. Fieberhaft suchten Frank und Charlotte nach Lösungen, wie sie den Aufenthaltsort ihrer Tochter herausfinden könnten. Die Nachricht «Keine Polizei, wenn Sie Ihre Tochter wiedersehen wollen» hatte ihre schlimmsten Befürchtungen bestätigt: Beatrice war auf dem Weg zur Schule entführt worden.

Die Gewissheit darüber brachte Charlotte an den Rand eines Nervenzusammenbruchs. Schweissperlen zeigten sich auf ihrer Stirn. Gleichzeitig begann sie, am ganzen Körper zu zittern. Es war, als würde ihr jemand die Luft abschnüren.

Als Arzt erkannte Frank die Situation augenblicklich. Er bat die Nanny, ihm einen Waschlappen und ein paar Eiswürfel zu bringen. Dann versuchte er, Charlotte zu beruhigen: «Immerhin geben uns die Entführer mit ihrer Nachricht zu verstehen, dass Beatrice am Leben ist.»

«Ist das ein Trost?», fragte Charlotte mit schwacher Stimme. «Wir wissen nach wie vor nichts von ihr – weder, wie es ihr geht, noch wo sie ist und schon gar nicht, wer sie in seiner Gewalt hat.»

Frank erinnerte sich an die SMS-Nachricht. «Sie könnte uns weiterführen. Von wem stammt sie? Da müsste doch ein Absender vermerkt sein.»

Doch seine Hoffnung löste sich in Luft auf. Die Nachricht enthielt weder einen Namen noch eine Telefonnummer.

«Zum Teufel!», entfuhr es Frank. «Es sollte doch möglich sein, die Spur einer Mitteilung bis zu ihrem Ursprung zurückzuverfolgen. Dann hätten wir wenigstens einen Anhaltspunkt, wo die Kleine festgehalten wird. Was ist mit den Cybercrime-Spezialisten der Polizei? Die müssten schliesslich wissen, wie so etwas geht. Charlotte, gib mir dein Telefon, ich werde da mal anfragen.»

«Frank, bitte warte!», flehte ihn Charlotte an. «Wenn du jetzt die Polizei miteinbeziehst, setzt du das Leben von Beatrice aufs Spiel. Denk an die Drohung der Entführer!»

«Natürlich werde ich mich nur ganz allgemein erkundigen, ob es grundsätzlich eine Möglichkeit gibt, den Absender einer anonymen SMS-Mitteilung zu eruieren.»

«Und was meinst du, werden die dir wohl antworten? ‹Ja, die gibt es. Doch alles hängt von den Umständen ab. Da müssten Sie schon etwas konkreter werden: Was steht denn in der SMS? Haben Sie eine Vermutung, von wem die Nachricht stammen könnte?› Was willst u darauf antworten? Ihnen die Wahrheit sagen?»

Frank sah ein, dass es tatsächlich unklug wäre, die Polizei zum jetzigen Zeitpunkt einzuschalten.

«Du hast mich überzeugt, Charlotte. Lassen wir die Polizei aus dem Spiel – zumindest im Augenblick!»

Franks Einsicht trug nur wenig zur Entspannung der Situation bei. Im Gegenteil, die Angst der Eltern um ihre Tochter wurde immer grösser. Zu wissen, dass sie nichts anderes tun konnten, als abzuwarten, bis sich der oder die Entführer von sich aus meldeten, trieb Frank und Charlotte an den Rand der Verzweiflung.

Plötzlich schrillte die Hausglocke. Erstarrt sassen sie da. Wer mochte das sein? Als es erneut klingelte, bedeutete Frank Cathérine, sie möchte doch nachsehen, wer draussen klingelte.

Als sie die Türe öffnete, stand Sohn Lewin vor ihr.

«Hallo allerseits. Habe am Morgen leider vergessen, den Schlüssel mitzunehmen. Entschuldigung!»

Er stürmte ins Haus und rief völlig aufgedreht: «Wisst Ihr was? Als ich heute bei Kesslers am Mittagstisch sass, fragte mich Robins Schwester, ob Beatrice neuerdings die Schule schwänze? Sie sei nämlich nicht in der Klasse erschienen.»

Und schallend lachend fügte er hinzu: «Beatrice und die Schule schwänzen! Unsere Musterschülerin. So ein Witz!»

Als er das Wohnzimmer betrat, blieb er wie angewurzelt stehen. Er sah die sorgenvollen Blicke seiner Eltern und spürte die Spannung, die im Raum lag.

«Was ist denn los?», fragte er kleinlaut. Im selben Moment ahnte er: Etwas Schlimmes musste passiert sein. Nur konnte er sich keinen Reim darauf machen, was seine Eltern derart in Sorge gebracht haben könnte.

«Lewin, setz dich», forderte ihn sein Vater auf. «Beatrice ist heute...», Frank unterbrach den Satz. Seine Stimme drohte zu versagen, «Beatrice ist heute Morgen tatsächlich nicht in der Schule erschienen. Sie wurde...», wieder begann er zu stocken. «Ich... wir müssen davon ausgehen, dass jemand Beatrice auf dem Schulweg entführt hat.»

«Entführt?», unterbrach ihn Lewin ungläubig. «Entführt, auf dem Schulweg? Aber warum denn? Sie hat noch nie jemandem etwas zuleide getan!»

Erst nach ein paar Sekunden wurde ihm bewusst, was dies bedeutete: Seine kleine Schwester war plötzlich nicht mehr da! Sein Herz begann zu klopfen; es tat richtig weh. Angstgefühle krochen in ihm hoch. Was, wenn er seine Schwester nie wieder sehen würde? Beatrice, das kleine Biest, das ihn so oft den letzten Nerv gekostet und das er schon so manches Mal zum Kuckuck gewünscht hatte – jetzt, auf einmal vermisste er sie. Er vermisste sie so sehr, wie er noch nie in seinem Leben etwas vermisst hatte.

* * *

Kaum hatte Kramer die Wohnung von Lena Krasniqi verlassen, wählte er eine Nummer in Lamezia Terme. Der Don und sein Sohn Tomaso sassen auf der überdachten und von Pinien beschatteten Terrasse beim Mittagessen, als Ernesto, einer von Sestriellis neuen Leibwächtern, das Telefon an den Tisch brachte:

«Ein Anruf aus Zürich!»

Luciano schaltete den Lautsprecher ein. So konnte Tomaso das Gespräch mithören.

«Ja, Leo?...Ihr habt die Kleine?...Okay. Dann hör mir jetzt mal gut zu. Ich gebe dir genau drei Tage Zeit, um dem Doktor Feuer unter dem Arsch zu machen. Dann will ich wissen, wann, an welchem Tag er uns empfängt. Sollte er sich erneut weigern, verliert er nicht nur seine Tochter, dann verliert er alles.»

Und zu seinem Sohn meinte er: «Übrigens, Tomaso, was ich dir schon lange sagen wollte: In Kürze fliegen wir in die Schweiz. Dort wird der beste Gesichtschirurg, den wir finden konnten, einen neuen Menschen aus dir machen.»

«So?», lachte dieser. «Einen neuen Menschen? Und was geschieht mit dem alten Tomaso?»

«Den Mann, der diesen Namen trägt und der weltweit per internationalem Haftbefehl gesucht wird, lassen wir verschwinden. Und zwar ein für alle Mal. Dann kannst du dich endlich wieder überall blicken lassen, brauchst nicht mehr an jeder Grenze zu fürchten, von einem Scheiss-Bullen in Handschellen abgeführt zu werden.»

«Wie stellst du dir das vor, Vater?»

«Ich komme gleich dazu. Vorher nur noch Folgendes. Auf unserer Reise nach Zürich wird uns Federico, mein Freund bei der Vatikan-Bank, begleiten. Bei einem unserer Finanzpartner in der Schweiz zeichnen sich gewisse personelle Veränderungen ab. Da scheint es mir ratsam, rechtzeitig dafür sorgen, dass unsere guten Beziehungen zu gewissen Leuten rund um den Paradeplatz auch bei einem Wechsel in der Chefetage nicht gefährdet sind. Federico als Vertreter des ‹Istituto per le Opere di Religione› – was für ein wunderbarer Name für die Bank Gottes! – bringt hierfür die notwendigen Kenntnisse mit. Er wird uns helfen, die richtigen Leute mit den richtigen Mitteln auf den richtigen Weg zu bringen.»

**

Über der Zürcher Goldküste zogen von Westen her dunkle Wolken auf. Frank stand unter der offenen Terrassentüre und schaute hinunter auf den See. Am gegenüber liegenden Ufer blinkten die orangefarbenen Sturmwarnlichter im Sekundenabstand. Sie warnten

Anwohner und Bootsbesitzer, die allenfalls noch draussen auf dem Wasser waren, vor Starkwinden und Sturmböen.

Auch auf den Höhen von Erlenbach machte sich das aufkommende Gewitter bemerkbar. Erste vereinzelte Windstösse pfiffen durch das Haus. Frank schloss Türe und Fenster. Kurz darauf klatschten draussen erste Regentropfen auf die noch warmen Steinplatten.

Auch drinnen im Haus standen die Zeichen auf Sturm. Nachdem Lewin von der Entführung seiner Schwester erfahren hatte, warf er sich voller Verzweiflung in die Arme seiner Mutter und begann, wie ein Schlosshund zu weinen.

«Können wir denn nichts tun?», schluchzte er. «Wir müssen doch etwas unternehmen!»

«Lewin», versuchte ihn sein Vater zu beruhigen, «Du darfst uns glauben: Mama und ich unternehmen alles, wirklich alles Menschenmögliche, um Beatrice so schnell wie möglich wiederzufinden.»

Lewin unterbrach ihn: «Und die Polizei? Habt ihr die Polizei benachrichtigt?»

«Selbstverständlich dachten wir daran, die Polizei einzuschalten. Es gab dann aber gewichtige Gründe, die Polizei vorerst aus dem Spiel zu lassen. Ich werde dir später erklären, weshalb.»

In diesem Moment klingelte Charlottes Handy. Hastig griff sie danach. Doch sie fühlte sich ausserstande zu sprechen und reichte es an Frank weiter.

«Hallo? ... Wer ist da?»

Niemand meldete sich. Nur aus dem Hintergrund war ein knackendes Geräusch zu vernehmen. Dann war die Leitung tot. Frank prüfte, ob auf dem Display die Nummer des Anrufers ersichtlich war. Umsonst.

Nach ein paar Sekunden klingelte es erneut. Frank nahm den Anruf entgegen: «Ja, bitte? … Wer möchte mit uns sprechen? … Beatrice?»

Gebannt starrten alle auf Frank. Plötzlich strahlte sein Gesicht:

«Beatrice? … Bist du es …?» Er nickte zu den anderen.

«Wo bist du, Beatrice? … Bei Tante Lena? Wer ist Tante Lena? … Wie es Mami geht? Gut. … Im Spital? … Wie kommst du darauf? … Nein, Mami ist nicht im Spital. Sie sitzt hier neben mir. Willst du mit ihr reden? … Welcher Mann? … Ist er auch lieb zu dir? … Nein? … Was hat er gesagt? … Wenn du nicht tust, was er verlangt, dann …?»

Frank konnte den Satz nicht wiederholen. Die Verbindung war unterbrochen. Voller Angst fragte Charlotte: «Was ist, wenn sie nicht tut, was er verlangt?»

«… dann schneide er ihr den Kopf ab.»

**

Beatrice verstand die Welt nicht mehr. Eben war sie noch so glücklich, dass sie mit ihrem Papi sprechen durfte. Allein schon seine Stimme zu hören, hatte ihr Herz höherschlagen lassen. Doch plötzlich hatte der Mann ihr das Telefon aus der Hand gerissen und die Verbindung unterbrochenen. Dabei wollte sie Papi noch so viel fragen, vor allem natürlich, wann er sie abholen komme und wann sie endlich wieder nach Hause dürfe.

«Bitte, können wir Papi noch einmal anrufen?», flehte sie. Doch der Mann lachte nur höhnisch.

«Das würde dir so passen, Kleine! Solange dein alter Herr nicht bereit ist, uns einen Gefallen zu erweisen, bleibst du schön hier bei Tante Lena.»

«Was für einen Gefallen?»

«Das geht dich nichts an. Mal sehen, ob dich dein Papi überhaupt so liebhat, wie du glaubst.»

Leo Kramer stand auf und nahm seine Jacke. Draussen hatte es zu regnen begonnen. «Lena, ich leihe mir deinen Schirm aus. Und denk daran: keine Mätzchen, keine Anrufe. Und wenn jemand klingelt, öffnest du nicht. Verstanden?»

Ohne ein Wort des Abschieds knallte er die Wohnungstüre hinter sich zu und verschwand.

Beatrice schaute ihm mit grossen Augen nach, dann begann sie wieder zu weinen. «Der Mann ist böse, ganz böse!», schluchzte sie.

Lena tat die Kleine leid. Sie beugte sich über sie und wischte ihr die Tränen aus dem Gesicht. «Nicht traurig sein, Beatrice. Es kommt alles gut!»

Doch wenn sie ehrlich zu sich war, wusste sie, dass ihre Worte nichts anderes waren als leere Versprechen. Und dass sie sich mitschuldig machte an dem, was Leo mit dem Mädchen vorhatte.

Seine Zornesausbrüche, die sie bisher nie an ihm erlebt hatte, stimmten sie misstrauisch. Dass er schon früher dann und wann ein krummes Ding gedreht hatte, war ihr nicht verborgen geblieben. Dieses Mal allerdings schien es sich um eine grössere Sache zu handeln. Dass er sie darüber nicht im Detail informieren wollte, konnte sie ja noch verstehen. Dass er sie aber offensichtlich angelogen hatte, verzieh sie ihm nicht.

Warum hatte er ihr erzählt, die Mutter der Kleinen sei eine alleinerziehende Frau, die sich im Krankenhaus einer Magen-Darm-Operation unterziehen müsse? Dabei hatte sich soeben herausgestellt, dass die Mama des Mädchens keineswegs krank im Spital, sondern völlig gesund zu Hause war. Und dass sie auch nicht eine alleinerziehende Mutter war, sondern einen Ehemann hatte, der mit ihr unter einem Dach wohnte.

Warum belog Leo sie? War es die Befürchtung, sie hätte die Kleine nicht bei sich aufgenommen, wenn er ihr die Wahrheit gesagt hätte?

Doch was war die Wahrheit? Weshalb hatte er das Mädchen in seine Gewalt gebracht? Und was hatte er mit ihr vor? Er war ihr eine Antwort schuldig. Sie nahm sich vor, ihn gleich darauf anzusprechen, wenn er zurückkehren würde. Denn eines wollte sie unter allen Umständen verhindern: dass sie ihr angenehmes Leben, das sie seit Jahren in der Schweiz führte, leichtfertig aufs Spiel setzte, indem sie sich an einer Straftat mitschuldig machte.

Lena wandte sich wieder Beatrice zu. Diese hatte sich inzwischen beruhigt. Zufrieden löffelte sie von dem Birchermüesli, das sie mit frischen Himbeeren und einem Schokoladen-Keks versüsst hatte.

«Schmeckt es dir, Beatrice?»

Die Kleine sagte nichts. Sie nickte bloss mit dem Kopf und ass munter weiter.

Lena lächelte. Gleichzeitig dachte sie aber mit Sorge an den Moment, in dem Leo das Mädchen mit seiner aufbrausenden Art erneut in Angst und Schrecken versetzen würde. Um dies zu verhindern, aber auch, um sich selbst zu schützen, musste sie so rasch wie möglich herausfinden, was Leo in Wirklichkeit dazu gebracht hatte, das Mädchen aus Erlenbach zu kidnappen.

Sie schaute auf die Uhr. Noch gut eine Stunde dürfte ihr bleiben, bis er zurückkehren würde. Sie beschloss, seine Abwesenheit zu nutzen, um mehr über sein Vorhaben herauszufinden.

«Wie heisst du eigentlich?», fragte sie Beatrice.

Die Kleine warf ihr einen vorwurfsvollen Blick zu: «Das weisst du doch!»

«Ich meine: Wie heisst du richtig? Mit Vor- und Nachnamen?»

«Beatrice Martin.»

«Dein Nachname lautet Martin? Und als was arbeitet dein Vater?»

«Er ist ein Doktor.»

«Ein Doktor? Wow! Und wo wohnst du?»

«In Erlenbach am Zürichsee.»

Lena griff nach ihrem Handy und suchte im Telefonverzeichnis nach einem Dr. Martin, Arzt in Erlenbach.

Sie fand seine Nummer und wollte diese gerade anwählen, als die Wohnungstür mit lautem Knall aufgestossen wurde.

Leo Kramer war zurück.

Er stand im Korridor. Mit einem Blick erfasste er die Situation. Er ging auf Lena zu und entriss ihr das Handy. Mit wutverzerrter Mine starrte auf das Display und dann auf sie. Wie in Trance ballte er seine Rechte zur Faust, schlug zu und traf Lena mit voller Wucht mitten ins Gesicht. Sie verlor das Bewusstsein und sackte zu Boden.

Beatrice hatte sich aus lauter Angst in die hinterste Zimmerecke zurückgezogen. Sie zitterte am ganzen Leib.

«Und was machen wir mit dir, Kleine?», brüllte Leo sie an.

«Den Kopf abschneid...»

«Nein, nicht jetzt. Dich brauchen wir noch. Das mit dem Kopf – das heben wir uns für später auf.»

＊＊＊

In Erlenbach sassen Charlotte und Frank Martin noch immer im grossen Wohnzimmer und berieten sich über das weitere Vorgehen. Lewin hatte sich endlich beruhigt und lenkte sich mit seinem Lieblingsspiel «Secret of Mana» ab.

Nanny Cathérine hatte ihren freien Abend und befand sich im Ausgang. Bevor sie das Haus verliess, hatte sie Frank hoch und heilig versprechen müssen, vorderhand mit keinem Menschen über Beatrices Verschwinden zu reden.

Kurz nach einundzwanzig Uhr hatte sich das Gewitter verzogen, aber noch immer war der Himmel mit grauen Wolken verhangen. Drinnen war es fast dunkel. Frank knipste die kleine Leselampe auf dem Beistelltisch an. Ein Lichtschimmer fiel auf Charlotte, die ihm gegenübersass und gedankenverloren vor sich hinstarrte.

Auch Frank schwieg. In seinem Kopf aber schwirrten die Gedanken nur so durcheinander. Immer wieder wog er das Für und das Wider der wenigen, noch verbliebenen Handlungsoptionen gegeneinander ab.

Nach einer Weile seufzte er und stellte resigniert fest:

«Charlotte, wir haben keine andere Wahl. Ich werde Sestrielli operieren. Und zwar so bald wie möglich.»

«Aber Frank, überlege doch...»

«Natürlich erst, wenn Beatrice wieder heil zu Hause ist.»

«Und wie willst du das sicherstellen?»

«Ich werde Sestriellis Anwalt noch heute mit einer Mail mitteilen, dass wir bereit sind, seinen Klienten für eine erste Abklärung und zur Vorbesprechung einer allfälligen Operation zu empfangen. Ich werde ihm klarmachen, dass ein solches Gespräch ausschliesslich abends stattfinden kann, da in der Klinik seit Monaten tagsüber jede Minute verplant ist. Mit einem Termin am Abend können wir zudem jedes unnötige Aufsehen bei den Mitarbeitern vermeiden. Und noch etwas muss er wissen: Das Treffen findet nur statt, wenn wir Beatrice bis spätestens morgen Abend unversehrt zurückerhalten.»

Frank setzte sich an den Computer und verfasste die Mail. Dann schickte er sie an de Montis Adresse. Doch kaum hatte er die Taste «Senden» gedrückt, erschien auf seiner Inbox die Mitteilung «Sorry, no mailbox here by that name».

«Verflucht», entfuhr es Frank, «dieser Drecksadvokat hat seine wahre Adresse verschleiert. Der angegebene Absender existiert gar nicht.»

Mitternacht war längst vorüber. Charlotte und Frank waren todmüde, doch an Schlaf war für beide nicht zu denken. Angst und Sorge um ihre Tochter wuchsen von Minute zu Minute. Wo mochte Beatrice nur sein? Welche schrecklichen Ängste muss die Kleine wohl ausstehen, wenn sie irgendwo in einer fremden Wohnung bei wildfremden Leuten in einem fremden Bett schlafen soll? Wie muss sie sich von ihren Eltern verraten fühlen, wenn diese offensichtlich nicht in der Lage sind, auch nur mit ihr zu sprechen, geschweige denn, sie zu trösten und endlich nach Hause zu holen?

Beatrice konnte ja nicht wissen, dass ihre Eltern dem bösen Mann genauso ausgeliefert waren wie sie selber.

Der Unbekannte diktierte das Geschehen. Den Martins blieb nichts anderes übrig, als abzuwarten, bis der Erpresser sich meldete und sie wissen liess, was sie als Nächstes zu tun und was sie zu lassen hätten.

Endlich, nach zwei weiteren Stunden voller Verzweiflung, wurden Charlotte und Frank von Müdigkeit übermannt. Kaum im Bett, dösten sie weg. Doch die Ruhe war trügerisch und nur von kurzer Dauer. Immer wieder wurden sie von Albträumen aufgeschreckt. Schweissgebadet lagen sie dann wach und warteten auf ein Zeichen des Erpressers.

Gegen sechs Uhr morgens wurde es draussen allmählich hell. Um sieben Uhr schrillte das Haustelefon. Frank sprang auf und griff nach dem Hörer. Am anderen Ende war zunächst nur ein Räuspern zu vernehmen. Dann meldete sich eine tiefe Männerstimme.

«Frank Martin? Ich warne Sie. Keine Spielchen, Doktor! So, wie Sie sich das vorgestellt haben, läuft das nicht. Jetzt hören Sie mir gut zu: Wir werden Sie am Montag gegen neunzehn Uhr kontaktieren und Ihnen mitteilen, wo Sie sich am gleichen Abend mit den Herren Sestrielli treffen werden, um alles Weitere zu besprechen.»

Dann wandte sich die Stimme ab: «Komm Kleine, sag deinem Papi guten Morgen!»

Frank hörte, wie jemand das erbärmlich weinende Mädchen zum Telefon zerrte.

«Beatrice? Hier ist Papi!...Hörst du mich? Wie geht es dir?»

Beatrice schluchzte und brachte kaum ein Wort hervor: «Papi... Papi, wann holst du... mich ab?»

«Bald, Beatrice, bald!», versprach Frank. «Mami und ich...»

«Machen Sie ihr keine falschen Hoffnungen», unterbrach ihn die tiefe Stimme am anderen Ende. «Und noch einmal: Keine Polizei, wenn Ihnen Ihre Tochter etwas wert ist!»

Dann wurde die Verbindung unterbrochen.

«Was sagte Beatrice?», fragte Charlotte. «Wie geht es ihr?«

«Sie weinte und konnte kaum sprechen. Die haben sie offensichtlich mitten aus dem Schlaf gerissen. Aber immerhin – es ist zwar nur ein winzig kleiner Trost – immerhin wissen wir, dass sie am Leben ist.»

Beide schweigen.

Nach einer Weile meinte Charlotte: «Weisst du, Frank, vielleicht hätten wir doch, wie du es vorgeschlagen hast, die Polizei einschalten sollen. Nach dem Anruf von eben hätten ihre Spezialisten jetzt immerhin die Möglichkeit, die Verbindung zurückzuverfolgen und so an die Täter heranzukommen.»

«Nein, Charlotte, wir können und dürfen dieses Risiko im jetzigen Zeitpunkt nicht eingehen. Der Mann am Telefon hat sich erneut unmissverständlich ausgedrückt: Keine Polizei, wenn Ihnen Ihre Tochter lieb ist!»

***

«Balu, such! Such den Ball!»

Der weiss-braun gefleckte Jack Russell Terrier sprang von einem Gebüsch zum nächsten und suchte nach seinem Lieblingsspielzeug, einem quietschenden Tennisball, den ihm seine Besitzerin immer wieder möglichst weit werfen musste.

Jeden Tag nach ihrem Mittagsschlaf machte sich Frau Diethelm, eine kleine, aber für ihre siebzig Jahre erstaunlich rüstige Dame, mit dem Hund auf den Spaziergang oberhalb von Langnau am Albis. Ob im Sommer oder im Winter, sie gingen stets den gleichen Weg. Dieser führte von ihrer Wohnsiedlung aus zunächst entlang einer grossen Wiese bis hinauf zum Waldrand. Von dort aus genoss man bei gutem Wetter eine schöne Aussicht auf den Dorfkern und den Wildpark Langenberg. Vor allem aber traf Balu auf dem Weg viele seiner Artgenossen. Darauf legte Frau Diethelm grossen Wert. «Auch ein Hund braucht soziale Kontakte», pflegte sie zu sagen.

Auch sie selber schätzte die Begegnungen mit anderen Hundebesitzern, auch wenn es jeweils bei einem kurzen Schwatz oder auch nur bei einem freundlichen «Grüezi» blieb. Heute war sie mit Balu allein unterwegs. Die meisten anderen hatten ihre Runde offensichtlich bereits hinter sich.

Balu störte sich nicht daran. Schliesslich gab es an jedem Baum so viele feine Gerüche zu erschnüffeln, dass es ihm nie langweilig wurde. Und da war ja noch der Ball, dem er mit grösster Begeisterung immer wieder hinterher raste. Auf einmal jedoch blieb er vor einem Dickicht am Waldrand bockstill stehen und begann, laut zu bellen.

«Was ist denn, Balu? Bring den Ball!»

Doch der Hund tat keinen Wank. Stocksteif stand er da und bellte weiter. Dann fing er an, wie wild mit seinen Vorderfüssen den Boden aufzuscharren.

«Nun komm schon, es wird Zeit, nach Hause zu gehen.»

Frau Diethelm wurde ungeduldig. Sie beschloss, selber nach dem Ball zu suchen und näherte sich der Stelle, bei der Balu noch immer am Scharren war. Unter dem Dickicht entdeckte sie etwas Helles. Sie griff danach. Plötzlich erstarrte sie und schrie auf. Was sie mit der Hand fühlte, war nicht der Ball, es war der Ellbogen eines Menschen.

Nachdem sie sich vom ersten Schrecken erholt hatte, blickte sie vorsichtig nach links und nach rechts, ob allenfalls ein zufällig vorbeikommender Spaziergänger Zeuge ihrer Entdeckung geworden war. Man konnte ja nie wissen, auf was für Ideen die Leute kommen, wenn sie so etwas beobachten.

Blitzartig nahm sie Balu an die Leine und eilte so schnell wie nur möglich nach Hause. Von dort aus rief sie die Polizei an und berichtete dem Beamten über ihren grausigen Fund.

Die umgehend ausgerückte Patrouille stiess an der von Frau Diethelm angegebenen Stelle auf eine männliche Leiche. Der oder die Täter hatten diese vermutlich in aller Eile im dichten Dornengestrüpp neben dem Weg zurückgelassen und nur notdürftig mit Tannenästen und Laub zugedeckt.

Alles deutete auf ein Gewaltverbrechen hin. Die Beamten sperrten den Fundort weiträumig ab. Inzwischen trafen weitere Spezialkräfte ein. Spürhunde durchsuchten das Gebiet auf Hinweise und Spuren. Ein Rechtsmediziner führte vor Ort eine erste Leichenschau durch. Die rechte Schädelhälfte des Toten war offensichtlich mithilfe eines schweren Gegenstandes zertrümmert worden. Mehrere Stichverletzungen im Brustbereich wiesen darauf hin, dass der oder die Täter mehr als einen Versuch unternommen haben mussten, um ihr Opfer zu töten.

Die Suche nach der Identität des Toten blieb erfolglos. Der Ermordete trug weder Ausweispapiere noch Kredit- oder Visitenkarten auf sich. Nachdem der polizeiliche Fotodienst sämtliche möglichen Indizien fotografiert und mittels eines 3-D-Scanners festgehalten hatte, wurde die Leiche zur Obduktion und für weitere Abklärungen ins Institut für Rechtsmedizin überführt.

Für Frau Diethelm wurde der Tag, an dem sie auf den Toten gestossen war, zu einem Wendepunkt in ihrem täglichen Leben. Nie mehr wollte sie sich der Stelle ihres grausigen Fundes auch nur nähern. Für ihren Hund Balu bedeutete dies: Er musste sich an eine neue Route auf dem täglichen Spaziergang gewöhnen. Zunächst war er wenig erfreut über Frauchens Entscheid. Doch bald schon erkannte er mit sichtlicher Genugtuung, dass es auf anderen Wegen ebenso feine, vor allem aber auch ganz viele neue, wunderbare Gerüche zu erschnüffeln gab.

***

Am Montagabend verliess Frank Martin die Klinik früher als sonst. Er wollte bereit sein, wenn der Anruf kam. Um neunzehn Uhr – so hatte es der Unbekannte angekündigt – würde man ihn kontaktieren und ihm den Ort des Treffens mit Vater und Sohn Sestrielli bekanntgeben.

Pünktlich zur angekündigten Zeit klingelte Franks Handy. Am Apparat meldete sich die gleiche Stimme wie am Samstagabend.

«Wir sehen uns um zwanzig Uhr dreissig in der Bar des Dolder Grand. Ihre Gattin ist selbstverständlich ebenfalls dazu eingeladen.»

Dann herrschte Funkstille. Der Unbekannte hatte aufgelegt.

Während der Fahrt von Erlenbach zum Dolder Grand Hotel auf dem Zürichberg wechselten Frank und Charlotte kaum ein Wort. Ihre Gedanken drehten sich immer nur um die eine Frage: Was ist mit Beatrice? Wie kommt sie mit der schrecklichen Situation zurecht?

Als sie beim Haupteingang des Dolder Grandhotels vorfuhren, kam ein Concierge-Mitarbeiter auf den Wagen zu. «Herr und Frau Dr. Martin?»

Frank nickte.

«Die Herren, mit denen Sie verabredet sind, lassen Ihnen ausrichten, das vorgesehene Gespräch finde nicht hier, sondern im Restaurant Degenried statt. Ein Tisch sei dort auf ihren Namen reserviert.»

«Im Degenried, sagen Sie? Nicht hier?»

«Nein, sie erwähnten ausdrücklich das Degenried. Sie kennen das Lokal? Es ist nur wenige Hundert Meter von hier entfernt. Fahren Sie einfach, wenn Sie das Hotelgelände verlassen, nicht nach rechts in Richtung Stadt, sondern nach links in die Degenriedstrasse. In drei Minuten sind Sie dort.»

«Haben die Herren einen Grund für die plötzliche Programmänderung genannt?» erkundigte sich Frank.

«Tut mir leid, nein. Sie haben nichts Näheres gesagt.»

«Wohl eine Sicherheitsmassnahme», meinte Frank, als sie zum neuen Treffpunkt fuhren. «Scheint in diesen Kreisen so üblich zu sein.»

Als er mit Charlotte die rustikale Gaststube betrat, stand der Chef des Hauses bereits zur Begrüssung bereit und führte sie an einen Ecktisch beim Fenster.

«Ihre Gäste haben soeben angerufen. Sie werden in wenigen Minuten hier sein. Darf ich Ihnen in der Zwischenzeit einen Apéritiv bringen?», fragte er beflissen.

«Später, gerne.» Frank war sichtlich ungehalten. «Zunächst möchte ich wissen, wer den Tisch reserviert hat. Meine Frau und ich waren es jedenfalls nicht.»

«Ich denke, es war Ihr Sekretariat. Die Dame sagte, sie rufe im Auftrag von Dr. Frank Martin an.»

Frank wollte etwas erwidern, als zwei Herren in dunklen Anzügen unter der Eingangstüre erschienen. Der Geschäftsführer entschuldigte sich. «Ich bin gleich wieder bei Ihnen.»

Er eilte zum Eingang und hiess die neuen Gäste willkommen. Dann führte er die beiden an Franks und Charlottes Tisch. Der ältere, dezent gekleidete Mann ergriff sofort die Initiative:

«Buona sera, signor e signora Martin. Mi chiamo Sestrielli. Entschuldigen Sie die Verspätung.»

Frank nickte und stellte seine Frau vor. Dann wandte er sich an den Jüngeren der beiden: «Und Sie müssen Sestrielli Junior sein?»

«No, no. Mio figlio Tomaso konnte sich heute leider nicht freimachen. Sie müssen mit mir vorliebnehmen. Sergio ist mein Fahrer und Begleiter.»

Jetzt platzte Frank der Kragen. «Wie bitte? Signore Sestrielli, für wen halten Sie uns eigentlich? Sie bestellen uns ins Dolder. Dort sagt man uns, die Begegnung finde nicht dort, sondern im Restaurant Degenried statt. Nun sind wir hier und Sie eröffnen uns, Ihr Sohn, um dessen Operation es ja schliesslich gehen soll, habe sich ‹nicht freimachen› können?» Er stand auf. «Charlotte, komm! Das müssen wir uns nicht bieten lassen.»

«Dottore, Moment!», unterbrach ihn Sestrielli. «Ich dachte, Sie wollten vielleicht auch wissen, wie es Ihrer Tochter geht?»

Frank schaute zu Charlotte und sah, wie sich ihre Augen mit Tränen füllten. Auch er dachte mit Beklemmung daran, welche Ängste seine Tochter derzeit wohl ausstehen musste. Gleichzeitig liess ihn das Gefühl der Ohnmacht fast durchdrehen.

Dieser Schweinehund, dachte er für sich, er hätte nicht die geringsten Skrupel, dem Mädchen das anzutun, was er ihr schon mehrmals angedroht hat. Und er weiss natürlich haargenau, dass wir ihm ausgeliefert sind. Und dass er die Fäden nach Belieben ziehen und das Geschehen bestimmen kann, solange sich Beatrice in seiner Gewalt befindet.

Wortlos setzten sich Frank und Charlotte wieder hin.

«Na also», lächelte Sestrielli. «Bestellen wir uns doch erstmal eine Kleinigkeit zum Essen.»

Nachdem der Kellner die Bestellung für ein Degenried-Plättli und den kleinen Salat des Hauses aufgenommen hatte, wandte sich Sestrielli an seinen Begleiter:

«Sergio, das Tablet! Il signore e la signora möchten bestimmt gerne sehen, wie es ihrer kleinen Tochter bei Tante Lena gefällt.»

Das kurze Video, das er abspielte, zeigte Beatrice, wie sie in einer bescheiden ausgestatteten Wohnung an einem Tisch sass und mit offensichtlichem Appetit ihr Mittagessen ass. In der nächsten Szene half sie Lena beim Geschirrtrocknen. Eine weitere Szene zeigte, wie sie gerade auf ein Bett kletterte, sich zudeckte und in die Kamera winkte.

«Zufrieden?» Sestrielli schloss das Tablet und übergab es Sergio. «Warte draussen auf mich!» Dann wandte er sich an Frank und Charlotte: «Wie sie sich persönlich überzeugen konnten: Beatrice scheint sich mit Tante Lena bestens zu verstehen.»

Sie konnten es nicht abstreiten. Was Charlotte und Frank gesehen hatten, liess ihre Herzen für einen Moment höherschlagen. Sie schauten sich an und spürten – zum ersten Mal seit Langem – wie sich in ihrem Innersten ein Funke von Erleichterung und Hoffnung zugleich breitzumachen begann. In ihren Angstträumen hatte Beatrice stets jämmerlich geweint. Nun stellten sie zu ihrem Erstaunen fest, dass ihre Tochter sichtlich besser mit der Situation zurechtzukommen schien, als sie es je zu hoffen gewagt hatten.

Erwartungsvoll blickte Sestrielli auf den Arzt, der ihm gegenübersass. Frank war sich bewusst, dass es nun an ihm lag, den Ball aufzunehmen. Doch er blieb stumm. Er, der sonst jede Diskussion beherrschte, der auf jedes Argument ein besseres Gegenargument vorzubringen wusste, der selbst hoch komplexe Zusammenhänge für jeden verständlich darlegen konnte, er brachte für einmal kein Wort heraus. Es war, als hätte ihm jemand den Mund zugeklebt.

Charlotte hatte noch nie, seit sie zusammen waren, eine Situation erlebt, in welcher ihrem Mann die Sprache wegblieb und er einfach hilflos dastand und nicht weiterwusste. Nach einer Schrecksekunde fasste sie sich und sprang für Frank in die Bresche.

«Herr Sestrielli, kommen wir zur Sache. Sie wollen, dass mein Mann Ihren Sohn operiert. Warum ist dieser denn heute nicht hier?»

«Er konnte sich nicht freimachen…»

«Das sagten Sie schon», unterbrach ihn Charlotte barsch. «Erzählen Sie uns wenigstens, was denn an Ihrem Sohn nicht in Ordnung ist.»

«Davide ist…» Sestrielli kam ins Stottern. Dass ihn eine Frau wie einen Schulbuben abkanzelte, war ihm in seinem ganzen Leben noch nie passiert. «Davide braucht ein…»

«Ein… was?»

«…ein neues Gesicht.»

«Ach so ist das!», höhnte Charlotte. «Ihr Herr Sohn braucht ein neues Gesicht. Und wozu, wenn ich fragen darf? Passt ihm das alte nicht mehr? Ist seine Nase krumm? Oder sein Mund schief?»

Sestrielli wurde rot im Gesicht. «Das geht Sie einen Dreck an. Wir haben unsere Gründe.»

In diesem Augenblick meldete sich Frank zurück. Die ganze Zeit über hatte er schweigend dagesessen, als würde ihn das alles nichts angehen.

«Herr Sestrielli, so kommen wir nicht weiter. Meine Frau hat recht: Wenn Sie nicht bereit sind, uns zu verraten, wozu Ihr Sohn eine solche Operation über sich ergehen lassen soll und was Sie unter einem ‹neuen Gesicht› verstehen, können Sie sich das ganze Vorhaben in den Kamin schreiben.»

Der Italiener antwortete nicht. Stattdessen entnahm er seiner Brieftasche ein Foto und überreichte es schweigend dem Doktor. «Mein Sohn Tomaso.»

Das Bild zeigte das Porträt eines jungen Mannes, der müde wirkte und gelangweilt in die Kamera blickte. Das volle, schwarze Haar fiel ihm bis auf die Schultern. Seine auffallend grosse Nase war leicht nach links verbogen. Mit seinen zusammengepressten Lippen erweckte er den Eindruck, als stünde er unter grossem Druck.

Frank Martin betrachtete das Foto, dann reichte er es seiner Frau weiter.

«Und, was soll da nicht stimmen, Herr Sestrielli? Sieht doch prima aus, Ihr Sohn. Ich wüsste beim besten Willen nicht, was man da verbessern könnte.»

«Dottore, ich wiederhole mich: Es geht nicht darum, etwas zu verbessern. Davide braucht ein neues Gesicht.»

«Ein neues Gesicht? Das reicht mir nicht. Wir müssen die Hintergründe kennen, allein schon aus medizinischen Gründen. Wenn Sie uns diese vorenthalten, können wir gar nichts tun.»

Sestrielli zögerte, doch dann überwand er sich und legte dem Doktor den wahren Grund offen: «Die USA haben einen internationalen Haftbefehl gegen meinen Sohn erlassen. Das bedeutet: Er kann Italien nicht verlassen, ohne Gefahr zu laufen, an jeder beliebigen Grenze verhaftet und in der Folge ausgeliefert zu werden.»

«Was hat er denn ausgefressen, Ihr Herr Sohn?»

«Tut das etwas zur Sache, Doktor?» Sestrielli fixierte den Arzt mit kaltem Blick. «Also, bitte!»

«Dann ist dies auch der Grund, weshalb sich Ihr Herr Sohn für heute nicht ‹freimachen› konnte?»

Sestrielli nickte.

«Und für eine OP in der Schweiz nehmen Sie das Risiko einer Festnahme auf sich?»

«Das lassen Sie unsere Sorge sein! Das Ganze muss einfach rasch erfolgen.»

«Was verstehen Sie unter ‹rasch›?»

«Im Laufe dieser Woche!»

Frank Martin schüttelte den Kopf: «Das können Sie gleich vergessen.»

«Und Ihre Tochter wollen Sie in diesem Fall auch gleich vergessen?», antwortete Sestrielli eiskalt.

«Wir wollen sie zurück, und zwar bevor wir auch nur einen einzigen Finger für eine allfällige Operation rühren», konterte Frank.

Sestrielli schüttelte den Kopf. «Freitag spätestens.»

«Die OP? Nächsten Freitag? Dies ist unmöglich. Wir brauchen genügend Vorlauf für die notwendigen Abklärungen.»

«Was denn für Abklärungen? Ich habe Ihnen das Foto übergeben. Das muss reichen. Als Spezialist werden Sie daraus wohl schliessen können, was zu machen ist.»

Jetzt war Frank in seinem Element. «Wir müssen wissen: Nimmt Ihr Sohn Medikamente? Wenn ja, welche? Worauf ist er allergisch? Wie sind seine Blutwerte? Bestehen Risiken bei der Narkose? Dann müssen wir klären, was wünschbar und was machbar ist: Nasenkorrektur? Straffung der Augenlider? Veränderung der Mundwinkel?

Sestrielli runzelte die Stirn. «Und wie lange dauert dies alles?»

«Für die die Operationsbesprechung mit Ihrem Sohn und die medizinischen Vorabklärungen müssen Sie mit einem halben Tag rechnen. Am Folgetag haben wir die Ergebnisse der Laboruntersuchungen. Liegt alles im positiven Bereich, können wir einen Termin für den ersten Teil der Operation festlegen.»

«Und wie lange wird die OP selbst dauern?»

«Für eine Korrektur der Nase unter Vollnarkose rechnen wir, je nach Situation, eine bis zwei Stunden. Verläuft alles normal, können wir eine Woche später den Gips entfernen.»

«Und die Augen operieren Sie am gleichen Tag?», fragte Sestrielli, sichtlich ernüchtert.

«Das kann ich Ihnen heute nicht versprechen. Das hängt von der gesundheitlichen Verfassung des Patienten und den Untersuchungsergebnissen ab.

Übrigens: Was die Terminplanung für Ihren Sohn betrifft: Zehn Tage vor der OP darf dieser unter gar keinen Umständen mehr irgendwelche Medikamente einnehmen, welche die Blutgerinnung hemmen. Ausserdem: kein Nikotin, kein Alkohol und schon gar kein Koks!»

Sestrielli schluckte leer. Seine bisherigen Reisepläne konnte er begraben.

«Und damit es ganz klar ist», fuhr Frank fort, «bevor unsere Beatrice nicht unversehrt wieder zu Hause ist, geht mit Ihrem Sohn Tomaso gar nichts!»

«Wie Sie meinen», schnauzte ihn Sestrielli an. «Ihre Kleine wird sich bestimmt freuen, wenn Sie noch ein paar Wochen bei Tante Lena bleiben darf.»

Charlotte und Frank schauten sich wortlos an. Sestriellis Sarkasmus erinnerte sie einmal mehr daran, wer am längeren Hebel sass. Doch zu ihrer Überraschung wechselte dieser plötzlich die Tonart.

«Hören Sie, ich bin ebenso Vater wie Sie. Ich kann Ihnen nachfühlen, wie Ihnen zumute ist. Ich werde veranlassen, dass Sie schon bald wieder von Ihrer Tochter hören. Jetzt aber machen wir erstmal Nägel mit Köpfen! Wann findet die Operation statt?»

Frank Martin war sich bewusst, dass ihm keine andere Wahl blieb.

«Ich werde versuchen, am kommenden Freitag einen Termin für die Besprechung und die medizinischen Abklärungen freizuschaufeln. Wenn alles nach Plan verläuft, können wir am Samstag oder Sonntag operieren.»

«Am Wochenende? Ich denke, dann ist Ihre Klinik geschlossen?»

«Normalerweise ja. Aber wir werden die notwendigen Mitarbeiterinnen und Mitarbeiter aufbieten.»

«Und Sie können sich auf ihre Diskretion verlassen?»

«Unsere eigenen Leute werden gar nicht da sein. Meine Frau wird ein Ersatzteam organisieren.»

«Ein Ersatzteam? Kommt nicht infrage. Mit Reservisten wird hier nicht gespielt. Für meinen Davide steht nur die erste Mannschaft im Einsatz.»

«Da brauchen Sie sich keine Sorgen zu machen. Wir arbeiten ausschliesslich mit Kräften, die wir kennen und auf die wir uns zu hundert Prozent verlassen können. Und noch etwas: Sie kommen allein mit Ihrem Sohn. Ohne Begleitschutz. Haben Sie das verstanden?»

Sestrielli schwieg.

«Okay. Ich rufe Sie an, sobald alles feststeht. Geben Sie mir Ihre Nummer, auf welcher ich Sie jederzeit erreichen kann», verlangte Martin.

«Umgekehrt: Nicht Sie melden sich bei uns, wir melden uns bei Ihnen. Am Dienstagabend, Punkt zwanzig Uhr», lautete Sestriellis Antwort.

***

Die Zürcher Kantonspolizei tappte noch immer im Dunkeln. Wer war der Tote von Langnau am Albis? Speziell ausgebildete Suchtrupps durchkämmten mit ihren Hunden tagelang die Gegend, in der die Leiche entdeckt worden war. Doch sie fanden nicht die geringste Spur, die einen Hinweis auf deren Identität hätte geben können.

Erst eine Woche später meldete sich ein Hobby-Angler auf dem Posten der Gemeindepolizei. Er habe in der Sihl nach Barben gefischt. Dabei sei ihm etwas Schwarzes aufgefallen, das offenbar vom Fluss angeschwemmt worden war und versteckt unter einem Astbündel am Ufer lag.

Er überreichte dem diensthabenden Beamten sein Fundstück, eine schwarze Brieftasche aus Leder. Sie war leer. Die Vermutung lag nahe, dass jemand sie gefunden, den Inhalt an sich genommen und sie dann in der Sihl entsorgt hatte.

Der Polizist notierte Namen und Adresse des Anglers sowie den genauen Fundort. Dann legte er die Brieftasche in einem Schrank zu weiteren Gegenständen, die in den letzten Monaten abgegeben worden waren und darauf warteten, von ihrem rechtmässigen Besitzer abgeholt zu werden. Damit war die Angelegenheit für ihn vorerst erledigt.

Er konnte nicht wissen, dass zur gleichen Zeit in New York eine Suchaktion nach dem Besitzer eben dieser Brieftasche eingeleitet wurde.

***

Nachdem Warren Jenkins weder am Montag noch am Dienstag in der Zürcher Constaffel Bank eingetroffen war und sich seit dem Wochenende auch in seiner New Yorker Firma nicht mehr gemeldet hatte, begannen sich seine Mitarbeiter Sorgen zu machen. Zwar war das chaotische Zeitmanagement ihres Chefs für sie nichts Neues. Dass er sich aber tagelang nicht meldete, sprengte den üblichen Rahmen. Hatte er seinen Reiseplan erneut über den Haufen geworfen? Hatte er Zürich nur als Zwischenstation genutzt, um gleich weiter nach London oder nach Belgrad zu fliegen, wo er ebenfalls Geschäfte zu tätigen pflegte?

Ein Anruf bei der Fluggesellschaft Swiss ergab, dass Mr. Jenkins tatsächlich nach Zürich geflogen war und dort auch sein Gepäck in Empfang genommen hatte. Allerdings habe er seinen Flug nochmals umgebucht. Er sei bereits am Samstag in New York abgeflogen und am Sonntag in Zürich eingetroffen. Von einem Weiterflug jedoch hatte man weder bei der Swiss noch bei anderen Airlines Kenntnis.

Mr. Jenkins' Assistentin nahm daraufhin Verbindung mit Mr. Jenkins' Geschäftspartnern in den beiden Städten auf. Doch ihr Chef war dort nicht aufgetaucht. Schliesslich meldete sie ihn bei der New Yorker Polizei als vermisst.

Da der Gesuchte während einer Geschäftsreise in Europa verschwunden war, gelangte die Vermisstmeldung via Interpol auch an sämtliche europäischen Polizeikorps.

***

Sandra Constaffel machte sich zunächst keine weiteren Gedanken über das Nichterscheinen des Amerikaners. Die Arbeit und vor allem die Vorbereitung auf ihre künftige Funktion als Mitglied der Geschäftsleitung nahmen sie voll in Anspruch. Erst spätabends, als sie endlich im Bett lag, aber keine Ruhe fand, liess sie sich das Gespräch mit Finanzchef Escher noch einmal durch den Kopf gehen. Er hatte sie darüber informiert, dass sich die Spur von Mr. Jenkins am Zürcher Flughafen verloren habe und dieser inzwischen europaweit bei allen Polizeistellen als vermisst gemeldet sei.

Dies alles hatte ihr Escher in einer Art und Weise rapportiert, die sie stutzig machte. Fast so, als würde ihn das Ganze in keiner Weise betreffen.

Was ist das für ein Mensch?, dachte Sandra für sich. Es lässt ihn sichtlich kalt, wenn ein vermögender Kunde der Bank eigens von New York nach Zürich fliegt, um ein neues Geschäft abzuschliessen, das geplante Treffen dann aber ohne irgendwelche Begründung platzen lässt und nur wenige Tage später von Interpol als vermisst gemeldet wird?

Je länger Sandra darüber nachdachte, umso merkwürdiger kam ihr Eschers Verhalten vor. Was wohl Grossmama dazu gesagt hätte? Sie war es schliesslich, die ihn seinerzeit eingestellt hatte.

Aus den Personalakten ging lediglich hervor, dass er mittlerweile bereits seit mehr als zehn Jahren für die

Constaffel Bank arbeitete, fünf davon als Chief Financial Officer. Sie nahm sich vor, die Personalie Escher bei nächster Gelegenheit mit Walter Hirzel zu besprechen, Grossmamas langjährigem Vertrauten und nach wie vor Mitglied des Verwaltungsrates.

Am folgenden Nachmittag wurde Sandras Argwohn noch verstärkt. Zwei Beamte der Zürcher Kantonspolizei meldeten sich beim Empfang und fragten nach Stefan Escher. Dieser war jedoch an einem Meeting ausser Haus. Da auch kein anderes Mitglied der Geschäftsleitung erreichbar war, blieb es schliesslich an Sandra, die beiden Herren von der Polizei zu empfangen.

«Es geht um unseren Finanzchef, um Herrn Escher?», fragte sie.

«Nicht direkt», erklärte Major Walder. «Es geht um einen vermissten Amerikaner namens Warren Jenkins. Wie wir von seinem Büro in New York erfahren haben, stand dieser mit Ihrer Bank in Verbindung und war am Sonntagabend zu einem Treffen mit Ihrem Herrn Escher nach Zürich geflogen.»

«Ich bin auf dem Laufenden», unterbrach Sandra den Polizeioffizier. «Er soll in Zürich zwar gelandet sein, doch zum vereinbarten Termin bei uns ist er nicht erschienen. Ich habe mich sehr darüber geärgert. Ein kurzer Anruf und eine Entschuldigung wären ja wohl das Mindeste gewesen, was man von einem Geschäftspartner erwarten dürfte.»

«Seit wann kennen Sie Mr. Jenkins?»

«Ich kenne den Mann überhaupt nicht.»

«Einen langjährigen Kunden Ihrer Bank kennen Sie nicht?», fragte der Mann ungläubig.

«Das mag Sie erstaunen. Tatsächlich hörte ich aber zum ersten Mal von ihm, als mich unser Finanzchef am Sonntagabend zu Hause anrief und den Besuch des Amerikaners ankündigte. Bis zu diesem Augenblick hatte ich keinerlei Kenntnis davon, dass wir mit einem Mr. Jenkins Geschäfte machen.»

«Dann war es Herr Escher, der mit ihm Kontakt hatte?»

«Dieser Meinung war ich auch. Doch Stefan Escher erklärte mir gegenüber, auch er habe den Namen Jenkins zum ersten Mal gehört, als ihn dieser am Vorabend aus New York anrief und um einen Gesprächstermin bat.»

«Aber irgendjemand von der Bank muss ihn doch gekannt haben? Könnten Sie das für uns herausfinden?», fragte der Beamte.

«Die Frage kann ich Ihnen gleich beantworten. Gemäss Escher soll Mr. Jenkins ausschliesslich mit meinem Vater geschäftlichen Kontakt gepflegt haben. Mein Vater aber...»

«...lebt nicht mehr. Das wissen wir. Es stand auch in der Presse. Welcher Art waren denn die Geschäfte, die Ihr Vater mit dem Vermissten pflegte?»

«Herr Walder, befinden wir uns hier in einem Verhör?»

«Natürlich nicht. Verstehen Sie uns recht: Wir gehen nur jedem Strohhalm nach, der uns auf eine Spur des Vermissten bringen könnte.»

«Sie dürfen mir glauben: Auch ich hätte gerne gewusst, in welchen Bereichen und auf welche Art mein Vater mit diesem Herrn zusammenarbeitete. Auf meine Anordnung hin hat Escher die Bilanzen der letzten Jahre, in denen mein Vater noch lebte, durchgesehen. Wie er beteuert, fand er jedoch nicht einen einzigen Eintrag, der auf einen Kunden dieses Namens lautet.»

Walder bedankte sich und verabschiedete sich. Als er bereits in der Türe stand, drehte er sich noch einmal um: «Könnten Sie Herrn Escher ausrichten, er möchte sich in den nächsten Tagen zu unserer Verfügung halten?»

***

Der kleinen Beatrice ging es schlecht. Sie fühlte sich elend. Seit Stunden hatte sie nichts mehr gegessen. Sie weinte und sie zitterte am ganzen Leib. «Ich habe kalt!», klagte sie. Lena stellte elektrischen Heizstrahler neben das Bett. Ausserdem legte sie dem Mädchen ein warmes Frotteetuch um die Schultern.

«Wir brauchen einen Arzt», sagte sie zu Leo, «sie hat fast vierzig Grad Fieber.»

«Einen Arzt? Du hast wohl nicht mehr alle Tassen im Schrank. Das fehlte gerade noch, dass mir so einer in die Wohnung kommt. Sorg du lieber dafür, dass das Gejammer der Simulantin endlich aufhört. Man kann ja nicht mal mehr in Ruhe den Feierabend geniessen», fauchte er.

Lena wusste, dass sie keinen Stich gegen diesen Mann hatte. Und sie hatte Angst vor ihm. Nicht erst, seit er sie dabei ertappt hatte, wie sie gerade die Eltern von Beatrice kontaktieren wollte und er sie mit der Faust ohnmächtig geschlagen hatte. Sie spürte, wie ihre anfängliche Sympathie für Leo je länger, je mehr in Hass umzuschlagen begann. Vor allem, seit sie mitansehen musste, wie er das unschuldige Mädchen traktierte, wie er sie anbrüllte und sie mitten in der Nacht ohne Rücksicht aus dem tiefsten Schlaf riss, nur um damit ihre Eltern unter Druck zu setzen.

Was er von diesen wollte und in wessen Auftrag er handelte, hatte sie noch immer nicht herausgefunden. Doch so, wie er sich seit Tagen verhielt, unbeherrscht, cholerisch und mit blank liegenden Nerven, gab es für sie nur einen Schluss: Bei diesem Deal ging es für Leo Kramer um eine grosse Kiste. Um alles oder nichts.

Wie richtig sie mit ihrer Vermutung lag, konnte Lena zu diesem Zeitpunkt nicht erahnen. Leo selber aber wusste genau: Sollte bei dieser Sache etwas schieflaufen, würde seine einzige noch sprudelnde Finanzquelle für immer versiegen.

Dass diese Gefahr akut werden könnte, sollte die Kleine, wie es den Anschein machte, ernsthaft erkranken, lag auf der Hand. Leo unterbrach seine Mahlzeit und ging auf Beatrice zu. Wie so oft in jüngster Zeit, wandelte sich sein Gemütszustand von einer Sekunde auf die andere.

Als könnte er keiner Fliege etwas zuleide tun, lächelte er Beatrice an und säuselte: «Jetzt hör mir mal gut zu, mein kleines Mädchen! Genau wie dein Papi war auch ich ein Doktor. Ich weiss also, wie du ganz schnell wieder gesund werden kannst. Die liebe Tante Lena wird jetzt dann gleich zur Apotheke gehen und dir ein Mittelchen heimbringen, das ganz schnell wirkt. Schon morgen wirst du dich wieder prima fühlen.»

Er schrieb eine Notiz auf einen Zettel und drückte ihn Lena in die Hand. «Sie sollen dir einen Saft geben, der Ibuprofen in schwacher Dosierung enthält. Das hilft gegen Schmerzen, Entzündungen und Fieber. Für Kinder ist es gut verträglich.»

Lena machte sich auf den Weg. Kaum hatte sie die Wohnung verlassen, klingelte Leos Handy. Der Don war am Apparat.

«Die Franks brauchen dringend wieder mal eine kleine Aufmunterung. Das Mädchen soll ihnen doch schnell einen schönen Nachmittag wünschen. Sie sollen wissen, dass alles in Ordnung ist. Und noch etwas: Besorg uns eine hübsche Unterkunft in der Nähe von Zürich. Ein Appartement mit zwei bis drei Zimmern. Vom kommenden Freitag an für mindestens eine Woche. Ende der Durchsage.»

Luciano hatte aufgehängt.

«Verdammt», entfuhr es Leo, «das werde ich ihm heimzahlen, dem Hurensohn. Glaubt wohl, er kann mit mir umspringen wie mit seinen Lakaien?»

Da kein anderes Opfer anwesend war, liess er seinen Zorn einmal mehr an Beatrice aus. Er packte sie an den Schultern und schüttelte sie. «Hast du das gehört, Kleine, wie der mich behandelt? Kein Anstand. Keine Achtung. Springt man so mit einem Mann um, der für den Herrn jede Drecksarbeit erledigt? Hm? Was meinst du?»

Beatrice schrie vor Schmerzen, vor allem aber aus Angst. Das entfachte Leos Wut noch mehr. Er riss sie an den Haaren und drohte ihr: «Du hörst jetzt augenblicklich auf zu heulen, verstanden? Wir rufen jetzt nämlich deine Mama an, und du sagst ihr, wie gut es dir geht und wie schön du es hast bei Tante Lena und dass du noch ganz lange bei ihr bleiben möchtest. Ist das klar?»

Er wählte Frank Martins Privatnummer. Als sich Charlotte meldete, drückte er Beatrice das Handy in die Hand. Sein stechender Blick und die Zornesader auf seiner Stirn liessen sie nicht vergessen, was sie zu sagen hatte.

«Mami», hauchte sie mit zitternder Stimme, «bist du es?... Nein, es geht mir gut. Ich habe es schön bei Tante Lena. Ich möchte... noch ganz lange bei ihr bleiben.»

Leo nickte anerkennend und unterbrach die Verbindung. «Gut gemacht, Beatrice! Jetzt hat dich deine Mama gehört und ist zufrieden. Und ich bin es auch.»

***

Den ganzen Nachmittag lang war Charlotte damit beschäftigt, das Team zusammenzustellen, das Frank bei der bevorstehenden Operation unterstützen sollte. Sie arbeitete von zu Hause aus. Schliesslich musste niemand in der Praxis wissen, dass Frank vorhatte, am Wochenende zu operieren. Das würde nur unnötige

Fragen provozieren, nach dem Warum und um welchen VIP es sich wohl handeln könnte, dem eine solche Sonderbehandlung zuteilwerden sollte.

Die grösste Knacknuss stellte sich Charlotte bei der Suche nach einem freien Anästhesisten und einem Kieferchirurgen. Beide mussten nicht nur ausgewiesene Spezialisten sein, sie mussten auch bereit sein, allfällige Pläne über den Haufen zu werfen und am kommenden Wochenende für Frank zu arbeiten.

Charlotte fiel ein Stein vom Herzen, als ihr Dr. Robert Melburn und Dr. Marilyn Steinfels spontan zusagten. Melburn zählte europaweit zu den führenden Kieferchirurgen. Seit zwei Jahren lebte er im Ruhestand, pflegte aber nach wie vor freundschaftliche Kontakte zu Frank und dessen Familie.

Marilyn Steinfels hatte als Narkose-Ärztin während vieler Jahre mit Frank zusammengearbeitet. Als sie mit ihrem ersten Kind in Erwartung war, entschied sie, ihren geliebten Beruf für eine Weile an den Nagel zu hängen. Die ärztliche Routine allerdings hatte sie sich bewahrt, indem sie immer wieder mal einsprang, wenn Frank in Not war.

Nach einigen Telefonaten gelang es Charlotte schliesslich auch noch, eine bewährte Operationsschwester für den Sondereinsatz zu gewinnen. Sie hatte früher ebenfalls in Franks Klinik gearbeitet. Sie kannte seine Arbeitsweise und die Abläufe der OP aus langjähriger Erfahrung.

Alle Beteiligten mussten sich zu absolutem Stillschweigen verpflichten. Was den Patienten betraf, erklärte ihnen Charlotte, es handle es sich um eine prominente Persönlichkeit aus der italienischen Opernszene, deren Anwesenheit in der Schweiz aus Diskretionsgründen unter keinen Umständen an die Öffentlichkeit gelangen dürfe.

Die dringlichsten Probleme waren damit gelöst. Nur auf eine Frage wusste Charlotte noch keine Antwort: Wohin mit dem Patienten, sollte es bei dem Eingriff zu Komplikationen kommen, die einen verlängerten Klinikaufenthalt unvermeidlich machten?

Frank war zuversichtlich, dass es nicht so weit kommen würde. Dennoch reservierte er vorsorglich von Samstagabend an für vier Tage ein Zimmer in einer privaten Rehabilitationsklinik.

Der Anruf aus Italien erreichte Frank Martin, wie angekündigt, am Dienstagabend.

«Signore Sestrielli und sein Sohn werden am Freitag um einundzwanzig Uhr in Ihrer Praxis erscheinen», erklärte ein gewisser Sergio Ricci, der sich als Mitarbeiter von Avvocato de Monti ausgab.

«Sie möchten bitte dafür besorgt sein, dass zu dieser Zeit niemand ausser den absolut notwendigen Mitarbeitern in der Klinik anwesend ist. Ausserdem…»

Frank unterbrach den Mann in scharfem Ton.

«Richten Sie Herrn Sestrielli zwei Dinge aus: Einundzwanzig Uhr ist zu spät. Für die Voruntersuchung brauchen wir mindestens drei Stunden. Wenn wir die Ergebnisse am nächsten Morgen haben wollen, müssen die Proben spätestens um zweiundzwanzig Uhr im Labor sein. Dieses arbeitet nur bis Mitternacht. Mit anderen Worten: Wir erwarten die Herren um neunzehn Uhr im Haus. Zweitens: Wann wird unsere Tochter Beatrice wieder…? …Hallo? …Hallo? …Sind Sie noch da?»

Der Kerl hatte aufgehängt.

Einmal mehr hatte der Don den Tarif durchgegeben.

***

Sandra sass in der Lobby des Mandarin Oriental, dem ehemaligen Hotel Sayoy Baur en Ville, am Zürcher Paradeplatz. Sie wartete auf Walter Hirzel, den Vizepräsidenten des Constaffel-Verwaltungsrates. Seit ihrer Rückkehr aus London und dem Eintritt in die Bank zählte dieser zu den wenigen Personen, zu denen sie absolutes Vertrauen hatte. Schon bei ihrer ersten persönlichen Begegnung fand sie den älteren Herrn ausgesprochen sympathisch. Später, als sie ihn erlebte, wie er eine Sitzung leitete, überzeugte er sie mit der Art, wie er das Gremium führte – konziliant, aber zielgerichtet und mit straffer Hand. Er verblüffte die Anwesenden mit seiner Detailkenntnis jedes einzelnen Traktandums. Aufmerksam nahm er die unterschiedlichen Positionen der Teilnehmer zur Kenntnis. Seine eigene Sicht der Dinge untermauerte er mit überzeugenden Argumenten.

Als sie erfuhr, dass Hirzel schon zu Grossmamas engsten Vertrauten gehört hatte, fühlte sie sich ihm noch näher. Bald wurde er zu Sandras erster Anlaufstelle, wenn es um heikle Fragen oder um geschäftspolitische Entscheide von Tragweite ging.

Heute brannte ihr ein Thema unter den Nägeln, welches sie seit einigen Tagen mit sich herumtrug und welches ihr zunehmend Unbehagen bereitete. Es war die Rolle, die Finanzchef Escher im Zusammenhang mit dem Verschwinden von Warren Jenkins spielte, jenem Kunden, den angeblich niemand in der Bank zu kennen schien.

Sie wollte sich mit Walter Hirzel über den Fall aussprechen. Um kein Aufsehen unter den Mitarbeitenden zu erregen, hatte sie ihn um ein Treffen ausserhalb des Hauses gebeten.

«Wie wärs mit einem kleinen Lunch im Oriental Mandarin Savoy?», hatte sie vorgeschlagen.

Hirzel war einverstanden. «Mit grösstem Vergnügen, Sandra. Was verschafft mir denn die Ehre?»

«Das erzähle ich dir dann, wenn wir uns treffen. Donnerstag, zwölf Uhr. Passt das für dich?»

«Aber sicher.»

Leicht gebeugt, aber mit sicherem Schritt und wachem Blick betrat Hirzel pünktlich auf die Minute die Hotellobby. Mit dem Lift fuhren sie in den ersten Stock. Sandra hatte dort einen Tisch reserviert. Nachdem sie die Speisekarte konsultiert und ihre Bestellung aufgegeben hatten, kam Sandra zur Sache.

Sie erzählte ihm von Eschers Anruf am späten Sonntagabend und von der Tatsache, dass der von ihm angekündigte Kunde, ein gewisser Warren Jenkins, einem auf Montagnachmittag angesetzten Treffen ohne Entschuldigung ferngeblieben war. Selbstverständlich hätten sie sich umgehend in Jenkins New Yorker Büro nach dessen Verbleib erkundigt. Über mögliche Gründe habe jedoch auch dort niemand etwas sagen können. Der Chef lasse öfters mal einen Termin platzen, habe seine Assistentin lachend ergänzt, das sei nichts Aussergewöhnliches.

«Als sich Mr. Jenkins aber auch nach zwei Tagen weder bei uns noch in seinem Büro meldete, begannen sich seine Mitarbeiter Sorgen zu machen. Sie informierten die New Yorker Polizei über das Verschwinden ihres Chefs. Erste Abklärungen ergaben inzwischen, dass Mr. Jenkins tatsächlich mit der gebuchten SWISS-Maschine in Zürich gelandet war. Seither jedoch hat sich seine Spur verloren und niemand weiss, wo er sich aufhält. Das New York Police Department veröffentlichte eine Vermisst-Meldung und leitete diese via Interpol an sämtliche europäischen Polizeistellen weiter. So gelangte sie auch zur Zürcher Kantonspolizei.»

Prompt seien denn auch zwei Beamte in der Bank aufgekreuzt und hätten sich nach unseren Geschäftsbeziehungen mit dem Vermissten erkundigt.

«Und?», fragte Hirzel. «Was waren das für Geschäfte, die wir mit ihm pflegten?»

«Das ist es ja: Niemand vermochte mir bisher eine Antwort auf diese Frage geben.»

«Auch Escher nicht? Als Finanzverantwortlicher müsste er doch Kenntnis davon haben.»

«Er sagt Nein. Mr. Jenkins habe lediglich erwähnt, dass er bisher ausschliesslich mit meinem Vater Geschäfte getätigt habe.»

«Mit Alex?»

«Ja. Da dieser aber bedauerlicherweise nicht mehr für die Bank arbeite, möchte er gerne mit einem anderen Constaffel-Vertreter in Kontakt treten. Es gehe wiederum um einen Kredit. Diesmal allerdings nicht nur um hundert, sondern um hundertachtzig Millionen Dollar. So viel benötige er für den Erwerb der Schürfrechte und die Ausbeutung von Kobalt in einer Mine im zentralafrikanischen Staat Kongo. Er machte jedoch klar, dass das Geschäft nur laufe, wenn die gleichen Konditionen wie schon immer gelten würden.»

«Hundert Millionen Dollar, sagtest du, waren es letztes Mal?», wunderte sich Hirzel. «Ein solches Geschäft müsste doch in unseren Büchern bilanziert sein?»

«Dieser Meinung war ich auch. Doch Escher beteuert, er habe sämtliche infrage kommenden Bilanzen noch einmal genau überprüft, ohne dabei aber auch nur den kleinsten Hinweis auf eine entsprechende Überweisung zu finden.»

Hirzel überlegte einen Augenblick lang. Dann schüttelte er den Kopf und meinte: «Ich kann mir beim besten Willen nicht vorstellen, dass Alex ein solches Geschäft abgeschlossen hätte, ohne dieses ordnungsgemäss zu verbuchen.»

Sandra seufzte. «Lieber Walter, nach allem, was ich heute über meinen Vater weiss, kann ich es leider nicht ausschliessen. Aber da er nicht mehr lebt, ist es müssig, darüber nachzudenken.»

«Und was versteht dieser Mr. Jenkins unter dem Begriff ‹Gleiche Konditionen›?», fragte Hirzel.

«Auch dazu fand sich gemäss Escher nicht ein einziger Eintrag.»

«Und wie soll es jetzt weitergehen mit diesem geheimnisvollen Kunden?»

«Für mich ist der Fall vorläufig abgeschlossen. Sollte der Herr je wieder auftauchen, sehen wir weiter. Aber darf ich dir jetzt eine Frage stellen, die mich sehr beschäftigt? Sie ist auch der Grund, weshalb ich dich gebeten habe, heute mit mir zu Mittag zu essen: Wer ist Stefan Escher?»

«Escher?», fragte Hirzel überrascht. «Wie kommst du denn darauf? Der Mann arbeitet seit Jahren für unsere Bank. Bisher gab es nie den geringsten Anlass, an seiner fachlichen Kompetenz oder gar an seiner Integrität zu zweifeln. Hast du denn irgendwelche Hinweise, dass etwas nicht stimmen könnte?»

Sandra war auf diese Frage vorbereitet. «Nein, die gibt es nicht.»

«Na also!», meinte Hirzel beruhigt.

«Es ist nur ein Bauchgefühl. Aber jedes Mal, wenn ich Escher begegne, beginnt sich in mir etwas gegen ihn zu sträuben. Vielleicht täusche ich mich, aber es kommt mir manchmal vor, als verberge er sich hinter einer Maske.»

Und nach einem Augenblick: «Kannst du dich noch erinnern, wie er eigentlich zu uns kam?»

Hirzel überlegte. «Für wen er früher arbeitete, weiss ich nicht mehr. Ich erinnere mich nur noch, dass er beim seinerzeitigen Assessment von allen Kandidaten als Bester abgeschnitten hat. Man mag ihn vielleicht nicht unbedingt als Sympathie-Brocken empfinden, aber fachlich hat er sich meines Wissens nie etwas zuschulden kommen lassen.»

Nach dem Gespräch fühlte sich Sandra besser. Auch wenn ihre Bedenken nach wie vor nicht völlig ausgeräumt waren. Sie konnte nur hoffen, Walter Hirzel möge recht behalten mit seiner Beurteilung des Finanzchefs.

Sie verabschiedeten sich am Paradeplatz. Walter bestieg das Tram Nummer 11 in Richtung Hauptbahnhof, während sich Sandra auf den Weg zurück in die Bank machte.

Vor einem Schuhgeschäft blieb sie kurz stehen und betrachtete die ausgestellten Neuheiten. Dabei fiel ihr mit einem Mal wieder ein, was sie an jenem Montagmorgen, als sie mit Escher verabredet war, an dessen Erscheinung so erstaunt hatte, als sie gemeinsam mit ihm im Lift nach oben fuhr, um auf Jenkins zu warten. Der gross gewachsene Finanzchef war wie immer elegant gekleidet. Nur etwas passte so gar nicht zu seinem gepflegten Äusseren: Die Schuhe, die er trug. Diese hatten offensichtlich nicht nur seit Langem weder eine Bürste noch einen Putzlappen gesehen. Sie waren nass und starrten vor Dreck.

«Was hat ihn nur veranlasst, sich so im Büro zu zeigen?», fragte sich Sandra.

Eine Antwort fand sie nicht.

Noch nicht.

***

Die Glocke vom nahen St. Peter-Turm hatte gerade ein Uhr nachts geschlagen. Sandra lag noch immer wach. Seit einigen Wochen kam es häufig vor, dass sie am Abend todmüde ins Bett sank, den Schlaf aber auch nach Stunden nicht finden konnte.

«Du arbeitest zu viel», meinte ihr Freund Gordon, der neben ihr lag.

Es war das fünfte Wiedersehen mit ihm, seit Sandra nach Grossmamas Tod vor einem Jahr die Stadt an der Themse verlassen hatte und in die Schweiz zurückkehrt war. Anfänglich hatten sie sich fast jeden Monat einmal getroffen, sei es, dass Sandra für ein Wochenende nach London flog oder dass Gordon sie in ihrer Zürcher Wohnung besuchte.

Mit der Zeit aber wurden die Treffen seltener. Wohl standen sie via Skype in regelmässigem Kontakt, doch was sie einander zu berichten hatten, beschränkte sich in der Regel auf kurze Erzählungen über Kino- und Theatererlebnisse oder Treffen mit gemeinsamen Bekannten.

Die grossen Gefühle aber und die Leidenschaft, die sie während ihrer Zeit in London verbunden hatten, drohten allmählich zu verblassen. Umso grösser war die Vorfreude auf das bevorstehende Wochenende. Endlich konnten sie sich wieder einmal in die Arme schliessen und ihrer Liebe freien Lauf lassen.

Gordon hatte sich den Freitagnachmittag freigenommen. Seine Maschine landete bereits um sechzehn Uhr dreissig in Zürich. Als er die Ankunftshalle in Kloten betrat, empfing ihn Sandra mit klopfendem Herzen und strahlenden Augen. Auch sie hatte das Büro früher verlassen, um rechtzeitig in Kloten zu sein. Den Champagner zu Gordons Begrüssung hatte sie schon am Vorabend kalt gestellt.

Kaum in Sandras Wohnung angelangt, fielen sie einander in die Arme. Ihre Küsse waren zunächst zärtlich und voller Liebe. Als sich dann aber Gordon an den Knöpfen ihrer Bluse zu schaffen machte und dabei seinen Unterleib an ihren Schoss presste, gab es kein Halten mehr. Sandra spürte sein Verlangen und hatte selber nur noch einen Wunsch: ihn ganz in sich aufzunehmen.

Als die Wogen der Leidenschaft abzuklingen begannen und beide erschöpft nebeneinander lagen, erinnerte sich Sandra an den Champagner, der im Kühlschrank lagerte, vor allem aber auch daran, dass sie in der nahe gelegenen Rôtisserie im Hotel Storchen einen Tisch für ein Dinner zu zweit reserviert hatte. Als sie auf die Uhr blickte, stellte sie mit Erschrecken fest, dass es zum Essen inzwischen zu spät war.

Sandra rief den Chef de Service im Storchen an und entschuldigte sich für das Fernbleiben. Dann entkorkte sie den Louis Roederer Rosé Vintage.

Sie hatten sich viel zu erzählen. Gordon überbrachte ihr die neusten Nachrichten aus der Kanzlei. Sandra erkundigte sich nach ihrer Nachfolgerin.

«Wie macht sie ihre Sache? Ist der Chef zufrieden?»

«Das musst du ihn schon selber fragen. Ich kann das nicht beurteilen.»

«Ist sie wenigstens hübsch?», wollte sie wissen.

«Ich müsste lügen, wenn ich etwas anderes behaupten würde», antwortete Gordon und setzte – wie immer, wenn er sie hänseln wollte – noch einen drauf.

«Sie ist nicht nur hübsch, sie ist, ganz nebenbei gesagt, sogar ausgesprochen sexy.»

«Dachte ich mirs doch!», gab Sandra schlagfertig zurück. «Dann muss der Herr Rechtsanwalt in London ja nicht nur im Büro, sondern auch ausserberuflich regelmässig seinen Mann stellen. Verstehe, dass er deshalb gezwungen ist, seine Kräfte einzuteilen und nur noch sporadisch Zeit findet für einen Besuch bei seiner verflossenen Liebe im fernen Zürich. Mit solchen Kompromissen muss man halt rechnen, oder?»

«Halt, halt», versuchte sich Gordon zu verteidigen, «Deine Fantasien gehen wieder einmal mit dir durch. Sie ist eine Berufskollegin, mehr nicht.»

«Und? Seit wann wäre das ein Hindernis? Ich jedenfalls kann mich nicht daran erinnern, dass die Tatsache, dass wir seinerzeit unser Salär vom gleichen Arbeitgeber bezogen, ein Hindernis dargestellt hätte.»

So ging das Geschäker hin und her, bis Sandra plötzlich ernst wurde.

«Gordon, ich muss etwas loswerden, das mich beschäftigt. Ich weiss einfach nicht recht, wie ich mich verhalten soll.»

Sie erzählte ihm von Warren Jenkins, dem New Yorker Investor, der sich selber als «alter Kunde der Bank» bezeichnete. Sie schilderte, wie sie mit Constaffel-Finanzchef Stefan Escher auf den angekündigten Besucher gewartet hatte, und dass dieser zwar in Zürich gelandet, aber nie bei der Bank aufgetaucht war.

«Und was beunruhigt dich an dem Fall so besonders?», fragte Gordon.

«Es ist die Art, wie Escher mit der Sache umgeht. Er verhält sich eigenartig, fast so, als gehe ihn die Sache im Grunde genommen gar nichts an.»

«Und was wollte dieser Mr. Jenkins?»

«Es ging ihm um einen weiteren Kredit, und zwar in Millionenhöhe.»

«Und wofür, wenn ich fragen darf?»

«Es sprach von Schürfrechten für die Ausbeutung von Kobalt.»

«Kobalt? Sagtest du Kobalt?»

«Ja. Was ist daran so ungewöhnlich? Seit Kobalt neben Lithium Bestandteil jedes Handy-Akkus ist und seit die ganze Welt nach Elektro-Fahrzeugen schreit, dürfte eine Investition in Kobalt keine schlechte Anlageidee sein. Wenn man nur schon an die bisherige Preisexplosion denkt. Noch vor zwei Jahren zahlte man für eine Tonne Kobalt um die zwanzigtausend Dollar, heute liegt der Preis bereits bei achtzigtausend Dollar. Und die Nachfrage nach dem Rohstoff wird immer grösser. Der Preis wird unweigerlich weiter steigen.»

«Bravo!», rief Gordon. «Und nochmals: Bravo!»

Er klatschte in die Hände, um dann anzufügen: «Wenn ich das Geld hätte, würde ich dich auf der Stelle als meine persönliche Finanzberaterin engagieren. Du weisst, wie man echt Kohle macht!»

Sandra entging die Ironie in seiner Stimme nicht.

«Und? Was ist daran falsch?»

Gordon wurde ernst.

«Was daran falsch ist? Mit Zahlen magst du dich ja auskennen. Und wie man seinen Gewinn maximiert, erst recht. Was du aber offensichtlich nicht weisst: Wie Kobalt, einer der zurzeit gefragtesten Rohstoffe der Welt, gewonnen wird. Im Kongo zum Beispiel soll ein beträchtlicher Teil der Vorkommen von Minenarbeitern ohne Schutzkleidung und in ungesicherten Schächten mit blossen Händen gefördert werden.»

«Woher willst du das wissen?», fragte Sandra.

«Man liest die Zeitung. Kürzlich publizierte der ‹Daily Telegraph› einen Bericht von Amnesty International, der die skandalösen Arbeitsbedingungen, die in manchen der kongolesischen Kobaltminen herrschen sollen, im Detail schilderte. Im gleichen Artikel wurde auch erwähnt, dass in den Minen, gemäss Schätzungen von UNICEF, dem Kinderhilfswerk der Vereinten Nationen, rund vierzigtausend Kinder bei der Förderung eingesetzt würden.»

«Das ist ja entsetzlich!», entfuhr es Sandra, als sie das hörte.

«Und mit solchen Leuten macht ihr Geschäfte?», ereiferte sich Gordon.

«Wir?», erwiderte Sandra. Um nach einer Weile kleinlaut weiterzufahren: «Nicht wir waren es. Es war mein Vater. Er war, soweit mir seit Jüngstem bekannt ist, der Einzige, der mit diesem Mr. Jenkins Kontakt hatte und mit ihm Geschäfte machte.»

«Und nun soll Papas Nachfolgerin dem wohlhabenden Herrn dabei helfen, das lukrative Geschäft weiterzuführen?»

«Da kennst du mich aber schlecht, Gordon, wenn du mir das zutraust», entgegnete Sandra empört «Mit Leuten, die nur an ihren persönlichen Profit denken und sich über jeden Minimalstandard bezüglich Arbeitsbedingungen oder Menschenrechte hinwegsetzen, will ich nichts zu tun haben. Das kannst du mir glauben!»

Gordon war erleichtert und beschämt zugleich. Er nahm Sandra in die Arme und küsste sie.

«Noch immer mein altes, wunderbares Mädchen. Weisst du, dass ich dich sehr vermisse?»

Sandra machte einen Schmollmund. Dann beugte sie sich über ihn und blickte ihm in die Augen.

«Wenn es stimmt, dass mich der Herr Rechtsanwalt in London gelegentlich vermisst, wie er behauptet, gehe ich davon aus, dass er auch in der Lage ist, einen tatkräftigen Beweis für seine Aussage zu erbringen.»

Das musste man einem Gordon Kelly nicht zweimal sagen.

«Wenn Sie darauf bestehen, verehrte Frau Kollegin, mit grösstem Vergnügen!»

***

Es war Samstagmorgen, kurz nach sieben Uhr. Frank Martin und sein Team trafen die letzten Vorbereitungen für die Operation an Sestriellis Sohn. Dieser war, zusammen mit seinem Vater, wider Erwarten am Vorabend pünktlich um neunzehn Uhr in der Klinik eingetroffen.

Schweigend, ja fast gleichgültig, als ginge ihn das alles gar nichts an, liess Tomaso die notwendigen Voruntersuchungen über sich ergehen. Vater Sestrielli sass daneben und verfolgte das Geschehen mit skeptischem Blick. Viele Fragen gingen ihm durch den Kopf, doch er verzichtete darauf, auch nur eine einzige zu stellen.

Kurz vor einundzwanzig Uhr beendeten die Ärzte ihre Abklärungen. Die Proben, die sie dem Patienten entnommen hatten, übergaben sie einem Kurier, der sie zur Analyse in ein spezialisiertes Labor brachte.

Am nächsten Morgen, unmittelbar nach seiner Ankunft in der Klinik, hatte Frank Martin den Laborbericht bereits in den Händen. Die Untersuchung hatte nichts an den Tag gebracht, das auf ein spezielles Operationsrisiko bei Sestrielli Junior hinweisen würde.

Auch Charlotte war bereits vor Ort, obwohl sie kaum geschlafen hatte. Auf der Heimfahrt am Freitagabend hatte Frank etwas angedeutet, das ihr seither keine

Ruhe mehr gelassen hatte. Er wollte – wie er sich ausgedrückt hatte – «den Mafioso mit seinen eigenen Waffen schlagen».

Was meinte er damit? Was hatte Frank vor? Wie wollte er diesen Verbrecher, der bei all seinem Tun offensichtlich nicht die geringsten Skrupel kannte, zu irgendetwas zwingen? Und was, wenn die Sache schieflaufen sollte? Was würde dann mit Beatrice geschehen?

Erst das Summen der Hausglocke riss Charlotte aus ihren Gedanken. Sie eilte nach unten. Vor dem Klinikeingang standen drei Männer: der Patient, sein Vater sowie ein dritter Mann. Charlotte erkannte in ihm Antonio, den Leibwächter, der die Sestriellis bereits bei der ersten Besprechung im Restaurant Degenried begleitet hatte.

Was nun? Frank hatte sich doch ausdrücklich jede bewaffnete Begleitung verbeten. Sie griff zum Handy und besprach sich kurz mit ihm.

Nach einer Minute stand Frank ebenfalls vor der gläsernen Eingangstüre. Mit einer unmissverständlichen Geste bedeutete er den draussen Wartenden, dass ausschliesslich Vater und Sohn, keinesfalls aber eine dritte Person eingelassen würde.

Damit hatte Sestrielli nicht gerechnet. Sichtlich wütend ob der Abfuhr machte er rechtsumkehrt und machte sich auf in Richtung der Limousine, welche sie hergebracht und die Antonio am gegenüberliegenden Trottoir geparkt hatte. Mit einer Handbewegung forderte er den Leibwächter auf, ihm zu folgen.

Doch dann wurde ihm bewusst, dass er damit die dringende und so lang ersehnte Gesichts-OP an seinem Sohn möglicherweise aufs Spiel setzte. Er hiess Antonio im Wagen zu warten und kehrte zum Klinikeingang zurück.

Frank und Charlotte hatten das Geschehen durch die Glasscheibe der Eingangstüre verfolgt. Jetzt öffneten sie diese und liessen Vater und Sohn eintreten.

Als Erstes mussten sich die Besucher, wie schon bei der ersten Begegnung, aller Metallgegenstände, die sie auf sich trugen, entledigen. Widerspruchslos händigten sie Waffen, Schmuck, Uhren und Handys aus. Dann erst durften sie den Operationstrakt betreten.

Noch vor dem Eintreffen der Sestriellis hatte Frank Charlotte kurz zur Seite genommen und sie angewiesen, das Handy von Sestrielli senior getrennt von den anderen Gegenständen aufzubewahren.

«Wozu denn das?», fragte sie erstaunt.

«Bitte tu einfach, was ich dir sage. Sonst zerbrichst du dir nur unnötig den Kopf. Während der Operation werde ich dir in einem bestimmten Moment unauffällig ein Zeichen geben. Dann bringst du mir Sestriellis Handy.»

Diese Anweisung trug wenig zu Charlottes Beruhigung bei. Im Gegenteil: Jetzt zermarterte sie sich erst recht das Gehirn, was Frank wohl im Schilde führte.

Eine Operationsassistentin brachte den Patienten und dessen Vater in einen Vorbereitungsraum. Nach wenigen Minuten erschien Frank selber und machte die beiden mit dem gesamten Team bekannt. Daraufhin erläuterte den geplanten Ablauf der Operation noch einmal im Detail.

«Wir beginnen beim Oberkiefer und werden dann, sofern keine Komplikationen auftreten, den Unterkiefer und die Verschiebung der Zähne in Angriff nehmen.»

Frank bemerkte, wie Sestrielli junior bei dieser Schilderung zusammenfuhr. Aus seinem Blick sprach pure Angst.

«Sie brauchen sich keine Sorgen zu machen», versuchte ihn Frank zu beruhigen. «Von der Operation werden Sie selber nichts mitbekommen. Sie werden schlafen. Und wenn Sie aufwachen, ist schon alles vorbei.»

«Wie lange wird das Ganze dauern?», erkundigte sich Vater Sestrielli.

«Wir rechnen mit dreieinhalb bis vier Stunden», antwortete Dr. Martin.

«So lange?» Tomaso warf einen fragenden Blick zum Chirurgen.

Doch der ging nicht darauf ein. «Falls Sie keine weiteren Fragen haben, schlage ich vor, dass wir loslegen.»

Die Anästhesie-Assistentin geleitete den Patienten in einen weiteren Vorraum, während Charlotte dessen Vater eine Etage höher in ein spezielles Zimmer führte. Dieses diente während der Woche als Besprechungs- und Sitzungszimmer, oft auch als Schulungsraum für angehende Mediziner. Durch die Glaswand, die den Raum vom Treppenaufgang und dem weiten, begrünten Lichthof trennte, ermöglichte er einen Blick auf das

Kommen und Gehen in der Klinik. In die mit dunklem Holz verkleidete Seitenwand war ein grosser Flachbildschirm eingelassen.

«Wenn Sie interessiert sind, können Sie die Operation von hier aus live mitverfolgen. Machen Sie es sich bequem. An der Kaffeemaschine dürfen Sie sich nach Lust und Laune bedienen. Schokolade und Bisquits finden Sie auf dem Tablar darüber.»

Charlotte verliess den Raum und begab sich nach unten. Sie war während der Operation als Springerin vorgesehen. Dank ihrer langjährigen Praxiserfahrung konnte sie überall eingesetzt werden, wo gerade Not am Manne herrschte.

Alles war bereit. Tomaso Sestrielli wurde in den Operationsraum gefahren. Dr. Marilyn Steinfels leitete die Narkose ein. Als deren Wirkung einsetzte, begannen Frank und Dr. Melburn mit dem Eingriff. Dieser erfolgte ausschliesslich durch den Mund. Auf diese Weise konnten Hautschnitte im Gesicht vermieden werden. Für den Patienten hatte diese Methode den grossen Vorteil, dass später keine Narben zu sehen sein würden.

Mit einem gezielten Knochenschnitt oberhalb der Zahnwurzeln trennte Dr. Melburn den Knochen des Oberkiefers. Daraufhin verschob er diesen an die neue Position und fixierte ihn mit kleinen Plättchen. Die entstehenden Knochenlücken wurden mit Knochenersatzmaterial aufgefüllt. Dieses hatte nicht nur einen ästhetischen Zweck; es sollte auch die spätere Knochenheilung anregen.

Im Sitzungsraum ein Stockwerk höher sass Vater Sestrielli und starrte auf den Bildschirm. Er, der in der Regel für die Arbeit anderer ausser Kritik oder gar Verachtung nichts übrighatte, musste zugeben: Diesmal war alles anders. Er verspürte Respekt, ja sogar Bewunderung für die Ruhe und die Professionalität, mit welcher sich das Ärzteteam an die Arbeit machte.

Gleichzeitig aber weckte das, was er sah, auch diffuse Ängste in ihm. Was, wenn den Ärzten ein Fehler unterlief? Wenn Tomaso nicht mehr aus der Narkose aufwachen sollte?

Sestrielli litt mit seinem Sohn mit, als läge er selber dort unten auf dem Operationstisch, zugedeckt mit blauen Tüchern. Mit dem einzigen Unterschied, dass er nicht wie Tomaso unter Narkose stand, sondern das ganze Geschehen hellwach miterlebte.

Er verstand jedes Wort, das die Ärzte miteinander wechselten. Er hörte, wenn sie nach einem neuen Skalpell verlangten. Es verspürte kalten Schweiss auf der Stirn, wenn er das Geräusch der Säge hörte, mit der die Ärzte Davides Kieferknochen zertrennten. Er durchlitt Höllenqualen, wenn sie den Oberkiefer mit einem Spreizer auseinander pressten und anschliessend mit Platten und Schrauben am neuen Ort fixierten.

Auf einmal bemerkte Sestrielli auf dem Bildschirm etwas, das ihn im höchsten Masse beunruhigte. Er stellte fest, dass Dr. Martin und der Kieferchirurg wie auf ein geheimes Kommando hin ihre Arbeit unterbrachen. Frank winkte seine Frau zu sich und flüsterte ihr etwas ins Ohr. Sie nickte, dann verschwand sie aus dem Blickfeld der Kamera.

Auch Dr. Martin war nicht mehr zu sehen. Nur Davide lag noch immer bewegungslos auf dem Operationstisch. Ein Mundspreizer sorgte dafür, dass sein Mund offenblieb.

Was geht da unten vor? Sestrielli konnte sich einfach keinen Reim darauf machen.

In diesem Moment klopfte es von aussen an die Glastüre. Es war Charlotte. Sie trat ein.

«Mein Mann bat mich, Ihnen Ihr Handy zu bringen.»

«Mein Handy?», fragte Sestrielli erstaunt. «Jetzt? Wofür denn? Ich dachte, in Ihrer Klinik sei der Gebrauch von Handys grundsätzlich verboten?»

«Da haben Sie recht. Für einmal aber machen wir eine Ausnahme.»

Sestrielli wurde argwöhnisch. «Eine Ausnahme? Wozu?»

«Das werden Sie gleich erfahren.»

Charlotte reichte ihm das Handy und verliess den Raum. Für einen Sekundenbruchteil herrschte Stille. Dann war ein leises Klicken zu hören. Sestrielli eilte zur Türe, um sich zu erkundigen, weshalb die Ärzte die Operation so plötzlich unterbrochen hatten. Doch er kam nicht weit. Die Türe liess sich nicht öffnen. Jemand hatte sie verschlossen.

Sestrielli wusste: Er sass fest.

Die Idee, bei seiner neuen Klinik eine automatische Türverriegelung einzubauen, hatte Frank aus Amerika übernommen. Dort diente sie in Apotheken, Arztpraxen und Spitälern vor allem als zusätzliche Sicherheit gegen den Diebstahl von Medikamenten. Ein solcher war in einigen US-Städten während Monaten geradezu an der Tagesordnung. Dank der Möglichkeit, sämtliche Türen mit einem einzigen Knopfdruck zu verriegeln, konnten die Diebe in jedem Raum, in dem sie sich gerade befanden, festgehalten und von dort aus direkt der Polizei übergeben werden.

In der Schweiz war das Problem zwar nicht akut. Doch Frank hatte, wenn es um die Sicherheit ging, noch nie geknausert. Eines Tages, so dachte er, sind wir vielleicht froh, unsere Räume auf einen Schlag mit einem einzigen Knopfdruck verriegeln zu können.

Dieser Tag war jetzt gekommen.

Auch wenn Sestrielli ahnte, dass kaum Aussicht auf Erfolg bestand, versuchte er, sich aus seiner Falle zu befreien. Er rüttelte und riegelte an der Türe.

Umsonst. Auch mit brachialer Gewalt wie ein paar heftigen Fusstritten schaffte er es nicht. Mit wutverzerrtem Gesicht suchte er schliesslich nach einem festen Gegenstand, mit welchem es ihm eventuell gelingen könnte, die grosse Scheibe mit Aussicht auf das Treppenhaus zu zertrümmern. Er griff nach dem gusseisernen Fuss einer Tischlampe und schleuderte diese mit voller Kraft gegen das Glas.

Doch auch dieser Versuch misslang.

Als sein Blick einen Moment lang wieder auf den Bildschirm fiel, erschien dort plötzlich Frank Martin. Er schaute direkt in die Kamera und damit nach oben zu Luciano.

«Wie Sie sich überzeugen konnten, Sestrielli, ist ein gutes Stück Arbeit getan. Bis wir jedoch zum Ende der Operation gelangen, wird es nochmals etwa zwei Stunden dauern.»

«Und?»

Dr. Melburn und ich haben uns entschlossen, die OP an dieser Stelle vorläufig zu unterbrechen.»

Sestrielli wurde fahl im Gesicht.

«Unterbrechen? Die Operation? Sind Sie wahnsinnig geworden? Sie können doch eine Operation nicht einfach mittendrin unterbrechen!»

«Oh doch, das können wir sehr wohl. Dr. Melburn und ich brauchen eine Pause.»

Jetzt verlor Sestrielli völlig die Fassung.

«Pezzo di merda, verdammter Schweinehund! Und was ist mit meinem Sohn? Wollen Sie den einfach verrecken lassen?»

«Das hängt allein von Ihnen ab», antwortete Dr. Martin ungerührt. «Wenn Sie genau das tun, was ich Ihnen jetzt sagen werde, haben Sie Glück und wir nehmen unsere Arbeit wieder auf. Wenn nicht, kann ich für nichts garantieren.»

«Was soll das heissen?», schrie Sestrielli.

«Dann können wir nicht ausschliessen, dass Ihr Sohn die Operation aus höchst bedauerlichen Gründen nicht überleben wird.»

Der Don raste. Er schrie nach seinem Bodyguard.

«Antonio? Verdammt noch Mal: Antonio, wo steckst du?»

«Hören Sie auf, herumzuschreien!», befahl ihm Frank. «Sie wissen genau, wo Antonio sitzt, nämlich draussen im Wagen. Er kann Sie also nicht hören. Selbst wenn er hier wäre, könnte er Sie nicht hören. Niemand kann Sie hören. Sämtliche Türen sind verschlossen. Weder Sie noch Ihr Sohn können das Haus ohne meine Zustimmung verlassen.»

Jetzt begriff Sestrielli, was vor sich ging. Der Doktor hatte ihn in eine Falle gelockt. Es war Frank Martin, der ihn diesmal in der Hand hatte.

«Was wollen Sie von mir?», fragte er kleinlaut.

«Das fragen Sie mich allen Ernstes, Sestrielli?»

Erneut verschwand Frank aus dem Radius der Kamera. Auf dem Fernsehschirm war erneut nur Tomaso zu sehen. Nach wie vor lag dieser bewusstlos auf dem Operationstisch, das Gesicht zur Kamera gewandt, als wollte er sagen: «Vater, so hilf mir doch!»

Sestrielli ertrug den Anblick nicht länger. Er spürte, wie seine Knie zu zittern begannen. Mit leiser Stimme hauchte er:

«Doktor Martin, bitte! Was verlangen Sie von mir? … So reden Sie doch!»

Nach einer Minute erschien der Arzt wieder im Blickfeld der Kamera. Er blickte nach oben zu Sestrielli. In unmissverständlichem Ton erteilte er ihm seine Anweisung:

«Hören Sie, Sestrielli, wenn Ihnen das Leben Ihres Sohnes auch nur einen Cent wert ist, dann wählen Sie jetzt auf Ihrem Handy die Nummer jenes Kerls, der unsere Beatrice entführt hat und der sie seither als Geisel hält. Sie beauftragen ihn, die Kleine augenblicklich hierher zu bringen. Und zwar ohne Mätzchen und auf dem kürzest möglichen Weg. Haben Sie das verstanden?»

Sestrielli wurde bleich. «Ich weiss nicht, ob ich das schaffe. Der Mann ist viel unterwegs.»

«Das ist Ihr Problem, Sestrielli, nicht meines!» Dr. Martin schaute auf die Uhr.

«Ich gebe Ihnen fünfundzwanzig Minuten. Länger können wir die Operation nicht hinausschieben. Es liegt somit allein bei Ihnen, ob Sie das Leben Ihres Sohnes aufs Spiel setzen wollen.»

Sestrielli war sich bewusst, dass er keine andere Wahl hatte. Mit zittrigen Fingern wählte er die Nummer von Leo Kramer. Es klingelte. Doch statt seinem Mann fürs Grobe meldete sich eine weibliche Automatenstimme: «Die Person, die Sie angerufen haben, ist zurzeit nicht erreichbar. Bitte hinterlassen Sie nach dem Piepston eine Nachricht.»

«Verdammt, Leo, wo steckst du?», schrie er. «Ruf mich augenblicklich zurück!»

Er tippte die Nummer ein zweites Mal ein. Wieder die gleiche Antwort.

«Nun?», erkundigte sich Frank vom OP aus in eisigem Ton. «Bis wann...?»

Sestrielli war der Verzweiflung nahe. «Ich erreiche ihn nicht.»

Auf dem Bildschirm sah er, wie sich Dr. Martin über den Patienten beugte, als wolle er sich vergewissern, dass dieser noch am Leben sei. Dann besprach er sich mit der Narkoseärztin. Das Mikrofon hatte er ausgeschaltet, so dass Sestrielli kein Wort davon mitbekam, was die beiden miteinander beredeten.

Dass der Chirurg zudem in immer kürzeren Abständen nach der grossen Uhr über dem Operationstisch schaute, trieb Sestrielli zur Verzweiflung. Irgendetwas dort unten stimmte nicht. Er wusste nur nicht was.

Die Angst, er könnte seinen Sohn verlieren, raubte ihm die Sinne. Er klammerte sich an den Tisch, der vor ihm stand und richtete seinen Blick gen Himmel.

«Maria, Santa Madre di Dio, per favore, non deluderci ora. Hilf uns!», flehte er.

Als sei die Bitte des Don selbst für den Herrgott nicht nur Wunsch, sondern Befehl, klingelte im selben Moment Sestriellis Handy. Am anderen Ende meldete sich Leo Kramer.

«Ja, Chef, worum geht es?»

«Zum Teufel, wo steckst du, Kramer? ... In der Stadt? ... Und die Kleine? ... Bei der Krasniqi? ... Okay. Jetzt hör mir gut zu. Du holst sie dort jetzt augenblicklich ab und bringst sie auf dem direktesten Weg in die Klinik von Frank Martin. Die Adresse kennst du ja. Und eines sag ich dir: Du musst schneller sein als die Polizei und die Feuerwehr zusammen. Hast du das verstanden? Es geht um Leben und Tod.»

«Aber ...»

«Keine Fragen. Fahr los.»

Nach wenigen Minuten klingelte Sestriellis Telefon erneut.

«Ja?»

«Sie sind nicht zu Hause!»

Leos verzweifelte Stimme war kaum zu verstehen.

Der Don wollte nicht wahrhaben, was er hörte.

«Was heisst: Sie sind nicht zu Hause?», schrie er wutentbrannt. «Dann suche sie gefälligst, verdammt nochmal! Ich sage dir eines, Cazzo, du Schwachkopf: Wenn die Kleine nicht innerhalb von zwanzig Minuten hier ist, werden sie Davide auf dem Operationstisch verrecken lassen. Und weisst du, was das für dich bedeutet? Ich schwöre dir, Leo, dann hat auch deine letzte Stunde geschlagen. Te lo giuro!»

Sestrielli ging zum Kaffeeautomaten und holte sich einen doppelten Espresso. Dabei liess er den grossen Bildschirm nicht aus den Augen. Tomaso lag noch immer im Tiefschlaf auf dem Operationstisch. Um ihn herum passierte gar nichts mehr. Es sah aus, als hätte sich das gesamte medizinische Team verabschiedet.

Luciano Sestrielli stand kurz vor einem Kollaps. Mehr als vierzig Minuten waren inzwischen vergangen, seit der Chirurg die Operation unterbrochen und gedroht hatte, endgültig aufzuhören, sollte seine Tochter Beatrice nicht innerhalb einer Viertelstunde frei gelassen und in die Klinik gebracht werden.

Sestrielli starrte ununterbrochen auf den Bildschirm. Doch nichts tat sich dort unten. Tomaso lag nach wie vor regungslos auf dem Operationstisch. War er überhaupt noch am Leben? Allein der Gedanke, es könnte plötzlich zu spät sein, liess Sestrielli das Blut in den Adern gefrieren.

Er eilte zum Ausgang, um nach Dr. Martin zu rufen. Doch die Tür liess sich nicht öffnen. Sie war verriegelt. Er war ein Gefangener, eingesperrt und ohne Kontakt zur Aussenwelt.

Aber halt: das Handy! Eben noch hatte er damit Leo Kramer erreicht und ihm befohlen, die Kleine augenblicklich in die Klinik zu bringen. Er wählte eine Nummer, dann eine zweite.

Doch jedes Mal kam die gleiche, verdammte Meldung: «Die gewünschte Verbindung kann zurzeit nicht hergestellt werden.»

Voller Wut schmetterte Sestrielli sein Handy auf den Boden, wo es in tausend Stücke zerbrach. Noch nie in seinem ganzen Leben hatte er sich so hilflos und schwach gefühlt.

Wo zum Teufel blieb Leo? Was war mit der Kleinen? Sie müsste doch längst hier sein! Und was, wenn Kramer sie nicht finden konnte? Würde Doktor Martin dann jeden Skrupel über Bord werfen und seinen Patienten sterben lassen?

Er traute ihm alles zu.

Auf einmal ein Hoffnungsschimmer. Obwohl der Raum, in dem er sich befand, schalldicht war, vernahm er von draussen das gedämpfte Klappern von Damenabsätzen. Durch die Glaswand zum Lichthof konnte er erkennen, wie die Frau des Arztes die geschwungene Treppe hinuntereilte und zum Eingang lief.

Im gleichen Moment kam auch auf dem Bildschirm Bewegung auf. Dr. Marilyn Steinfels, die Narkose-Ärztin, erschien im Bild und beugte sich über Davide. Sestrielli fiel ein Stein vom Herzen. Offensichtlich hatte es mit der Übergabe des Mädchens doch noch geklappt und Dr. Martin hielt sein Wort. Die Operation würde weitergehen.

Doch so plötzlich, wie er neue Hoffnung geschöpft hatte, so schnell löste sich diese wieder in Luft auf. Es entging ihm nicht, wie sich der Gesichtsausdruck der Ärztin innert Sekunden verdüsterte. Ihr Blick fiel auf das Kontrollpanel, welches über dem OP-Tisch hing. Hastig begann sie am Ventil der Plastikschläuche zu drehen, durch welche der Patient mit Medikamenten versorgt wurde. Dann rief sie laut nach Dr. Martin. Dieser erschien in Begleitung des Kieferchirurgen Dr. Melburn und liess sich von ihr über den momentanen Status des Patienten informieren.

Auch wenn Sestrielli mit den medizinischen Fachausdrücken, die er lediglich in Form von Gesprächsfetzen mitbekam, wenig anfangen konnte, so gab es für ihn dennoch keine Zweifel: Irgendetwas lief schief da unten. Die aufkommende Hektik im Raum und die besorgten Mienen des Ärzteteams liessen nichts Gutes erahnen.

Im nächsten Moment erkannte Sestrielli selbst als Laie, was die Ursache der Unruhe war: Eine der Wunden an Tomasos Oberkiefer begann zu bluten. Zuerst war es nur ein unscheinbarer roter Fleck auf dem Verbandsmaterial, mit dem die Ärzte die Wunde abgedeckt hatten. Bald aber quoll ein immer stärker werdender Blutstrom aus der Wunde.

Fieberhaft versuchte die Assistenzschwester, die Blutung zu stillen. Sie legte einen frischen Tupfer nach dem anderen auf die Wunde. Gleichzeitig war Dr. Melburn auf der gegenüberliegenden Seite dabei, eine zweite Blutung unter Kontrolle zu bringen.

Frank Martin vergewisserte sich derweilen in den Unterlagen über die Blutgruppe des Patienten.

«AB negativ – auch das noch» rief er. «Wenn es nicht gelingt, die Blutung innerhalb der nächsten paar Minuten zu stoppen, müssen wir mit dem Schlimmsten rechnen. Einen Blutverlust von mehreren Litern überlebt der Patient nicht. Als einzige Möglichkeit bleibt uns eine Transfusion.»

«Barbara», wandte er sich an die zweite Assistentin, «schauen Sie nach, ob wir eine Blutkonserve der Gruppe AB negativ haben. Ich kann es mir allerdings kaum vorstellen. AB negativ zählt zu den seltensten Blutgruppen überhaupt. Rufen Sie augenblicklich bei Meyers Laboratory an. Sagen Sie, es sei dringend. Wir brauchen das Blut allerspätestens in einer halben Stunde.»

Während die Ärzte alles unternahmen, um Tomasos Blutverlust in Grenzen zu halten, wuchs Sestriellis Angst um das Leben seines einzigen Sohnes. Das Wissen, selber nichts für ihn tun zu können, trieb ihn an den Rand des Wahnsinns. Sein Herz raste, er zitterte und schwitzte am ganzen Leib.

Das gleiche Gefühl hatte er schon einmal erlebt. Es war in jener Nacht, als er nach dem Brandanschlag auf sein Haus in Cirò Marina mitten in der Nacht seine geliebte Frau Maria in den Trümmern gefunden hatte und hilflos mitansehen musste, wie sie in seinen Armen starb.

***

Leo Kramer setzte derweil Tod und Teufel in Bewegung, um Lena und die Kleine ausfindig zu machen. Endlich erreichte er sie auf dem Handy.

Lena war mit Beatrice in die Stadt gefahren, um für das Mädchen frische Unterwäsche und ein Nachthemdchen zu kaufen.

«Lass alles stehen und liegen!», befahl ihr Leo. «Bring die Kleine augenblicklich zur Klinik von Frank Martin an der Toblerstrasse ... Weshalb? Frag jetzt nicht! Das erkläre ich dir später. Fahr einfach los, und zwar blitzartig. Stell den Wagen aber nicht direkt vor dem Gebäude ab, sondern zwei Häuser vorher. Dort lässt du Beatrice aussteigen und sagst ihr, sie solle ganz schnell zu Papas Klinik in dem weissen Gebäude laufen. Ihre Eltern würden sie erwarten. Du selbst gehst auf keinen Fall mit ihr. Niemand darf dich erkennen. Du wählst einfach die Nummer, die ich dir jetzt gebe. Es ist die Nummer der Mutter von Beatrice. Nenne keinen Namen, sag lediglich, das Mädchen würde gleich vor der Klinik erscheinen und häng dann wieder auf. Dann gehst du zurück zum Wagen und fährst schnellstens weg. Hast du das verstanden?»

Lena konnte sich keinen Reim darauf machen, was Leo ihr da so hastig aufgetragen hatte. Aber sie hielt sich an seine Anweisungen. Sie notierte die Nummer, die sie anrufen sollte. Dann packte sie Beatrice am Ärmel und verliess mit ihr fluchtartig das Spezialgeschäft für Kinderkleider, das sie eben erst betreten hatten.

Die Kleine konnte nicht verstehen, was das Ganze sollte.

«Warum kaufen wir nicht, was du mir versprochen hast?»

«Das wirst du gleich sehen!», beruhigte sie Lena und stiess sie in den Wagen. Wir fahren jetzt ganz schnell zur Klinik deines Papas. Du darfst heute nach Hause!»

Beatrice konnte kaum glauben, was sie hörte.

«Nach Hause?», fragte sie ungläubig. Es klang fast so, als wäre sie enttäuscht über das, was ihr Lena soeben mitgeteilt hatte.

«Freust du dich denn nicht?»

«Doch, schon», meinte die Kleine, «aber ich hab dich halt auch lieb gewonnen!»

Lena blickte in den Rückspiegel. Ihre Augen füllten sich mit Tränen. Wann hatte ihr jemand das letzte Mal so etwas gesagt?

«Du bist ein wunderbares Mädchen. Ich habe dich auch lieb und werde dich sehr vermissen, wenn du nicht mehr bei uns bist!»

Dann fuhr sie los. Nach einer knappen Viertelstunde erreichten sie die vereinbarte Adresse an der Toblerstrasse. Lena half der Kleinen aus dem Wagen. Sie ging noch ein paar Schritte mit ihr und zeigte auf Frank Martins Klinik.

«Siehst du das weisse Haus dort vorne? Du weisst ja, dort arbeitet dein Papa. Lauf jetzt schnell hin. Ich rufe inzwischen deine Mama an, damit sie dir entgegenkommt.»

Zum Abschied drückte Lena Beatrice an sich. Wieder schossen ihr Tränen in die Augen. Sie hatte das Mädchen in den vergangenen Tagen richtiggehend in ihr Herz geschlossen. Nun musste sie es von einem Augenblick auf den anderen wieder ziehen lassen. Das tat weh.

Traurig blickte sie der Kleinen hinterher. Dann griff sie zum Handy und tat, was Leo ihr aufgetragen hatte.

«Sie ist da?», fragte Charlotte. «Ist das Ihr Ernst? Bitte spielen Sie mir nichts vor!»

Sie konnte kaum glauben, was die Frau am Telefon ihr eben gesagt hatte. Ein Stein fiel ihr vom Herzen. Sie eilte mit dem Handy am Ohr zum Fenster, von welchem aus man Sicht auf die Strasse hatte. Doch wohin sie auch blickte, von Beatrice war weit und breit nichts zu sehen.

«Von wo, sagen Sie, soll sie herkommen?»

Charlotte wurde misstrauisch. «Ich warne Sie, versuchen Sie ja nicht, uns zum Narren zu halten!»

«In einer Minute wird sie bei Ihnen sein», unterbrach Lena sie. «Ich wünsche Ihnen und Ihrer Beatrice von ganzem Herzen alles Gute! Sie ist ein wunderbares Mädchen.»

Charlotte hörte noch, wie die Frau zu schluchzen begann. Dann wurde die Verbindung unterbrochen.

Charlotte informierte Frank über den Anruf. Dann eilte sie nach unten und öffnete die grosse Eingangstüre. Sie trat hinaus auf den Gehsteig und schaute nach links und rechts. Vergeblich. Nichts, nicht die geringste Spur von Beatrice war zu sehen.

Doch dann, als geschehe gerade ein Wunder, entdeckte sie ihre kleine Tochter, keine hundert Meter entfernt. Fröhlich kam die Kleine angetrabt, als wäre sie nie weggewesen.

«Beatrice!», rief Charlotte. «Beatrice, endlich, endlich!» Sie breitete die Arme aus. Die Kleine sprang ihr entgegen und umklammerte Mamas Hals. Dann begann sie zu weinen.

«Es ist alles gut, mein Schatz. Alles ist gut. Gleich fahren wir nach Hause. «

Im ersten Stock wurde ein Fenster geöffnet. Es war Frank. Als er Beatrice sah, die dort unten in Mamas Armen hing, war es auch mit seiner Beherrschung vorbei. Tränen quollen ihm aus den Augen. Er wollte seiner Tochter etwas zurufen, doch er brachte keinen Ton heraus. Sein Hals war wie zugeschnürt. Mehr als ein leises «Mein liebes, kleines Mädchen ist wieder da» brachte er nicht über die Lippen.

Dann schloss er das Fenster und verschwand im Haus.

Unten packte Charlotte ihre Tochter glückstrahlend ins Auto und fuhr mit ihr nach Hause.

Auf der Fahrt nach Erlenbach sprudelte es aus Beatrice nur so heraus, was sie in den vergangenen Tagen alles erlebt hatte. Für Charlotte hörte es sich an, als hätte ihre kleine Tochter gerade eine ereignisreiche Woche in einem Ferienlager verbracht.

«Hast du uns denn die ganze Zeit über gar nicht vermisst?»

«Doch schon, vor allem am ersten Tag. Aber weisst du Mami, Tante Lena war wirklich nett zu mir.»

Und schon plapperte sie munter weiter: «Tante Lena hat gesagt, ich müsse keine Angst haben, der Mann sei gar nicht so böse, wie er aussieht.»

«Welcher Mann denn?», wollte Charlotte wissen.

«Der mich auf dem Schulweg abgeholt und im Auto mitgenommen hatte…»

So ging das weiter, bis sie nach einer halben Stunde endlich zu Hause anlangten.

«Und jetzt musst du mal kurz stoppen, mein Schatz. Papi und Lewin möchten schliesslich auch gerne hören, was du alles erlebt hast. Du gehst jetzt erst mal unter die Dusche, dann ziehen wir dir frische Kleider an.»

***

Gordon Kelly war längst wieder in London. Sandra schwelgte noch immer in Erinnerungen, wenn sie an den letzten Zürcher Besuch ihres Freundes zurückdachte. Wie jedes Mal, wenn sie zusammen waren, hatte sich Gordon als wundervoll zärtlicher, aber auch als leidenschaftlicher Liebhaber erwiesen, dem es immer wieder gelang, ihre Lust zum Explodieren zu bringen.

Und er war ein echter Freund. Ihm konnte sie ihre geheimsten Empfindungen und Gedanken anvertrauen. Er sprach ihr Mut zu, wenn sie am Verzweifeln war. Er hielt aber auch nicht mit Kritik zurück, wenn er den Eindruck hatte, sie verfolge eine falsche Fährte.

Im ersten Moment hatte es sie verletzt, als Gordon ihr im Zusammenhang mit dem mysteriösen New Yorker Investor Warren Jenkins zutraute, sie könnte in die Fussstapfen ihres Vaters treten und dem Mann bei seinen skrupellosen Geschäften auch in Zukunft mit Krediten unter die Arme greifen.

Diesbezüglich hatte sich Gordon gründlich in ihr getäuscht. Dennoch war sie ihm dankbar, denn mit seiner Unterstellung hatte er sie auf ein Risiko aufmerksam gemacht, dessen sie sich bisher in der Tat zu wenig bewusst war: Sollte auch nur der geringste Verdacht an die Öffentlichkeit dringen, die Constaffel Bank würde mit Leuten wie Mr. Jenkins Geschäfte machen, könnte dies für das Unternehmen zu einem Reputationsrisiko werden – mit unabsehbaren Folgen.

Der Gedanke daran liess sie nicht mehr los. In nächtlichen Albträumen sah sie sich von einer Meute von Reportern umringt, die sie mit Fragen löcherten. «Mit wie viel Prozent war Ihr Vater an diesem Kobaltgeschäft im Kongo beteiligt?» «Wusste er, dass in den Minen Kinder für die Drecksarbeit eingesetzt werden?» «Wie viele Kunden sind nach dem Skandal bei Constaffel bereits abgesprungen?»

In der nächsten Nacht stand sie im Traum vor einem Kiosk und las Schlagzeilen wie «Schweizer Banker kassiert schmutziges Geld», «Constaffel-Chef kennt keine Skrupel», «Nobles Zürcher Geldhaus in Schieflage».

Sandra handelte. Sie wandte sich an ihren Vertrauten Walter Hirzel und bat ihn, seine Kolleginnen und Kollegen im Verwaltungsrat über den Fall des mysteriösen Investors und dessen angebliche Beziehung zu ihrem verstorbenen Vater in Kenntnis zu setzen.

An der VR-Sitzung informierte Hirzel das Gremium über den angekündigten Besuch des Amerikaners und dass dieser aus bisher unbekannten Gründen doch nicht zustande gekommen sei.

Was das mögliche Risiko für die Bank anbetraf, beruhigte er die Damen und Herren: «Wir haben sämtliche Bankunterlagen der letzten zwei Jahre durchgekämmt und dabei keinerlei Hinweise auf irgendeine Geschäftstätigkeit mit einem New Yorker Investor namens Jenkins gefunden. Ich sehe deshalb zurzeit keine Gefahr für unser Unternehmen. Ich möchte aber in aller Klarheit festhalten: Dies ist eine Momentaufnahme, mehr nicht. Meine Beurteilung kann sich, je nach Entwicklung der Dinge, jederzeit wieder ändern. So oder so: Um in Zukunft für entsprechende Risiken besser gerüstet zu sein, beantrage ich Ihnen, in Absprache mit Sandra Constaffel, die Corporate Compliance ab sofort zur Chefsache zu erklären.»

Niemand äusserte einen Einwand gegen das Vorhaben. Die Mitglieder des Verwaltungsrates wussten nur allzu gut, dass gerade bei einer Privatbank wie Constaffel die strikte Einhaltung sämtlicher regulatorischer Vorschriften sowie der selbst gesetzten ethischen Standards oberste Priorität haben mussten. Schliesslich lebt eine Bank nicht nur von der Fachkompetenz ihrer Mitarbeiterinnen und Mitarbeiter, sondern ebenso vom guten Ruf, der Glaubwürdigkeit und dem Vertrauen, die sie bei den Kunden geniesst.

Wie schnell auch nur schon der Schatten eines Verdachts auf fragwürdige Geschäftsbeziehungen zu einer Gefahr werden kann, sollte Sandra bereits wenige Tage später erfahren.

***

Major René Walder von der Zürcher Kantonspolizei meldete sich bei ihr und ersuchte um einen Termin noch am selben Nachmittag.

«Ist es denn so dringend?», fragte Sandra.

«Leider ja», schnauzte Walder. «Wir können keine Zeit verstreichen lassen.»

Punkt fünfzehn Uhr stand Walder in Begleitung von Korporal Derungs in Sandras Büro. Beide waren diesmal in Zivil gekleidet.

Walder kam gleich zur Sache.

«Sie haben es vermutlich in der Presse gelesen: Vor ein paar Monaten stiess eine Frau bei ihrem täglichen

Hundespaziergang per Zufall auf eine männliche Leiche. Diese lag unter Büschen versteckt in einem Waldstück bei Langnau am Albis. Der Tote wies schwere Schlag- und Stichverletzungen auf. Diese liessen keine Zweifel daran, dass der Mann einem Gewaltverbrechen zum Opfer gefallen war.»

«Und?», fragte Sandra, «was hat das mit uns zu tun?»

«Wir wissen inzwischen, um wen es sich bei dem Toten handelte: Der Mann stammte aus New York. Sein Name: Warren Jenkins.»

Sandra erbleichte. Da war es wieder, das Gespenst, das ihr seit Tagen den Schlaf raubte.

Der Polizeibeamte liess seinen Blick nicht von ihr ab. «Haben Sie seit unserem letzten Gespräch mehr herausgefunden über diesen Herrn, mit dem Ihr Vater offensichtlich Geschäfte in grossem Umfang zu tätigen pflegte?»

«Leider nein. Ausser meinem Vater hatte – wie ich Ihnen bereits sagte – niemand in der Firma je mit ihm zu tun.»

«Sind Sie da ganz sicher?»

«Ja. Weshalb fragen Sie?»

Nun meldete sich Walders Assistent Derungs zu Wort.

«Der Tote wies Spuren auf, die möglicherweise von seinem mutmasslichen Mörder stammen.»

Sichtlich genervt unterbrach Sandra den Mann. «Und den suchen Sie bei uns?»

«Nicht nur bei Ihnen. Überall, wo wir einen möglichen Bezugspunkt zu finden hoffen.»

Major Walder ergänzte: «Frau Constaffel, können wir auf Ihre absolute Diskretion zählen?»

«Diskretion gehört zu unseren Geschäftsprinzipien.»

«Erkenntnisse aus der bisherigen Untersuchung lassen vermuten, dass einer Ihrer Mitarbeiter mehr weiss über den Toten, als er Ihnen gegenüber behauptet.»

«Sie meinen unseren Finanzchef, Stefan Escher? Soll ich ihn rufen lassen?»

«Ist er denn im Büro?»

Sandra rief Eschers Assistentin an: «Ist Ihr Chef zu sprechen?…Nicht im Hause?…Danke, Frau Laubscher. …Nein, nein, Sie brauchen ihm nichts auszurichten. Ich melde mich wieder.»

Sandra legte auf. «Herr Escher ist auswärts an einer Besprechung. Sie können ihn morgen wieder im Büro erreichen.»

«Das trifft sich gut», meinte Walder. «Wäre es wohl möglich, dass wir uns schon heute kurz in Eschers Büro umsehen könnten? Ohne dass dieser Kenntnis von unserem Besuch erhält?»

Sandra zögerte. Unter normalen Umständen hätte sie das Ansinnen, das Büro eines Mitarbeiters in dessen Abwesenheit zu inspizieren, abgelehnt. Doch seit Eschers merkwürdigem Verhalten nach Jenkins' Nichterscheinen hielt sich ihre Sympathie für den Finanzchef in Grenzen. Die Möglichkeit, einen ungestörten Blick in Eschers Büro zu werfen, kam ihr deshalb nicht ungelegen.

Sie gab ihr Einverständnis. «Wenn es Ihnen weiterhilft, warum nicht!»

«Und wie begründen Sie unseren Besuch gegenüber Eschers Sekretärin?», fragte Walder.

Sandra brauchte nicht lange zu überlegen. «Ich werde Sie als Journalisten vorstellen, die an einer Reportage über unser Haus interessiert sind. Das wird kein Aufsehen erregen. Solche Medienanfragen erreichen uns häufig. Wenn es meine Zeit erlaubt, führe ich die Leute jeweils persönlich durchs Haus, um ihnen einen Einblick in die verschiedenen Arbeitsbereiche zu ermöglichen.»

Da die Beamten nicht in Uniform, sondern in Zivilkleidung erschienen waren, stand dem Vorhaben nichts im Wege. Sandra stellte Eschers Assistentin die beiden Herren als Mitarbeiter der Schweizer Redaktion des britischen Wirtschaftsmagazins «Economist» vor.

«Auch wenn der Chef nicht da ist, dürfen wir dennoch einen kurzen Blick in sein Büro werfen?», erkundigte sich Sandra. «Für ein Interview mit Herrn Escher wird sich Herr Walder dann direkt bei Ihnen melden.»

«Schauen Sie sich nur um», meinte die Vorzimmerdame und liess die Gäste eintreten. Sie war jedes Mal stolz, wenn über ihren Chef ein Bericht in der Zeitung erschien. «Wir haben nichts zu verbergen.»

«Das freut uns. Vielen Dank.» Walder lächelte ihr zu.

Kaum hatte die Sekretärin den Raum verlassen, machten sich die Beamten ans Werk. Im zweiten Schrank, den sie öffneten, entdeckten sie ein paar braune Lederschuhe, die so gar nicht zum übrigen Inventar des Büros passten. Sie waren verschmutzt und mit Lehmspritzern übersät. Ihr Träger hatte sie offensichtlich in grösster Eile ausgezogen und in den Schrank gestellt. Um sie vor neugierigen Blicken zu verbergen, hatte er sie hinter einem Stapel gelesener Finanzblätter versteckt.

Derungs zog sich Gummihandschuhe über und blickte zu seinem Chef. Dieser nickte, worauf Derungs die Schuhe in einen Plastiksack verstaute und diesen in einer mitgebrachten Tragtasche verschwinden liess.

«Endlich mal zwei anständig gekleidete Journalisten! Sogar mit Krawatte», dachte Eschers Sekretärin, als sich die beiden Herren bei ihr bedankten und sich verabschiedeten.

«Grüssen Sie Ihren Chef und richten Sie ihm aus, wir würden uns demnächst wegen eines Interview-Termins melden.»

Auf dem Weg zurück machten die Beamten einen Zwischenhalt beim Forensischen Institut im neuen Zürcher Polizei- und Justizzentrum. Sie übergaben Eschers Schuhe einem Spezialisten für Spurensicherung.

Den Bericht hatte Major Walder bereits am nächsten Morgen auf dem Tisch. Die Analyse der Spuren zeigte eindeutig auf, dass diese identisch waren mit jenen, welche die Forensiker an der Leiche des ermordeten Warren Jenkins gefunden hatten.

Die Schlussfolgerung lag auf der Hand: Der Besitzer der Schuhe musste sich in nächster Nähe der Mordtat aufgehalten haben. Ungeklärt blieb zurzeit nur noch eine Frage: War Escher ein Mittäter? Oder gar der Mörder?

Das Indiz wog schwer. Aber noch fehlte ein eindeutiger Beweis.

Dieser jedoch liess nicht lange auf sich warten. Bereits am frühen Nachmittag fuhren zwei Polizeifahrzeuge bei der Constaffel Bank vor. Major Walder zeigte der Empfangsdame den Durchsuchungsbefehl für Eschers Büro, worauf er sich mit drei Polizeigrenadieren zum Büro von Stefan Escher begab. Ohne anzuklopfen, betraten die Männer das Vorzimmer und stürmten an der verblüfften Assistentin vorbei ins Büro des Finanzchefs. Escher sass an seinem Pult und telefonierte.

Als er die Polizisten bemerkte, unterbrach er das Gespräch. «Entschuldige bitte, ich erhalte gerade Besuch. Ich rufe dich später zurück.»

«Ich fürchte, dazu werden Sie kaum mehr kommen, Herr Escher. Ich verhafte Sie wegen Verdachts auf Mord an Warren Jenkins.»

Walder hielt ihm den Vorführbefehl unter die Augen.

Einen Augenblick lang schien Escher fassungslos. Doch schnell fand er die Sprache wieder.

«Und? Worauf stützt sich Ihre unglaubliche Behauptung? Haben Sie irgendeinen Beweis dafür? Ich verlange, augenblicklich mit meinem Anwalt sprechen zu können.»

«Das ist Ihr gutes Recht. Nur wann dies der Fall sein wird, entscheiden nicht wir, sondern der Staatsanwalt.»

Walder gab den beiden Polizisten ein Zeichen, worauf diese Escher Handschellen anlegte. Sie führten ihn aus dem Büro, vorbei an seiner Sekretärin und an Sandra Constaffel.

Die Bankchefin war in die Finanzabteilung geeilt, nachdem sie von der Dame am Empfangsdesk über den unangemeldeten Besuch der Polizei informiert worden war.

Draussen im Hof stand ein Polizeiwagen mit vergitterten Fenstern. Einer der Grenadiere wies Escher an, auf der hinteren Sitzbank Platz zu nehmen. Der Fahrer verschloss die Hecktüre und fuhr den Verhafteten ins Zürcher Polizei- und Justizzentrum.

Inzwischen hatte Kommandant Walder Sandra Constaffel um eine Unterredung gebeten.

«So wie es aussieht, müssen Sie wohl für längere Zeit auf die Dienste Ihres Finanzchefs verzichten. Der Staatsanwalt wird beim Zwangsmassnahmengericht Untersuchungshaft beantragen. Aufgrund der Ergebnisse der Einvernahme erhoffen wir uns, weitere Hinweise zur Tat zu erhalten. Die bisherigen Abklärungen lassen allerdings kaum Zweifel darüber offen, dass Escher den Amerikaner höchstpersönlich umgebracht hat.»

«Haben Sie denn auch schon irgendwelche Anhaltspunkte für sein Tatmotiv?»

«Leider nein. Diesbezüglich tappen wir zurzeit noch im Dunkeln. Eines allerdings kann ich jetzt schon sagen: Sollte der Herr kein absolut lupenreines Alibi vorlegen können, wo er sich während der Tatzeit aufgehalten hat, wird er die nächsten Jahre hinter Gittern verbringen müssen.»

Sandra durfte gar nicht daran denken, was dies bedeutete – für die Bank, aber auch für sie persönlich. Nicht nur wegen des plötzlichen Ausfalls ihres obersten Finanzverantwortlichen und der dadurch notwendigen Neubesetzung dieser wichtigen Position.

Weit mehr Sorgen als das jedoch bereitete ihr der drohende Reputationsschaden. Sobald nämlich in der Öffentlichkeit auch nur eine Silbe darüber durchsickerte, wonach der mutmassliche Mörder vom Sihlwald bei der Constaffel Bank arbeitete und dort sogar Mitglied der Geschäftsleitung war, würde dies das Familienunternehmen bis auf seine Grundfesten erschüttern und seinen guten Ruf zerstören.

Für die Medien ein gefundenes Fressen, für die Bank hingegen ein absoluter Supergau.

Das Klingeln ihres Handys riss Sandra aus ihren Gedanken. Sie schaltete es auf stumm und wandte sich wieder an Walder.

«Wann haben Sie vor, die Presse über den Fall zu informieren?»

«Das hängt von den Resultaten der Befragung des Täters ab. Und natürlich auch von den Indizien, die sich auf Grund unserer eigenen Nachforschungen ergeben werden. Dabei sind wir auch auf Ihre Unterstützung angewiesen, Frau Constaffel.»

«Woran denken Sie?»

«Indem Sie uns Zugang zu allen Unterlagen und Telefonaten gewähren, die Ihr Herr Escher in den letzten Monaten geführt hat.»

«Sie können auf uns zählen», antwortete Sandra. «Schliesslich sind wir selber an einer raschen und vollständigen Aufklärung interessiert. Im Gegenzug aber habe ich ebenfalls ein Anliegen, um welches ich Sie bitten möchte.»

«Und das wäre?»

«Dass Sie die Möglichkeit prüfen, die Orientierung der Öffentlichkeit in Form einer gemeinsamen Informationsveranstaltung von Polizei und Bank durchzuführen. Sie können sich vielleicht vorstellen, welcher Shitstorm über unsere Bank hinwegfegen wird, sobald die Medien Bescheid wissen über das Ergebnis Ihrer polizeilichen Abklärungen.»

«Ich habe Verständnis für Ihren Wunsch. Aber den müssen Sie sich leider aus dem Kopf schlagen. Ihre Bank ist Geschädigte und somit Partei. Wir hingegen sind die Ermittlungsbehörde.»

Sandra unterbrach ihn: «Okay. Das kann ich nachvollziehen. Dafür habe ich aber eine zweite Bitte, die Sie mir hoffentlich nicht auch noch abschlagen werden.»

Walder schaute sie fragend an, ohne ein Wort zu sagen.

«Dass Sie uns wenigstens einen Tag vor Ihrer Medienkonferenz darüber informieren, was Sie den Journalisten erzählen werden. So können wir die Stellungnahme der Bank mit dem Ergebnis Ihrer Untersuchungen koordinieren und uns auf die zu erwartenden Journalistenfragen vorbereiten.»

Walder dachte einen Moment lang nach. Dann gab er seine Zustimmung: «Einverstanden!»

Sandra atmete auf.

Noch für den gleichen Abend berief sie die übrigen Mitglieder der Geschäftsleitung sowie den Verwaltungsrat zu einer dringlichen Sitzung ein. Einziges Traktandum: Orientierung über den Fall Escher und die Kommunikation nach innen und aussen.

Normalerweise ging es bei den Meetings der obersten Führungsgremien ruhig und gesittet zu und her. Doch diesmal war alles anders. Das Treffen wurde zu einer der turbulentesten Sitzungen, die Sandra je erlebt hatte. Niemand konnte es fassen, dass der stets so seriös wirkende Stefan Escher einer solchen Tat auch nur verdächtigt werden konnte.

Als Sandra die Teilnehmer über die bisher bekannten Ergebnisse der polizeilichen Ermittlungen informierte, wollten es die meisten noch immer kaum glauben. Sie hofften, die Polizei möge sich irren.

Bei der Frage, wie die Bank den Sachverhalt nach aussen kommunizieren sollte, gingen die Meinungen weit auseinander. Die einen sprachen sich für eine sofortige und aktive Information aus.

«So behalten wir das Heft in der Hand. Andernfalls bestimmen die Medien und die Polizei, was unsere Mitarbeiter und die Öffentlichkeit wann erfahren.»

Andere wiederum waren genau gegenteiliger Ansicht. «Warum schlafende Hunde wecken, solange die Tat nicht restlos geklärt ist? Und was, wenn sich letztendlich herausstellen sollte, dass Escher zu Unrecht verdächtigt wird? Und sich der scheinbare Skandal in Luft auflösen würde? Dann sind wir es, die die Gerüchteküche unnötigerweise zum Brodeln gebracht haben – nach dem Motto: ‹Wo Rauch ist, ist auch Feuer›.»

Beide Argumentationen hatten einiges für sich. Sandra bat um einen kurzen Unterbruch der Sitzung. Sie brauchte Zeit, um sich für eine Strategie zu entscheiden. Dann kehrte sie in den Boardroom zurück.

«Ich schlage Ihnen vor, die Information in zwei Etappen durchzuführen. Was die Kommunikation nach innen betrifft, kommen wir nicht darum herum, unsere Mitarbeiterinnen und Mitarbeiter so rasch wie möglich zu informieren. Stellen Sie sich vor, wie unsere eigenen Leute reagieren, wenn Herr Escher morgen früh ohne irgendeine Erklärung unsererseits nicht mehr in seinem Büro erscheint? Dies würde erst recht die erwähnte Gerüchteküche anheizen. Ich habe mich deshalb entschlossen, die Mitarbeiter morgen gleich bei Arbeitsbeginn zusammenzuziehen und ihnen mitzuteilen, dass unser Chief Financial Officer aus persönlichen Gründen für eine Weile ausfallen wird. Seine Stellvertreterin, Frau Dr. Odermatt, werde ihn während dieser Zeit ersetzen. Was die Orientierung der Öffentlichkeit anbelangt, warten wir vorerst ab, bis die Polizei ihre Untersuchungsergebnisse an einer Medienorientierung vorstellt.»

«Sandra, beim besten Willen: Was du uns da vorschlägst, widerspricht doch jeder Logik», warf ein Mitglied der Geschäftsleitung ein. «Stell dir nur mal vor: Die Polizei informiert die Medien und wir hinken dann wie die alte Fasnacht hinterher! Dieses Risiko dürfen und können wir unter keinen Umständen auf uns nehmen.»

Sandra konnte sich ein spöttisches Lächeln nicht verkneifen.

«Lieber Hans Wohlwend, dein Einwand wäre durchaus berechtigt, wenn ich nicht selber auch schon daran gedacht hätte. Aber du kannst beruhigt sein. Ich habe dem zuständigen Polizeioffizier vorgeschlagen, dass wir an einer Medienorientierung gemeinsam über den Fall berichten. Dies musste er aus nachvollziehbaren Gründen ablehnen, um mögliche Interessenkonflikte auszuschliessen. Es gelang mir aber, ihm das Versprechen abzuringen, dass er uns einen Tag vor der Polizei-Pressekonferenz über sämtliche Untersuchungsergebnisse im Detail informieren wird. Auf diese Weise bleibt uns genügend Zeit, um unsere eigenen Erkenntnisse mit denjenigen der Polizei zu koordinieren und uns auf alle denkbaren Journalistenfragen entsprechend vorzubereiten.»

Nach kurzer Diskussion stimmten die Sitzungsteilnehmer dem Vorgehensplan der Chefin zu.

«Kluges Mädchen», lobte sie ihr Mentor und Vertrauter im Verwaltungsrat, Walter Hirzel, als er sich nach der Sitzung von ihr verabschiedete. «Deine Argumente haben überzeugt. Gute Arbeit. Weiter so!»

***

Im Operationssaal der Klinik am Zürichberg wartete das Team verzweifelt auf die Lieferung der dringend benötigten Blutkonserve der seltenen Gruppe AB negativ. Selbst Frank Martin, der sich gewöhnlich durch nichts aus der Ruhe bringen liess, konnte seine Nervosität nicht verbergen. Unablässig tigerte er von einer Ecke des Raumes zur anderen.

Tomaso hatte inzwischen mehr als einen Liter Blut verloren. Sollte das Ersatzblut nicht innerhalb der nächsten zehn Minuten in der Klinik eintreffen, hing das Leben des Patienten buchstäblich an einem seidenen Faden. An eine Fortsetzung der Operation war unter diesen Umständen nicht zu denken.

Dann endlich kam der erlösende Anruf aus dem Labor: «Halten Sie sich bereit. Unser Fahrer ist gleich bei Ihnen.»

Kaum war die Blutkonserve ausgeliefert, nahm Frank Martin die Transfusion vor. Gebannt blickte das Team auf die Überwachungspanels. Nach einigen Minuten begannen sich die Tomasos Werte zu stabilisieren. Auch sein Kreislauf normalisierte sich.

Erleichterung machte sich breit. Frank Martin gab grünes Licht für die Fortsetzung der Operation.

Nach einer guten Stunde legte Dr. Melburn das Skalpell zur Seite und Frank begann mit dem Vernähen der Wunden. Anschliessend wurde der Patient in die Intensivstation verlegt. Diese diente gleichzeitig als Aufwachraum und war, wie die gesamte Klinik, mit Geräten der neusten Generation ausgestattet. Dr. Marilyn Steinfels, die Narkose-Ärztin, übernahm es, zusammen mit einer Assistenzschwester, den Zustand des Patienten während der nächsten Stunden zu überwachen.

Frank schaute inzwischen nach Sestrielli senior. Dieser befand sich noch immer einen Stock höher, gefangen im Sitzungszimmer, von wo aus er die Operation am Bildschirm verfolgt hatte.

«Erfreuliche Nachricht», rief Frank, als er von aussen die Türe aufschloss. «Alles ist gut verlaufen. Wenn Sie wollen, dürfen Sie Ihren Sohn jetzt kurz besuchen. Er ist zwar noch nicht ansprechbar, aber er wird spüren, dass Sie bei ihm sind.»

Erst jetzt stellte Frank fest, dass er zu einem Schlafenden sprach. Sestrielli hatte die glückliche Kunde des Arztes gar nicht mitbekommen. Zwar sass er noch immer auf seinem Stuhl vor dem Bildschirm, doch sein Kopf hing vornübergekippt. Nur ein leises Schnarchen war zu hören.

Frank packte ihn an den Schultern und rüttelte ihn wach. «Aufwachen, Sestrielli!»

«Warum sind Sie nicht im Operationssaal?», fragte dieser, noch völlig benommen.

«Ihrem Sohn geht es gut. Es ist vorüber. Er hat die OP überstanden.»

«Ich muss eingeschlafen sein», meinte Sestrielli entschuldigend.»

«Das braucht Ihnen nicht leid zu tun», beruhigte ihn der Arzt. «Die Sorge um Ihren Sohn und die ganze Anspannung haben Sie offensichtlich so mitgenommen, dass Sie eingenickt sind.»

Hätte ein Aussenstehender in diesem Moment die beiden Männer bei ihrem Gespräch beobachtet, er wäre zum Schluss gekommen, es handle sich um zwei gute, alte Bekannte. Er hätte gesehen, wie der Doktor einen Espresso aus der Maschine liess und diesen dem Don auf einem Tablett servierte.

Kurz darauf verliessen beide den Raum und begaben sich nach unten in die Intensivstation, wo Sestrielli junior gerade aus der Narkose aufwachte.

Dass sein Sohn in allerletzter Minute dem Tod entronnen war, hatte bei Sestrielli etwas ausgelöst, das niemand, der je mit ihm zu tun hatte, für möglich gehalten hätte. Er, der brutale Mafioso, der es gewohnt war, jeden Widersacher, ohne mit der Wimper zu zucken, aus dem Weg zu räumen, zeigte plötzlich menschliche Gefühle. Erleichterung spiegelte sich auf seinem Gesicht. Und Dankbarkeit. Spontan griff er nach der Hand des Doktors und drückte sie.

Dann wandte er seinen Blick wieder auf Tomaso. Als dürfe es niemand sehen, wischte er sich verschämt eine Träne aus den Augen.

«Padre nostro, ti ringrazio!» Dann legte er seine rechte Hand auf dessen Stirn.

«Tomaso, mein Junge, du bist wieder da. Nun wird alles gut!»

***

Der Staatsanwalt hatte Eschers Gesuch stattgegeben. Dieser hatte darum ersucht, bei der polizeilichen Einvernahme seinen persönlichen Anwalt dabei zu haben. So sass denn Roland Schildknecht, Seniorpartner der gleichnamigen Anwaltskanzlei, bei der Vernehmung neben dem Angeklagten. Seit fünf Jahren arbeitete Schildknecht als dessen Vertrauensanwalt. Er stand Escher zur Seite, wann immer dieser in privaten Angelegenheiten rechtlichen Rat und Beistand benötigte.

Der Staatsanwalt hatte bereits mehrere klare Indizien aufgeführt, die eindeutig dafürsprachen, dass es sich beim Verhafteten um den Täter handelte, als ihn Schildknecht plötzlich mit lauter Stimme unterbrach.

«Hören Sie Herr Staatsanwalt. Was Sie bisher an, wie Sie es nennen, Indizien vorgebracht haben, sind doch nichts anderes als reine Vermutungen. Was haben Sie denn in der Hand, ausser ein paar dürftige Verdachtsmomente? Es ist Ihnen nicht gelungen, auch nur einen einzigen stichhaltigen Nachweis dafür zu erbringen, dass Herr Escher etwas mit dem Tod von Warren Jenkins zu tun hat. Ich verlange deshalb, dass mein Mandant noch heute aus der Untersuchungshaft entlassen wird.»

«Moment, Herr Schildknecht. Aufgrund der Spurensicherung haben wir genügend Anhaltspunkte dafür, dass sich Ihr Klient in der Mordnacht am Tatort befunden hat. Solange dieser nicht hieb- und stichfest nachweisen kann, dass er sich zu Jenkins Todeszeit an einem anderen Ort aufgehalten hat, bleibt er in Untersuchungshaft.»

Nach einer kurzen Mittagspause setzte Staatsanwalt Franz Inderbitzin die Einvernahme fort.

«Wo waren Sie, nachdem Sie Frau Constaffel am Sonntagabend gegen einundzwanzig Uhr angerufen und Sie über den für Montag angekündigten Besuch von Warren Jenkins informiert haben?»

Escher musste nicht lange überlegen. «Ich fuhr zum ‹Alten Frieden› in Wiedikon. Dort treffen wir uns jeweils am Sonntagabend im kleinen Freundeskreis und essen eine Kleinigkeit zusammen.»

«Und wer sind diese Freunde, die sich dort treffen?»

«Jagdkollegen, zum Teil auch ehemalige Internatsfreunde aus Zuoz.»

Auf die Frage, was er nach dem Essen unternommen habe, erklärte Escher, er sei gegen elf Uhr nach Hause gefahren.

«Kann das jemand bezeugen?», wollte der Staatsanwalt wissen.

«Leider nicht. Ich lebe allein. Meine Frau ist vor einigen Jahren verstorben.»

«Haben Sie im Laufe des Abends noch mit jemandem telefoniert?», bohrte Inderbitzin weiter.

«Telefoniert? Ich?»

«Vielleicht mit Herrn Jenkins aus New York?»

Jetzt wurde Escher laut. «Was soll diese Frage? Sie wissen genau, dass ich diesen Namen zum ersten Mal in meinem Leben hörte, als mich der besagte Herr am Sonntagabend anrief und seinen Besuch bei der Bank für Montag ankündigte. Also, was soll diese Frage?»

Escher wusste nicht, dass die Polizei inzwischen das Handy des ermordeten Warren Jenkins gefunden hatte.

Es lag versteckt in einem Innenfach einer schwarzen Aktenmappe. Ein Angler hatte diese vor einigen Wochen zufällig unter einem Gestrüpp am Ufer der Sihl gefunden und sie auf dem Polizeiposten von Langnau am Albis abgegeben.

Als die Meldung über das Tötungsdelikt bei den Polizeidienststellen die Runde machte, erinnerte sich der diensthabende Beamte an den Fund. Er nahm die Mappe noch einmal genauer unter die Lupe. Dabei entdeckte er ein kaum erkennbares Innenfach, das er bei der ersten Durchsicht übersehen hatte. Als er den Reissverschluss öffnete, fand sich darin ein Handy. Umgehend schickte er dieses mit der Mappe an das Forensische Institut Zürich.

Die Spezialisten, die mit der Untersuchung des Falles betraut waren, stellten fest, dass die SIM-Karte auf den Namen des Ermordeten lautete. Aus der Anrufliste wurde ersichtlich, dass Jenkins in jener Nacht zwischen dreiundzwanzig Uhr und vierundzwanzig Uhr mehrmals mit Stefan Escher telefoniert hatte.

Auch die New Yorker Polizei war nicht untätig geblieben. Detektive des New York City Police Departments durchforsteten Jenkins' Büro am Hudson River und überprüften sämtliche Telefonnummern, die Warren Jenkins in den letzten Wochen angewählt hatte. Darunter fand sich auch die Handy-Nummer von Stefan Escher in der Schweiz. Nicht weniger als zehn Mal stand dieser in den Tagen vor seiner Reise in die Schweiz mit Stefan Escher telefonisch in Kontakt.

Der Staatsanwalt setzte die Einvernahme des Verdächtigen fort.

«Ich frage Sie noch einmal: Haben Sie an jenem Abend mit Herrn Jenkins telefoniert? Wir wollen von Ihnen keine Märchen hören, sondern die Wahrheit.»

In diesem Augenblick ahnte Escher, dass der Staatsanwalt offensichtlich mehr wusste, als er vorgab. Sein Verteidiger, Rechtsanwalt Schildknecht, hatte ihn auf diese Möglichkeit hingewiesen, als er seinen Klienten auf die kommende Befragung vorbereitete.

«Sollte ich im Laufe des Verhörs diesen Eindruck gewinnen, werde ich Ihnen ein Zeichen geben. Dies ist für Sie dann der Moment, in welchem Sie dem Staatsanwalt gegenüber signalisieren können, Sie wären allenfalls bereit, zumindest ein Teilgeständnis ablegen.»

Als es auch für Escher keine Zweifel mehr gab, dass die Ermittler offensichtlich mehr über sein Verhältnis zu Jenkins wussten, als ihm lieb sein konnte, warf er einen fragenden Blick zu Schildknecht. Als dieser unauffällig nickte, rang er sich zu folgender Aussage durch: «Ich halte noch einmal in aller Form fest: Mit dem Tod des Amerikaners habe ich nicht das Geringste zu tun. Ich gebe aber zu, dass ich in einem Punkt nicht die volle Wahrheit gesagt habe. Ich kannte Jenkins nicht erst seit jenem Sonntagabend, als er mich aus New York anrief.»

«Sondern?» Inderbitzin wurde wütend. «Wie lange kannten Sie ihn denn schon? Und weshalb haben Sie mich und auch Frau Constaffel bisher belogen?»

Escher zögerte. Sichtlich nervös erhob er sich und ging ein paar Schritte in Richtung Fenster. Dann kehrte er zurück und setzte sich wieder. Schliesslich gestand er, dass Alex Constaffel, Sandras Vater und damaliger CEO der Bank, ihn bereits ein Jahr vor seiner Ermordung in die Geschäfte eingeweiht hatte, die er mit Jenkins betrieb.

«Er brauchte jemanden, dem er vertrauen konnte und der vor allem auch über das finanztechnische Know-how verfügte, um das Schwarzgeld, welches er dank Jenkins verdiente, weisszuwaschen. Und zwar so, dass niemand in der Firma oder von der Steuerbehörde Verdacht schöpfen könnte. Anfänglich wehrte ich mich gegen das Ansinnen. Daraufhin drohte mir Herr Constaffel mit fristloser Entlassung, falls ich nicht mitspielen sollte. Gleichzeitig aber stellte er mir eine fürstliche Beteiligung in Aussicht, wenn ich mich bereiterklären würde, meinen Widerstand aufzugeben und mit ihm zusammenzuarbeiten.»

«Und?», fragte Inderbitzin

Escher seufzte. «Was konnte ich tun? Er hatte mich in der Hand. So wurde ich sein Komplize.»

«Weiter, Escher, machen Sies nicht spannend!»

Escher legte gedanklich eine Pause ein, als könne er sich nur mit grösster Mühe an das damalige Geschehen erinnern.

«Wenige Monate später kam Herr Constaffel in Costa Rica auf die bekannte, tragische Weise ums Leben. Rund zwei Wochen später meldete sich Jenkins bei mir. Er kannte mich aus gemeinsamen Sitzungen, an welchen ich jeweils auf Wunsch von Alex Constaffel teilgenommen hatte. Er könne sich vorstellen, meinte der Amerikaner, künftig mit mir zusammenzuarbeiten, nachdem sein guter alter Freund, Gott hab ihn selig, das Zeitliche habe segnen müssen. Gerne würde er von meinem Know-how, meinen Erfahrungen und meinem Beziehungsnetz in der Schweiz profitieren.»

«Und, hat sich das Angebot für Sie gelohnt?», warf der Staatsanwalt ein.

«Jenkins versicherte mir, die Bedingungen blieben die gleichen wie bei Herrn Constaffel. Mit dem einzigen Unterschied, dass nun ich anstelle seines verstorbenen Freundes Provisionen im sechsstelligen Bereich kassieren würde.»

«Und bei solchen Aussichten konnten Sie natürlich nicht Nein sagen?»

«Ich gebe zu: Richtig wohl war es mir bei der Sache von Anfang an nicht. Ich hatte mir deshalb vorgenommen, die Chefin bei passender Gelegenheit über die Kobaltgeschäfte ihres Vaters und seine eigene Verstrickung in die Aktivitäten zu informieren. Ich hoffte, sie würde mir verzeihen, wenn ich mein Fehlverhalten aus freien Stücken eingestehen würde. Als dann aber Frau Constaffel den Posten des CEO übernommen und Werten wie Compliance und Business Correctness oberste Priorität eingeräumt und diese im neuen Leitbild der Bank verankert hatte, wurde mir bewusst, dass sie unter diesen Umständen wohl keine andere Wahl gehabt hätte, als mich fristlos zu entlassen. Was also blieb mir anderes übrig? Job und Einkommen verlieren, indem ich mich selbst stellte? Oder doch besser stillhalten und darauf hoffen, dass meine Einkommensquelle noch möglichst lange weitersprudeln würde?»

«Und Sie haben sich für Letzteres entschieden», stellte der Staatsanwalt nüchtern fest. «Fühlen Sie sich jetzt besser?»

Stefan Escher starrte betreten vor sich hin und schwieg.

«Aber mit dem Tod Ihres Kompagnons haben Sie nach wie vor nichts zu tun?», hakte Inderbitzin nach.

«Wie oft muss ich Ihnen das noch sagen: Nein! Überlegen Sie doch: Weshalb sollte ich einen Mann umbringen, dem ich ein jährliches Zusatzeinkommen von mehr als einer halben Million verdankte? Wären Sie so blöd?»

Der Staatsanwalt enthielt sich einer zynischen Bemerkung, die ihm auf der Zunge lag. Sachlich fuhr er fort:

«Klingt ja ganz gut, Escher, Ihre Version. Aber ich werde Ihnen jetzt mal darlegen, wie wir die Sache sehen. Als Jenkins Sie an jenem Freitagabend anrief und seinen Besuch in Zürich ankündigte, wollte er in Wirklichkeit gar nicht Sie, sondern Frau Constaffel treffen.»

«Woher wollen Sie das wissen?», unterbrach ihn Escher. «Ist doch einmal mehr nichts als eine blosse Behauptung.»

«Pech gehabt, Escher. Ihr Freund Jenkins tätigte seine Anrufe an jenem Freitagabend von seinem Geschäftsapparat aus. Auf diesem liess er sämtliche Gespräche – aus welchen Gründen auch immer – aufzeichnen. Da er Ihnen nicht verriet, weshalb er Sandra Constaffel und nicht Sie sehen wollte, wurden Sie misstrauisch. Und dies zurecht. Sie mussten nämlich befürchten, Jenkins könnte Ihre Chefin über seine Geschäftsbeziehungen mit Alex Constaffel und Ihnen als neuem Profiteur informieren. Für Jenkins stand dabei wenig auf dem Spiel. Für Sie hingegen alles, nämlich Ihr Ruf und Ihr hoch bezahlter Job bei der Constaffel Bank. Um einer fristlosen Entlassung zuvorzukommen, mussten Sie handeln. Und zwar schnell. Sie mussten ein Treffen des Investors mit Frau Constaffel um jeden Preis verhindern. Und dafür sahen Sie nur eine einzige Möglichkeit: Jenkins musste komplett von der Bildfläche verschwinden. Er musste sterben. Die Schmutzarbeit haben Sie höchstpersönlich und eigenhändig erledigt.»

* * *

Am Tag nach der Operation, am frühen Sonntagnachmittag, traf sich das Team um Frank Martin noch einmal in der Klinik. Narkoseärztin Dr. Marilyn Steinfels hatte gute Nachrichten. Während der ganzen Nacht und bis zur Stunde habe der Patient keinerlei postoperationellen Beschwerden gezeigt. Auch die Überprüfung des Wundzustandes und der Blutwerte habe keine Auffälligkeiten zutage gebracht.

Aufgrund des positiven Verlaufes setzte Dr. Martin den Termin für die beiden weiteren Operationen bereits auf das übernächste Wochenende an. Falls aus medizinischen Gründen nichts dagegenspreche – so hatte er Sestrielli versprochen –, würde er nach Möglichkeit bereits zwei Wochen später auch noch das auffällige Schlupflied an Tomasos rechtem Auge entfernen und die Stellung seiner Ohren korrigieren.

Damit sich Tomaso von der Operation erholen konnte, hatte Franks Sekretariat für den Patienten ein Zimmer in einer Rehabilitationsklinik reserviert. Diese verfügte nicht nur über eine renommierte medizinische Abteilung; die Patienten schätzten insbesondere auch die einzigartige Lage inmitten einer weitläufigen Parkanlage mit altem Baumbestand, unmittelbar am Ufer des oberen Zürichsees.

Um Tomaso während dessen Genesungszeit möglichst nahe zu sein, hatte der Don seinen Schweizer Mittelsmann beauftragt, ihm eine entsprechende Unterkunft in der Nähe der Klinik zu organisieren.

Nach einigem Suchen war Leo Kramer in der Rosenstadt Rapperswil fündig geworden. Die Fahrt von dort aus bis zur Reha-Klinik dauerte nicht länger als eine knappe halbe Stunde.

In den ersten Tagen nach der OP legte Sestrielli die Strecke zweimal täglich zurück, um seinen Sohn zu besuchen. Mit Genugtuung stellte er fest, dass es mit Tomaso erfreulicherweise schon nach wenigen Tagen wieder aufwärts ging.

Dr. Martin hatte ihn im Vorfeld der OP darauf hingewiesen, dass Schwellungen und leichte Blutergüsse nach einer Gesichts-OP unvermeidlich seien. Ihren Höhepunkt würden diese in der Regel am dritten Tag erreichen. Sorgen brauche er sich deswegen aber nicht zu machen. Nach rund einer Woche würden diese abklingen. Später seien kaum noch Spuren davon zu erkennen.

Der Arzt hatte nicht zu viel versprochen. Die Heilung verlief planmässig. Auch die Folgeoperationen zwei Wochen später gingen ohne Komplikationen über die Bühne. Jedes Mal, wenn der Don seinen Sohn besuchte, überkam ihn ein Glücksgefühl. Unglaublich, was die Ärzte zustande gebracht hatten!

Auch Tomaso selbst konnte kaum glauben, was er sah, wenn er in den Spiegel schaute:

Nicht nur ein neues Gesicht blickte ihm entgegen. Es war ein anderer, ein neuer Mensch.

***

Bei einem seiner nächsten Besuche in der Klinik informierte Sestrielli seinen Sohn darüber, dass er in einer dringlichen Angelegenheit demnächst nach Italien fliegen müsse.

«Was ist denn so wichtig, Vater?», fragte Tomaso. «Wir wollten doch so bald wie möglich gemeinsam nach Hause reisen?»

«Das tun wir auch, versprochen!», meinte Sestrielli. «Zuvor aber habe ich in Catanzaro noch eine Sache zu erledigen, die bedauerlicherweise keinen Aufschub duldet.»

«Was könnte das nur sein?», wunderte sich Tomaso.

«Ich versichere dir: Du wirst der Erste sein, der es erfahren wird.»

Tomaso wusste: Weiterfragen bringt nichts. Da stösst man bei Vater auf Granit.

Also liess er es bleiben.

Wenige Tage später war es so weit. Sestrielli liess sich von Leo Kramer zum Flughafen in Zürich Kloten chauffieren. Dort wartete der Jet, der ihn in die Hauptstadt Kalabriens brachte.

Nur drei Tage später trat der Don bereits wieder den Rückflug in die Schweiz an.

Kurz nach zwölf Uhr mittags landete seine Maschine in Zürich-Kloten. Leo Kramer erwartete ihn im Executive Terminal von Jet Aviation. Mit einer Limousine fuhren sie von dort auf direktem Weg zur Reha-Klinik am Zürichsee.

Bei ihrer Ankunft erwartete Tomaso sie bereits. Entspannt sass er auf einer Bank neben dem Haupteingang zur Klinik und genoss die wärmenden Strahlen der Frühlingssonne.

Kramer hatte den Motor noch nicht abgestellt, als Sestrielli aus dem Wagen sprang und auf seinen Sohn zueilte. Sein Herz pochte wie wild, als er Tomaso in die Arme schloss.

«Lass dich ansehen!», rief er vor Freude und betrachtete das operierte Gesicht aus allen Perspektiven.

Was er sah, konnte er kaum fassen. Doktor Martin hatte mit der Operation an seinem Sohn ein wahres Wunder bewirkt. Vor ihm stand nicht mehr der oft gelangweilt dreinblickende und nicht selten arrogant wirkende Tomaso. Vor ihm stand ein sympathischer, gut aussehender junger Mann, der Selbstsicherheit und Persönlichkeit ausstrahlte.

«Ich kann es einfach nicht glauben!», rief Sestrielli.

«Vorsicht, Vater, die Narben – auch wenn man sie kaum mehr sieht!»

Stolz und voller Liebe schaute Sestrielli auf seinen Sohn. «Ich sehe keine Narben. Ich sehe nur einen völlig neuen Tomaso vor mir. Wenn schon ich diesen kaum wiedererkenne, wie soll denn je ein Grenzbeamter oder irgendein Polizist wissen, dass du in Wirklichkeit ein ganz anderer bist? Jetzt musst du dich nur noch an deinen neuen Namen gewöhnen.»

«Einen neuen Namen?», fragte Tomaso.

Sestrielli griff in seine Mappe und überreichte ihm einen von der autorità di passa porto in Catanzaro frisch ausgestellten italienischen Pass.

Tomaso schlug ihn auf und stutzte: «Davide Pugliese?»

«So heisst du ab heute. Du wirst dich an den Namen gewöhnen müssen. Davide war der zweite Vorname meines Bruders.»

«Und Pugliese?»

«So hiess die verstorbene Schwester meiner Maria. Jetzt fehlt nur noch dein Bild. Doch der Fotograf ist bestellt. Einen Originalstempel der Passbehörde habe ich dabei.»

Sestrielli senior war der glücklichste Vater, den man sich vorstellen kann. Die gelungene Operation hatte seine kühnsten Erwartungen übertroffen. Nun hatte er endlich einen Sohn, der in jeden Zug und in jedes Flugzeug einsteigen konnte, ohne jedes Mal befürchten zu müssen, ein Beamter der Polizia di frontiera könnte ihn erkennen und auf der Stelle verhaften.

Und vor allem konnte er nun endlich all jene Projekte vorantreiben, bei denen sich Tomaso in der künftigen Funktion als sein Nachfolger bewähren sollte. Beiden, Vater und Sohn, standen ab heute ganz neue Wege offen.

Ein Problem allerdings galt es noch zu lösen: Bevor der Name Tomaso Sestrielli nicht aus allen Fahndungsregistern der Welt für immer gelöscht war, konnte Davide Pugliese nicht offiziell dessen Platz einnehmen.

«Und wie stellst du dir das vor?», fragte Tomaso, als ihn Vater in seine weiteren Pläne einweihte.

«Du musst deine eigene Beerdigung organisieren!»

***

Auch in Erlenbach sah man wieder besseren Zeiten entgegen. Nachdem auch der letzte chirurgische Eingriff an Sestrielli junior erfolgreich verlaufen war, öffnete Frank Martin eine Flasche Château Latour Premier Grand Cru Classé, um mit Charlotte auf den glücklichen Ausgang der Entführung anzustossen. Sie sassen auf ihrer alten Natuzzi-Couch vor dem Cheminée und liessen die Ereignisse der vergangenen Tage und Wochen noch einmal Revue passieren.

«Ich muss dir etwas gestehen», meinte Frank unvermittelt. «Seit ich mit eigenen Augen gesehen habe, wie sich der Mann, der vor keinem Verbrechen zurückschreckt, um seine Ziele zu erreichen, nach der geglückten Operation auf einmal in einen besorgten und geradezu liebevollen Vater verwandelte, empfinde ich beinahe so etwas wie Sympathie für Sestrielli.»

«Aber Frank, ich bitte dich!», antwortete Charlotte ungläubig. «Du scheinst zu vergessen, was er dir, was er uns angetan hat. Nein, meiner Meinung nach gibt es jetzt nur eines: Wir zeigen diesen – wie du sagst – besorgten und liebevollen Herrn unverzüglich bei der Polizei an. Was hindert uns daran? Oder hat er etwa nicht versucht, dich mit getürkten Sex-Fotos zu erpressen? Hat er es mit seinem fiesen Spiel nicht beinahe geschafft, unsere Ehe zu zerstören? Und als er mit seinem Versuch ins Leere lief, griff er zu einem der verwerflichsten Mittel, das man sich überhaupt vorstellen kann: Er entführte unsere Tochter, um dich zu erpressen und damit den Druck auf dich noch einmal zu erhöhen. Nur dank einer glücklichen Fügung haben wir Beatrice schliesslich unversehrt zurückerhalten.»

«War es wirklich eine glückliche Fügung?», fragte Frank zurück. «Haben wir nicht zur gleichen Taktik gegriffen wie er? War das nicht auch Erpressung, als wir die Operation unterbrachen und ihm drohten, so lange nicht weiterzumachen, bis er uns Beatrice unversehrt zurückbringt? War dies etwa keine Erpressung?»

Charlotte dachte darüber nach. Dann blickte sie zu ihrem Mann und musste zugeben: «So habe ich die Sache noch gar nicht betrachtet. Aber vermutlich hast du recht.»

Sie dachte einen Augenblick lang nach. «Ja, natürlich hast du recht – wie fast immer.»

Frank umarmte seine Frau.

«Ist es nicht wunderbar? Von nun an können wir endlich wieder ein ganz normales Leben führen. Schon morgen werden wir mit den Kindern wieder einmal unbeschwert lachen und spielen können. Ich werde wieder arbeiten, ohne jeden Tag befürchten zu müssen, der Herr aus Italien würde mit einem neuen Trick versuchen, uns seinen Sohn als Patienten unterzujubeln. Und du, mein Schatz, wirst deine Post wieder öffnen können, ohne je wieder kompromittierende Fotos darin zu finden.»

«Bist du dir diesbezüglich ganz sicher?»

«Hundertprozentig. Heute beginnt ein neues Leben. Der Albtraum ist zu Ende.»

***

Staatsanwalt Franz Inderbitzin war müde. Schon zum dritten Mal in dieser Woche hockte er Stunden nach Feierabend noch immer im Büro und brütete über dem Fall Warren Jenkins. Jedes Mal, wenn er glaubte, am Ziel zu sein, musste er sich eingestehen, dass ihm noch immer das entscheidende Puzzleteil fehlte: der eindeutige Beweis dafür, dass Stefan Escher für den Mord am Amerikaner verantwortlich war.

Es war bald Mitternacht. Inderbitzin erhob sich von seinem Sessel, um sich die Beine zu vertreten. Er öffnete das Fenster und liess frische Luft herein. Sein Büro im vierten Stock des Gebäudes der Staatsanwaltschaft 1 für schwere Gewaltkriminalität war das einzige, in welchem zu dieser Stunde noch Licht brannte. Die üblichen Geräusche aus dem Quartier waren längst verstummt.

Inderbitzin verschloss die Akten im Wandsafe hinter ihm und löschte das Licht. Er hoffte, zu Hause wenigstens noch ein paar Stunden schlafen zu können. Um sieben Uhr dreissig hatte er bereits den nächsten Termin vor Gericht. Da musste er fit sein.

Auf der Fahrt im Lift nach unten klingelte sein Handy. Am Apparat meldete sich der Leiter der Kriminal-Einsatzabteilung der Kapo Zürich.

«Entschuldige, Franz, die Störung. Ich hole dich hoffentlich nicht gerade aus dem tiefsten Schlaf!»

«Leider nein. Was gibts?»

«Du wirst es nicht glauben: Vor einer Stunde hat sich bei uns ein Mann gemeldet, der behauptet, er sei der Mörder des New Yorker Investors.»

Inderbitzin glaubte, nicht richtig gehört zu haben: «Was sagst du? Der Kerl erklärt, er habe den Amerikaner getötet?»

«So ist es. Er habe den Mann mit einem Vorschlaghammer erschlagen.»

«Halt mich nicht zum Narren! Seit Tagen bin ich daran, Stefan Escher anhand von DNA-Spuren der Tat zu überführen, und nun kommst du mit der Nachricht, irgendein hergelaufener Bursche behaupte, er sei der Täter?»

«Frag ihn selbst! Er sitzt bei uns in U-Haft.»

Das hatte Staatsanwalt Inderbitzin gerade noch gefehlt. Jetzt, wo er gehofft hatte, sich wenigstens für ein paar Stunden aufs Ohr legen zu können, war er zu einer weiteren Einvernahme verpflichtet. Und das mitten in der Nacht. Doch was blieb ihm anderes übrig? Er rief zu Hause an und informierte seine Frau, dass es heute wieder einmal besonders spät werden könnte. Dann begab er sich in den angegebenen Vernehmungsraum.

Der Mann, der ihm bei der Einvernahme gegenübersass, sah nicht gerade so aus, wie man sich gemeinhin einen brutalen Mörder vorstellt. Er wirkte eher wie ein armer Schlucker, der dem Teufel vom Karren gefallen war. Er war von schmächtiger Statur und mochte etwa vierzig Jahre alt sein. Sein schütteres braunes Haar hing ihm in Strähnen in sein bleiches Gesicht. Mit gesenktem Blick und leiser Stimme beantwortete er Inderbitzins Fragen.

Hermann Koller, so hiess der Mann, schilderte, ohne die geringste Gefühlsregung zu zeigen, wie er dem Amerikaner am Ufer der Sihl gefolgt sei. Im Moment, als dieser vor einem Dickicht aus Weiden- und Buchengesträuch haltmachte, habe er ihm den Vorschlaghammer von hinten auf den Kopf gehauen. Als sein Opfer auf dem Boden lag, habe er nochmals zugeschlagen und ihm dabei den Schädel zertrümmert.

«Ich musste sicher sein, dass der Mann wirklich tot ist.»

«So, mussten Sie? Waren Sie allein? Oder hat Ihnen dabei jemand geholfen?»

«Jemand hat mir geholfen», gestand Koller im Flüsterton.

«Beim Töten?»

«Nicht beim Töten.»

«Wann dann?»

«Beim Wegtragen. Der Tote war schwer, mindestens achtzig Kilogramm. Allein hätte ich es nie geschafft, ihn wegzuschleppen.»

Inderbitzin zeigte dem Tatverdächtigen ein Foto von Stefan Escher. «War es dieser Mann, der Ihnen half?»

Koller betrachtete die Aufnahme. Sein linker Mundwinkel zuckte, dann schüttelte er den Kopf.

«Sind Sie ganz sicher?»

«Diesen Mann habe ich noch nie gesehen.»

«Wer hat Ihnen dann geholfen?»

«Ich weiss es nicht. Ich sah den Herrn zum ersten Mal in jener Nacht.»

«Können Sie mir wenigstens sagen, wie der Mann ausgesehen hat?»

«Er war blond.»

«Blond? Und sonst?»

«Ich kann mich an nichts weiter erinnern.»

«Liegt es daran, dass Sie getrunken hatten, bevor Sie den Mann umbrachten?»

Koller starrte vor sich hin, als müsse er darüber nachdenken. Dann bat er um ein Papiertaschentuch und wischte sich damit beide Augen.

Inderbitzin wurde ungeduldig. «Ich frage Sie noch einmal: Standen Sie unter Alkoholeinfluss, als Sie Ihr Opfer töteten?»

Koller senkte den Blick und gestand: «Ohne einen Schluck intus zu haben, geht bei mir nichts.»

Der Staatsanwalt sah ein, dass er auf dieser Spur nicht weiterkam. Aus Erfahrung wusste er, dass es bei gewissen Delinquenten wenig zielführend war, die Befragung auf dem gleichen Strang weiterzuführen und sie so womöglich zu verlieren. So versuchte er es andersrum.

«Vielleicht können Sie mir wenigstens folgende Fragen beantworten: Woher wussten Sie, dass sich der Amerikaner zu dieser nächtlichen Stunde an der Sihl aufhalten würde?»

Der Mann dachte einen Augenblick lang nach. Dann meinte er mit stockender Stimme: «Es war der blonde Herr.»

«Zweite Frage: Warum haben Sie jemanden umgebracht, den Sie noch nie zuvor gesehen haben, der Ihnen somit völlig unbekannt war?»

Der Mann schwieg.

«Beantworten Sie meine Frage!»

«...Weil...weil ich... Geld brauchte.»

«Jetzt kommen wir der Sache allmählich näher. Sie wurden also für den Mord bezahlt?»

«Nein.»

«Was heisst: Nein? Sie sagten doch selbst, Sie hätten Geld gebraucht?»

«Man hat es mir versprochen.»

«Aber Sie haben bisher nichts erhalten? Sind Sie deswegen hier? Um den Betrüger anzuzeigen?»

«Nein.»

«Sondern?»

«Weil es mir leidtut.»

«Was tut Ihnen leid?»

«Dass ich ihn getötet habe.»

«Sie geben also zu, den Mann getötet zu haben?»

Koller zögerte kurz. Dann sagte er mit fester Stimme: «Ja.»

Mit diesem Geständnis liess es der Staatsanwalt vorderhand bewenden.

Abgeschlossen aber war damit der Fall Jenkins noch keineswegs. Zu viele Fragen blieben ungeklärt: Wer hatte den Mord veranlasst? Wer hatte dem Mörder Geld angeboten? Welche Absichten verfolgten die Hintermänner der Tat?

Staatsanwalt Inderbitzin gab dem anwesenden Polizeibeamten ein Zeichen, worauf dieser Hermann Koller Handschellen anlegte. Dann wandte er sich an den mutmasslichen Täter:

«Herr Koller…»

«Ja?»

«Ich klage Sie an wegen vorsätzlicher Tötung von Warren Jenkins.»

***

Die Kathedrale dei Santi Pietro e Paolo in Lamezia Terme war bis auf den letzten Platz besetzt. Alle waren sie gekommen, Verwandte und Freunde der «Familie», um von Sestriellis Sohn Tomaso Abschied zu nehmen, vor allem aber auch, um dem Don die Ehre zu erweisen und ihm ihr Beileid zu bekunden. Zwei wichtige Consiliere und einige ihm besonders nahestehende 'Ndranghetisti befanden sich ebenso unter den Trauergästen wie zahlreiche prominente Vertreter aus Politik, Behörden und Wirtschaft.

Die Nachricht von Tomaso Sestriellis plötzlichem Tod hatte alle überrascht, gleichzeitig aber auch mit Besorgnis erfüllt. In salbungsvollen Worten würdigte Bischof Spadafora das Leben und die Verdienste des Verstorbenen, doch kaum jemand hörte ihm zu. Die meisten waren in Gedanken ganz woanders. Sie versuchten herauszufinden, welche Auswirkungen der unerwartete Hinschied für ihre eigene Zukunft haben könnte. Die Antwort hing nicht zuletzt davon ab, wen der Don zu seinem Nachfolger erküren würde.

Keiner der Anwesenden konnte die Frage beantworten. Nur eines war allen bewusst: Je nachdem, wem der Don das Familienzepter in Zukunft übertragen würde, könnte das für jeden einzelnen weitreichende Folgen haben. Und zwar nicht nur für sie persönlich, für die eigene Familie und ihre Geschäfte, sondern ebenso für das Ansehen und den künftigen Stellenwert, den sie in der Gesellschaft einnehmen würden.

Als die Trauerfeier zu Ende war, versammelten sich die Männer in kleinen und grösseren Gruppen auf dem Vorplatz und auf den beiden Treppen, die seitlich zur Kathedrale hinaufführten. Die Gespräche drehten sich vor allem um einen jungen Mann, der während der Abdankung in der ersten Reihe neben dem Don gesessen hatte. Keiner der Anwesenden hatte ihn je zuvor gesehen.

Gerüchte machten die Runde. Es handle sich um einen nahen Verwandten des Don. Er lebe in den USA, glaubten die einen zu wissen. Andere wiederum mutmassten, Sestrielli habe seine Nachfolge bereits geregelt. Wem sonst hätte er den Ehrenplatz direkt zu seiner Rechten bei einem so bedeutenden Anlass wie der Totenfeier für seinen verstorbenen Sohn zugewiesen?

Das Gerücht verdichtete sich, als jemand berichtete, er hätte mit eigenen Augen gesehen, wie Luciano den Unbekannten als einzigen der Trauergäste eingeladen habe, neben ihm in der schwarzen Limousine Platz zu nehmen. Daraufhin habe der Wagen das Kirchengelände mit unbekanntem Ziel verlassen.

***

uf der Fahrt nach Hause überkam Sestrielli plötzlich ein Anflug von Heiterkeit.

«Gratuliere! Das war eine Meisterleistung, Tomaso!», lobte er seinen Sohn.

«Vater, mach bitte keine Fehler!», antwortete dieser. Du sprichst mit Davide Pugliese und nicht mit Tomaso. Letzterer ruht in einem gestickten weissen Hemd in dem schwarzen Sarg, den wir gerade in der Kathedrale zurückgelassen haben.»

«Du hast recht, mein Sohn. Aber erzähle mir: Wie kam es überhaupt zu deinem bedauernswerten Hinschied?», fragte Sestrielli.

«Ich habe mich selber umgebracht.»

«Was sagst du? Selbstmord also?»

Davide konnte sich ein spitzbübisches Schmunzeln nicht verkneifen, als er seinem Vater die von ihm erfundene Geschichte seines schrecklichen Todes schilderte.

«Kein Selbstmord. Nur ein dummer Unfall. Ich hatte mir eine MP7 gekauft. Du hast bestimmt von der neuen Waffe gehört. Sie ist kompakt gebaut, leicht im Gewicht und nahezu rückstossfrei beim Schuss. Ich habe sie ausprobiert und dann weggelegt. Ich war mir hundertprozentig sicher, dass ich das Magazin leergeschossen hatte.

Das war leider ein folgenschwerer Irrtum. Im Lauf befand sich noch immer ein Geschoss. Als ich die Waffe wieder aufnahm, löste sich ein Schuss. Dieser traf mich mitten in die Lunge.»

«Deine Fantasie! Du hast sie nicht verloren», staunte Sestrielli. «Ich erinnere mich, wie du mir und Mama schon als kleiner Junge die verrücktesten Geschichten aufgetischt hast, die nicht ein einziges Körnchen Wahrheit enthielten. Und wie war das mit den Papieren?», wollte Sestrielli weiter wissen. «Jemand musste ja schliesslich deinen Tod offiziell bescheinigen?»

«Das Unglück geschah in Milano. Pierino, unsere treue Seele, war mit mir. Ich schickte ihn zu unserem dortigen Anwalt, dem er meinen Tod meldete. Avocato Demonti verfügt, wie du weisst, vielfältige Beziehungen zu wichtigen Persönlichkeiten der Stadt. Sein Vertrauensarzt stellte eine ärztliche und damit offizielle Bestätigung meines bedauernswerten Todes aus. Er steckte sie in einen Umschlag und drückte diesen Pirino in die Hand. Die Nachricht vom tragischen Unglücksfall liess er mit allen nötigen Details einem ihm ergebenen Journalisten zukommen. Dieser leitete sie an die wichtigsten News-Portale weiter. Zuvor hatte er über einen anderen seiner Gewährsleute die zuständigen Amtsstellen informiert, u. a. die Polizia giudiziaria von Mailand, das Einwohneramt von Lamezia Terme sowie den Hauptsitz von Interpol in Lyon.»

Danach ging alles sehr schnell. Der internationale Haftbefehl gegen Tomaso Sestrielli wurde noch gleichentags gelöscht.

Auch was die kirchliche Abdankung und das ganze Drumherum wie Todesanzeigen, persönliche Benachrichtigungen, etc. anging, hatte Sestrielli junior ganze Arbeit geleistet. Mit der Organisation der Beerdigung hatte er das Bestattungsunternehmen «Impresa di pompe funebri» von Alessio de Luca betraut.

Alessio war seit vielen Jahren ein Freund der Familie und genoss das uneingeschränkte Vertrauen des Don. Jedes Mal, wenn ein Clan-Mitglied oder ein Angehöriger von der irdischen Welt abberufen wurde, war sein Unternehmen für eine würdevolle Beisetzung verantwortlich. Dieses Privileg hatte Alessio zu einem wohlhabenden Mann gemacht. Und er wusste es dem Don zu danken.

Selbstverständlich hatte Alessios Leute keine Kenntnis davon, wen sie diesmal zu Grabe trugen. Wie immer aber liess der Bestatter Sestrielli wissen, wie sehr er ihn verehre und dass er ihm, wie immer, lediglich einen Freundschaftspreis in Rechnung stellen werde.

«Und wer lag denn nun wirklich in der Kiste?», wollte der Don wissen.

«Niemand. Ausser einem rund achtzig Kilogramm schweren Felsbrocken aus der Sila rande.»

***

Lena Krasniqi war aufgebracht. Noch immer wartete sie auf das Geld, das ihr Leo Kramer versprochen hatte. Es war das vereinbarte Entgelt dafür, dass sie sich bereit erklärt hatte, die kleine Beatrice für eine Weile bei sich aufzunehmen. Seither waren bereits mehr als zwei Monate vergangen und sie hatte noch keinen Rappen von der Entschädigung gesehen, die ihr Leo für ihren Dienst versprochen hatte.

Aber nicht nur deswegen war sie wütend. Sie wusste inzwischen, dass Leo sie mehrmals angelogen hatte. Als sie dann auch noch Zeugin wurde, mit welcher Brutalität der Mann mit der Kleinen umging und wie er ihr gar mit dem Tod drohte, falls sie ihm nicht gehorchen sollte, wandelte sich ihre Wut in blanken Hass. Erst recht, wenn sie daran dachte, dass Leo für die Entführung womöglich eine fünfstellige Summe kassierte, ihr gegenüber aber den armen Mann spielte, der zurzeit leider nicht in der Lage sei, ihr den versprochenen Betrag auszubezahlen.

Lena sann auf Rache. Seit sie erfahren hatte, wer die Eltern von Beatrice waren und wo die Familie wohnte, kam ihr der Gedanke, wie sie zu ihrem Geld kommen könnte. Und zwar schnell.

Als Leo sich nach mehreren Tagen mal wieder bei ihr meldete, sah sie die Stunde der Vergeltung gekommen.

«Hättest du Lust, heute Abend auf einen Apéro zu mir zu kommen?», säuselte sie am Telefon.

Erfreut sagte Leo zu. Mit der Einladung – so glaubte er – wolle sie ihm signalisieren, dass sie ihm nicht mehr böse war. Vielleicht aber brauchte sie einfach auch mal wieder einen Mann im Bett? Und gegen ein schnelles Nümmerchen hatte er durchaus nichts einzuwenden.

Der Abend verlief allerdings anders, als er es sich vorgestellt hatte. Kaum hatten sie auf der Couch Platz genommen, kam Lena zur Sache.

«Wo ist mein Entgelt?»

«Was meinst du mit ‹Entgelt›?» Leo spielte den Ahnungslosen. «Wovon sprichst du?»

«Ich spreche von den drei Tausendern, die du mir schuldest.»

«Ach, komm, Lenchen, verdirb uns doch jetzt nicht den Abend! Du bekommst dein Geld. Spätestens nächste Woche.»

«Ich will es aber jetzt. Verstehst du: Jetzt. Also rück die Scheine raus!»

«Ich hab keine Scheine, so glaub mir doch.»

Zum Beweis griff Leo in seine beiden Hosentaschen und kehrte sie nach aussen.

Lena wurde laut. «Ich habe gesagt: Jetzt!»

«Du siehst doch: Sie sind leer.»

«Wie du willst. Dann bleibt mir nichts anderes übrig, als einem gewissen Herrn Dr. Frank Martin einen kleinen Wink zuhanden der Polizei zu geben. Diese ist bestimmt nicht abgeneigt, den Namen jenes Herrn zu erfahren, der Franks Tochter entführt hat und wo dieser Herr zu finden ist.»

Kramer lachte höhnisch.

«Du bist dümmer, Lena, als ich dachte. Bist sogar so blöd, dass du nicht einmal merkst, dass du dir damit den Ast absägen würdest, auf dem du selber sitzt. Wer hat denn die Kleine bei sich zu Hause versteckt? Wer hat sie aufgenommen – gegen Geld?»

Lena liess sich nicht aus der Ruhe bringen.

«Du hast recht, Leo. Ich habe sie in meiner Wohnung aufgenommen – gegen Geld, richtig. Aber ich habe mir nichts vorzuwerfen. Ich habe für sie gesorgt, habe Essen für sie gekocht und ihr neue Kleider gekauft. Und vor allem: Ich habe sie gegen deine Wutausbrüche in Schutz genommen und sie damit vor dem Schlimmsten bewahrt. Sollen sie mich dafür in den Knast stecken, von mir aus. Ich habe ein reines Gewissen. So. Und jetzt: Ende der Diskussion. Rück sie raus: drei Scheine.»

Kramer wusste, dass sie am längeren Hebel sass. Sollte es tatsächlich zur Anzeige kommen, müsste Lena im schlimmsten Fall mit einer bedingten Strafe wegen Beihilfe zur Kindsentführung rechnen. Er dagegen, als Haupttäter, würde für die nächsten zehn Jahre in den Knast wandern.

Mit wutverzerrter Miene griff er in die Innentasche seines Jacketts, klaubte drei Tausender-Noten heraus und warf sie auf den Couchtisch. Wortlos stand er auf und ging Richtung Korridor. Unter der Türe drehte er sich noch einmal um und zischte:

«Mach ja keine Fehler, dumme Schlampe!»

* * *

Dass ein Mörder sich freiwillig der Polizei stellt, weil er seine Tat bereut, hatte Staatsanwalt Franz Inderbitzin in all den Jahren, in denen er in Mordfällen ermittelte, noch nie erlebt. Er beschloss, bei der nächsten Einvernahme von Hermann Koller einen geschulten Polizeipsychiater beizuziehen. Er wusste: Ein Spezialist, der sich in den Abgründen der menschlichen Psyche auskennt, vermag einem Tatverdächtigen oft mehr zu entlocken als ein gewöhnlicher Fahnder.

Eines immerhin stand für ihn fest: Jemand hatte versucht, ein Opfer zu finden, das bereit war, für Geld einen Mord zu begehen. Und dieser Jemand konnte - nach dem jetzigen Stand der Ermittlungen - niemand anderer sein als Stefan Escher, der Finanzchef der Constaffel Bank.

Die gleiche Gewissheit hätte er auch gerne in Bezug auf jenen Mann gehabt, der sich selbst des Mordes an Warren Jenkins bezichtigte. Doch je länger er über dessen Geständnis nachdachte, umso unglaubwürdiger wurden für ihn die Aussagen des Mannes.

Bestärkt wurde er in seinem Zweifel auch durch das Gutachten, welches der Polizei-Psychiater nach langen Gesprächen mit dem mutmasslichen Täter erstellt hatte. Es zeigte das typische Bild einer gespaltenen Persönlichkeit. Gemäss dem Spezialisten ist eine solche häufig auf Entwicklungsstörungen während der Kindheit zurückzuführen.

In der Tat hatte sich Hermann Koller schon in seiner frühsten Jugend von seinen Eltern vernachlässigt gefühlt. Deren ganze Liebe und Aufmerksamkeit hatten - so nahm er es wahr - ausschliesslich seiner älteren Schwester gehört.

Der kleine Hermann begann, unter Minderwertigkeitsgefühlen zu leiden, später auch unter Angstzuständen und Depressionen. In der Schule galt er als Versager. Dabei gab er sich alle Mühe und versuchte stets, sein

Bestes zu geben. Er wollte es allen recht machen und vermochte niemandem Nein sagen.

Das brachte ihm zwar Freunde ein, aber es waren meistens die falschen Freunde.

Später, nach Abschluss der Schulzeit, begann er eine Lehre als Spengler. Doch auch in der Werkstatt erging es ihm ähnlich wie seinerzeit in der Schule: Er fühlte sich als Fremdkörper und seine handwerklichen Fähigkeiten entsprachen nicht den Erwartungen seiner Vorgesetzten.

Bereits nach wenigen Monaten brach er die Lehre vorzeitig ab. Er versuchte, sich mit Gelegenheitsjobs über Wasser zu halten. Doch das Geld, das er damit verdiente, reichte nirgendwo hin. Seine finanzielle Situation wurde immer prekärer. Als er schliesslich begann, seine Sorgen in Alkohol zu ertränken, war es um ihn geschehen.

In der Verzweiflung nahm er schliesslich auch Jobs an, die so gar nicht im Einklang mit seinem grundehrlichen Charakter und seinem Empfinden für Recht und Ordnung standen.

Staatsanwalt Inderbitzin fragte sich: Hatte Koller den Amerikaner eventuell doch unter Alkoholeinfluss getötet? Mordete er, wie er behauptete, nur aus finanziellen Gründen?

Und was ist von seiner Aussage zu halten, er habe sich gestellt, weil er die Tat bereue? War ein so schmächtiger Mann mit der geschilderten Persönlichkeitsstruktur überhaupt in der Lage, einen Menschen mit einem Vorschlaghammer umzubringen? Auch wenn bei den Labortests tatsächlich DNA-Spuren des Opfers auf seiner Jacke gefunden wurden?

Fragen über Fragen, auf die Inderbitzin keine Antwort fand. Für eine Verurteilung aber brauchte er handfeste Beweise. Diese mussten auch vor jedem Gericht standhalten. Je länger der Fall ungeklärt blieb, umso heikler wurde die Situation für den Staatsanwalt selber. Täglich bestürmten ihn die Medien. Sie wollten wissen, wie weit er denn bei seinen bisherigen Ermittlungen gekommen sei und wann er den Fall abzuschliessen hoffe.

Zudem begann Eschers Verteidiger, Druck auf die Untersuchungsbehörden auszuüben. Er drohte, die Angelegenheit an die Öffentlichkeit zu bringen, sollte sein Klient nicht umgehend aus der Haft entlassen werden. Er berief sich dabei auf die Tatsache, dass die Polizei über das Geständnis eines Mannes verfügte, der sich selbst der Tat bezichtigt hatte. Gegen seinen Klienten Escher hingegen liege nicht ein einziger, stichhaltiger Beweis dafür vor, dass er am Mord im Sihlwald auch nur beteiligt war.

Diesem Argument hatte der Staatsanwalt vorderhand nichts entgegenzusetzen. Es blieb ihm nichts anderes übrig, als Stefan Escher gegen Kaution auf freien Fuss setzen.

***

Sandra Constaffel war alles andere als erleichtert, als sie von der vorläufigen Entlassung Eschers aus der U-Haft erfuhr. Längst hatte sie jedes Vertrauen in ihren Finanzchef verloren. Sein merkwürdiges Verhalten im Zusammenhang mit dem Nichterscheinen des angeblichen Geschäftsfreundes ihres verstorbenen Vaters liess ihr keine Ruhe. Auch Eschers Behauptung, er habe während Jahren nichts von den Geschäften gewusst, die ihr Vater neben seiner offiziellen Tätigkeit als Vermögensverwalter betrieb, wirkte auf sie immer unglaubwürdiger.

Andererseits war ihr auch bewusst: Sollte sich herausstellen, dass Stefan Escher tatsächlich zu Unrecht verdächtigt wurde und er nichts mit dem Mord an Jenkins zu tun hatte, blieben ihr viel Ärger und und der Bank mögliche Reputationsschäden erspart.

Als sich Escher nach seiner Entlassung aus der U-Haft telefonisch bei ihr meldete, nahm sie den Anruf mit höchst gemischten Gefühlen entgegen. Frohlockend kündigte Escher an, er werde am Montag wie gewohnt im Büro aufkreuzen und seine Arbeit wieder aufnehmen. Der Staatsanwalt habe ihm, wie erwartet, nicht das Geringste nachweisen können, erklärte er. Die Behörden hätten deshalb keine andere Wahl gehabt, als ihn unverzüglich aus der Untersuchungshaft zu entlassen.

«Der Verdacht, ich hätte den Amerikaner umgebracht oder sei zumindest ein Mittäter, hat sich in Luft aufgelöst», höhnte er. «Vor allem, seit sich der wirkliche Mörder der Polizei gestellt und ein umfassendes Geständnis abgelegt hat.»

Von dieser Entwicklung und dem Geständnis hörte Sandra in diesem Moment zum ersten Mal.

«Jemand hat sich gemeldet? Und den Mord gestanden?», fragte sie ungläubig.

«Sprich mit dem Staatsanwalt! Er wird dir alles erklären.»

Escher hängte auf.

Für Sandra Constaffel wurde die Angelegenheit immer verwirrender. Wer, um Himmels willen, war denn noch in den Fall verwickelt? Sie rief bei Staatsanwalt Inderbitzin an. Dieser bestätigte Eschers Aussage. Zur Person des Mannes, der sich selbst zum Mord bekannt hatte, wollte er sich aber nicht äussern. Die Abklärungen seien noch im Gange, beschied er ihr.

Der Gedanke, dass Escher am Montag einfach wieder auftauchen und seinen Platz im Büro einnehmen würde, als wäre nichts geschehen, beschäftigte Sandra das ganze Wochenende über. Sie hatte sich längst mit der Absicht vertraut gemacht, Eschers Stelle neu zu besetzen. Entsprechende Gespräche hatte sie bereits auch mit ihrem Vertrauten, Walter Hirzel, und mit dem Gesamtverwaltungsrat geführt.

Man war sich einig: Wie immer der Fall ausgehen würde, an eine weitere Zusammenarbeit mit Escher als Finanzchef war unter den gegebenen Umständen nicht zu denken. Erste Kunden waren auch schon mit kritischen Fragen an die Geschäftsleitung gelangt. Aus den Medien hatten sie über eine mögliche Verstrickung des Finanzchefs in das Verbrechen an der Sihl erfahren.

Doch nun, da Eschers Unschuld quasi amtlich bestätigt schien, sah alles wieder anders aus. Zumal er immerhin seit Jahren für die Bank gearbeitet und den Erfolg des Unternehmens entscheidend mitgeprägt hatte.

Dennoch beschloss Sandra, an der vom Gesamtverwaltungsrat beschlossenen Trennung festzuhalten. Sie hoffte, mit Escher eine gütliche Einigung aushandeln zu können.

Dass das Gespräch mit ihm kein leichter Gang werden und die Bank eine beträchtliche Abfindungssumme kosten würde, war ihr bewusst. Doch eine andere Lösung als die Trennung kam auch für sie nicht infrage.

Um sich auf das Treffen vorzubereiten, verzichtete Sandra auf ihren üblichen Sonntagsspaziergang entlang der Limmat. Stattdessen arbeitete sie während über zwei Stunden am Entwurf einer Austrittsvereinbarung. Immer wieder fielen ihr notwendige Ergänzungen und treffendere Formulierungen ein.

Das fertige Papier umfasste schliesslich alle wichtigen Einzelheiten für die sofortige Freistellung Eschers sowie ein grosszügiges Vergütungspaket. Sie hoffte, dieses würde ihm die Annahme der Vereinbarung erleichtern und den Abgang finanziell versüssen.

Am Montag, pünktlich um vierzehn Uhr, betrat Escher Sandra Constaffels Büro. In aufgeräumter Stimmung begrüsste er die Chefin und begann umgehend, sich einmal mehr spöttisch über die vergeblichen Versuche des Staatsanwaltes auszulassen, ihm den Mord an Warren Jenkins anzuhängen.

«Stefan», unterbrach ihn Sandra, «Du kannst dir jedes weitere Wort sparen. Wir, die Geschäftsleitung und der Verwaltungsrat, sind zum Schluss gekommen, ab sofort auf deine Dienste für unser Haus zu verzichten.»

Escher wurde bleich. Mit einer solchen Nachricht hatte er nicht gerechnet. Im Gegenteil: Er war davon ausgegangen, dass man bei der Bank glücklich sei über seine Entlassung aus der Haft und damit über die Bestätigung seiner Unschuld.

Nachdem er sich vom ersten Schock erholt hatte, setzte er zu einer Entgegnung an.

«So einfach, wie ihr euch das vorstellt, werdet ihr mich nicht los. Die besten Jahre meines Lebens habe ich mich für die Bank eingesetzt. Und das soll nun der Dank dafür sein? Ich sage nur eines: Das wird euch teuer zu stehen kommen!»

Sandra ging nicht auf die Drohung ein. Dafür schwenkte sie die Abgangsvereinbarung vor seinem Gesicht.

«Lies das durch. Mehr liegt nicht drin.»

Escher überflog den Inhalt, dann wurde er laut. «Mit diesem Fetzen Papier, glaubt ihr, sei die Sache erledigt? Da täuschst du dich aber gewaltig, Sandra», rief er. «Wir sehen uns wieder – spätestens vor dem Arbeitsgericht.»

Escher erhob sich und machte sich daran, den Raum zu verlassen.

Im gleichen Augenblick öffnete sich die Türe einen Spalt breit und Sandras Assistentin Lilly schlüpfte herein. «Sorry für die Störung», entschuldigte sie sich und wandte sich an Sandra: «Drei Herren wollen dich sprechen. Es sei dringend.»

«Richte ihnen aus, ich sei mitten in einer Unterredung. Sie möchten so lange draussen warten!»

Lilly rückte noch näher an Sandra und flüsterte ihr ins Ohr: «Es geht um ihn!»

Sandra nickte. Und zu Escher: «Entschuldige! Bin gleich zurück.»

Sie verliess den Raum. Im Vorzimmer warteten Major René Walder von der Kantonspolizei mit zwei seiner Mitarbeiter.

«Schlechte Nachrichten, Frau Constaffel. Ihr Finanzchef … wir müssen ihn wieder festnehmen.»

Ohne auf eine Antwort zu warten, öffneten die Polizisten die Türe zu ihrem Büro. Sie trafen auf einen völlig verdutzten Stefan Escher.

Als ahnte dieser, was auf ihn zukommen würde, erhob er sich von seinem Sessel, setzte sich aber gleich wieder hin und schlug die Beine übereinander. Selbstsicher, als hätte er nichts zu verlieren.

«Was wollen Sie mir denn diesmal unterschieben?», fragte er in arrogantem Ton. «Ich dachte, die eine Blamage, die Sie kassierten, würde Ihnen genügen!»

Major Walder liess sich nicht provozieren.

«Herr Escher, ich verhafte Sie wegen des Verdachts auf Tötung von Warren Jenkins.»

Einen winzigen Augenblick lang zeigte sich auf Eschers Gesicht ein nervöses Zucken. Doch im nächsten Augenblick hatte er sich wieder unter Kontrolle.

Er wehrte sich auch nicht, als ihm einer der Polizisten Handschellen anlegte. Wortlos liess er es geschehen.

Er wusste: Jeder Widerstand war sinnlos. Dafür verlangte er, umgehend seinen Anwalt zu sprechen.

«Das ist Ihr gutes Recht», antwortete der Polizeioffizier. «Richten Sie Ihrem Anwalt aus, dass er Sie morgen ab zehn Uhr im Polizeigefängnis an der Güterstrasse 33 besuchen kann.»

Jetzt verlor Escher die Fassung. «Verdammte Tschugger! Schon einmal habt ihr versucht, mir einen Mord anzuhängen. Dabei hattet ihr nichts in der Hand, rein gar nichts!»

Ohne auf den Vorwurf einzugehen, entnahm Walder seiner Aktentasche ein grossformatiges Foto und hielt es Escher vors Gesicht.

«Schon mal gesehen, diesen Herrn?»

Escher betrachtete das Foto, dann schüttelte er den Kopf.

Der Staatsanwalt reichte das Foto an die Bankchefin weiter.

«Vielleicht kommt Ihnen ja der Herr bekannt vor?»

Sandra stutzte. «Das Gesicht…? Das ist doch…»

Sie blickte zu Escher. «Aber die blonden Haare?»

«Sie haben richtig gesehen», bestätigte Walder ihre Beobachtung. «Es ist Ihr Finanzchef, Stefan Escher. Bei gewissen Aktivitäten zieht er es vor, mit einer blonden Perücke aufzutreten. Zum Beispiel, wenn es darum geht, einen unliebsamen Amerikaner unerkannt aus der Welt zu schaffen.»

«Sie lügen!», schrie Escher, ausser sich vor Zorn.

«Erzählen Sie das dem Staatsanwalt», meinte Walder trocken. «Aber vergessen Sie eines nicht: Es gibt einen Zeugen, der Sie bei der Tat gesehen und die Tötung bestätigt hat.»

Walder gab seinen Mitarbeitern ein Zeichen, worauf diese den Verhafteten in ihre Mitte nahmen und abführten.

***

Sandra Constaffel hatte die überraschende Wende im Fall Jenkins ungläubig zur Kenntnis genommen. Viele Fragen stellten sich ihr: Woher nahm die Polizei auf einmal die Gewissheit, dass Escher doch der Mörder sein sollte, nachdem man ihm bisher nichts hatte nachweisen können? Und andererseits: Was ist mit dem Mann, der sich selbst zur Tat bekannt und ein Geständnis abgelegt hatte?

Major Walder blieb ihr fragender Ausdruck nicht verborgen. Er informierte sie über den neusten Stand der Erkenntnisse.

«Den Stein ins Rollen gebracht hatte vor zwei Tagen der Forstmeister der Gemeinde Langnau am Albis. Auf einem Kontrollgang stiess dieser auf einen merkwürdigen Fund. Und zwar in der Nähe jener Stelle, an welcher ‹Balu›, Sie erinnern sich, der Jack Russell Terrier, seinerzeit die Leiche von Warren Jenkins entdeckt hatte. Versteckt im Gebüsch, am Ast einer gefällten Rottanne, sah er einen gelblich leuchtenden Stoff-Fetzen. Beim Nähertreten stellte er fest, dass es sich nicht um einen Stoff handelte, sondern um eine blonde Perücke, die offenbar jemand verloren hatte. Ohne sich gross Gedanken darüber zu machen, welche Bewandtnis es damit haben könnte, nahm er das Fundstück mit und lieferte es auf dem Nachhauseweg bei der örtlichen Polizeistelle ab.

‹Vielleicht habt Ihr an der Fasnacht Verwendung für das Ding›, soll er noch scherzend dem diensthabenden Beamten zugerufen haben. Damit war der Fall für ihn erledigt.

Nicht aber für den Chef der Gemeindepolizei von Adliswil und Langnau am Albis. Dieser erinnerte sich an ein kürzlich geführtes Gespräch, in welchem ich ihm von dem Mann erzählt hatte, der sich der Polizei gestellt und sich zum Mord an Warren Jenkins bekannt hatte. Dabei hatte der Mann auch etwas von einem Komplizen erwähnt. Sonst allerdings konnte er sich praktisch an nichts erinnern.»

***

Walder befand sich in seinem Dienstwagen auf der Fahrt ins Vernehmungszentrum der Kantonspolizei, als ihn der Anruf aus dem Polizeiposten von Langnau erreichte.

«Eine blonde Perücke, sagst du? Ist es dir möglich, diese umgehend ins Forensische Institut an der Zeughausstrasse in Zürich bringen zu lassen? Ich werde in der Zwischenzeit alles Weitere veranlassen.»

Nach Ankunft im Institut bat Walder die dort zuständigen wissenschaftlichen Mitarbeiter, die Perücke auf mögliche DNA-Spuren zu untersuchen. Zugleich erteilte er den Auftrag, den Vorschlaghammer, mit dem der Täter den Amerikaner nach eigenen Angaben erschlagen hatte, noch einmal gründlich zu überprüfen und ebenfalls nach möglichen Spuren von Körperzellen abzusuchen.

Mit einem speziellen Anliegen gelangte er schliesslich an den fotografischen Dienst des Labors. «Ich brauche eine Foto-Montage, auf welcher Stefan Escher die blonde Perücke trägt, die in den nächsten Minuten bei euch abgeliefert wird.»

Zwei Stunden später war Major Walder im Besitz der neusten Untersuchungsergebnisse. Nicht nur die Perücke wies eindeutige Spuren von Eschers DNA auf, sondern auch der Griff des Vorschlaghammers.

Hingegen fand sich darauf nicht ein einziger Hinweis dafür, dass auch Koller, der Mann, der sich selbst des Mordes bezichtigt hatte, das Tötungswerkszeug in der Hand gehabt haben könnte.

Für Walder war damit der Beweis erbracht: Der Mörder von Warren Jenkins hiess Stefan Escher.

Nur ein winziger Mosaikstein fehlte ihm noch zur lückenlosen Beweisführung. Er nahm die Foto-Montage, die Escher mit blonder Perücke zeigte, und suchte Hermann Koller in seiner Zelle auf.

«Was wollen Sie denn noch von mir?», fragte dieser. «Ich habe doch schon alles gestanden!»

«Gestanden, ja. Aber haben Sie dabei auch die Wahrheit gesagt?»

Walder zeigte dem Mann noch einmal eine unbearbeitete Porträtaufnahme von Escher.

«Haben Sie diesen Mann wirklich noch nie gesehen?»

«Das habe ich Ihnen doch schon einmal gesagt: Ich kenne diesen Mann nicht. Und habe ihn auch noch nie gesehen.»

Nun zeigte ihm Walder das zweite Foto, auf welchem Escher eine blonde Perücke trug.

Koller betrachtete das Bild lange, als wolle er gewisse Details ganz genau überprüfen.

Dann nickte er. «Das ist der Mann... der...»

Koller zögerte.

Walder kam ihm zu Hilfe.

«Der Mann, der Ihnen geholfen hat, die Leiche wegzutragen?»

«Nein!»

Koller begann zu zittern. Tränen stiegen ihm in die Augen.

Walder ahnte: Etwas bewegte den Angeklagten in seinem tiefsten Inneren.

Dann plötzlich brach es aus Koller heraus:

«Es tut mir so leid! Ich konnte es einfach nicht tun!»

«Das muss Ihnen doch nicht leidtun!»

Walder versuchte Koller zu beruhigen: «Im Gegenteil!»

Koller redete weiter. «Der blonde Mann war auf einmal sehr wütend geworden. Er zischte mir zu: Tu es! Tu es endlich! Aber ich brachte es nicht über mich. Ich machte kehrt und lief davon. Als ich mich umdrehte, sah ich, wie der Blonde selber nach dem Hammer griff und diesen dem Mann über den Schädel schlug.»

Jetzt versagte ihm die Stimme ganz. Mit gesenktem Kopf sass er da und schluchzte kaum hörbar vor sich hin.

«Ist ja gut, Herr Koller.»

Walder versuchte, ihn aufzurichten. «Ich verstehe nur eines nicht: Warum haben Sie uns nicht von Anfang an erzählt, wie es wirklich war?»

«Ich hatte versprochen, es zu tun. Und was ein Koller verspricht, das hält er auch.»

***

Als Luciano Sestrielli erfuhr, dass die Sache mit Escher schiefgelaufen war, erlitt er einen seiner berüchtigten Tobsuchtsanfälle. Mit ihrem dilettantischen Vorgehen hatten seine Zürcher Vertrauensleute einem seiner geheimsten Vorhaben, der Einverleibung der Zürcher Privatbank Constaffel, einen schweren Rückschlag versetzt.

Doch hatte sich Luciano schon je von einem Vorhaben abbringen lassen, das er sich in den Kopf gesetzt hatte?

Schon sein Vater hatte ihm eingetrichtert: «Für jedes Problem gibt es eine Lösung. Man muss nur wissen, an welchen Schrauben man drehen muss.»

Mit Genugtuung dachte er dabei an den vergeblichen Versuch des Schönheitschirurgen Frank Martin, Tomaso, seinen Sohn, als Patienten abzulehnen. Ein bisschen Druck, eine kleine Erpressung und, wenn das noch nicht genügt, einen Gang höher schalten, ein Familienmitglied entführen – und mit dessen Ermordung drohen.

Mit dieser Strategie hatte er noch nie ein Ziel verfehlt.

Neben solchen, eher konventionellen Methoden stand dem Don ein ganzes Arsenal an weiteren Möglichkeiten zur Verfügung, um lästige Widersacher in die Knie zu zwingen.

Für die vorgesehene Übernahme der Constaffel Bank hatte er einen ganz besonderen Pfeil im Köcher.

Zunächst allerdings galt es, den Scherbenhaufen zusammenzulesen, den seine Leute mit der Tötung seines langjährigen New Yorker Geschäftspartners Jenkins in Zürich angerichtet hatten.

Im Normalfall verspürte Luciano nicht die geringste Gefühlsregung, wenn es darum ging, jemanden zum Abschuss freizugeben. Selbst dann, wenn es sich dabei um einen Freund handelte.

Jenkins war da eine der wenigen Ausnahmen. Der Amerikaner tat ihm schon beinahe leid. Immerhin hatte dieser dazu beigetragen, dass er immer grössere Anteile seiner Drogeneinkünfte mehr oder weniger gefahrlos weisswaschen konnte.

Andererseits war sich Sestrielli bewusst, dass Jenkins auch zu einer Gefahr für die gesamte Organisation werden konnte. In seiner Vertrauensseligkeit hatte der Amerikaner schon öfters Dinge ausgeplaudert, die nicht für die Öffentlichkeit bestimmt waren.

Als Luciano wenig später Kenntnis davon erhielt, Jenkins habe die Absicht, mit der neuen Führungsspitze der Bank persönlich Kontakt aufzunehmen, nachdem der frühere Senior-Chef Alex Constaffel das Zeitliche gesegnet hatte, läuteten bei ihm sämtliche Alarmglocken. Die geplante Begegnung musste mit allen Mitteln verhindert werden.

Und das ging leider nur auf einem Weg: Jenkins musste das Zeitliche segnen.

Die Verantwortung für die Lösung des Problems hatte er dem Mann übertragen, den er vor einigen Jahren als Verbindungsperson in die Constaffel Bank eingeschleust hatte und der heute als CFO, als oberster Finanzchef in der Geschäftsleitung sass: Stefan Escher. Dass sich dieser allerdings so dämlich anstellen und aus lauter Verzweiflung eigenhändig zum Mordinstrument greifen würde, hätte er sich beim besten Willen nicht vorstellen können.

Dabei war alles bis ins Letzte vorbereitet. Er hatte Leo Kramer beauftragt, einen armen Schlucker aufzutreiben, der bereit war, für Geld zu morden. Schliesslich sollte sich Escher ja nicht persönlich die Hände schmutzig machen müssen.

In einer Zürcher Gassenküche, in welcher die ärmsten der Armen ihre tägliche Gratismahlzeit erhalten, war Leo fündig geworden.

Doch Kramer hatte einen lausigen Job gemacht. Er hatte einen unerfahrenen Ganoven ausgewählt, ohne den Mann genauer unter die Lupe zu nehmen. Dieser hatte sein Angebot dankbar angenommen. Im letzten Moment jedoch hatte er den Schwanz eingezogen und sich aus dem Staub gemacht. Daraufhin verlor der Finanzchef die Nerven und schlug selber zu. Nun sass dieser Vollidiot mit Blut an den Händen in einer Zelle und war für mindestens fünfzehn Jahre ausser Gefecht.

Für den Don war klar: Das alte Netz hatte ausgedient. Die Fäden mussten neu gesponnen werden.

***

Zu den ersten Opfern, welche die Wut des Bosses zu spüren bekamen, zählte Leo Kramer. Dass er Scheisse gebaut hatte, war ihm bewusst. Dass ihn Sestrielli aber gleich wie eine heisse Kartoffel fallen lassen würde, damit hatte er nicht gerechnet.

Die Folgen waren dramatisch: kein Anruf mehr, keine Aufträge und somit auch keine Zahlungen mehr aus Italien.

Um seinen bisherigen, komfortablen Lebensstil auch in Zukunft aufrechterhalten zu können, brauchte Kramer dringend neue Einnahmequellen.

Er prüfte verschiedene Möglichkeiten, angefangen beim Gedanken, trotz offiziellem Berufsverbot wieder ärztlich tätig zu werden – einfach unter anderem Namen. Er prüfte die Möglichkeit, eine Art privater Spitex zu gründen. Oder einen Online-Handel für Medikamente aufzuziehen.

Doch je länger er sich mit den verschiedenen Varianten auseinandersetzte, umso klarer wurde ihm, dass keine schnell genug realisiert werden könnte, um seine aktuellen Finanznöte zu lindern.

Er brauchte Geld. Und zwar subito.

Eines Abends, als er einmal mehr verzweifelt über neue Verdienstmöglichkeiten nachdachte, die ihn am schnellsten aus seiner Finanzmisere herausführen könnten, fielen ihm die Fotos wieder ein, die er seinerzeit im Auftrag des Don bei Bijan, dem Barkeeper in Monrovia, bestellt hatte. Sie zeigten Frank Martin bei ausserehelichen Sexspielen mit Estefania, der hübschen Studentin und Gelegenheitsprostituierten. Die Fotos sollten damals dazu dienen, den Arzt, der sich geweigert hatte, Sestriellis Sohn zu operieren, umzustimmen und Davide als Patienten zu akzeptieren.

Doch die Bilder hatten ihre erhoffte Wirkung verfehlt. Die Drohung verlief im Leeren. Der Arzt und seine Frau liessen sich nicht erpressen. Das Paar war sogar bereit, eine allfällige Veröffentlichung und die entsprechenden gesellschaftlichen und beruflichen Konsequenzen in Kauf zu nehmen.

Daraufhin hatte der Don schärferes Geschütz auffahren lassen und die Entführung von Beatrice, der Tochter des Paares, angeordnet. Mit dieser Massnahme hatte er schliesslich den Arzt in die Knie gezwungen.

In seiner Verzweiflung beschloss Leo Kramer, es ihm gleichzutun und Frank Martin mit den gleichen Fotos ein zweites Mal zu erpressen. Schliesslich hatte er nichts zu verlieren. Und wer weiss: Vielleicht war ihm ja das Glück diesmal holder gesinnt?

Kam dazu, dass er mit seinem einstigen Berufskollegen ohnehin noch eine Rechnung offen hatte. Er dachte an einen Betrag von hundertachtzigtausend Schweizer Franken, um die er den Arzt zu erleichtern hoffte. Schliesslich zählte dieser gemäss Medienberichten zu den absoluten Spitzenverdienern der Branche. Für den Starmediziner wäre es somit ein Pappenstiel, wenn er für einmal einen Bruchteil seines Jahreseinkommens opfern müsste.

Leo machte sich ans Werk und verfasste eine E-Mail, die er an Frank Martins Frau adressierte. Als diese am nächsten Morgen den Computer hochfuhr und ihre Mails checkte, drohte ihr das Herz stillzustehen, als sie die folgende Nachricht las:

«Sehr geehrte Frau Martin, leider sehen wir uns gezwungen, noch einmal auf das spezielle Freizeitvergnügen Ihres Mannes zurückzukommen. Damit Sie wissen, wovon die Rede ist, finden Sie im Anhang zwei Ausschnitte, die ihn bei seinem Hobby zeigen.»

Charlotte brauchte das Attachment nicht anzuklicken. Sie konnte sich vorstellen, was darauf zu sehen war.

«Was soll denn das? Was will er denn jetzt noch von uns?», rief sie verzweifelt. Dann las sie weiter:

«Wenn Ihnen daran gelegen ist, dass die Aufnahmen nicht an die Öffentlichkeit gelangen, genügt es, wenn Sie hundertachtzigtausend Schweizer Franken auf das nachstehend erwähnte Konto überweisen. Und zwar umgehend. Sollte der Betrag nicht innerhalb von fünf Arbeitstagen dort eintreffen, sehen wir uns leider gezwungen, das Fotomaterial an mehrere, zweifellos interessierte Kreise weiterzuleiten.»

Charlotte lief es kalt den Rücken runter. Sie griff zum Telefon und rief in der Klinik an. Mit zitternder Stimme berichtete sie Frank von der neuen Erpressung. Zu ihrem grossen Erstaunen nahm dieser die Nachricht jedoch geradezu mit Gelassenheit zur Kenntnis.

«Keine Sorge, meine Liebe. Es kann sich nur um ein Missverständnis handeln. Nachdem wir Sestriellis Wunsch erfüllt und seinem Sohn Davide zu einem neuen Gesicht verholfen hatten, hat er mir persönlich hoch und heilig versprochen, er werde die Fotos vernichten lassen. Wir müssten uns also keinerlei Sorgen mehr machen.»

Charlotte unterbrach ihn: «Und einem solchen Verbrecher willst du glauben?»

«Jetzt nur keine Panik», versuchte er Charlotte zu beruhigen. «Ich rufe gleich seinen Anwalt an. Sestrielli wird das in Ordnung bringen.»

Es dauerte keine halbe Stunde, bis sich Sestrielli persönlich bei Frank Martin meldete. «Ich bringe den Kerl um», schrie er wutentbrannt ins Telefon. «Eine verdammte Schweinerei! Wie heisst er übrigens?»

«Wen meinen Sie?»

«Den Absender des Schreibens.»

Frank blickte auf seinen Bildschirm. Charlotte hatte die Erpresser-Mail in der Zwischenzeit an ihn weitergeleitet.

«Als Absender ist lediglich eine Firma namens Goldman Partners GmbH mit Sitz in La Valletta, der Hauptstadt von Malta, aufgeführt.»

«Danke, das reicht», unterbrach ihn der Don. «Ich ahne, wer dahinterstecken könnte.» Er hängte auf.

In Tat und Wahrheit ahnte Sestrielli nicht nur, er wusste sehr genau, um was für eine Firma es sich handelte. Sie war in Malta registriert.

Und sie gehörte niemand anderem als ihm selbst.

Was er jedoch nicht wusste und was ihn zur Weissglut trieb: Wer wagte es, sich hinter dem Firmennamen zu verstecken und auf eigene Rechnung Geschäfte zu tätigen, ohne ihn, den Chef, zu informieren? Und wer hatte die Kühnheit, auch noch Geld auf das entsprechende Firmenkonto überweisen zu lassen?

Lange brauchte Sestrielli nicht nachzudenken. Es gab nur einen, der dafür infrage kam: Leo Kramer. Vor einiger Zeit, in einem schwachen Moment, hatte er Kramer als Belohnung für die erfolgreiche Entführung der Tochter von Dr. Martin einen Sitz im Verwaltungsrat der neuen Malteser Gesellschaft angeboten. Dass Kramer diese Gunst bei erstbester Gelegenheit ausnützen und ihn auf diese Weise hintergehen würde, damit hatte er nicht gerechnet.

Sestrielli raste. Und wie immer, wenn einer aus dem Clan einen Schritt zu weit gegangen war oder es gar gewagt hatte, den Chef zu betrügen, rief er mit ausgestreckter Faust: «Er hat den Rubikon überschritten.»

Wer den Don kannte, wusste, was der Satz bedeutete:

Das Todesurteil.

Es dauerte denn auch nur wenige Tage, bis Mitarbeiter des Zürcher Abfuhrwesens in der Nähe einer leer stehenden Liegenschaft im Zürcher Stadtkreis Wiedikon eine Leiche entdeckten. Es war Leo Kramer. Er lag in einem zugeschnürten, braunen Jutesack. In einer kleineren Tüte fanden sie die Zunge und den Penis des Ermordeten. Beides hatten ihm die Täter, als dieser noch lebte, mit einem Taschenmesser abgeschnitten.

***

Der Wecker klingelte. Sandra Constaffel schreckte auf. Sie war schweissgebadet, ihr Herz raste. Sie schaute auf die Uhr: fünf Uhr dreissig. Die ganze Nacht über hatte sie kaum ein Auge zugetan, dafür umso mehr geträumt. Doch es waren keine schönen Träume; es waren Albträume. Immer neue Schreckensszenen hatten sich vor ihrem inneren Auge abgespielt. Doch so sehr sie sich auch bemühte, hinterher konnte sie sich nicht mehr erinnern, worum es dabei gegangen war.

Bald drangen die ersten Sonnenstrahlen durch die halb geöffneten Lamellen des Rollladens und warfen weisse Lichtstreifen auf Bett und Wände. Angesichts der ersten Vorboten des Sommers pflegte Sandra normalerweise freudig aus dem Bett zu springen und sich unter der warmen Dusche gedanklich auf den neuen Tag vorzubereiten. Doch heute hatte sie Mühe, sich von den Gespenstern der Nacht zu lösen.

Erst, als sie einen Latte macchiato aus der Maschine gelassen und in wenigen Zügen ausgetrunken hatte, fühlte sie sich besser. Sie spürte, wie ihre Lebensgeister zurückkehrten und sie endlich in die Lage brachten, sich mit dem zu befassen, was der neue Tag mit sich bringen würde.

Sandra wusste, dass ihr die wohl schwierigste Mission bevorstand, seit sie als CEO die Führung der Geschäftsleitung der Bank übernommen hatte. In den letzten Tagen hatten sich Anfragen von Journalisten, aber auch von Aktionären und Kunden gehäuft, nachdem in der Öffentlichkeit Gerüchte über eine mögliche Verstrickung des Finanzchefs der Constaffel Bank in illegale Geschäfte aufgekommen waren.

Sandra musste handeln. Nach Rücksprache mit dem Verwaltungsrat beschloss sie, in die Offensive zu gehen und im Rahmen einer Medienorientierung Stellung zu den Fragen und Gerüchten zu nehmen.

Sie machte sich dabei keine Illusionen. Das Pressemeeting würde für sie und für die Bank zu einer «Mission impossible» werden – im wahrsten Sinne des Wortes.

Aus Erfahrung wusste sie: In Gerüchten steckt vielfach mehr als nur ein Körnchen Wahrheit.

Was also konnte sie den Medien bieten? Rundweg abstreiten, dass Finanzchef Escher in illegale Bankgeschäfte verwickelt war, kam nicht infrage. Die Wahrheit würde früher oder später ans Licht kommen. Und sollte die Öffentlichkeit eines Tages erfahren, dass ihr Vater, der angesehene Alex Constaffel, persönlich in schmutzige Geschäfte involviert war, könnte dies die Bank an den Rand des Ruins bringen. Zumindest würde ihr Ruf als seriöses, auf den Erfolg seiner Kunden fokussiertes Unternehmen ein für alle Mal zunichte gemacht.

Sandra zerbrach sich den Kopf. Sie prüfte alle auch nur denkbaren Möglichkeiten, wie sich ihr Institut möglichst ungeschoren durch die schwierige Zeit manövrieren liesse.

Plötzlich kam ihr die rettende Idee. Damit diese jedoch funktionieren konnte, brauchte sie das Einverständnis ausgerechnet jenes Mannes, der die Firma mit seinem Tun an den Rand des Abgrunds gebracht hatte.

Zwar widerstrebte der Deal, den sie Stefan Escher vorzuschlagen gedachte, ihren eigenen Überzeugungen. Es kam ihr vor, als sei sie gerade daran, einen Pakt mit dem Teufel zu schliessen. Doch es war die einzige Möglichkeit, um aus der ganzen Affäre einigermassen glimpflich herauszukommen.

Am folgenden Morgen machte sie sich auf und suchte den mutmasslichen Mörder im Gefängnis auf.

Dem ehemaligen Finanzchef war es offensichtlich peinlich, als er in Handschellen vor die Glaswand im Besucherraum des Untersuchungsgefängnisses geführt wurde. Als Sandra Constaffel ihn ansprach, begegnete er ihr mit gesenktem Blick und vermied es, ihr in die Augen zu schauen.

«Was ist nur aus diesem Mann geworden?», ging es ihr durch den Kopf, als er sich ihr gegenübersetzte. Der einst erfolgreiche und angesehener Banker war nur noch ein Schatten seiner selbst. Der Mann, der, statt seine Karriere in Würde zu beenden und sich auf den bevorstehenden Ruhestand zu freuen, war zu einem Mörder geworden, der die nächsten Jahre hinter Gefängnismauern verbringen dürfte.

Sandra kam ohne Umschweife zur Sache.

«Stefan, wir müssen reden. Ich muss den Medien glaubhaft erklären, warum du nicht mehr bei uns tätig bist und welche Pläne du allenfalls hegst. Bisher weiss, ausser den Behörden, niemand, was du getan hast und wo du dich derzeit aufhältst. Damit dies auch in Zukunft so bleibt, ersuche ich dich, die folgende Erklärung zu deinem Austritt aus der Bank zu unterzeichnen.»

Sandra reichte Escher den Entwurf der Pressemeldung durch den schmalen Spalt in der Scheibe, welche ihn von seiner Besucherin trennte.

Mit zittriger Hans griff dieser nach dem Papier. Er setzte seine silberne Lesebrille auf und begann zu lesen.

«Herr Stefan Escher äusserte den Wunsch, seinen Posten als CFO der Constaffel Bank bereits ein Jahr vor seiner ordentlichen Pensionierung abzugeben, um mehr Zeit für sein Privatleben und seine Hobbys zu haben. In gegenseitigem Einvernehmen erfolgt der Abgang per sofort. Bis auf Weiteres wird Eschers bisherige Stellvertreterin, Frau Dr. Claire Odermatt, die Verantwortung für die Finanzen übernehmen.

Der Verwaltungsrat und die Geschäftsleitung danken Herrn Stefan Escher für seinen langjährigen Einsatz bei der Constaffel Bank. Für die Zukunft wünschen sie ihm alles Gute.»

Als Escher das Papier ein zweites Mal durchgelesen hatte, reichte er es wortlos an Sandra zurück. Doch diese ging nicht darauf ein.

«Wir brauchen deine Unterschrift. Du bezeugst damit, dass du mit der Formulierung einverstanden bist.»

«Und was habe ich davon, wenn ich diesen Wisch unterzeichne?»

«Mensch, Stefan, das fragst du mich? Willst du denn lieber, dass wir vor die Medien treten und den Journalisten im Detail erzählen, wie du eigenhändig einen unserer Kunden mit einem Vorschlaghammer ermordet hast, um einen Zeugen deiner schmutzigen Geschäfte aus dem Weg zu räumen?»

Escher unterbrach sie.

«Sandra, du scheinst zu vergessen, dass es noch weitere Mitwisser und Mitbeteiligte an diesen – wie du sagst – ‹schmutzigen Geschäften› gab – dein eigener Vater, um nur ein Beispiel zu erwähnen.»

«Lass meinen Vater aus dem Spiel. Er ist längst tot. Du aber lebst. Auch wenn du die nächsten paar Jahre hinter Gittern verbringen musst, eines Tages wirst du rauskommen. Dann dürftest du froh sein über unser

Angebot: Die Bank wird auf deinen Namen ein Konto eröffnen. Das darin enthaltene Guthaben wird es dir erlauben, ein sorgenfreies Dasein bis zu deinem Ableben zu führen.»

Escher dachte kurz nach. Dann setzte er seinen Namen auf das Papier und schob es wortlos zurück. Sandra erhob sich und verliess den Raum, ohne einen Blick zurückzuwerfen.

Escher wurde von einem Justizvollzugsbeamten in seine Zelle zurückgeführt.

Die Medienorientierung fand zwei Tage später statt. Was angesichts der Brisanz des Themas wenig erstaunlich war: Es erschienen weit mehr Journalisten, als sich offiziell angemeldet hatten. Zu Sandras Überraschung verlief das Treffen jedoch keineswegs aggressiv oder gar inquisitorisch, wie sie befürchtet hatte. Einzig, als ein Vertreter des britischen «Economist» fragte, seit wann denn die Geschäftsleitung von den vorzeitigen Abgangsgelüsten Eschers gewusst habe und weshalb dieser an der heutigen Medienorientierung nicht persönlich Red und Antwort stehe, zögerte Sandra kurz, bevor sie zur Antwort ansetzte.

«Sandra, wenn du gestattest, nehme ich gerne zu der Frage Stellung.»

Es war ihr alter Freund Walter Hirzel, der ihr zu Hilfe kam.

«Frau Constaffel hatte vor gut einer Woche von Herrn Escher erfahren, dass dieser den Wunsch hege, nach Möglichkeit ein Jahr früher als vorgesehen in den Ruhestand zu treten. Seine Beweggründe kennen Sie: mehr Zeit für Persönliches, für Familie und Hobbys. Hinzu kommt ein gesundheitliches Problem, das ihm zunehmend zu schaffen macht. Keine grosse Sache, aber doch der Grund dafür, weshalb Herr Escher darum gebeten hat, ihn von der Teilnahme am heutigen Treffen zu dispensieren. In Frau Dr. Claire Odermatt, der bisherigen Stellvertreterin des Finanzchefs, steht uns erfreulicherweise ab sofort eine bestens qualifizierte Nachfolgerin zur Verfügung.»

«Können Sie etwas zum finanziellen Rahmen sagen, in welchem Sie sich mit Herrn Escher einigten?», wollte der Vertreter der «Handelszeitung» wissen.

Walter Hirzel lächelte. «Herr Thomson, Sie kennen doch die wichtigste Devise in unserem Geschäft? Diskretion!»

Nach dem Ende des Pressegesprächs zeigte sich Sandra Constaffel erleichtert. Die Journalisten hatten sich mit der vorbereiteten Erklärung zum Wechsel an der Spitze der Bank zufriedengegeben. Den meisten Medien war der Weggang Eschers kaum mehr als ein paar Zeilen wert.

Lediglich das Online-Portal «Inside Paradeplatz» ging noch einmal auf die Gerüchte ein, die über eine Beteiligung Eschers an schmutzigen Kobaltgeschäften im Kongo kursierten. Doch einen Beweis dafür konnte auch das hartnäckig recherchierende Newsportal nicht liefern.

***

Ein anderer Fall hingegen machte in den folgenden Tagen umso mehr Schlagzeilen: Der grausige Fund einer männlichen Leiche mitten in der Stadt Zürich. Obwohl die Polizei keine näheren Einzelheiten zum Opfer bekannt gab, machten bald die wildesten Vermutungen die Runde. Beim Ermordeten handle es sich um einen Immobilienmakler, hiess es. Dieser habe einen Mitkonkurrenten wegen dubiosem Geschäftsverhalten vor Gericht bringen wollen. Doch bevor es so weit kam, habe ein Auftragsmörder den Mann auf bestialische Art zum Schweigen gebracht.

Eine bekannte Gratiszeitung wiederum wollte aus «gewöhnlich gut informierter Quelle» erfahren haben, der Tote von Wiedikon sei einst ein bekannter Schönheitschirurg gewesen, dem die städtische Gesundheitsdirektion vor Jahren die Erlaubnis zur Berufsausübung entzogen hatte. Dem Arzt soll bei einer Gesichtsoperation ein schwerwiegender Kunstfehler unterlaufen sein, der letztlich zum Tod einer Patientin geführt habe.

Als Frank Martin die Meldung las, kam ihm gleich Leo Kramer in den Sinn. Doch bei aller Verachtung, die er gegenüber dem Mann empfand, wer konnte ein Interesse daran haben, einen arbeitslosen Arzt umzubringen – und erst noch auf so brutale Weise?

Alle Bemühungen der Ermittler, mehr über die Hintergründe des Mordes herauszufinden oder Hinweise auf die mögliche Täterschaft zu erhalten, blieben erfolglos. Schliesslich beschlossen die Behörden, den Namen des

Ermordeten bekannt zu geben. In einem Aufruf an die Öffentlichkeit ersuchten sie Personen, die Leo Kramer gekannt hatten und über dessen Umfeld Bescheid wussten, sich bei der Polizei zu melden.

«Was meinst du, Frank?», fragte Charlotte am Abend, nachdem sie die Kinder zu Bett gebracht hatte. «Vielleicht sollten wir die Ermittler darüber informieren, dass wir Kramer zum letzten Mal bei der Eröffnung der Klinik unter unseren Gästen sahen.»

Frank schüttelte den Kopf. «Ich glaube nicht, dass das eine gute Idee wäre. Stell dir nur vor, was erfinderische Köpfe daraus folgern könnten! Wer sonst als ein ehemaliger Mitkonkurrent auf dem umkämpften Markt der Schönheitschirurgie könnte ein Interesse am Tod des einstigen Arztes gehabt haben? Und schon riskierten wir, in den Fokus der Untersuchungsbehörden zu geraten. Umso mehr, als ich es war, der bei unserer Eröffnung den seinerzeitigen Fall Kramer wieder aufgewärmt hatte.»

«Du hast ja keine Namen erwähnt.»

«Richtig. Aber dennoch wusste eine Mehrheit der Anwesenden sehr wohl, wer gemeint war. Würden wir uns jetzt bei der Polizei melden, würden wir womöglich schlafende Hunde wecken! Und das muss ja nicht unbedingt sein. Sollten die Ermittler Fragen zum Fall haben, werden sie von sich aus auf uns zukommen.»

Am nächsten Morgen fand Charlotte unter ihren Mails eine Mitteilung der Anwaltskanzlei Demonti in Mailand. «Im Auftrag von Herrn Sestrielli freuen wir uns, Ihnen bestätigen zu können, dass sich die Sache mit den Fotos für immer erledigt hat. Der Mann, der Sie mit den Bildern zu erpressen versuchte, ist vor zwei Tagen einem Schicksalsschlag erlegen.»

Als Charlotte Frank über die Mail in Kenntnis setzte, war dieser erleichtert. Doch je länger er darüber nachdachte, umso stutziger wurde er. Vor allem der Begriff «Schicksalsschlag» beschäftigte ihn.

«Ach, Frank!», unterbrach ihn Charlotte. «Machst dir tausend Gedanken, statt dich einfach nur zu freuen, dass der Albtraum endlich vorüber ist.»

«Du hast recht, Charlotte. Und eines verspreche ich dir: Sollte ich in Monrovia je wieder eine Partie Golf spielen, lass ich mich nur noch zusammen mit älteren, weisshaarigen Damen in den gleichen Flight einteilen.»

***

Für den Geburtstag seines Sohnes hatte sich Sestrielli etwas ganz Besonderes einfallen lassen. Die blosse Tatsache, dass Davide dreissig Jahre alt wurde, spielte in seinen Plänen allerdings nur eine untergeordnete Rolle.

Im Vordergrund stand für ihn ein einziges Ziel: Das Geburtstagsfest sollte die Basis dafür schaffen, dass sein grosser Traum von einer eigenen Privatbank in der Schweiz nach all den bisherigen Rückschlägen endlich doch noch in Erfüllung ging.

Die Party sollte zur Kulisse werden für ein Spiel, in welchem er Davide die Hauptrolle zugedacht hatte. Doch dieser hatte keine Ahnung von den Gedankenspielen seines Vaters.

Selbst seinen alten Freund Jean-Robert Moreau weihte Sestrielli nicht in seine geheimsten Pläne ein. Ihn hatte er lediglich dafür ausersehen, den passenden Rahmen zur Verfügung zur stellen.

Im Auge hatte er dabei die feudale Ferienresidenz, die Jean-Robert auf der Halbinsel Cap Ferrat an der Côte d'Azur besass. Sestrielli war dort schon mehrmals als Gast eingeladen und kannte die einzigartige Atmosphäre, die auf dem Anwesen herrschte.

Unweit der legendären Villa Ephrussi de Rothschild gelegen, zählte die klassische Villa aus den frühen Zwanzigerjahren des letzten Jahrhunderts zu den elegantesten Wohnsitzen von Saint-Jean. Sie lag mitten in einem über viertausend Quadratmeter grossen Park. Von sämtlichen Räumen aus genoss man einen atemberaubenden Blick auf den kunstvoll gestalteten Garten und auf die dahinter liegende, silbern glitzernde Bucht von Villefranche mit ihrer malerischen Küste.

Wer mit der Jacht anreiste, konnte diese im hauseigenen Privathafen vertäuen. Dort lag auch Moreaus luxuriöse Segeljacht an der Mole, eine über siebzehn Meter lange First 53. Kostenpunkt: eine halbe Million Euro. Ihr Besitzer hätte sich problemlos auch ein weit teureres Boot leisten können. Als begeisterter Segler zog er jedoch eine Jacht vor, mit welcher er als sein eigener Skipper auch kleinere Häfen und Buchten der Côte d'Azur anlaufen konnte.

Für kurze Ausfahrten nach Nizza oder auf die Balearen besass Moreau ausserdem eine Motorjacht. Sie war das Geschenk eines Direktionsmitgliedes eines grossen französischen Industriekonzerns. Moreau hatte diesem mit seinen persönlichen Beziehungen zum Finanzamt dabei geholfen, hundertzwanzig Millionen Euro Schwarzgeld an den Steuerbehörden vorbeizuschleusen.

Moreau lebte nur wenige Wochen im Jahr in der Villa. Gelegentlich stellte er sie ausgewählten Freunden zur Verfügung. Zu diesen zählte Luciano Sestrielli. Die beiden kannten sich seit über vierzig Jahren. Damals hiess Moreau noch nicht Moreau, sondern Morabito, Roberto Morabito. Er stammte, wie Sestrielli, aus der kalabrischen Provinz Crotone. Als Jugendfreunde hatten sich ihre Sporen in Cirò Marina mit dem Handel von Koks abverdient. Das Geschäft machten sie vorzugsweise in den familieneigenen Diskotheken. Ihren Vätern dienten diese als Waschsalons für Drogengeld.

Ihre eigentliche Feuerprobe bestand die Freundschaft der beiden Männer allerdings erst vor sechs Jahren. Damals stiess die italienische Drogenbehörde bei einer Routinekontrolle auf dem Mailänder Flughafen Malpensa in einer Air France-Maschine auf eine grosse Ladung Kokain. Das Rauschgift im Wert von über zweihundert Millionen Euro war in mehr als dreissig Koffern versteckt und sollte in Morabitas Auftrag aus Venezuela nach Frankreich geschmuggelt werden. Der Zwischenhalt in

Mailand war aufgrund eines technischen Problems notwendig geworden.

Eine gleichentags eingeleitete, europaweite Grossfahndung führte schliesslich zu den Hintermännern der Operation. Dabei wurde die Polizei erstmals auf den Namen Roberto Morabito aufmerksam. Wie sich herausstellte, zählte dieser seit Jahren zu den einflussreichsten Drogenbossen Europas. Doch bevor ihn die Polizei verhaften konnte, gelang es dem Italiener, sich im letzten Augenblick aus der Schlinge zu ziehen und unterzutauchen.

Möglich gemacht hatte dies sein Freund Luciano Sestrielli. Er stellte Roberto eine diskrete Wohnung in der Nähe von Lamezia Terme zur Verfügung, wo sich dieser unbehelligt von der Polizei verstecken konnte, bis der Fall aus den Schlagzeilen der Medien und vom Radar der Ermittlungsbehörden verschwunden war.

Sestrielli besorgte ihm eine neue Identität und einen neuen Pass. Aus dem Italiener Roberto Morabito wurde Jean-Robert Moreau, ein Franzose, der seinen offiziellen Wohnsitz im Pariser Quartier Saint-Germain-des-Prés hatte. Dort lebte und arbeitete er in einem unscheinbaren Gebäude aus dem achtzehnten Jahrhundert. Von dort aus kontrollierte er sein Imperium.

Zu seinen wichtigsten Einnahmequellen gehörte nach wie vor die illegale Einfuhr von fast neunzig Prozent des gesamten Kokain-Bedarfs der französischen Konsumenten. Seine Berufsbezeichnung liess keinerlei Rückschlüsse auf dieses einträgliche Geschäft zu. Sie lautete bescheiden «Agent immobilier».

«Die Villa steht dir zur Verfügung!», meinte Jean-Robert zu Luciano. Dieser hatte ihn zur Besprechung in sein neues Haus in Lamezia Terme eingeladen hatte. «Ich bin glücklich, wenn ich dir auch einmal einen Dienst erweisen kann. Ohne deine damalige Hilfe sässe ich mittlerweile bereits seit sechs Jahren im Knast und müsste wohl auch die nächsten zehn Jahre hinter Gittern verbringen.»

«Ich weiss deine Grosszügigkeit zu schätzen, mein lieber Freund», entgegnete Luciano. «Für mich war es seinerzeit eine Selbstverständlichkeit, dir aus der Patsche zu helfen. Du hättest genauso gehandelt, wäre mir das gleiche Missgeschick passiert.»

«Lass mich einfach wissen, was du für deine Party brauchst: Catering? Personal? Musik? Mädchen?»

Leise flüsterte Luciano, als könnte jemand mithören: «Es ist nicht mein Fest. Es soll eine Überraschung werden zum Geburtstag meines Sohnes. Eine Party zu seinen Ehren – mit allem, was dazu gehört!»

«Und wer sind die Gäste?»

«Seine Freunde und Bekannten. Auch einige meiner eigenen Freunde und Geschäftspartner.»

«Und wer lädt ein?»

«Du!»

«Ich?», fragte Jean-Robert, irritiert. Dann aber strahlte er.

«Das ehrt und freut mich natürlich. Und ich versichere dir: An der Party soll es an nichts fehlen.»

Die beiden Freunde umarmten sich, dann nahmen sie Abschied voneinander. Sestriellis Fahrer Sergio brachte den Franzosen zum Lamezia Airport di Rende Michele, wo bereits die Crew der neuesten Errungenschaft des Don, eines Privatjets vom Typ Golfstream G280, auf den Gast wartete, um diesen rechtzeitig nach Paris zurückzubringen.

Dort war Moreau um einundzwanzig Uhr im «Epicure» an der Rue Faubourg Saint-Honoré zum Dîner verabredet. Sein Gast: ein hochrangiger Mitarbeiter des Polizeipräfekten. Die beiden hatten einiges zu besprechen.

***

Die elegante, auf helles, gehämmertes Naturpapier gedruckte Einladung lag in einem gefütterten Umschlag, der an Sandra Constaffels Wohnadresse in der Zürcher Altstadt geschickt worden war.

«Willkommen zu einer exklusiven Sommernachtsparty an der Côte d'Azur», stand auf der Einladung.

«Wie komme ich denn zu dieser Ehre?», wunderte sich Sandra und las weiter.

«Ich freue mich, Sie, zusammen mit ein paar persönlichen Freunden und einigen ausgewählten Gästen, zu einer Party am 20. Juni nach Saint-Jean Cap-Ferrat einzuladen. Das Fest findet zu Ehren von Davide Pugliese statt. Dieser feiert an diesem Tag seinen dreissigsten Geburtstag.

Selbstverständlich ist auch Ihr Partner herzlich willkommen. Für Ihre Unterkunft reservieren wir Ihnen gerne ein Zimmer im nahe gelegenen Grand-Hôtel du Cap-Ferrat.»

Unterzeichnet war die Einladung mit Jean-Robert Moreau, Immobilier, Avenue de Grasseuil, Saint-Jean-Cap-Ferrat.

Als oberste Verantwortliche einer renommierten Zürcher Privatbank erhielt Sandra täglich Einladungen zu Veranstaltungen verschiedenster Art. In den meisten Fällen handelte es sich um Events von Geschäftspartnern, aber auch von Leuten, die mit der Bank ins Geschäft kommen wollten. Dass ein ihr unbekannter Immobilienmakler aus Frankreich eine persönliche Einladung an ihre private Anschrift sandte, stimmte sie skeptisch. Woher kannte der Mann ihre Adresse? Und was wollte er von ihr?

Zwar liebte sie die Côte d'Azur, seit sie ein kleines Mädchen war. Schon zu Grossmamas Zeiten hatte sie unvergessliche Ferienwochen an der südfranzösischen Küste verbracht. Später waren es vor allem die Farbe der Küste und der Geruch des Meeres, die Leichtigkeit des Seins, der Charme der kleinen Dörfer und nicht zuletzt die kulinarischen Köstlichkeiten der Region, die sie immer wieder zu einem Abstecher an die Côte verlockten.

Auf den Gedanken jedoch, dort selber eine Immobilie zu erwerben, war sie bisher nie gekommen.

Am Sonntagmorgen zeigte sie die Einladung ihrem Londoner Freund Gordon. Dieser war am Freitag, bereits zum zweiten Mal in diesem Monat, für das Wochenende nach Zürich geflogen. Diesmal aus einem ganz besonderen Grund, von dem Sandra nichts ahnte. Es sollte eine Überraschung für sie werden. In einem der elegantesten italienischen Restaurants der Stadt, im «Orsini», im Gebäude des Hotels Mandarin Oriental Savoy hatte Gordon für Samstagabend einen Tisch reserviert. Der Eingang lag etwas versteckt an der Waaggasse hinter dem Münsterhof.

«Wow», wunderte sich Sandra, als sie das Lokal betraten. «Womit habe ich das verdient, dass du mich an einem gewöhnlichen Samstag in ein so exklusives Lokal einlädst?»

«Warts ab!», meinte Gordon und führte sie an ihren Tisch in einer der hinteren Ecken. Zur Vorspeise bestellte er Taglierini mit Seezungenstreifen an Zitronensauce. Als Hauptspeise genossen sie eine der Spezialitäten des Hauses, ein doppeltes Kalbsrippenstück mit Rosmarin im Ofen gebacken. Dazu gab es Risotto mit Parmesan sowie ein Gemüsebouquet.

Sandra war von der Küche ebenso begeistert wie von der Ambiance. «Ich wundere mich bloss, dass ich das Lokal bis zum heutigen Tag noch nie von innen gesehen habe. Dabei liegt es kaum hundert Meter von unserer Bank entfernt.»

«Siehst du», lachte Gordon, «da muss schon ein armer Schlucker aus London kommen, um dir eine der Preziosen deiner Vaterstadt zu zeigen. So, und nun lass uns noch ein feines Dessert geniessen. Ich schlage vor, wir nehmen das Orangen-Carpaccio mit Bitterschokoladenmousse.»

Als die Nachspeise bereitstand, dimmte der Chef de Service, den Gordon vor zwei Tagen über sein Vorhaben informiert hatte, das Licht im Lokal um einige Grade nach unten. Fast wie in der Fernsehserie «Traumschiff» flankierten ein paar weibliche Service-Angestellte den Kellner, als dieser die Nachspeise aus der Küche brachte. In der Hand trugen sie Funken sprühende Wunderkerzen.

Als die Gruppe beim Tisch angelangt war, erhob sich Gordon und stellte sich vor Sandra. Ringsum verstummten die Gespräche. Gespannt verfolgten die Gäste, was sich vor ihren Augen gerade abspielte. Gordon griff nach Sandras Hand, dann fiel er vor ihr auf die Knie und fragte sie laut und deutlich: «Meine liebe Sandra, möchtest du meine Frau werden?»

Sandra war überwältigt und sie war sprachlos. Sie hatte alles erwartet, aber nicht einen Heiratsantrag. Tränen liefen ihr übers Gesicht. Tränen der Freude. Als sie sich von der Überraschung einigermassen erholt hatte, erhob sie sich, schlang die Arme um Gordons Hals und küsste ihn innig auf den Mund. Dann flüsterte sie ihm ins Ohr: «Meinst du das wirklich im Ernst, mein Schatz?» Als dieser nickte, meinte sie mit lauter und fester Stimme: «Ja, Gordon, ich will deine Frau werden!»

Die Gäste im Lokal waren entzückt über das unerwartete Schauspiel, das sie soeben miterlebt hatten. Sie klatschten Beifall und gratulierten dem glücklich strahlenden Paar. Der Chef des Hauses öffnete zur Feier des Tages eine Flasche Dom Pérignon Brut.

Den Abend beschlossen die beiden mit einem Spaziergang durch die Gassen der Altstadt. Kurz vor Mitternacht landeten sie in Sandras Wohnung beim Lindenhof. Kaum hatten sie die Türe hinter sich geschlossen, fielen sie sich liebestrunken in die Arme und stürzten sich – wie es Gordon jeweils auszudrücken pflegte – einmal mehr in den «schönsten Nahkampf der Welt».

Erst das Glockenkonzert der Zürcher Altstadt-Kirchen am Sonntagmorgen weckte die beiden Turteltauben aus dem Schlaf. Nachdem sie ausgiebig gebruncht hatten, kam Sandra auf die Einladung des unbekannten Franzosen zurück, von der sie Gordon am Abend kurz erzählt hatte.

«So verlockend es klingt, ich frage mich einfach, was diesen Immobilien-Heini dazu bewog, mich, respektive uns, auf die Gästeliste zu setzen. Vermutlich versucht er ganz einfach, seine Ladenhüter bei naiven Ausländern wie mir loszuwerden.»

«Liebling, an deiner Stelle würde ich nicht einfach von vornherein Nein sagen. So, wie ich es einschätze, könntest du dort auf einige eurer so heiss geliebten UHNWIS treffen.»

Sandra musste lachen: «Woher kennst denn du den Begriff?»

«Jedes Kind weiss doch heute, was man unter Ultra High Net Worth Individuals versteht, jene Superreichen, die über ein Vermögen von mehr als dreissig Millionen Dollar verfügen und dieses möglichst gewinnbringend investieren wollen. Gegen ein paar neue Kunden dieser

Grössenordnung hättest du ja wohl kaum etwas einzuwenden?»

«Natürlich nicht. Aber was soll ich an einer Party, an der ich keinen Menschen kenne? Ausserdem: Du hast mich doch gestern Abend etwas gefragt...»

«Ob du meine Frau werden möchtest. Natürlich! Aber was hat das damit zu tun?»

Sandra strich Gordon liebevoll über den Nacken. «Du hast mir nicht gesagt, wann es deiner Meinung nach so weit sein könnte.»

«Wir müssen darüber reden. Ich denke, irgendwann zweite Hälfte Juni wäre ideal.»

«So», meinte Sandra mit gespielter Entrüstung, «und da willst du mich zwei Wochen vorher noch an ein VIP-Treffen schicken, an welchem mit grösster Wahrscheinlichkeit auch einige durchaus attraktive junge Männer aufkreuzen werden?»

«Ich habe volles Vertrauen in dich!»

«Und wenn ich nun zusage? Würdest du mich begleiten? Schliesslich steht in der Einladung ausdrücklich, auch mein Partner sei willkommen.»

Gordon zierte sich noch eine ganze Weile und versuchte sie davon zu überzeugen, dass ihre Chance, für die Bank einen fetten Brocken an Land zu ziehen, als Single ungleich grösser sei, als wenn sie in männlicher Begleitung auf der Party erscheine.

Natürlich war er sich des Risikos bewusst, welches er einging, wenn er eine so attraktive Frau wie Sandra bei einem rauschenden Sommernachtsfest in Südfrankreich allein einem Schwarm hungriger, wohlhabender und nicht unbedingt als besonders zurückhaltend geltender Franzosen aussetzte. Schliesslich aber kapitulierte er.

«Also gut. Wenn du es für richtig hältst, bin ich dabei.»

***

Davide Pugliese freute sich wie ein Kind auf die Party, die sein Vater und dessen alter Freund Jean-Robert Moreau zu seinem dreissigsten Geburtstag planten. Zuerst hatte er sich darüber gewundert, weshalb sich Vater ausgerechnet für diesen Anlass so engagierte und sich persönlich selbst um kleinste Details kümmerte. Denn, soweit er sich erinnern konnte, war es bei seinem zehnten Wiegenfest das letzte Mal, dass Vater überhaupt an einem seiner Geburtstage zugegen war. Meistens hatte er auch an diesen Tagen irgendwelche geschäftliche Verpflichtungen, die seine Anwesenheit erforderten. Warum er nun ausgerechnet eine Party zu seinem dreissigsten Geburtstag zur Chefsache erklärt hatte, blieb ihm ein Rätsel. Er fragte Vater aber nicht danach. Er hätte ohnehin keine Antwort erhalten, das wusste er aus Erfahrung.

Je näher der Termin vom 12. Juni rückte, umso gespannter war Davide auf das, was ihn erwarten sollte. Ganz besonders interessierte ihn die Gästeliste. Als ihm Vater eine erste, provisorische Fassung zeigte, stiess er auf zahlreiche Namen aus seinem persönlichen Freundeskreis. Andere wiederum sagten ihm nichts. Das störte ihn nicht. Er hatte damit gerechnet, nachdem sich Vater vorbehalten hatte, einige zusätzliche Gäste einzuladen. «Interessante, junge Leute, die dir gefallen und die Party bereichern werden», hatte er geheimnisvoll versprochen.

«Kannst du nicht wenigstens ein paar Andeutungen machen?», fragte Davide.

«Lass dich überraschen!»

Jean-Robert Moreau, der Hausherr und Gastgeber, überwachte die Vorbereitungen mit Argusaugen. Nichts überliess er dem Zufall. Zum Höhepunkt der Geburtstagsparty sollte ein Feuerwerk werden, welches die Villa und den Park um Mitternacht in eine Zauberwelt verwandeln sollte. Zuständig dafür war Jules Charbonneau, einer der bekanntesten Feuerwerker Frankreichs. Er hatte in Paris bereits mehrmals das legendäre feu d'artifice zum Nationalfeiertag am 14. Juli komponiert.

Auch gastronomisch kam für Moreau nur das Beste infrage. Anlässlich seines letzten Besuches im Restaurant «Epicure» in Paris war es ihm gelungen, den Chef de Cuisine, der mit drei Michelin-Sternen ausgezeichnet war, für das Catering an Davide Sestriellis Geburtstagsfest auf Cap Ferrat zu gewinnen. Den Auftrag für den Blumenschmuck erteilte er einem Spitzenfloristen aus Nizza.

Schliesslich wurden es rund achtzig Gäste, die zum Fest erwartet wurden. Morau entschied sich für ovale Achtertische. Die Wetteraussichten für den Geburtstagsabend versprachen angenehm warme Temperaturen. Das Diner konnte somit im Freien auf der Terrasse serviert werden. Sollten sich die Prognosen wider Erwarten ändern, fänden die Gäste problemlos im grossen Salon und im anschliessenden Speisezimmer Platz.

Was den musikalischen Teil des Abends betraf, liess er Davide freie Hand. Dieser besass noch aus der Zeit, als er in Cirò Marina seine eigene Diskothek betrieb, gute Kontakte zu Musikern und DJs. Da er, wie auch alle anderen geladenen Gäste, inzwischen ein paar Jährchen mehr auf dem Buckel hatte, suchte er nach einem möglichst vielseitigen Orchester, welches Junge und Ältere gleichermassen mitzureissen vermochte. Er erinnerte sich an eine bekannte Band aus Neapel, deren Repertoire neben Rockmusik und dem neusten Disco-Sound auch Oldies, Schlager und Blues umfasste.

Zu einer speziellen Herausforderung wurde, wie bei jeder Einladung, die Erstellung der Tischordnung. Um diese kümmerte sich Sestrielli persönlich. In dieser Sache hatte er sich jede Einmischung ausdrücklich verbeten. Er hatte dafür seine guten Gründe. Schliesslich wollte er niemanden – und schon gar nicht seinen Sohn – über die wahren Absichten in Kenntnis setzen, die er mit der Einladung verfolgte. Er war sich darüber im Klaren, dass die Sitzordnung unter Umständen entscheidend dafür werden könnte, ob sein Vorhaben in einem Erfolg oder in einem Misserfolg enden würde.

Für die Sicherheit von Gastgebern und Gästen war Alexandre, Moreaus Chefleibwächter, verantwortlich.

Alexandre kannte jede Ecke der «Villa des Elfes», aber auch jeden Baum und jeden Felsen im riesigen Park wie seine eigene Hosentasche. Aus unzähligen Anlässen, zu denen oft Mitglieder befreundeter Clans oder andere, besonders exponierte und gefährdete Gäste eingeladen waren, wusste er aber auch, wo die Schwachstellen lagen. Dies galt insbesondere für das unwegsame Gebiet im nordöstlichen Teil des Grundstücks. Dort befand sich u. a. der private Heliport.

In früheren Jahren hatte sich Moreau von seinen Helikopterpiloten jeweils direkt vor der Terrasse der Villa absetzen lassen, wenn er von Paris angeflogen kam. Nachdem jedoch ein Nachbar wegen übermässigem Lärm der Rotoren, vor allem nachts, Klage eingereicht hatte, untersagten die Behörden jede weitere Heli-Landung auf dem Grundstück.

Moreau löste das Problem auf seine Weise. Mit einer kleinen Aufmerksamkeit an die richtigen Leute erwirkte er, dass der Richter das generelle Landeverbot rückgängig machte. Gleichzeitig erteilte die zuständige Behörde die Genehmigung für den Bau eines offiziellen Helikopterlandeplatzes an einer abgelegenen und von aussen uneinsehbaren Stelle des Grundstücks.

Als zusätzliche Verstärkung bei den Sicherheitsmassnahmen hatte Sestrielli den neuen Chef seiner persönlichen Leibgarde, Nando Bianchi, mitgebracht. Dessen Vorgänger, Antonio, war seinerzeit beim mörderischen Anschlag auf das frühere Anwesen des Don in Cirò Marina ums Leben gekommen.

Zweimal schon in diesem Monat war Nando mit vier seiner besten Männer an die Côte geflogen, um sich vor Ort von Alexandre über die Gegebenheiten und das Sicherheitsdispositiv informieren zu lassen. Insgesamt stand somit über ein Dutzend erfahrener Bodyguards für die Sicherheit von Gästen und Gastgebern im Einsatz.

Am Mittwoch, vier Tage vor dem Anlass, versammelte Alexandre alle Sicherheitsleute zu einem weiteren Briefing.

«Bis zur Stunde haben wir keinerlei Hinweise dafür, dass die Party gestört werden könnte», stellte er fest. «Von den Gästen her sollte nichts zu befürchten sein. Es handelt sich, mit wenigen Ausnahmen, um Leute, mit denen die Gastgeber persönlich befreundet sind und sie somit kennen. Dies ist die gute Nachricht. Es gibt aber auch eine schlechte: Ihr alle kennt die geländebedingten Schwachstellen, die eine lückenlose Überwachung beinahe unmöglich machen. Dank den neusten technischen Mitteln, die uns zur Verfügung stehen, vor allem aber auch dank eurem bedingungslosen Einsatz werden wir es aber schaffen, die Gefahr auf ein Minimum zu begrenzen. Eine mögliche Gefahrenquelle allerdings müssen wir ganz besonders im Auge behalten. Ab morgen werden Dutzende von Lieferanten, Gärtnern, Dekorateuren, Köchen, Service-Angestellten, Musikern und Technikern in der Villa ein- und ausgehen. Diese Leute auf Schritt und Tritt zu observieren, ist ein Ding der Unmöglichkeit. Was wir aber tun werden: Jede Person, bevor diese das Areal zum ersten Mal betritt, wird genau unter die Lupe genommen: Leumund, allfällige Vorstrafen, soziale Vergangenheit etc. Zudem haben wir Vertrauensleute in verschiedenen Ämtern platziert. Sie stehen auf Pickett und übermitteln uns im Bedarfsfall innert Minuten weitere Informationen.

Wir sind uns jedoch im Klaren darüber, dass allen Vorkehrungen zum Trotz nach wie vor die Gefahr besteht, dass uns ein Vogel durch die Maschen schlüpft. Totale Sicherheit gibt es nicht. Der Feind lauert überall.

Wir wissen nur nicht, wann er zuschlägt – und wo.»

***

Gordons überraschender Heiratsantrag vor wenigen Tagen hatte Sandra Constaffel wie ein Blitz aus heiterem Himmel getroffen. Es war der Höhepunkt ihrer mittlerweile zweijährigen Freundschaft. Zu Beginn ihrer Bekanntschaft war der attraktive Brite für sie nicht mehr gewesen als ein sympathischer Arbeitskollege. Sie bewunderte sein breites Wissen, seine analytischen Fähigkeiten und seine brillante Rhetorik. Ganz besonders schätzte sie aber auch seine Schlagfertigkeit und seinen Witz.

Kein Wunder, wurde aus dem Verhältnis bald mehr als eine blosse Bekanntschaft. Gordon wurde zu einem guten Freund, dem sie ihre geheimsten Gedanken, Hoffnungen, aber auch Sorgen anvertrauen konnte.

Als sie sich noch näherkamen, entdeckte Sandra bei Gordon ein weiteres Talent, gegen welches sie durchaus nichts einzuwenden hatte: Er war ein grandioser Liebhaber. Wie keiner ihrer bisherigen Sexpartner erspürte er ihre geheimsten Lüste und Sehnsüchte und vermochte diese auch jederzeit zu befriedigen.

Andererseits schätzte Sandra aber auch eine gewisse Unverbindlichkeit, die ihrer Beziehung mit Gordon nach wie vor anhaftete. Diese machte es ihr leichter, sich hundertprozentig auf ihren neuen Job in der Bank zu konzentrieren. Wenn sie an manchen Abenden lange über den Büroschluss hinaus an ihrem Schreibtisch sass und Pendenzen erledigte, erwarteten sie weder Fragen noch Vorwürfe, selbst wenn sie erst gegen Mitternacht nach Hause kam.

Allerdings, je länger sie Gordon kannte, desto stärker wurden die Gefühle, die sie für ihn empfand. So fiel ihr auch der Abschied immer schwerer, wenn er sich jeweils am Sonntagabend nach einem gemeinsamen verbrachten Wochenende wieder verabschiedete und nach London zurückflog.

Sie ertappte sich auch dabei, dass ihre Gedanken je länger, je mehr auch unter der Woche um ihn kreisten. Womit er sich wohl gerade befasste? War er dabei, einem neuen Klienten seine Verteidigungsstrategie zu erläutern? Sass er in einem Gerichtssaal und hörte sich das Plädoyer des Staatsanwaltes an? Besuchte er gerade einen Angeklagten in der Untersuchungshaft, um sich auf das Verteidigungsplädoyer vorzubereiten?

Dann wiederum stellte sie sich vor, wie Gordon nach Feierabend mit einem Glas Guinness in der Hand an der

Theke seines Lieblingspubs steht, umlagert von einer Schar junger Männer und attraktiver Frauen, die an seinen Lippen hängen, wenn er mit seinem Schalk und seinem Charme die neusten Witze zum Besten gibt und das halbe Lokal zum Lachen bringt.

Zu ihrer eigenen Verwunderung weckten solche Vorstellungen plötzlich Empfindungen in ihr, die ihr bisher fremd waren: Anflüge von Eifersucht. Meistens gelang es ihr, solche Gedanken schnell wieder aus ihrem Gefühlsleben zu verbannen. Dennoch machte sie sich immer häufiger Gedanken über ihre Beziehung zu Gordon und wie es mit ihnen beiden weitergehen könnte.

Seit jenem denkwürdigen Abend aber, als Gordon sie nach dem Essen im «Orsini» vor die Frage stellte, ob sie seine Frau werden möchte, und sie spontan mit Ja geantwortet hatte, erübrigten sich weitere Überlegungen solcher Art. Fortan an beschäftigten sie ganz praktische Fragen: Wo, zum Beispiel, würden sie künftig gemeinsam wohnen?

Der Gedanke, ihre geliebte Altstadtwohnung aufzugeben, fiel ihr schwer. Doch für zwei Personen würde es darin auf die Dauer wohl doch etwas eng werden. Und was, wenn sich eines Tages gar Nachwuchs ankündigen sollte? Würde Gordon in der Schweiz überhaupt eine angemessene Stelle finden, die seinen Qualifikationen und seinen Ansprüchen genügte? Wenn nicht, würde Gordon dann wieder auf die Insel zurückkehren?

Eine Fernbeziehung allerdings kam für Sandra nicht infrage. Und dass sie dereinst zu ihrem Mann nach London ziehen würde, stand ebenfalls ausser Diskussion. Als oberste Verantwortliche und Hauptaktionärin der Constaffel Bank konnte und wollte sie die Limmatstadt, zumindest vorläufig, unter keinen Umständen verlassen.

Auch Gordon machte sich seine Gedanken. Er flog nun noch häufiger nach Zürich, um mit Sandra die nächste Zukunft zu planen. Gemeinsam besichtigten sie Wohnungen und Häuser, die ihnen von Maklern angeboten wurden. Er traf sich mit Chefs renommierter Anwaltskanzleien, die ihm interessante und auch gut bezahlte Job-Angebote machten. Sandra hätte sich ihn – das sagte sie ihm aber nicht – auch als zukünftigen Leiter ihrer eigenen Rechtsabteilung vorstellen können. Umso mehr, als der jetzige Stelleninhaber in absehbarer Zeit ohnehin in Pension gehen würde.

Gordon zog es jedoch vor, sich erst einmal in einer familienfremden Firma mit den juristischen Gegebenheiten in der Schweiz vertraut zu machen und erst später einen allfälligen Wechsel in die Bank in Betracht zu ziehen.

Inzwischen rückte auch das Datum der illustren Party auf Cap Ferrat näher. «Wie wärs denn», fragte Gordon eines Abends, «wenn wir den Ausflug an die Côte um ein paar Tage verlängern und bei dieser Gelegenheit unsere Verlobung feiern würden?»

Sandra war entzückt von der Idee. Noch am gleichen Abend begann sie, Pläne zu schmieden. «Wir könnten einen Tag nach der Party einen Wagen mieten und in einem der zauberhaften, kleinen Ortschaften an der Küste für zwei oder drei Tage ein romantisches Hotel beziehen. Nur wir beide. Eine offizielle Verlobungsfeier mit Familie und Freunden können wir später zu Hause immer noch nachholen.»

Gordon nahm Sandra in die Arme und flüsterte ihr ins Ohr: «Du bist die wunderbarste Frau, die ich finden konnte. Lass uns auf unsere gemeinsame Zukunft anstossen!»

Dass diese Zukunft nur von kurzer Dauer sein würde, konnten sie zu diesem Zeitpunkt nicht ahnen.

***

Der schwarze Toyota-Land Cruiser hielt am Ende des steinigen Weges an. Drei Männer sprangen aus dem Wagen. Sie trugen israelische Militäruniformen, obwohl keiner von ihnen ein Israeli war. Nachdem sie die Hecktüre geöffnet hatten, begannen sie, mehrere silbergraue Metallkisten sowie ein viereckiges Zelt auszuladen. Sie waren am frühen Morgen in Metulla, der nördlichsten Ortschaft Israels, losgefahren. Ihr Ziel war eine kleine, versteckte Hochebene in den Hügeln der Golanhöhen, unweit der Grenze zum Libanon. Ein kalter Wind pfiff ihnen um die Ohren, obwohl der Sommer kalendermässig bereits begonnen hatte.

Nachdem sie die letzte Kiste aus dem Wagen geholt hatten, erschien plötzlich noch ein menschliches Wesen unter der Hecktüre. Eingehüllt in das typische Gewand eines arabischen Hirten, versuchte der Mann, der seinen siebzigsten Geburtstag schon einige Zeit hinter sich haben musste, aus dem Wagen zu klettern. Doch mit seinem wallenden Umhang verhedderte er sich immer wieder an einem der Haken, die im Inneren des Wagens zur Sicherung der Ladung angebracht waren. Nun wurde auch noch eine gefleckte Ziege erkennbar, die der Alte mit einer Kordel festgebunden hatte. Die Uniformierten halfen ihm auszusteigen. Sorgsam hoben sie anschliessend auch das Tier aus dem Auto.

Mit lauter Stimme wies der Chef der Gruppe den Hirten an, zusammen mit der Ziege etwa einen halben Kilometer in Richtung Norden zu laufen. Dort sollte er das Tier an einer der wenigen, etwa zwei Meter hohen Kermes-Eichen festbinden. Was er dann weiter zu tun habe, würde man ihm per Funk übermitteln. Er übergab dem Mann ein kleines Funkgerät, welches dieser mit zittrigen Händen in seiner Tasche versorgte.

«Wenn du uns hörst, drückst du einfach auf den grünen Knopf, dann stehen wir in Verbindung und du kannst mit uns sprechen.»

Die Mission der Gruppe war streng geheim. Da sie israelische Uniformen trugen, fragte niemand nach ihrem Auftrag. Auf den Golanhöhen standen ständig irgendwelche militärische Einheiten im Einsatz. Zurzeit war eine Genie-Truppe mit IT-Spezialisten in Grenznähe damit beschäftigt, ein unterirdisches Überwachungssystem zu installieren, das auf akustische oder seismische Signale reagiert. Im Visier hatten sie die geheimen

Tunnels, welche die schiitische Terrororganisation Hisbollah immer wieder anlegte, um Leute und Waffen unbemerkt aus dem Libanon nach Israel zu schleusen. Mit dem neuen System erhofften sich die Israelis, in Zukunft jede Bewegung in den unterirdischen Gängen frühzeitig zu erkennen und entsprechend reagieren zu können.

Mit einer Verteidigungsaufgabe hatten die drei uniformierten Männer und der Hirte mit seiner Ziege allerdings nicht das Geringste zu tun. Sie stammten auch nicht aus dem Heiligen Land, sondern aus Frankreich. Sie waren hier, um sich in diesem idealen Übungsgelände auf eine tödliche Mission vorzubereiten.

Ihr Auftraggeber war Ethan Archambault, einer der gefürchtetsten Drogenbarone aus Marseille. Wegen seiner brutalen Art, mit welcher er seine Widersacher, aber auch in Ungnade gefallene Mitglieder seiner eigenen Gang, hinzurichten pflegte, trug er den Übernahmen «Le Cruel», der Grausame. Das grosse Geld hatte er anfänglich mit der Erpressung von Schutzgeldern, später mit der illegalen Einfuhr von Kokain gemacht.

Seit es jedoch Moreau, dem Kokain-König aus Paris, gelungen war, seinen Einfluss auf die französische Südküste auszudehnen, liefen Archambaults Geschäfte von Jahr zu Jahr schlechter. Was immer er unternahm, Moreaus Leute waren ihm stets zwei Schritte voraus. Als sich seine Einkünfte schliesslich halbierten, verfiel er in einen Zustand hochgradiger Nervosität. Als seine Gang auch bei den blutigen Bandenkriegen in den Vorstädten Marseilles immer häufiger den Kürzeren zog, geriet Archambault in Panik. Schliesslich gab es für ihn nur noch ein Ziel, das er mit manischer Besessenheit verfolgte: Sein Widersacher Moreau musste ausser Gefecht gesetzt werden. Er musste sterben.

Doch alle bisherigen Versuche, seinen Konkurrenten aus dem Weg zu räumen, waren kläglich gescheitert. Erst nach einem weiteren halben Jahr zeigte sich ein Silberstreifen am Horizont. Es gelang ihm, in Moreaus engstem Umfeld ein trojanisches Pferd zu installieren. Für ein fürstliches Entgelt fand sich Falco, einer von Moreaus persönlichen Bodyguards, bereit, seinen Boss zu verraten und Archambault laufend über bevorstehende Reisen und andere Vorhaben seines Chefs zu informieren.

Auf diese Weise erhielt «Le Cruel» auch Kenntnis von der geplanten Party auf Saint-Jean-Cap-Ferrat an der Côte d'Azur. Sein eingeschleuster Vertrauter spielte ihm das detaillierte Ablaufprogramm für das Fest sowie die aktuelle Gästeliste zu. Auch das Wetter spielte mit. Die Aussichten konnten nicht besser sein. Archambault frohlockte, als er aus den Unterlagen entnahm, dass um Mitternacht als Höhepunkt des Abends ein grosses Feuerwerk vorgesehen war.

Ein geeigneteres Umfeld für einen tödlichen Anschlag auf seinen Erzfeind hätte sich Archambault nicht vorstellen können. Am Abend, an welchem die Party stattfinden sollte, würde es knallen, zischen, pfeifen. Und dies alles auch noch begleitet von Musik. Die Blicke der Gäste, aber auch die ganze Aufmerksamkeit der Gastgeber und der Sicherheitsleute würden sich auf den dunklen Nachthimmel richten, vor dem sich das Feuerspektakel abspielen sollte.

Archambault war bereits an der Detailplanung, wie er in diesem Umfeld seine jüngste Geheimwaffe optimal einsetzen könnte, als ihn eine SMS aus Saint-Jean-Cap-Ferrat erreichte. Falco informierte ihn darüber, dass am Sonntagmorgen nach dem Fest noch ein Brunch auf der Terrasse der «Villa des Elfes» stattfinden solle. Der Teilnehmerkreis beschränke sich dabei auf die Gastgeber und ein knappes Dutzend ausgewählter Gäste. Die Schutzstufe werde gegenüber dem Event am Vorabend voraussichtlich um rund vierzig Prozent tiefer liegen.

Für Archambault kam die Nachricht höchst gelegen. Denn seine neuste Wunderwaffe, die er zur Tötung seines Erzfeindes einzusetzen beabsichtigte, hatte zwar die meisten Tests mit Erfolg bestanden; einzig die Anforderungen an ihre Nachttauglichkeit hatte sie bisher noch nicht zur vollen Zufriedenheit erfüllt. Dass sich nun unerwartet die Chance eröffnete, den Anschlag nicht in der Nacht, sondern bei Tageslicht durchzuführen, liess Archambault in Hochstimmung geraten.

Über eine abhörsichere Satellitenverbindung nahm er Kontakt mit seinen Leuten in Israel auf. «Haltet euch bereit. Am Sonntag in einer Woche ist es so weit. Es gilt Plan B.»

✳✳✳

Plan B bedeutete: Einsatz bei Tag. Als hätten sie es geahnt: Die drei Männer in israelischen Uniformen hatten für heute einen letzten Test gemäss Plan B geplant, einen Versuch am lebenden Objekt. Seit bald zwei Wochen waren sie nun in Israel. Seit ihrer Ankunft fuhren sie Tag für Tag auf die Golan-Höhen, um sich dort mit der neusten Version von Archambaults «Wunderwaffe» vertraut zu machen.

Damit die Männer auch im militärischen Sperrgebiet ungehindert agieren und trainieren konnten, hatte ihnen ein Freund und Vertrauter Archambaults, der im Verteidigungsministerium in Tel Aviv eine hohe Stellung innehatte, die entsprechenden Militäruniformen verschafft.

Bei der «Wunderwaffe» handelte es sich um eine völlig neuartige Drohne, wie sie die Welt bisher noch nicht gekannt hatte. Wohl waren Mini-Drohnen bereits vielfach im Einsatz, auch solche, die dank künstlicher Intelligenz ihr vorgegebenes Ziel selbstständig ansteuerten. Milizen des Islamischen Staates nutzten sie bereits für Anschläge in Syrien und im Irak. In ihrem Inneren trugen die Drohnen eine Sprengladung, die genügend stark war, um einen Menschen umzubringen.

Gegenüber allen bisher existierenden Drohnensystemen verfügte Archambaults neueste Errungenschaft jedoch über einen entscheidenden Vorteil. Auf seine Anregung hin hatte ein israelisches Start-up-Unternehmen, das er mitbegründet und auch finanziert hatte, winzige autonome Präzisionsdrohnen entwickelt. Sie waren in der Lage, ihre Opfer durch Gesichtserkennung zu identifizieren, sich dann auf deren Körper zu stürzen und mit einer Kleinstmenge an Sprengstoff gezielt zu töten.

Den jungen Entwicklern war es zudem gelungen, einen weiteren Wunsch ihres Auftraggebers zu erfüllen: Die Motoren der Mini-Drohnen sollten wesentlich leiser sein als alle bisherigen. Das Resultat übertraf selbst die kühnsten Erwartungen: Das Fluggeräusch war kaum zu hören, selbst wenn sich die tödliche Drohne bereits in unmittelbarer Nähe des Zielobjektes befand.

Absolut neu waren auch die Ausmasse der Drohnen. Jede einzelne war kaum grösser als eine gewöhnliche Honigbiene. Und sie konnten, genauso wie echte Bienen, in Schwärmen auf ein Ziel losfliegen und es töten.

Zunächst hatten die Männer auf den Golanhöhen das Flugsystem mit Skepsis betrachtet. Doch je länger sie damit arbeiteten, umso begeisterter waren sie. Die Drohnen erkannten ihr Ziel am Tag in achtundneunzig Prozent aller Versuche. Das gleiche Ergebnis zeigte sich, wenn sie als Schwarm auf ein bestimmtes Ziel angesetzt wurden.

Nachts lag die Trefferquote bei knapp achtzig Prozent. Als Trainingsziel dienten kleine Holzpfähle, eine Markierung auf einem Baumstrunk, die Astspitze eines verkümmerten Olivenbaums oder eine im Gras versteckte Bergotter.

Heute nun folgte ein weiterer Versuch, welcher die Funktionsfähigkeit des Systems unter realistischen Umständen testen sollte. Insbesondere sollte die Zielgenauigkeit an einem lebenden Objekt überprüft werden, das sich bewegte.

Der alte Hirte hatte sich bereit erklärt, dafür eine seiner Ziegen zu opfern. Als Gegenleistung verlangte er, dass, ihm die Männer den Kaufpreis für das Tier erstatteten und dieses nach dessen Tod mit dem Auto zur Weiterverarbeitung des Fleisches in sein Haus bei Metulla transportierten.

Die Vereinbarung wurde bei einem gemeinsamen Bier besiegelt.

Aufgrund der Bilder, die sie am Morgen zuvor mit einer Spezialkamera von der Ziege aufgenommen hatten, gaben sie die zur Gesichtserkennung notwendigen Daten in das System ein. Dann wiesen sie den Hirten per Funk an, das Tier loszubinden und frei weiden zu lassen. Er selbst solle sich, eine reine Vorsichtsmassnahme, in der Ruine einer zerfallenen Steinhütte verstecken, die sich rund hundert Meter entfernt von seinem jetzigen Standort befand. Sobald er dort angelangt sei, solle er sie per Funk informieren.

Nachdem sich der Hirte, wie vereinbart, gemeldet hatte, gaben sie dem Drohnensystem grünes Licht. Sie hatten es so programmiert, dass die Mini-Drohne einen halben Kilometer vor ihrem Ziel nach links abdrehen und auf einer Höhe von zweihundert Metern über Boden eine weite Schlaufe fliegen sollte, bevor sie sich schliesslich wie ein Kamikaze-Flieger auf das Opfer stürzen und dieses vernichten würde. Bei den herrschenden Windverhältnissen rechnete das System mit einer Flugzeit von einer Minute und fünfzehn Sekunden ab Start bis zur Zielerreichung.

Die Nervosität der Männer war spürbar, als der Chef den Startknopf drückte. Aufgrund ihrer winzigen Grösse und der enormen Geschwindigkeit war die Drohne nach wenigen Sekundenbruchteilen von blossem Auge nicht mehr zu erkennen. Auf dem Bildschirm des Kontrollsystems hingegen konnten sie den Flugverlauf genau verfolgen.

Die Spannung stieg, als die Drohne, wie programmiert, auf die Linksschlaufe einbog und sich dann in rasendem Tempo ihrem Ziel näherte. Nach weiteren zwanzig Sekunden war es so weit. Auf dem Bildschirm war die Ziege erkennbar, die wie vom Blitz getroffen zusammensackte und auf der Stelle tot war. Die Drohne hatte sich knapp über der Nasenwurzel des Tieres in den Schädel gebohrt, worauf die Sprengladung explodierte und zum sofortigen Tod des Tieres führte.

Als der alte Hirte bei der toten Ziege angelangt war, beugte er sich über deren Leiche und begann sie zu streicheln. Eine Träne lief ihm über das runzlige Gesicht. Er, der im Laufe seines langen Lebens schon Hunderte von Tieren dem Schlachter verkauft hatte, verspürte mit einem Mal Trauer und ein schlechtes Gewissen. Wie hatte er es nur fertiggebracht, das Tier an irgendwelche Ausländer zu verschachern, nur damit diese an einem Lebewesen ihre tödlichen Drohnen ausprobieren konnten?

Während er noch darüber nachsann, meldete sich der Mann am Funk: «Na, Alter, ist sie tot?»

Mehr als einen Laut, der sich wie ein leise gemurmeltes «Ja» anhörte, brachte er in diesem Moment nicht heraus.

«Bleib dort, wir kommen mit dem Wagen und holen dich und das Vieh ab.»

***

Sandra und Gordon sassen in der Business Class der Swiss-Maschine, die um vierzehn Uhr fünf in Nizza landen sollte. Seit Gordons Heiratsantrag lebten die beiden im siebten Himmel. Einige ihrer Zukunftspläne hatten sich in der Zwischenzeit bereits realisiert. Gordon hatte seine Stelle in London gekündigt und sich in Zürich für einen Job bei der renommierten Anwaltskanzlei Klapproth & Partner entschieden. Als Spezialist für britisches und amerikanisches Unternehmens- und Finanzrecht war er bei der international tätigen Firma ein gefragter Mann.

Auch für ihre Wohnsituation hatte sich eine Lösung gefunden. Am Sonnenberg, unterhalb des ehemaligen Sitzes des Weltfussballverbandes FIFA, wurde in einer älteren Villa die obere Wohnung frei. Kaum hatten sie auch nur einen Fuss über die Türschwelle gesetzt, stand für Sandra und Gordon fest: Sie hatten ihr Wunschobjekt gefunden. Sollten sie dem Vermieter genehm sein, würden sie den Mietvertrag augenblicklich unterzeichnen. Nicht nur wegen der begehrten Wohnlage und der einzigartigen Aussicht, die man von hier aus über die ganze Stadt und das untere Seebecken genoss, auch wegen der Aura, welche das Haus aus den Fünfzigerjahren und der stilvoll angelegte Garten ausstrahlten.

Als die Maschine über der Bucht von Nizza zum Landeanflug ansetzte, griff Gordon nach Sandras Hand und drückte sie zärtlich. «Du kannst dir gar nicht vorstellen, wie ich mich freue! Die Party werden wir überleben. Umso mehr, als wir ja schon am nächsten Tag nach Théoule-sur-Mer weiterfahren.» Sanft zog er ihren Kopf zu sich und flüsterte ihr ins Ohr: «Dort wird das Tiara Miramar zu unserem Liebesnest. Wenn du vor dem Frühstück schwimmen willst, brauchst du nur ein paar Stufen hinunter zum Strand zu steigen und schon stehst du im Meer.»

Sandra lachte spitzbübisch. «Ach so stellst du dir das vor? Ich soll im kalten Wasser wach werden, während Monsieur sich noch einmal in die warmen Kissen kuschelt? Nein, nein, mein Herr, so funktioniert das nicht. Da wüsste ich schon noch eine andere Beschäftigung, bei welcher Monsieur seine Morgenmüdigkeit vergessen dürfte. Im kalten Wasser schwimmen, das können wir hinterher immer noch.»

An dieser Stelle fand der Geschäker ein Ende. Die Swiss-Maschine hatte mit einem leichten Holperer auf der Landepiste des Aéroports Nice Côte d'Azur aufgesetzt. In der Halle für ankommende Passagiere wurden sie bereits erwartet. Ein junger Mann trat auf sie zu. In der Hand trug er ein kleines Plakat, auf dem ihre Namen geschrieben standen.

«Madame et Monsieur Constaffel?»

Die beiden schauten sich an und lachten. «Noch nicht ganz», meinte Sandra. «aber lassen wir es für heute so stehen.»

Der Mann nahm ihnen das Gepäck ab und führte sie zu einer weissen Limousine, die er direkt vor dem Ausgang geparkt hatte.

«Bienvenue en France! Hatten Sie einen angenehmen Flug?», erkundigte er sich höflich, bevor er den Motor anliess. Er schlug vor, statt der schnelleren Grande Corniche die Route entlang der Küste und durch die Altstadt von Nizza zu nehmen. «Dauert vielleicht etwas länger, ist aber durchaus sehenswert», meinte er. «Mit grösseren Staus ist zu dieser Stunde kaum zu rechnen.»

Nach einer guten halben Stunde Fahrt bogen sie bereits auf die Halbinsel ein und erreichten nach wenigen Minuten das Grand-Hôtel du Cap-Ferrat am Boulevard du Général de Gaulle. Jean-Robert Moreau, der Gastgeber der morgigen Party, hatte sich nicht lumpen lassen. Für die Gäste aus der Schweiz war eine Suite mit Blick auf das Meer reserviert. Sandra stand an der weissen Balustrade der Terrasse. Sie schaute zum Himmel und atmete tief ein. Dann wandte sie sich Gordon zu.

«Weisst du, woran mich die Luft und der leise Duft von Veilchen und Mimosen erinnern? An die unvergesslichen Ferientage, die ich als Kind zusammen mit Grossmama so oft hier unten verbringen durfte.»

Draussen im azurblauen Wasser spiegelte sich die Sonne. Nachdem Sandra und Gordon den einzigartigen Ausblick lange genug genossen hatten, beschlossen sie, zunächst einen Rundgang durch das altehrwürdige Haus zu machen und später den mediterranen Hotelpark mit seinen botanischen Raritäten zu erkunden.

Nach einem kurzen Spaziergang durch einen gepflegten Pinienwald erreichten sie unten am Strand den legendären Beachclub «Le Dauphin» mit seinem riesigen, beheizten Meerwasserpool. An der Bar gönnten sie sich ein Glas Champagner, worauf sie in der kleinen Seilbahn, die sie wieder hinauf zum Hotel zurückbrachte, fast so etwas wie ein James Bond-Feeling überkam.

Zurück in der Lobby, erwartete sie der Hotelmanager, um sie persönlich willkommen zu heissen. «Fall Sie heute Abend noch nichts vorhaben, würden wir Ihnen gerne einen Tisch in unserem Michelin-gekrönten Restaurant ‹Le Cap› reservieren. Ihr Gastgeber, Monsieur Moreau, geniesst dort selbst gerne die provenzalischen Spezialitäten, die unser Maître de Cuisine meisterhaft zuzubereiten versteht.»

Für Sandra und Gordon vergingen die Stunden wie im Flug. Der Chef des Hauses hatte nicht übertrieben. Das Gourmet-Menu im «Le Cap» war hervorragend. Sie genossen die Vielfalt an kulinarischen Köstlichkeiten in vollen Zügen. Zum Abschluss genehmigten sie sich an der Hotelbar noch einen Good-Night-Drink, bevor sie sich, gesättigt und müde von der Reise, in ihre Suite zurückzogen.

Am darauffolgenden Morgen, nachdem sie ausgeschlafen hatten, warteten bereits neue Versuchungen auf sie. Auf der Terrasse, im Schatten der riesigen, gelbweiss gestreiften Markisen, war ein Brunchbuffet aufgebaut, an welchem sich eine ganze Armee hätte sattessen können.

Gordon hätte hier gut und gerne eine weitere Stunde verbracht, doch Sandra erinnerte ihn an den vereinbarten Zeitplan. Schliesslich wollten sie noch vor Mittag ein erstes, gemeinsames Bad im Mittelmeer geniessen. Der Hoteldirektor hatte ihnen den Tipp gegeben: «Ihr werdet es nicht bereuen! Das Wasser ist für die Jahreszeit bereits ausgesprochen warm.»

Viel Zeit zum Dolce far niente blieb den beiden allerdings nicht. Schliesslich mussten sie sich rechtzeitig auf den Abend vorbereiten. Um siebzehn Uhr, so stand es in der Einladung, würde der Fahrer, der sie gestern vom Flughafen abgeholt hatte, mit seiner weissen Limousine vor dem Hotel auf sie warten, um sie zur Party zu bringen.

∗ ∗ ∗

Der Streifenwagen der Polizei fuhr im Schritttempo. Die Beamten im Inneren des Mégane R.S. spähten nach links und nach rechts, ob sich irgendwo etwas Ungewöhnliches zeigte. Sie trugen, wie alle Flics in Frankreich, dunkelblaue Uniformen. Auf dem Abzeichen am linken Ärmel fand sich der Schriftzug «Police Municipale», dazu eine blau-weiss-rote Tricolore sowie die Buchstaben «RF» für République Française. Den rechten Ärmel zierte das Wappen von Saint-Jean-Cap-Ferrat.

Was aussah wie eine gewöhnliche Patrouillen-Streife, mit der die Polizei in einem der vornehmsten Villen-Viertel Frankreichs Präsenz markierte, diente in Wirklichkeit einem völlig anderen Zweck. Die Flics waren auch keine Polizisten, sondern Mitglieder einer Gang des Marseiller Drogenbosses Ethan Archambault. Das Fahrzeug und die Uniformen hatte ihnen ein Mitarbeiter der lokalen Polizei besorgt, der neben seiner offiziellen Anstellung bei der Gemeinde «nebenberuflich» ebenfalls im Sold von Archambault stand.

Auf einem Wendeplatz am Ende einer schmalen, von dichtem Unterholz umgebenen Naturstrasse hielten die Männer an. Vor zwei Tagen waren sie per Zufall auf die Stelle gestossen. Sie lag etwa zweihundert Meter entfernt vom westlichsten Grenzpunkt des Grundstücks, auf dem die «Villa des Elfes» stand. Hier sollte in wenigen Tagen das Geburtstagsfest für den Sohn eines prominenten Italieners stattfinden. Die weiteren Abklärungen hatten gezeigt, dass sie für ihr Vorhaben keinen geeigneteren und diskreteren Standort hätten finden können. Kaum ein Auto, das sich hierhin verirrte, nur ab und zu eine Nanny mit Kinderwagen oder ein Gärtner, der den Schosshund seines Patrons Gassi führte.

Was die drei Männer noch vor wenigen Tagen auf den Golan-Höhen an der israelisch-syrischen Grenze getestet hatten, sollte sich nun im Ernstfall bewähren.

Archambault konnte es kaum erwarten, sich endlich bei Moreau für all das zu rächen, was ihm dieser in den letzten Jahren angetan hatte. Dabei dachte er nicht nur an den enormen Ausfall im Drogengeschäft, den er seinem Todfeind aus Paris zu verdanken hatte. Nicht weniger schmerzte ihn der Verlust seiner Reputation als unbesiegbarer Killer.

Archambault frohlockte. Der Tag stand vor der Türe, an dem er Jean-Robert Moreau ein für alle Mal ins Jenseits befördern würde.

Um kein Aufsehen zu erregen, hatten die Männer ein kleines, viereckiges Zelt aufgestellt. Es trug die Aufschrift «Département d'entretien routier, commune Saint-Jean-Cap Ferrat». So getarnt, konnten sie ungestört arbeiten. Niemand schöpfte Verdacht, dass es hier um etwas anderes gehen könnte als um Unterhaltsarbeiten an der Strasse. Die Gerätschaften, die sie hineintrugen, dienten jedoch einem völlig anderen Zweck. Es handelte sich um die Bodenkontrollstation für die Drohnen, die in zwei Tagen zu ihrem tödlichen Einsatz kommen sollten.

Nachdem alles installiert war, zogen sich zwei der uniformierten Männer ins Zelt zurück und zogen von innen den Reissverschluss zu. Der dritte «Polizist» stand draussen Wache, um zu verhindern, dass sich Unbefugte dem Zelt näherten.

Bei der Generalprobe für den Drohneneinsatz, die an diesem Tag stattfinden sollte, standen zwei Aufgaben im Vordergrund. Erstens galt es, die Flugbahn der Drohne von der Startrampe im Zelt bis zum Zielobjekt auf der Terrasse der «Villa des Elfes» ein letztes Mal zu vermessen und zu justieren. Zu diesem Zweck wollten sie eine mit einer Kamera versehene Minidrohne über die Terrasse fliegen lassen, auf welcher am Morgen nach der Party der Brunch stattfinden sollte.

Bei der Generalprobe verfolgten die Drohnen-Fachleute aber noch ein zweites, wichtiges Ziel: Es galt, jeden Handgriff so einzuüben, dass sie in der Lage waren, das Zelt, die Abschussrampe und die Kontrollstation innerhalb weniger Minuten abzubauen, alles in ihrem falschen Polizeiwagen zu verstauen und loszubrausen. Denn länger würde es kaum dauern, bis die Gastgeber und ihre Gäste, nachdem das Zielobjekt vor ihren Augen zusammengebrochen war und tot am Boden lag, die Gendarmerie alarmierten, worauf diese einen Grossalarm für die ganze Côte auslösen würde.

Während die Männer im Zelt ihre Messungen machten, standen sie in Funkkontakt mit Falco, dem Verräter in Moreaus Leibwache. Diese war vor zwei Tagen mit dem Chef aus Paris angereist und hatte in einem Nebengebäude der «Villa des Elfes» Quartier bezogen. Über ein Mini-Mikrofon, das in der Spitze seines Kugelschreibers versteckt war, meldete sich Falco mit leiser Stimme bei den Männern im Zelt.

«Könnt ihr mich sehen? ... Okay. Ich stehe jetzt da, wo das Brunch-Buffet aufgebaut wird.» Dann bewegte er sich einen Meter nach hinten: «Und in diesem Bereich, mit dem Gesicht genau in eure Richtung, werden Gastgeber und Gäste anstehen, um sich am Buffet zu bedienen. Habt ihr das Foto meines Bosses, welches ich euch für die Gesichtserkennung schickte, ins System eingegeben? ... Gut. Au revoir!»

***

Für die Party hatte sich Sandra vor ihrer Abreise nach Südfrankreich nach einem passenden Outfit umgesehen. In einer Boutique im Zürcher Enge-Quartier stiess sie auf ein beiges, massgeschneidertes Cocktail-Kleid mit einem hübschen, aber nicht zu auffälligen Dekolleté. Für den Anlass schien es ihr passend. Es war elegant, aber nicht von übertriebenem Schick. Es endete eine knappe Handbreit über dem Knie. Für den Fall, dass es im Laufe des Abends kühler werden sollte, hatte sie ein passendes Bolero-Jäckchen mit dreiviertel Arm ausgewählt. Dazu trug sie hochhackige, beige Pumps, die sie im gleichen Geschäft entdeckt hatte.

Im Ankleideraum ihrer Suite im Hotel du Cap hatte Sandra ihre neu erworbene Garderobe sorgfältig ausgebreitet. Als sie sich eine halbe Stunde vor der geplanten Abfahrt Gordon in ihrem neuen Outfit präsentierte, blieben diesem die Worte weg.

«You just look gorgeous!», war das Einzige, was er herausbrachte. Aus seinen Augen und seiner Stimme leuchtete die Bewunderung, die er für die hinreissende Frau empfand, die da vor ihm stand und die schon bald seine Gattin werden sollte.

Sandra gab das Kompliment zurück. Auch Gordon hatte sich für den Anlass neu eingekleidet. Zu einer weissen Leinenhose trug er ein weisses Smoking-Hemd mit Flügelkragen sowie einen hellblauen Sommer-Smoking. Einen modischen Kontrast dazu setzte die königsblaue Fliege aus Seidensatin, die er sich umgebunden hatte.

Gegenseitig strahlten sie sich an und, wie immer in solchen Augenblicken, begann es zwischen den beiden augenblicklich wieder zu knistern. Am liebsten hätten sie den ersten Teil der Party fahren lassen, um sich einmal mehr ihrem liebsten Freizeitvergnügen hinzugeben. Doch das Klingeln des Haustelefons bereitete dem lustvollen Vorhaben, noch bevor es begonnen hatte, ein vorzeitiges Ende.

«Ihr Fahrer ist da», meldete der Concierge. «Er erwartet Sie vor dem Haupteingang.»

Als Sandra und Gordon aus dem Lift traten und durch die Lobby in Richtung Ausgang schritten, spürten sie im Rücken die neugierigen, aber auch bewundernden Blicke, mit denen das Personal und die übrigen Gäste sie verfolgten. Auf welcher Party und in welchem Haus sich das elegante Paar wohl zeigen würde?

«Bis zur ‹Villa des Elfes› brauchen wir normalerweise nur wenige Minuten», erklärte er Fahrer, nachdem beide im Fonds des Wagens Platz genommen hatten. «Aus Sicherheitsgründen erfolgt heute bei der Zufahrt ins Areal eine besonders gründliche Kontrolle aller Gäste und Fahrzeuge. Und da erfahrungsgemäss die meisten der Eingeladenen praktisch zur gleichen Zeit eintreffen werden, wird sich ein grösserer Stau vor dem Eingang nicht vermeiden lassen. Wir bitten Sie dafür um Verständnis.»

«Kein Problem», meinte Gordon, «wir werden es überleben.»

Während der Fahrt zu Villa fiel ihm ein kleines Zelt auf, welches an einer abgelegenen Stelle, nur wenige Meter vom Strassenrand entfernt, aufgestellt war. Erstaunt wandte er sich an den Chauffeur: «Seit wann arbeitet man bei euch in Frankreich auch am Samstag?»

Der Fahrer wunderte sich ob der Frage. Dann lachte er. «Niemand arbeitet hier freiwillig am Wochenende. Da können Sie Gift drauf nehmen. Aber, wenn ich recht gelesen habe, sind das Leute vom Strassenunterhalt der Gemeinde. Vermutlich gibt es ein Problem mit einer Wasserleitung oder mit dem Strom. Sie sehen ja, auch die Polizei ist vor Ort.»

Damit hatte sich die Sache erledigt.

Es dauerte nicht lange, bis sie in den angekündigten Verkehrsstau gerieten und nur noch im Schritttempo vorankamen. Nach einer halben Stunde hatten sie schliesslich ihr Ziel erreicht. Nachdem sie die Sicherheitskontrolle hinter sich gebracht hatten, fuhren sie auf der von hellblau blühendem Lavendel und weissem Oleander gesäumten Vorfahrt durch den Park bis zum Portal der Villa. Ein Portier öffnete die Wagentüre und führte sie auf die grosse Terrasse, wo sich bereits zahlreiche Gäste versammelt hatten.

Als Jean-Robert Moreau die neu eingetroffenen Gäste entdeckt hatte, eilte auf sie zu und stellte sich als Gastgeber vor.

«Schön, dass Sie es geschafft haben. Es uns eine grosse Freude, dass Sie den weiten Weg auf sich genommen haben. Ich hoffe, man hat Sie im Hotel du Cap würdig empfangen?»

«Gar nichts auszusetzen. Im Gegenteil, wir sind beeindruckt und total begeistert», bedankte sich Sandra und stellte Moreau ihren Freund und künftigen Ehemann Gordon vor.

In diesem Augenblick näherte sich ein eher klein gewachsener, weisshaariger Herr der Gruppe.

«Seht, seht, wer da kommt: Luciano Sestrielli, der stolze Onkel unseres Geburtstagskindes!»

Niemand ausser ihm wusste, dass der ältere Herr in Wirklichkeit nicht der Onkel, sondern der leibliche Vater von Davide war. Mit französischem Charme machte Moreau seinen Freund mit den hinzugekommenen aus Zürich bekannt: «Madame Sandra Constaffel, eine der meist zitierten Finanzspezialistinnen der Schweiz und Inhaberin der Bank Constaffel in Zürich. Und der Herr hier ist ihr zukünftiger Ehemann, Mister Gordon Kelly aus London. Wenn Sie nichts dagegen haben, bleiben wir heute Abend der Lockerheit halber beim Vornamen.»

«Gute Idee», meinte Sandra. «Das ‹Du› ist mittlerweile selbst bei uns schon bald die Regel und nicht die Ausnahme. Eigentlich erstaunlich, nachdem wir Bergler bekanntlich oft altmodisch und erzkonservativ belächelt werden.»

«Sprechen Sie italienisch?», erkundigte sich Sestrielli. «Ich verstehe leider nur wenig deutsch.»

Gordon mischte sich ein: «Die Schweizer sind wahre Sprachtalente. Neben deutsch und französisch sprechen sie auch italienisch. Sie wissen es wahrscheinlich: Italienisch ist sogar eine der offiziellen Landessprachen.»

«Nun übertreibe mal nicht, Gordon», unterbrach ihn Sandra. «Aber wenn Sie nicht gerade in Versform wie Dante Alighieri mit uns reden, werden wir Sie … ähm … werden wir dich bestimmt verstehen.»

Ein livrierter Kellner erschien und offerierte Getränke. Sandra entschied sich für eine Flûte Dom Pérignon, während Gordon ein Glas weissen Sancerre bevorzugte. An Stehtischen, die mit weissen Hussen bedeckt waren, stand neben den Getränken eine Auswahl feinster Apéro-Häppchen bereit.

Nachdem sich Sandra und Gordon mit den anderen Gästen bekannt gemacht hatten, setzten sie sich für eine Weile von der Gesellschaft ab und unternahmen einen Spaziergang durch den weitläufigen Park. Ein mit weissem Kies belegter Weg führte durch einen Zypressenhain zu einem kleinen Hügel.

Der Ausblick, der sich ihnen von dort aus bot, war schlichtweg überwältigend. In der Ferne, hinter knorrigen Olivenbäumen und goldgelbem Ginster, leuchteten die Klippen aus rotem Felsen. Der Feuerball der Abendsonne spiegelte sich im türkisblauen Meer, bis er langsam in den Fluten versank.

Gordon und Sandra waren wie berauscht von dem Naturspektakel. Schweigend standen sie da und vergassen die Zeit.

Nach einer Weile warf Sandra einen verstohlenen Blick auf die Uhr und mahnte zum Aufbruch.

«Gordon, lass uns zurückgehen. Ich möchte nicht, dass die Gastgeber unser Fernbleiben als unhöflich empfinden.»

Der Gastgeber Moreau erwartete sie auf der weitläufigen Terrasse.

«Ich habe schon befürchtet, wie müssten einen Suchtrupp nach euch beiden aussenden. Aber nun seid Ihr ja da.»

Er rief einen jungen Mann, der das Gespräch aus einiger Distanz mitverfolgt hatte, zu sich. «Komm schon her, Davide! Sonst bist du doch auch nicht so schüchtern.»

Und an die Gäste aus der Schweiz gewandt: «Ich möchte euch mit dem Mann bekannt machen, der im Mittelpunkt unserer heutigen Party steht – das Geburtstagskind Davide Pugliese.»

«Hi, Davide, ich bin Sandra aus Zürich und das ist Gordon, mein Zukünftiger. Herzliche Gratulation erst mal und vielen Dank, dass wir dabei sein dürfen!»

«Die Freude ist meinerseits!», antwortete Davide höflich. «Ich kenne Zürich von mehreren Besuchen her. Eine wunderbare Stadt. Ich beneide euch fast ein wenig, dass ihr dort wohnen könnt.»

«Nun aber rein mit euch, das Essen wird im Haus serviert», mahnte Moreau. «Zum Quasseln habt ihr noch den ganzen Abend lang Zeit. Übrigens: Sandra, ich habe mir erlaubt, dich bei Tisch neben Davide zu platzieren. Ich hoffe, dein Gordon wird es überleben und nimmt es mir nicht übel, dass er eine andere, aber ebenfalls durchaus sehenswerte junge Dame an seiner Seite haben wird.»

Gordon nahm die Nachricht mit leicht gequältem Lächeln auf. Sandra hingegen strahlte und war sich der Ehre bewusst, die ihr die Gastgeber mit dieser Sitzordnung erwiesen.

Dass es diesen dabei allerdings um weit mehr ging, als nur um eine blosse Höflichkeitsbezeugung, konnte sie in diesem Augenblick ebenso wenig ahnen wie ihr Tischnachbar Davide.

Nachdem die ersten Vorspeisen serviert waren, ergriff Moreau das Wort für seine offizielle Begrüssungsansprache.

«Liebe Gäste, keine Angst! Ich will euch diesen wunderbaren Abend nicht mit einer langen Rede vermiesen. Gestattet mir aber, euch einen guten, alten Freund vorzustellen: Luciano Sestrielli.

Es ist mir wichtig, darauf hinzuweisen: Luciano ist nämlich heute Abend unser eigentlicher Gastgeber und nicht ich, wie Ihr aufgrund der Einladungskarte vielleicht vermuten konntet. Ich hatte lediglich die Ehre, diese zu mit meinem Namen zu unterzeichnen.»

Sestrielli unterbrach ihn: «Und wisst Ihr auch, weshalb? Er wollte mir schlicht eine Schmach ersparen. Er weiss nämlich, dass ich als Italiener meinen Namen auf Deutsch kaum fehlerfrei schreiben kann.»

Alle lachten.

«Jean-Robert hat aber nicht nur die Einladung unterschrieben», fuhr Sestrielli fort, «er hat uns auch sein bescheidenes Ferienhäuschen, in dem wir heute feiern, und das kleine Gärtchen, das dazu gehört, zur Verfügung gestellt.»

Wieder lachten die Gäste und klatschten in die Hände.

Mit ausgestrecktem Arm wies Luciano auf seinen Freund hin: «Dein Applaus!»

Dann setzte er seine Ansprache fort: «Grazie mille, dass ihr alle gekommen seid!» Ihr habt damit nicht nur meinem Göttibub Davide, sondern auch mir eine grosse Freude bereitet, indem ihr gemeinsam mit uns dessen Geburtstag feiert.»

Man sah Luciano den Stolz förmlich an, den er für seinen «Neffen» empfand, als er über dessen kürzlich erfolgten Studienabschluss an der Harvard Business School berichtete. Mit keinem Wort erwähnte er dabei, dass ein Schweizer Spitzenchirurg einen entscheidenden Anteil am jüngsten Erfolg seines Sohnes hatte.

Für jene, die den jungen Davide schon früher gekannt hatten, war es in der Tat unübersehbar, wie sehr dieser seit einiger Zeit geradezu aufgeblüht war.

Es schien, als hätte die Operation, mit welcher ihm der Zürcher Schönheitsarzt Dr. Frank Martin zu einem neuen Gesicht verholfen hatte, nicht nur Davides Äusseres, sondern auch sein Inneres und damit seine ganze

Persönlichkeit verändert. Aus dem ehemals schüchtern wirkenden, in sich zurückgezogenen Jüngling war ein Mann geworden, der nicht nur blendend aussah, sondern auch Selbstsicherheit, Intelligenz und Überzeugungskraft ausstrahlte.

Während Sestriellis launigen Worten warf Sandra hin und wieder einen verstohlenen Blick auf ihren Tischnachbarn. Zu ihrer eigenen Überraschung spürte sie, wie sie wachsende Sympathie für den unbekannten jungen Mann zu empfinden begann. Dabei kannte sie ihn erst seit einer knappen Stunde.

Einmal, als sich ihre Blicke wie zufällig trafen, glaubte sie, ein verstecktes Lächeln in seinen Augen zu erkennen. Sie konnte nicht anders, sie lächelte zurück.

Zum Abschluss seiner Begrüssungsworte verwies Sestrielli auf den weiteren Verlauf des Abends: Hauptgang und anschliessend Eröffnung des Dessert-Buffets, Tanz auf der Terrasse zu den Klängen einer Topband aus Neapel und – als Höhepunkt – ein Feuerwerk um Mitternacht.

«Und nun, liebe Gäste, wünsche ich euch allen un buon appetito!»

Auf dieses Stichwort hin begannen die Kellner, den Hauptgang aufzutragen. Luciano setzte sich auf den freien Stuhl gegenüber Davide und stiess mit den Gästen auf das Wohl seines Neffen an.

Je länger das Essen dauerte, umso gelöster wurde die Stimmung. Neben den kulinarischen Köstlichkeiten waren es nicht zuletzt auch die ausgesuchten Weine, die das Ihre dazu beitrugen. Witze machten die Runde. Aus der Lautstärke des Gelächters konnte man schliessen, wie gelungen die jeweiligen Pointen waren.

Sestrielli war zufrieden. Die Party verlief in seinem Sinne. Mit besonderer Genugtuung stellte er fest, dass sich Davide und Sandra je länger, je besser zu verstehen schienen. Im Augenblick waren die beiden in ein intensives Gespräch vertieft. Aus den Wortfetzen, die gelegentlich über den Tisch bis zu ihm drangen, schloss er, dass es um Davides seinerzeitigen Aufenthalt in Zürich ging.

«Ich habe meinen Onkel auf einer Geschäftsreise begleitet», erklärte dieser.

«Und was ist dir von Zürich besonders in Erinnerung geblieben?», wollte Sandra wissen.

«Der See.»

«Der Zürichsee? Weshalb ausgerechnet der See?»

«Das erzähle ich dir vielleicht später einmal», antwortete Davide vielsagend und wechselte das Thema.

Auch Gordon, der am nächsten Tisch sass, schien sich mit seiner Tischnachbarin gut zu unterhalten. Zwischendurch allerdings warf er immer wieder einen verstohlenen Blick hinüber zu Sandra. Obwohl er es nie zugeben würde: Es ärgerte ihn zu sehen, wie seine Zukünftige offensichtlich nur noch Augen für den jungen Schönling aus Kalabrien zu haben schien. Ihm selber hatte sie während des ganzen Essens nur ein einziges Mal ein kurzes Lächeln geschenkt, um sich dann gleich wieder Davide zuzuwenden.

Um halb elf Uhr war es noch immer angenehm warm, trotz der leichten Brise, die vom Meer her wehte. Moreau hatte inzwischen die Aussenbeleuchtung eingeschaltet. Lichtergirlanden von Baum zu Baum sowie Hunderte winziger Lämpchen, die zwischen den Blumen und Pflanzen verteilt waren, verzauberten den Park in eine unwirkliche Märchenlandschaft. Draussen im Meer spiegelte sich der aufgehende Mond und warf sein silbernes Licht auf die Felsen der Küste.

Als dann auch noch die Band aus Neapel zu spielen begann, erschienen auch jene Gäste auf der Terrasse, die sich zuvor im Haus aufgehalten hatten. Gemeinsam mit allen anderen genossen sie den Zauber der warmen Frühsommernacht.

Auch Rachel, Gordons hübsche Tischnachbarin, zog es nach draussen.

«Wenn du dich nicht traust, frage ich eben dich», frotzelte sie. Leicht beschwipst führte sie Gordon an der Hand auf die Tanzfläche. Beim Slow Fox nach der Melodie «Fly Me To The Moon» schmiegte sie sich eng an Gordons Körper. «Jetzt machen wir deine Braut mal ein bisschen eifersüchtig.» Sie schlang ihre Arme um Gordons Hals und suchte mit ihrem Mund den seinen.

«Bitte, Rachel, ich möchte das nicht!» Gordon stiess sie brüsk von sich und verliess die Tanzfläche. Rachel eilte ihm hinterher. «Komm schon, Gordon, spiel jetzt nicht den Beleidigten! Gegen ein bisschen Spass hat ja deine Sandra bestimmt nichts einzuwenden. So, wie sie diesen Davide bei Tisch angehimmelt hat...»

Gordon wurde wütend. «Lass bitte Sandra aus dem Spiel!»

Gleich darauf hatte er sich wieder unter Kontrolle. «Sorry, war nicht so gemeint. Lust auf einen weiteren Drink?»

«Warum nicht?» Rachel lachte und folgte Gordon zur Bar. Dort trafen sie auf Sandra und Davide sowie Sestrielli senior. Die drei waren in ein Gespräch vertieft, bei dem es offensichtlich um Geschäftliches ging.

«Selbstverständlich akzeptiert unsere Vermögensverwaltung nach wie vor Geld aus dem Ausland», erklärte Sandra, voll in ihrem Element. «Allerdings verpflichtet uns die Finma, die Finanzmarktaufsicht, sehr genau zu prüfen, woher die Gelder stammen und wie sie erworben wurden. Bestehen auch nur die geringsten Zweifel an ihrer Herkunft oder gibt es gar Hinweise, wonach diese aus kriminellen Machenschaften stammen könnten, sind wir gezwungen, auf das Geschäft zu verzichten.»

«Bravo! Ich habe dafür alles Verständnis», heuchelte Sestrielli senior. «Ich wäre glücklich, wenn bei uns in Italien die Behörden ähnlich strenge Massstäbe anwenden würden.»

Davide staunte. Er war es nicht gewohnt, ausgerechnet aus dem Mund seines «Onkels» eine solche Lobpreisung von Recht und Ordnung zu hören. Gleichzeitig bewunderte er ihn um die Gabe, stets im richtigen Augenblick das zu sagen, was sein Gegenüber gerne hörte.

Rachel mischte sich ein. «Ihr solltet euch schämen! Selbst an einem Abend wie heute habt Ihr nichts anderes im Sinn als Business. Shame on you!»

Dann wandte sie sich an Sandra. «Hier hast du deinen Gordon zurück – unversehrt und unbefleckt. Er hat sowieso nur Augen für dich.»

«Gordon, was meinst du?», fragte Sandra. «Lust auf ein Tänzchen?»

Doch von Gordon ging nicht das geringste Anzeichen von Lust oder gar Begeisterung aus. Im Gegenteil: Mit missmutigem Blick signalisierte er, dass er ungehalten war.

Sandra liess sich davon ihre gute Laune nicht verderben. «Dann eben nicht», rief sie und schnappte sich kurzerhand Davide. Sie hängte sich bei ihm ein und führte ihn zur Tanzfläche. Zunächst vergnügten sich die beiden ausgelassen bei einem Hip Hop.

Als Nächstes spielte die Band einen Song von Mariah Carey. Davide wurde dabei von einer Gefühlserregung erfasst, wie er sie noch nie erlebt hatte. Er konnte der Versuchung, Sandras Körper zu spüren, nicht widerstehen und drückte sie an sich. Doch Sandra wies ihn zurück. Nicht weil es ihr unangenehm war, im Gegenteil. Davide war, neben Gordon, einer der anziehendsten Männer, die sie je getroffen hatte. Aber irgendetwas in ihr hielt sie davon ab, sich ausgerechnet am Vorabend ihrer Verlobung in ein neues, unbekanntes Abenteuer zu stürzen. Sie brauchte eine Verschnaufpause.

Sie blieb einfach auf der Tanzfläche stehen und blickte in den weiten Sternenhimmel. Dann wandte sie sich wieder an Davide. «Weisst du, wie der Song heisst, zu welchem wir eben getanzt haben?»

Davide lachte: «Keine Ahnung! Wenn du mich nach Songtiteln oder den Namen von Sängerinnen fragen willst, bist du bei mir an der falschen Adresse.»

«Soll ich dirs verraten? Der Hit stammt von Mariah Carey.»

Davide wurde nachdenklich. «Meine verstorbene Mutter hiess auch Maria.»

Sandra antwortete, nicht weniger nachdenklich: «Der Song heisst ‹We belong together›.»

***

«Zufrieden?», erkundigte sich Moreau bei Sestrielli, der das Party-Geschehen von einer kleinen Anhöhe aus verfolgte.

«Es könnte nicht besser laufen, mein lieber Jean-Robert», antwortete der Don. «Die Leute sind begeistert. Und dies alles dank deiner perfekten Organisation. Kompliment!»

«Danke für die Blumen, Luciano! Aber, was mich speziell interessiert: Deine Strategie betreffend der Schweizer Privatbank – siehst du schon Licht am Horizont?»

«Die Fische jedenfalls haben angebissen», antwortete Sestrielli vielsagend. Davide ist sichtlich begeistert von Sandra. Und auch sie scheint von ihm angetan zu sein.

Ein Fragezeichen hingegen stellt für mich dieser Gordon dar. Er will mit ihr die nächsten Tage noch an der Côte verbringen und dabei Verlobung feiern. Ich kann mir vorstellen, dass er heute Nacht alles unternehmen wird, um sie auf den rechten Weg zurückzubringen. Gelingt es ihm, ist Davide aus dem Spiel. Und ich stehe wieder am Punkt null.»

«Apropos Davide», erkundigte sich Moreau, «weiss er überhaupt, dass wir diesen ganzen Klimbim mit seiner Geburtstagsparty nur für den einzigen Zweck organisiert haben, damit du dir deinen heimlichen Lebenstraum erfüllen und in deinem Imperium endlich auch eine Schweizer Bank dein Eigen nennen kannst? Hast du ihm davon je erzählt?»

«Um Gottes willen, nein! Er würde mich umbringen, sollte er es je erfahren. Du kennst Davide, er käme sich missbraucht vor…»

«Womit er ja nicht ganz unrecht hätte», warf Moreau dazwischen.

«Jean-Robert, das ist ein Geheimnis zwischen dir und mir. Und es soll ein Geheimnis bleiben.»

«Da kannst du dich drauf verlassen, das weisst du. Aber was ist mit Sandra Constaffel? Hat sie dich nie gefragt, was dich eigentlich veranlasst hatte, sie auf die Einladungsliste zu nehmen?»

«Natürlich hat sich Sandra bei mir gemeldet und sich erkundigt, wie wir bei der Auswahl der Gäste ausgerechnet auf sie gestossen waren. Ich erzählte ihr, einer meiner Schweizer Freunde hätte mich auf sie aufmerksam gemacht. Sie würde gut in unsere ‹Vereinigung zur Förderung junger Business-Talente› passen, die ich, wie du ja weisst, mitbegründet habe. Sie blieb aber skeptisch und wollte wissen, was denn diese Vereinigung mit Davides Geburtstagsfest zu tun habe.»

«Und», wollte Moreau wissen, «was hast du ihr geantwortet?

«Ganz einfach: Wir hätten die Erfahrung gemacht, dass solche Anlässe für junge Geschäftsleute eine ideale Möglichkeit darstellen, sozusagen in privatem Rahmen diskret neue Kontakte zu knüpfen und damit das eigene Netzwerk zu erweitern.»

«Und dass hat sie dir abgenommen?»

«Jedenfalls stellte sie keine weiteren Fragen.»

Um Mitternacht fand die Party mit einem Feuerwerk ihren Höhepunkt. Verantwortlich für die Gestaltung zeichnete der gleiche Künstler, der schon mehrmals am quatorze juillet, dem Nationalfeiertag der Franzosen, in Paris das legendäre Feuerwerk konzipiert hatte, das jeweils vom Eiffelturm und von den Jardins du Trocadéro aus gezündet wird. Heute nun zauberte er auf Cap Ferrat ein ebenso atemberaubendes Lichtspektakel an den nächtlichen Himmel.

Nachdem das Schluss-Bouquet des Feuerwerks langsam verlosch und die letzten Töne der Musik verklangen, herrschte einen Augenblick lang Stille und Ergriffenheit. Dann begannen die ersten Gäste zu klatschen. Bald schwoll der Beifall zu einem rauschenden und langanhaltenden Applaus an.

Mit dem Ende des Feuerwerks war die Party aber noch längst nicht zu Ende. Die Kellner hatten inzwischen ein üppiges Mitternachtsbuffet mit kalten und warmen Speisen aufgebaut, als hätten die Gäste den ganzen Abend lang hungern müssen. Auch die Getränkebar hatten sie frisch bestückt.

Wer das Bedürfnis nach Bewegung verspürte, brauchte nur dem lockenden Sound der Band von Francesco de Rosa auf die Tanzfläche zu folgen. Und wer die laue Frühsommernacht in trauter Zweisamkeit geniessen wollte, fand im weitläufigen Park hinter Bäumen und Büschen unzählige lauschige Nischen, die für ein diskretes Tête-à-tête geradezu prädestiniert waren.

Gegen zwei Uhr morgens machten sich die ersten Gäste auf den Nachhauseweg. Auch Gordon drängte zum Aufbruch. Sandra aber zeigte wenig Lust, jetzt schon mit ihrem noch immer missgelaunten Bräutigam ins Hotel zurückzukehren.

Sestrielli blieb die Spannung, die offensichtlich zwischen den beiden herrschte, nicht verborgen. Er suchte nach Möglichkeiten, wie er doch noch verhindern konnte, dass ihm die Felle buchstäblich in letzter Minute davonzuschwimmen drohten.

Er trat auf die beiden zu.

«Komm schon, Gordon, lasst uns gemeinsam einen letzten Drink nehmen Danach lass ich den Wagen vorfahren, damit Ihr unversehrt in euer Hotel gelangt.»

Gordon wollte nicht unhöflich sein und stimmte, zu, wenn auch nur widerwillig. Sandra dankte es ihm mit einem gehauchten Kuss. Zu dritt setzten sie sich an die Bar. Sestrielli orderte eine Flasche Champagner Laurent Perrier Grand Siècle.

«Uno per la strada – wie sagt ihr auf Deutsch? One for the road!» Luciano hob sein Glas und prostete seinen Gästen zu. «Stossen wir an auf die Freundschaft zwischen der Schweiz und Italien. Möge sie ewig halten und uns Freude bereiten bis zum bitteren Ende!»

Nach dem zweiten Glas hatte Gordon genug und erhob sich. Höflich bedankte er sich bei Sestrielli für die Gastfreundschaft und den schönen Abend. Sandra machte gute Miene zum bösen Spiel und schloss sich ihm an. Doch plötzlich wurde ihr bewusst, dass jemand fehlte.

«Wo ist denn Davide? Und Jean-Robert? Wir möchten uns doch auch von ihnen verabschieden!»

«Keine Ahnung, wo die beiden stecken», antwortete Luciano. «Aber da fällt mir ein: Ihr könnt das ja nachholen. Wir werden nämlich morgen Vormittag im kleinen Kreis und nur mit einigen unserer besten Freunde Davides Geburtstagsfest mit einem gemeinsamen Brunch ausklingen lassen. Ihr seid herzlich eingeladen, mit dabei zu sein. Davide würde sich bestimmt freuen, wenn ich ihm die Nachricht eurer Zusage überbringen dürfte.»

Sandra war begeistert bei dem Gedanken, Davide bereits am nächsten Tag wieder zu sehen. Sie ahnte allerdings, dass Gordon von der Idee kaum angetan sein würde. Anstandshalber fragte sie ihn: «Was meinst du dazu?»

Dieser zuckte mit den Schultern. Er erinnerte sie daran, dass sie doch vorhatten, gleich nach dem Frühstück in Richtung Théoule-sur-Mer weiterzufahren.

«Aber dem steht doch nichts im Weg!», mischte sich Sestrielli ein. «Statt im Hotel nehmt ihr das Frühstück einfach hier bei uns ein. Ich möchte euch jedoch keinesfalls drängen. Überlegt es euch in aller Ruhe. Ihr braucht nicht mal anzurufen. Ihr kommt morgen einfach vorbei. Oder dann eben nicht.»

Sandra und Gordon bedankten sich für das Angebot und verabschiedeten sich.

Während der Fahrt zum Grand-Hotel du Cap herrschte eisiges Schweigen zwischen den beiden. Sandra war verunsichert. War sie bei ihrem Flirt mit Davide zu weit gegangen?

Noch nie hatte sie Gordon in solch mieser Stimmung erlebt. War er ernsthaft verletzt? Oder fühlte er sich nur in seinem Ego beleidigt? Dass sie Davide sympathisch fand und auch kein Hehl daraus machte, sollte einen Mann seiner Klasse doch nicht gleich aus den Socken hauen!

Sie suchte mit ihrer Linken nach seiner Hand. Doch sobald er ihre Berührung spürte, zog er die Hand zurück und wandte sich brüsk ab. Sandra hielt die Spannung nicht mehr aus. «Gordon, Liebling, wenn ich einen Fehler begangen habe, tut es mir leid! Bitte sag mir, wenn ich dich verletzt habe!»

Mit einem Blick auf den Fahrer vor ihnen meinte Gordon wortkarg: «Findest du, es ist hier der richtige Ort, um eine solche Diskussion zu führen?»

Wieder schwieg er. Als sie im Hotel angelangt waren und die Türe ihrer Suite hinter sich geschlossen hatten, nahm Sandra einen neuen Versuch, das Zerwürfnis zu klären. Diesmal jedoch nicht bittend, sondern energisch und laut forderte sie Gordon auf, endlich mit der Sprache herauszurücken und ihr zu verraten, was ihn denn solchermassen in Rage gebracht hatte.

«Es ist Davide, nicht wahr?»

«Wenn du es ja weisst, warum fragst du dann?», antwortete er grimmig.

«Weil ich mit ihm getanzt habe?»

«Nicht weil, sondern wie du mit ihm getanzt hast. Wie du ihn den ganzen Abend bewundert, ja geradezu angehimmelt hast. Und morgen schon soll es weitergehen. Du hättest dich sehen sollen, wie du übers ganze Gesicht strahltest bei der Aussicht, deinen Italo-Boy bereits morgen wieder zu treffen. Aber so weit wird es nicht kommen. Wir gehen nicht hin!»

Nun war auch Sandra verärgert.

«Jetzt mach aber einen Punkt!», rief sie. «Willst du plötzlich den eifersüchtigen Liebhaber spielen? Habe ich dich denn jemals gefragt, in welchem Bett du an jenen Abenden gelandet bist, an denen du in deinen Pubs jungen, liebeshungrigen Londoner Girls scharenweise den Kopf verdreht hast?»

Gordon schaute sie an. Auf einmal hellte sich seine Stimmung auf. Er begann zu schmunzeln. «Habe ich richtig gehört? War da nicht eben ein Quäntchen Eifersucht herauszuhören? Ich war mir gar nicht bewusst, dass du dir je Gedanken darüber gemacht hast, wo und wie ich meine freien Abende wohl abgeschlossen haben könnte.»

Eine Last fiel von Sandra ab. Da war er wieder, ihr alter Gordon. So, wie sie ihn kannte und schätzte: selbstbewusst und witzig. Die Missstimmung, die ihr Verhältnis eben noch belastet hatte, war wie weggeblasen. Gordon nahm sie in die Arme und streichelte ihre Wangen.

«Sandra, ich muss mich bei dir in aller Form entschuldigen. Ich weiss selber nicht, welcher Teufel mich geritten hat. Kannst du mir verzeihen?»

«Natürlich, mein Liebling, kann ich das. Und ich will es auch.»

Als ob sie den Tatbeweis für ihr Versprechen erbringen wollte, fing sie an, Gordons Hemdknöpfe zu öffnen, bis er schliesslich mit nacktem Oberkörper vor ihr sass. Sie legte beide Hände auf seine Schultern, zog ihn an sich und suchte mit ihrer Zunge seinen Mund.

Ihre Nähe und vor allem ihre sinnliche Ausstrahlung entfachte bei in ihm augenblicklich wieder jene Leidenschaft, bei der es kein Zurück mehr gibt. Er trug sie auf das riesige Boxspringbett, welches in der Mitte des luxuriösen Schlaftraktes stand. Hastig entkleidete er sie und begann, sie am ganzen Körper mit Küssen zu verwöhnen. Er spürte, wie auch in ihr das Verlangen wuchs. Wollüstig presste sie ihren Unterleib an seinen Schenkel. Schliesslich hielt es Gordon nicht mehr länger aus und versuchte, in sie einzudringen.

Doch es kam nicht so weit. Sandras Körper erschlaffte. Ihre Arme, die eben noch Gordons Leib umklammert hatten, fielen auf einen Schlag kraftlos zur Seite. Ihr Blick verlor sich im Leeren.

Gordon erschrak. «Was ist denn? Hab ich etwas falsch gemacht?», fragte er besorgt.

«Nein, nein, alles ist in Ordnung», antwortete sie mit leiser Stimme. «Es ist nur...»

Wieder fiel sie in einen tranceartigen Zustand.

Gordon versuchte, sie zurückzuholen. «Was meinst du damit: Es ist nur...?»

Er begann, sie an ihren Lieblingsstellen zu liebkosen. Doch damit tat er genau das Falsche.

«Bitte, Gordon, lass das!» Sandra war jetzt wieder hellwach. Auch ihre Kräfte kehrten zurück. Unwirsch stiess sie ihn von sich.

Jetzt verstand Gordon die Welt nicht mehr. Wortlos erhob er sich und öffnete die Türe zur Terrasse. Die Bucht von Villefranche glitzerte noch immer im silbernen Licht des Mondes. Auf einigen der vor Anker liegenden Jachten brannte selbst zu dieser späten Stunde noch die Bordbeleuchtung. Auf der gegenüberliegenden Küste war ab und zu das Scheinwerferlicht von Autos zu erkennen, die auf dem Boulevard Princess Grâce de Monaco in Richtung Nizza fuhren.

Vom Meer her wehte eine frische Brise. Gordon versuchte, seine Gedanken zu ordnen. Doch im Moment fand er einfach keinen Ausweg aus dem Zwiespalt, in dem er sich befand.

Da war einerseits die Furcht, Sandra im letzten Moment an einen anderen Mann zu verlieren. Andererseits aber fühlte er auch wachsendes Missbehagen in sich aufkommen. Er dachte an Sandras abrupten Sinneswandel. Wie kann es nur sein, dass eine Frau, mit der er seit zwei Jahren glücklich zusammen war und mit der er in den nächsten Tagen ihre Verlobung feiern wollte, nach einem einzigen Abend ihr Herz ihm gegenüber verschliessen und es einem anderen öffnen konnte, den sie noch kaum kannte?

Ein leises Schluchzen aus der Suite riss Gordon aus seinen Gedanken. Er drehte sich um. Das Bild, das sich ihm bot, machte ihn noch ratloser. Wie ein Häufchen Elend kauerte Sandra auf dem Bett und weinte. Er setzte sich neben sie und versuchte, sie aufzurichten. Doch Sandra wandte sich erneut von ihm ab.

«Gordon, ich weiss, dass ich dich verletzt habe. Und ich verstehe, wenn du wütend auf mich bist. Aber ich…»

Gordon unterbrach sie. «Liebes, mach dir keine Gedanken! Am besten, du schläfst jetzt erst mal richtig. Morgen früh schauen wir weiter. Vielleicht sieht dann alles schon wieder ganz anders aus.»

Sandra folgte seinem Rat. Wortlos verschwand sie im Badezimmer. Später legte sie sich ins Bett und schlief augenblicklich ein.

Der Platz neben ihr aber blieb leer.

***

Als sich die letzten Geburtstagsgäste in der «Villa des Elfes» von den Gastgebern verabschiedet hatten, nahm Sestrielli senior seinen «Neffen» zur Seite. «Davide, was hältst du von einem Schlummertrunk mit deinem Vater?»

Davide kam der Vorschlag gelegen. Er war noch immer aufgekratzt und viel zu wach, um jetzt schon an Schlaf zu denken. Die Begegnung mit Sandra Constaffel liess ihm keine Ruhe. Noch nie in seinem bisherigen Leben war ihm eine Frau begegnet, die auch nur annähernd eine ähnlich starke Anziehungskraft auf ihn ausgeübt hatte.

Dabei hatte es in seinem bisherigen Umfeld keineswegs an gut aussehenden, jungen Damen gemangelt, die sich nur allzu gern auf eine Romanze oder gar eine feste Beziehung mit dem attraktiven Junggesellen eingelassen hätten.

Davide war zwar alles andere als ein Kostverächter. Doch bisher war es noch keiner Frau gelungen, ihn länger als drei Monate an sich zu binden. Fast immer war er es, der die Beziehung vorzeitig beendete. Sei es, weil ihn die Damen zu langweilen begannen oder weil sie ihm zu naiv oder zu oberflächlich erschienen.

Es kam auch vor, dass sich eine anfänglich feurige Liebe schon nach kurzer Zeit als Strohfeuer erwies, welches schon bei den geringsten Meinungsverschiedenheiten erlosch. Besonders allergisch reagierte Davide, wenn er merkte, dass ihn eine Partnerin nur wegen seines Geldes begehrte und sich mit einer Heirat ein sicheres Dach über dem Kopf und sozialen Aufstieg erhoffte.

Diesmal war alles anders. Seit dem Moment, als ihm Sandra vorgestellt wurde, hatte er sie nicht mehr aus den Augen gelassen. Im Gegensatz jedoch zu seinen bisherigen Gewohnheiten hatte er sich den ganzen Abend lang bemüht, seine Gefühle im Zaum zu halten und sie nicht spüren zu lassen, wie begehrenswert sie für ihn war. Nur ein einziges Mal, als sie miteinander tanzten, hatte er für einen Augenblick die Beherrschung verloren. Sandra selber war cool geblieben und hatte so getan, als hätte sie sein Verlangen gar nicht wahrgenommen.

Eine solche Abweisung war für den erfolgsverwöhnten Davide eine völlig neue Erfahrung. Zu seiner eigenen Verwunderung nahm er sie ihr aber nicht übel. Im Gegenteil, ihre Zurückhaltung machte sie für ihn umso begehrenswerter.

Auch bei Sandra hatte die Begegnung mit Davide wie ein Blitz eingeschlagen. Vom ersten Moment an empfand sie Sympathie für den Italiener, der so gar nicht ins Klischee passte, welches man sich gemeinhin von der italienischen Jeunesse dorée macht.

Er sah blendend aus. Und er war sich seiner Wirkung auf das weibliche Geschlecht durchaus bewusst. Doch im Gegensatz zu vielen Männern, die über die gleichen Attribute verfügten, war Davide weder hochnäsig noch eingebildet.

Aus der Tatsache, dass er die Harvard Business School, eine der weltweit führenden Wirtschaftsuniversitäten, mit einem MBA abgeschlossen hatte, schloss Sandra, dass er nicht nur intelligent sein musste, sondern auch über den notwendigen Durchhaltewillen verfügte, den es braucht, um ein solches Ziel zu erreichen.

Davide sprach auch nicht, wie so manche Männer, in erster Linie über sich und in zweiter Linie über Geld und Geschäfte; er interessierte sich offensichtlich für Politik, Kultur und Geschichte. Ganz besonders überraschte er Sandra mit seinem Detailwissen, selbst zur Geschichte der Schweiz.

Den Beweis dafür hatte er auf seine spezielle Art geliefert: Wie ein Pantomime griff er mit der Hand nach einem imaginären Apfel und legte diesen auf den ebenso imaginären Kopf eines Knaben. Dann wechselte er die Rolle und mimte Wilhelm Tell, den Schweizer Nationalhelden. Er tat, als spanne er einen Bolzen in seine Armbrust und ziele auf den Apfel, den er zuvor auf dem Kopf seines Sohnes platziert hatte.

Sandra staunte und musste lachen. «Woher kennst denn du diese Szene?»

«Auch wenn du es nicht für möglich hältst», antwortete Davide, «bei uns kennt selbst ein gewöhnlicher Italiano wie ich die berühmte Apfelschuss-Szene aus Friedrich Schillers ‹Wilhelm Tell›.»

***

Vater und Sohn Sestrielli prosteten sich zu. «Du hast recht, Vater. Sandra ist eine grossartige Frau. Ich weiss zwar nicht, aus welchen Gründen du ausgerechnet sie eingeladen hast. Spielt aber auch keine Rolle. Auf alle Fälle hast du mir damit das schönste Geburtstagsgeschenk bereitet, das du dir ausdenken konntest. Ich kann es kaum erwarten, sie morgen wieder zu sehen!»

«Freue dich nicht zu früh, Davide. Noch ist es nicht sicher, dass die beiden überhaupt kommen werden.»

«Er kann mir gestohlen bleiben», fiel ihm Davide ins Wort, «aber sie muss kommen! Hast du ihr denn keine Zusage abgerungen?»

«Mensch, Davide, ich kann sie doch nicht zwingen, an unserem Brunch teilzunehmen! Du weisst ja, die beiden haben vor, schon morgen nach Théoule-sur-Mer weiterzufahren. Dort wollen sie ihre Verlobung feiern.»

«Verlobung?», rief Davide bestürzt. «Willst du damit sagen, Sandra wird diesen Kerl tatsächlich heiraten? Ich dachte, sie mache einen Witz, als sie ihn als ihren Zukünftigen vorstellte.»

«Noch ist nicht aller Tage Abend», versuchte Luciano seinen Sohn zu beruhigen. «Ich hoffe ja selber, dass es nicht so weit kommen wird. Sandra hat wahrlich einen Besseren verdient als diesen komischen Briten.»

Er schaute zu Davide und lächelte verschmitzt. «Und ich weiss auch schon, wen!»

Davide strahlte. Doch gleich verdüsterte sich seine Miene wieder. «Und wenn der Kerl sich nicht abschütteln lässt?»

«Aber Davide, du kennst doch den Wahlspruch deines alten Herrn: ‹Es gibt viele Probleme. Aber es gibt nicht ein einziges Problem, für welches es keine Lösung gibt.› Falls dieser Gordon tatsächlich an seiner Absicht festhalten sollte, werden wir Mittel und Wege finden, um dem Herrn sein Vorhaben ein für alle Mal zu durchkreuzen.»

«Das würdest du für mich tun?»

«Zweifelst du etwa daran?», bekräftigte Luciano sein Versprechen.

Was er nicht sagte, aber dachte: «Ich werde es tun. Aber nicht nur für dich. Auch für mich!»

***

Es war kurz vor Mitternacht. Das heruntergekommene Lagerhaus, unweit des Vieux Port von Marseille, lag, wie an jedem Wochenende, im Dunkeln. Nur aus einem Fenster im dritten Stock brannte Licht. Von hier aus, einem karg eingerichteten Büro-Raum, führte «Le Cruel» seine Geschäfte. Oder zumindest das, was davon übrig geblieben war.

Er sass an einem riesigen Schreibtisch, der auch schon bessere Zeiten gesehen hatte. Via Skype stellte er eine Verbindung mit seinen Leuten auf Saint-Jean-Cap-Ferrat her. Sein Gesichtsausdruck verriet die Spannung, die ihn schon den ganzen Tag begleitet hatte. Die beiden Bodyguards, die für seinen Schutz verantwortlich waren, wussten, dass es für den Chef in wenigen Stunden um alles oder nichts ging.

Der Tag der Rache war gekommen.

Seit Monaten hatten er und seine Drohnen-Spezialisten den Anschlag auf Jean-Robert Moreau vorbereitet. Dieser sollte mit seinem Leben dafür büssen, dass er ihm, dem einstigen Kokain-König von Marseille, Stück für Stück aus der Krone herausgebrochen und ihn mehr oder weniger zu einem Nobody auf dem Markt des weissen Stoffes gestempelt hatte.

«Alles bereit für morgen?» erkundigte sich Archambault, als die Verbindung hergestellt war.

«Keine Sorge. Wir haben heute nochmals alles durchgecheckt: Distanz, Flugweg, Speed und die Sprengstoffzündung. Die meteorologischen Bedingungen könnten nicht besser sein. Der Brunch findet im Freien statt.»

«Danke. Dann bis morgen!»

«Noch etwas, Chef...»

«Was denn?»

«Den Champagner können Sie schon mal kalt stellen!»

***

Sandra war längst eingeschlafen. Gordon aber sass noch immer auf dem Bett neben ihr und zerbrach sich den Kopf darüber, wie es mit ihnen beiden nun weitergehen sollte. Dass ihre Beziehung an diesem Abend einen Bruch erlitten hatte, der so schnell nicht zu kitten war, stand ausser Frage. Schuld daran war dieser Davide. Er hatte Sandra den Kopf offensichtlich so verdreht, dass sie bereit schien, ihre Liebe und ihre ganze Beziehung aufs Spiel zu setzen.

Doch Gordon war nicht der Mann, der nur wenige Tage vor der geplanten Verlobungsfeier klein beigab. Gordon war ein Kämpfer. Die einzige Frage, die sich ihm stellte: Welche Waffen standen ihm zur Verfügung?

Sandra gut zuzureden und an ihre Vernunft zu appellieren, dürfte wenig bringen. Ihr den Mann auszureden, den sie ja noch kaum kannte, könnte gar das Gegenteil bewirken und sie dem Kerl erst recht in die Arme treiben. Aussichtsreicher schien es ihm, vorerst gute Miene zum bösen Spiel zu machen und darauf zu hoffen, dass Sandra nach kurzer Zeit von selber aus ihrem Traum aufwachen und in ihrem Innersten spüren würde, dass das echte Glück letztlich nur mit ihm, mit Gordon zu finden war.

Ja, diese Variante schien ihm zielführender. Sie könnte funktionieren.

Doch auch sie barg ein Risiko in sich. Sandra könnte seine tolerante Haltung missverstehen und sie ihm gar als Überheblichkeit auslegen: Wenn ich dir so wenig wert bin, dass du nicht einmal den Versuch unternimmst, mich zurückzugewinnen, was ist denn da überhaupt noch übrig von deiner sogenannten «grosse Liebe»?

Fieberhaft suchte Gordon weiter nach der bestmöglichen Lösung. Schliesslich, es war schon vier Uhr früh, übermannte ihn die Müdigkeit und er legte sich schlafen.

Doch schon nach zwei Stunden wachte er wieder auf. Schweissgebadet. Sein Blick fiel auf Sandra, die neben ihm lag und friedlich schlief.

Auf einmal wusste er, was er zu tun hatte: Er wollte und musste sich selber treu bleiben!

Er würde Sandra klaren Wein einschenken. Sie sollte wissen, dass er es nicht ertragen würde, mit ihr zusammenzuleben, wenn sie gleichzeitig in Gedanken bei einem anderen wäre.

Er musste sie vor die Entscheidung stellen: Gordon oder Davide.

Im gleichen Zug beschloss er aber auch, auf gar keinen Fall Druck auf sie auszuüben. Zwei Wochen wollte er ihr Zeit geben, damit sie sich die Angelegenheit in Ruhe überlegen konnte. Auch wollte er ihr die Vorfreude auf den sonntäglichen Brunch nicht verderben. Er würde sie deshalb erst am Tag danach über seine Entscheidung informieren.

Und noch etwas war ihm wichtig: Wie immer sie sich entscheiden würde, das Ganze sollte eine private Angelegenheit zwischen ihnen beiden sein und auch bleiben.

Gordon war zufrieden. Er hatte nach einer fairen Lösung gesucht und er hatte sie gefunden. Auch Sandra würde dies bestimmt so empfinden. Zudem blieb damit die Chance gewahrt, dass sich schlussendlich alles doch noch zum Guten wenden könnte – für sie beide.

Mit dieser Gewissheit beruhigten sich seine Nerven. Er legte sich auf die Chaiselongue neben dem Ausgang zur Terrasse und schlief auf der Stelle ein.

***

Um acht Uhr morgens herrschte in der «Villa des Elfes» bereits wieder emsiges Treiben. Das Personal hatte in aller Herrgottsfrühe damit begonnen, das Haus nach der abendlichen Fête wieder in Ordnung zu bringen und alles für den sonntäglichen Brunch vorzubereiten. Auch Gastgeber Jean-Robert Moreau war nach wenigen Stunden Schlaf schon wieder auf den Beinen. Er kontrollierte gerade die Anordnung des Buffets, als Falco, einer seiner Bodyguards, auf ihn zukam und eine kleine Verschiebung des Tisches nach rechts empfahl: «Aus Sicherheitsgründen», meinte er.

Moreau hatte nichts dagegen einzuwenden. In solchen Fragen verliess er sich voll und ganz auf die Erfahrung seiner Leibwächter. Als ihm Falco dann aber auch noch nahelegte, eine kugelsichere Schutzweste zu tragen, weigerte er sich, den Rat zu befolgen.

«Aber doch nicht am Sonntagmorgen, wenn ausschliesslich ein paar bekannte und gute Freunde zum Frühstück geladen sind! Du weisst, Falco, wie ich diese Dinger hasse.»

«Okay, Chef, auf Ihre Verantwortung hin.»

Falco war zufrieden. Natürlich kannte er Moreaus Abneigung gegen alle Schutzvorkehrungen, die seine persönliche Bewegungsfreiheit einschränkten. Er hatte ihm den Rat nur aus einem einzigen Grund erteilt: Um absolut sicher zu sein, dass «Le Cruels» Todesopfer keine schusssichere Weste trug.

So hatte die Drohne freie Flugbahn...

***

Ein warmer Sonnenstrahl, der im Hotelzimmer durch eine Vorhangritze direkt auf Sandras Gesicht fiel, weckte sie aus dem Schlaf. Noch leicht benommen griff sie nach ihrem Handy, um nach der Uhrzeit zu sehen. Sie erschrak: Es war bereits kurz vor neun Uhr. Sie wollte Gordon wecken, doch der lag nicht neben ihr. Sie entdeckte ihn, tief schlafend, auf der Chaiselongue neben dem Fenster.

«Wach auf, Gordon. Wir sind spät dran.»

«Ist mir egal», brummte er unwillig und drehte sich auf die Seite. Doch dann fiel ihm ein, was er sich vorgenommen hatte: Er wollte ihr die Einladung zum Brunch auf keinen Fall vermiesen.

«Bin schon unterwegs», rief er mit gespielt fröhlicher Stimme und verschwand im Badezimmer. Sandra wunderte sich über Gordons plötzlichen Sinneswandel. Hatte er nicht noch gestern Abend mit wütender Stimme erklärt: «Wir gehen nicht hin»? Nun plötzlich schien er sich geradezu darauf zu freuen.

Was auch immer seine Beweggründe sein mochten, Sandra machte sich darüber keine grossen Gedanken. Hauptsache, sie würde Davide schon in einer Stunde wieder sehen.

Allerdings schaute sie der Begegnung auch mit einer gewissen Spannung entgegen. Würde der Mann, der gestern ihr Gefühlsleben von einer Sekunde auf die andere in Wallung gebracht und völlig auf den Kopf gestellt hatte, noch immer die gleiche Wirkung auf sie ausüben?

Oder würde das Wiedersehen am Tag danach zu einer Ernüchterung führen?

Bei ihr? Oder auch bei Davide?

Während sie noch darüber nachsann, klingelte es an der Tür. Gordon öffnete. Vor ihm stand ein Kellner vom Room-Service, der auf einem silbernen Servierwagen das Frühstück in die Suite bringen wollte.

«Bonjour Monsieur. Désolé pour le dérangement. Votre petit déjeuner!»

Gordon verstellte ihm den Weg.

«Das muss ein Missverständnis sein. Wir frühstücken heute nicht im Hotel.»

Er drückte dem Kellner ein Trinkgeld in die Hand und komplimentierte ihn hinaus. Kaum hatte er die Türe geschlossen, klingelte es erneut. Diesmal war es das Haustelefon. Eine Dame von der Réception meldete sich.

«Der Fahrer von Monsieur Moreau wartet in der Halle auf Sie.»

Sandra und Gordon schauten sich verwundert an. «Wie zum Teufel konnte Moreau wissen, dass wir kommen würden?», fragte Gordon. «Aber wenn er uns schon den Wagen schickt, es soll uns recht sein. Sandra komm, lass uns gehen!»

***

Als sie auf der Fahrt zur «Villa des Elfes» an der Stelle vorbeikamen, an der gestern noch Männer des Strassenunterhaltes gearbeitet hatten, wunderte sich Gordon, dass diese selbst am Sonntag noch immer am Werk waren. Ihr Fahrzeug und ihr Zelt standen an der gleichen Stelle wie am Vortag. Auch die Polizei-patrouille war offensichtlich wieder im Einsatz.

«Scheint doch eine grössere Sache zu sein», wandte er sich an den Chauffeur.

«Sie haben recht», meinte dieser. «Es lag aber offenbar nicht am Strom und auch nicht am Wasser, wie ich gestern vermutete. Am Radio sagten sie heute früh etwas von Problemen mit der Gasversorgung auf dem Cap.»

Damit hatte sich das Thema erledigt. Bereits nach wenigen Minuten hielt der Wagen wieder vor dem Eingang zur Villa.

Moreau kam ihnen entgegen. «Was für eine Freude! Ihr habt es doch noch geschafft», rief er von Weitem. «Wir hatten schon befürchtet, ihr würdet unsere Gesellschaft verschmähen und euch still und leise in Richtung Théoule-sur-Mèr aus dem Staub machen.»

«Wie kannst du nur so etwas denken!», lachte Sandra mit vorwurfsvollem Blick. Wir haben uns nur gefragt, woher du die Gewissheit nahmst, dass wir kommen. Schliesslich haben wir gestern beim Abschied noch alles offengelassen.»

«Das habt ihr dem da zu verdanken!», antwortete Jean-Robert und zeigte auf den jungen Mann, der gerade unter der Eingangstür erschien. Es war Davide.

Gordons Gesichtsausdruck verdüsterte sich. Sandras Herz hingegen begann heftig zu pochen, als sie ihn sah.

Da war es wieder, jenes Gefühl einer Verbundenheit, welches sie schon gestern geradezu magisch zu ihm hingezogen hatte.

Doch sie liess sich nichts anmerken. Sie ging auf Davide zu und begrüsste ihn so, wie man einen guten, alten Bekannten begrüsst – Küsschen links, Küsschen rechts. Gordon beliess es dabei, seinem Widerpart kühl, aber höflich die Hand reichen: «Danke, dass ihr uns den Wagen geschickt habt!»

«Nicht der Rede wert», antwortete dieser. «Freut mich, dass es geklappt hat und ihr beide doch noch gekommen seid.»

Verdammter Heuchler, dachte Gordon für sich, als wäre dir an meiner Anwesenheit auch nur das Geringste gelegen! Und wenn du glaubst, du könntest dir meine Sandra im letzten Augenblick so mir nichts, dir nichts ausspannen, dann täuschst du dich gewaltig.

Die letzten Gäste waren inzwischen eingetroffen. Man versammelte sich auf der Terrasse. Das warme Wetter, die Farbenpracht der Blumen, das satte Grün des Rasens und eine betörende Mischung aus Lavendel- und Mimosenduft liessen keine Zweifel daran aufkommen, dass auch die heutige Party wiederum zu einem Fest der Sinne werden würde.

Locker verteilt auf der Terrasse standen weiss gedeckte Tische mit je sechs bequemen Korbsesseln. Jeden Tisch zierte ein Blumengesteck aus rosaroten und weissen Rosen. Für Schatten sorgten hellblau-weiss gestreifte Sonnenschirme.

Um zu verhindern, dass stets die gleichen Leute, die sich ohnehin schon kannten, einmal mehr beieinandersassen, hatte Moreau die Gesellschaft «nach dem Zufallsprinzip», wie er später erklärte, in Sechsergruppen aufgeteilt und die Namensschilder entsprechend auf den Tischen platziert.

Dass er dem Zufall da und dort etwas nachgeholfen hatte, blieb sein Geheimnis.

Das Frühstücksbuffet hatte er im Freien, an der Westseite der Villa, aufbauen lassen. Die Auswahl an kulinarischen Köstlichkeiten war kaum zu überbieten. Allein das Angebot an Brotwaren liess keine Wünsche offen. Da gab es helles, dunkles, feines und grobes Brot, solches mit Körnern oder ohne, Pumpernickel, Baguettes, Knäckebrot und Croissants. Für Müeslifreunde standen Hirse- und Haferflocken, Cornflakes sowie frisches Obst, Joghurt, Quark und Milch bereit. Käseliebhaber hatten die Qual der Wahl unter so gefragten Sorten wie Camembert, Epoisses, Mimolette, Morbier oder Roquefort.

An einem speziellen Tisch bereitete ein Koch für die Gäste je nach ihrem persönlichen Gusto weiche oder hart gesottene Eier, Spiegeleier oder Omeletten mit Rührei, Schinken, Speck oder Pilzen sowie mit Blinis und Kaviar. Fleischliebhaber fanden neben französischen Wurstspezialitäten Roastbeef, verschiedene Terrinen und warmen Braten. Wer Fisch bevorzugte, konnte zwischen Lachs, Forelle, Thunfisch, Sushi und Sashimi wählen. Als Beilage standen

Teigwaren und Kartoffelgerichte wie Pommes frites, Rösti und Gratin sowie verschiedene Gemüse und Salate bereit.

Unvergleichlich war auch die Dessert-Auswahl. Frische Früchte wie Kirschen, Himbeeren und Erdbeeren verlockten ebenso zum Naschen wie Kuchen, Schokoladetorten, Patisserie, Friandises und mehrere Glace-Sorten.

Angesichts der Fülle hätten manche Gäste am liebsten gleich zugegriffen und den Teller ein erstes Mal gefüllt. Doch der Anstand gebot es, so lange zuzuwarten, bis der Gastgeber den Brunch offiziell eröffnen würde. Zu ihrer Erleichterung mussten sie sich nicht lange gedulden. Das Trio aus Nizza, das Moreau zur musikalischen Begleitung aufgeboten hatte, spielte einen Tusch und bat um Silentium.

Sestrielli trat ans Mikrofon und begrüsste die Gäste.

«Liebe Freunde, ich freue mich sehr, dass ihr auch heute wieder den Weg zu uns gefunden habt. Nun müsst ihr nur noch den Platz an eurem Tisch finden. Allfällige Beschwerden wegen der Zuteilung sind ausschliesslich an meinen Freund Jean-Robert zu richten. Allerdings müsst Ihr wissen: Am Sonntag nimmt dieser grundsätzlich keine Beschwerden entgegen.»

Gelächter reihum, gefolgt von Applaus, unterbrach Sestriellis Worte.

«Und was das Essen anbelangt, kann ich euch nur raten: Greift herzhaft zu! Ich möchte hinterher keine Klagen hören, jemand habe mit knurrendem Magen nach

Hause fahren und sich dort den grössten Hunger mit Resten aus dem Eisschrank stillen müssen.»

Wieder lachten die Leute.

«Und nun wünsche ich euch guten Appetit. Vor allem aber auch viel Erfolg bei allem, was Ihr euch für die nächste Zeit vorgenommen habt!»

Mit lautem Klatschen bekundeten die Gäste ihren Dank für die die erneute, grosszügige Einladung. Der Run auf das Buffet begann. Die einen schöpften sich zu Beginn nur wenige ihrer Lieblingsspezialitäten, während andere schon den ersten Teller bis zum Rand füllten, als gäbe es kein Morgen.

Sandra und Gordon hielten sich zurück und begnügten sich zum Auftakt mit einem Müesli und frischen Früchten.

«Was meinst du, Sandra», fragte Gordon leise, «woran dachte wohl Sestrielli, als er am Schluss seiner Begrüssung allen viel Erfolg bei der Erreichung der persönlichen Vorhaben wünschte?»

Sandra wunderte sich über die Frage. «Ach Gordon, was machst du dir darüber Gedanken? Von mir aus kann er uns wünschen, was er will.»

* * *

Hätte Sandra geahnt, was Sestrielli in Wirklichkeit mit ihr im Schilde führte und warum er ausgerechnet sie aus der Schweiz eingeladen hatte, wäre ihr der Appetit wohl auf der Stelle vergangen. So aber genoss sie ihr Frühstück und das unbeschwerte Zusammensein mit den vielen, gut gelaunten Menschen.

Am Buffet sorgten die Kellner für Nachschub, sobald sich bei einer der begehrten Leckereien eine Lücke abzuzeichnen begann. Auch an den Tischen herrschte emsiges Kommen und Gehen. Die einen gingen das Frühstück gemächlich an, andere begaben sich bereits zum zweiten und dritten Mal zum Buffet, um sich noch einmal ein Stück ihrer Lieblingsspeise nachreichen zu lassen.

Einige Herren verliessen ihren Platz für eine kurze Rauchpause, die Damen suchten derweilen die Toiletten auf, um sich frisch zu machen. Und wer wissen wollte, wer mit wem und seit wann, schlenderte unauffällig von Tisch zu Tisch, um auf diese Weise die neusten Gerüchte und den neusten Klatsch zu erfahren.

Sandra Constaffel zählte zu den besonders geschätzten Gästen. Nicht wegen ihrer Herkunft oder ihrer beruflichen Position als Inhaberin und Leiterin einer Bank, sondern wegen ihrer herzlichen Ausstrahlung und ihres fröhlichen Wesens. Wenn sie lachte, lachten selbst ihre Augen. Und wenn sie mit Ironie über einen heiteren Vorfall aus ihrem Leben berichtete, hingen die Gäste an ihren Lippen, als wohnten sie einem Molière-Stück in der Comédie-Française bei. Dass Sandra die französische Sprache nahezu perfekt beherrschte und akzentfrei sprach, trug ihr zusätzlich Sympathien ein.

Während Sandra das Fest in vollen Zügen genoss, hätte Gordon die Party am liebsten gleich wieder verlassen. Schon zu Beginn war ihm sauer aufgestossen, dass der

Gastgeber ihm und Sandra, wie schon am Vorabend, einen Platz an verschiedenen Tischen zugewiesen hatte. Geradezu als Zumutung empfand er die Tatsache, dass Davide auch heute wieder Sandras Tischnachbar war.

Als er dann auch noch feststellte, dass sich Davide gegenüber Sandra völlig anders verhielt als am Vorabend, wurde er in höchstem Masse misstrauisch.

Was wird hier gespielt?, fragte er sich.

Sein Widersacher hatte offensichtlich die Strategie geändert. Etwas zwar blieb gleich: Auch heute sprühte Davide vor Witz und Ironie und brachte Sandra und die anderen Gäste mit seinen heiteren, oft auch frechen Sprüchen immer wieder zum Lachen.

Doch die Zuneigung, die er für Sandra empfand und seine Verliebtheit zeigte er nicht mehr so unverhohlen wie am Vorabend. Ausserdem unterhielt er sich nicht mehr ausschliesslich mit ihr, sondern bemühte sich, auch die übrigen Gäste am Tisch ins Gespräch miteinzubeziehen.

Der Kerl war nicht dumm. Das musste er Davide zugestehen. Und er hatte offensichtlich ein feines Gespür dafür, was bei jemandem ankam und was nicht. Wie sonst hätte er instinktiv gewusst, dass bei Sandra mit allzu forschem Vorgehen auf Dauer wenig zu holen war? Dass sie hingegen für ein eher zurückhaltendes Werben, dafür aber mit Stil und Klasse, durchaus empfänglich war?

Für Gordon war eines klar: Er hatte es mit einem ernst zu nehmenden Konkurrenten zu tun. Aber er war bereit, den Kampf aufzunehmen.

***

Auch Sandra war zunächst verunsichert ob Davides völlig verändertem Verhalten. Sie fragte sich, was ihn wohl zu seinem plötzlichen Kurswechsel veranlasst haben könnte.

War er, nachdem sie sich gestern Abend verabschiedet hatten, zur Einsicht gelangt, dass sie vielleicht doch nicht die Frau ist, die er in ihr gesehen hatte? Wollte er sie lediglich auf die Probe stellen und sie eifersüchtig machen, indem er auch mit anderen Schönheiten schäkerte und sich nicht mehr ausschliesslich um sie bemühte? Oder war er so feinfühlig, dass er spürte, dass sie Zeit brauchte, um zunächst einmal mit sich selbst ins Klare zu kommen und erst dann zu entscheiden, wer von den beiden wohl der Richtige sein könnte für eine gemeinsame Zukunft?

Nun, was auch immer der Grund war, Sandra fühlte sich erleichtert. Und sie war Davide dankbar. Mit seiner Zurückhaltung nahm er Druck von ihr. Sie war nicht mehr gezwungen, sich übereilt für den einen oder den anderen entscheiden zu müssen.

Sestrielli senior verfolgte die Entwicklung am Nebentisch mit Besorgnis und Argwohn. Dass Davide plötzlich so tat, als habe er jedes Interesse an Sandra verloren, liess bei ihm die Alarmglocken läuten. Würde ihm die lang ersehnte Beute, eine Schweizer Bank in sein Imperium zu integrieren, im letzten Moment entgleiten? Nur weil sein Sohn glaubte, mit gespielter Gleichgültigkeit mehr Chancen bei der Frau seines Lebens zu haben?

Er gab Davide ein unmissverständliches Zeichen, ihm für einen Moment ins Haus zu folgen.

«Was ist nur in dich gefahren?», fauchte er, kaum hatte er die Türe hinter sich geschlossen. «Bist du verrückt geworden? Du spielst den coolen Liebhaber, dem die Frauen zu Füssen liegen und der nur auswählen kann. Dabei ist heute deine letzte Chance, Sandra zu zeigen, wie sehr du an ihr hängst, dass du sie unbedingt willst und was du ihr alles zu bieten hast.»

«Aber Vater, wir leben doch nicht im letzten Jahrhundert! Sandra ist eine moderne junge Frau, die genau weiss, was sie will und auch, was sie wert ist. Sie ist keine Frau, die auf die Gunst eines Italos aus Kalabrien angewiesen ist. Die Zeiten sind vorbei, in denen man nur einfach genügend Druck ausüben musste, um an sein Ziel zu kommen. An der Harvard Business School…»

«Hör mir auf mit dem Harvard-Scheiss!», unterbrach ihn sein Vater wütend. «Ich habe in meinem ganzen Leben mit Druck gearbeitet und damit stets das erreicht, was ich erreichen wollte.»

«…in Harvard haben sie mit einer repräsentativen Studie nachgewiesen», fuhr Davide unbeirrt fort, «dass im Geschäftsleben Druck selten ein probates Mittel ist, um einen Deal erfolgreich abzuschliessen. Nur wenn das Gegenüber von sich aus zur Überzeugung gelangt, dass die Sache für beide zu einer Win-win-Situation führen könnte, gelingt der Handel.»

Sestrielli senior platzte der Kragen. «Blödmann! Jetzt, wo wir unmittelbar vor unserem gemeinsamen grossen

Ziel stehen, gibst du mit deinem Quatsch die besten Karten aus der Hand.»

Davide stutzte. Hatte er sich gerade verhört? Verunsichert und gleichzeitig zornig rief er: «Jetzt musst du mir aber mal erklären, was du damit meinst, wenn du von ‹unserem gemeinsamen, grossen Ziel› redest? Mein Ziel, mein einziges Ziel ist es, Sandra, diese wunderbare Frau, für mich zu gewinnen. Was ist denn dein grosses Ziel?»

Sestrielli schwieg. Er spürte, dass er zu weit gegangen war. Doch mir nichts dir nichts Davide gegenüber einzugestehen, dass er die Geburtstagsparty und das ganze Drumherum keineswegs nur aus Liebe zu seinem Sohn, sondern vielmehr aus reinem Eigennutz geplant und organisiert hatte, kam nicht infrage.

«Versteh mich bitte nicht falsch!», versuchte er, Davide zu besänftigen. «Mein Ziel ist haargenau das gleiche wie deines: Ich möchte doch nur, dass du dein Glück findest und eine Lebenspartnerin, die dich liebt und die in guten wie in schlechten Zeiten zu dir hält. Auch aus meiner Sicht ist Sandra genau die Frau, die zu dir passt. Das, was uns beide unterscheidet, ist nur der Weg, auf welchem wir dieses Ziel erreichen wollen. Ich versichere dir: Ich respektiere deine Meinung und werde mich nicht mehr einmischen.»

Davide nahm das Friedensangebot an. Auch wenn er seinen Vater kannte und sich keine Illusionen darüber machte, dass bei ihm auch diesmal Eigeninteressen mit im Spiel waren.

Er wusste nur nicht, welche.

***

Falco, der Verräter unter Moreaus Bodyguards, wartete auf weitere Anweisungen. Er stand im Office der «Villa des Elfes» neben der Küche und schaute zu, wie ein Hilfskellner das Tablett, das er bereit hielt, mit frischen Canapés neu belegte. In diesem Moment vernahm er ein leises Knacken in seinem Knopf im Ohr. Er schaute auf die Uhr. Wie vereinbart meldeten sich die Kollegen aus dem Zelt für einen letzten Verbindungstest vor dem entscheidenden Moment.

«Bleibt dran!», flüsterte Falco in sein Mikrofon. «Ich gehe jetzt gleich hinaus zum Buffet. Moreau wird sich dort in den nächsten Minuten noch einmal seinen Teller füllen. Könnt ihr mich sehen?»

«Wie eine beleuchtete Schiessbudenfigur», tönte es leise zurück.

«Ich werde dafür sorgen, dass er sich hier anstellt.»

«Gut so. Genau in unserer Schusslinie.»

Dann wurde die Funkverbindung unterbrochen.

***

In Marseille sass Ethan Archambault noch immer in seinem schäbigen Büro. Vor lauter Aufregung hatte er die ganze Nacht über kaum ein Auge zugetan.

Kein Wunder, war doch heute, nach Wochen minutiöser Vorbereitungen, der Tag der Rache angebrochen. Am heutigen Sonntag würde Moreau endlich für all das büssen, was er ihm genommen hatte: das florierende Geschäft mit dem weissen Pulver, sein Vermögen und vor allem seinen Ruf als Kokain-König von Marseille und als unbarmherziger Killer.

Via Skype wollte er live mitverfolgen, wie seine Killer-Drohnen den Schweinehund ins Jenseits beförderten.

Einer seiner Sicherheitsleute stellte die Video-Verbindung nach Saint-Jean-Cap-Ferrat her.

«Wie siehts bei euch aus?», fragte er.

«Alles im grünen Bereich, Chef», lautete die Antwort. «In der nächsten halben Stunde dürfte Moreaus letzte Stunde geschlagen haben. Falco wird die arme Seele persönlich zum Schafott geleiten.»

Archambault rieb sich die Hände und verlangte nach einem Kaffee. Schon lange nicht mehr hatte er an einem Sonntagmorgen so hoffnungsvoll der Dinge geharrt, die da kommen sollten.

***

Luciano Sestrielli hatte sich bei seinen Tischnachbarn für einen Augenblick entschuldigt. Über die breite Treppe stieg er von der Terrasse hinunter zum grossen Schwimmbad und setzte sich auf einen Liegestuhl. Er zündete sich eine seiner kubanischen Lieblingszigarren an und dachte über das Gespräch nach, das er soeben mit Davide geführt hatte.

«Vielleicht hat der Davide ja recht, was das Selbstwertgefühl und damit das Verhalten der heutigen jungen Frauen anbelangt. Vor allem, wenn es sich um eine Klassefrau wie Sandra handelt», gestand er sich ein. «Mit seiner neuen Strategie liegt der Junge vielleicht doch nicht so weit daneben, wie ich dachte.»

Eine sonore Stimme unterbrach Sestrielli in seinem Gedankengang. Es war Jean-Robert, der nach seinem Freund Ausschau hielt.

«Hey, Alter, was treibt dich denn hierher in die Einsamkeit? Lust oder Frust?»

«Weder noch. Komm, setz dich zu mir!»

Er offerierte ihm eine Zigarre. «Eine Cohiba?»

«Danke dir. Später gerne. Zuerst aber möchte ich mir noch einen Happen holen. Mein Magen knurrt. Ich bin noch gar nicht zum Frühstücken gekommen. Soll ich dir etwas vom Buffet mitbringen? Dann können wir reden.»

«Nicht nötig», meine Sestrielli, «ich bin satt.»

Moreau machte sich auf den Weg zurück zur Terrasse.

Falco sah ihn von Weitem und flüsterte in sein Mikrofon: «Er kommt. Haltet euch bereit.»

Dann ging er zu Moreau: «Darf ich Ihnen was bringen, Chef?»

Natürlich wusste er, dass es sich dieser niemals nehmen liess, seine Speisen selbst auszuwählen. Seine Frage diente nur dazu, ganz sicher zu sein, dass sich der Boss jetzt dann gleich am Buffet anstellen würde, um sich ein paar Häppchen auszusuchen.

Um das Risiko eines Scheiterns des tödlichen Vorhabens zu minimieren, entschloss sich Falco zu einem weiteren Schritt.

Damit die Drohnenpiloten draussen im Zelt mehr Zeit hatten, ihr Zielgerät noch einmal zu justieren, musste er lediglich einen kurzen Aufschub erzwingen. Und er wusste auch schon, wie. Er würde er Moreau eine der kulinarischen Spezialitäten ganz besonders empfehlen und ihm diese dann persönlich aus der Küche bringen.

Als er Moreau beim Buffet an die vorgesehene Stelle gelotst hatte, erwähnte er die einzigartige Sushi-Auswahl, die der Koch vorbereitet habe und in wenigen Augenblicken nach draussen bringen würde.

«Er hat mir zwei zum Probieren gegeben. Einfach köstlich», schwärmte er.

«Wenn du es sagst, Falco, kann ich der Versuchung ja kaum widerstehen. Bring mir ein paar Stück.»

Falco machte sich auf den Weg. Er war zufrieden. Er hatte es geschafft, das Opfer genau am richtigen Platz im Zielgebiet der Drohne für einen kurzen Augenblick warten zu lassen. Archambaults Leute mussten nur noch auf den Knopf drücken. Dann war Moreau ein toter Mann.

Doch plötzlich vernahm er im Kopfhörer einen lauten Fluch.

«Verdammte Scheisse. Wir haben ihn im Visier, aber ich kriege die Drohne nicht los!»

Falco flüsterte: «Was soll das heissen: Du kriegst die Drohne nicht los?»

«Die Start-Elektronik ist abgestürzt.»

Falco wurde bleich im Gesicht. «Das darf doch wohl nicht wahr sein! Bringt das Ding augenblicklich in Ordnung. Was glaubt Ihr denn? Ich kann den Kerl doch nicht ewig hinhalten.»

«Was ist los?», fragte Moreau, sichtlich verärgert. «Mit wem sprichst du überhaupt? Willst du mich verhungern lassen?»

«Gleich, Chef, gleich. Eine Mitteilung aus der Küche. Ich habe nur nicht genau verstanden, wovon sie sprechen. Bin gleich zurück.»

***

In Marseille sass Ethan Archambault wie gebannt vor dem Bildschirm. In höchster Spannung verfolgte er das Geschehen auf Saint-Jean-Cap Ferrat. In teuflischer Vorfreude stellte er sich vor, wie die Minidrohne im Körper seines Erzfeindes explodieren und dieser inmitten seiner Gäste röchelnd zusammenbrechen würde. Endlich würde der Hurensohn seinen letzten Gang in die Hölle antreten.

Doch Archambault hatte sich zu früh gefreut. Am Bildschirm bekam er mit, wie die Technik im Zelt versagte. Er sah, wie hilflos seine Techniker versuchten, das tödliche Gerät wieder in Gang zu bringen.

Umsonst.

Archambault platzte der Kragen. Er raste und fluchte wie ein Berserker: «Was hab ich gesagt?», schrie er. «Lauter Vollidioten! Elende Versager. Zu nichts zu gebrauchen. Wozu habe ich euch nach Israel geschickt? Wochenlang hattet ihr Zeit, zu üben und euch auf alle

Eventualitäten vorzubereiten. Und was habt ihr gemacht? Nichts, absolut nichts. Nur eines stand euch im Heiligen Land im Sinn: Saufen und den Weibern hinterherrennen.»

Die Männer versuchten, Archambault zu widersprechen. Doch der hatte kein Gehör, schon gar nicht für eine Rechtfertigung. «Bringt den Kasten zum Laufen!», brüllte er. «Und zwar subito! Oder ich werde euch persönlich das Gedärm aus dem Leib reissen.»

***

Unter den Gästen auf Cap Ferrat hätte die Stimmung nicht besser sein können. Alle waren guter Dinge. Auch Sandra genoss den Brunch in vollen Zügen. Der belastende Gedanke, dass sie schon in wenigen Stunden nicht darum herumkommen würde, sich endgültig für einen ihrer beiden Verehrer zu entscheiden, war wie weggeblasen. Im Gegenteil, das Wissen, dass sich gleich zwei ebenbürtige Top-Männer um sie bemühten, beflügelte sie im besten Sinne des Wortes.

Sie suchte nach den Gastgebern. Es war ihr ein Bedürfnis, den beiden noch einmal persönlich für die generöse Einladung zu danken. Endlich entdeckte sie Moreau.

«Jean-Robert, da bist du ja!» Sandra eilte zum Buffet, wo Moreau noch immer auf den Teller mit den angekündigten Sushi wartete.

«Ich wollte mich nur noch einmal bedanken...»

«Warum denn so eilig, junge Dame?», fragte dieser. «Komm und füll dir was nach, sonst fällst du mir noch aus den Kleidern!»

«Nach dir. Ich wollte dir nur noch kurz was sagen.»

«Zuerst frühstücken! Alles andere hat Zeit.»

«Hey?», erwiderte Sandra mit gespielter Entrüstung. «Seit wann erteilt ein Gastgeber seinen Gästen Befehle?»

«Keine Widerrede! Einem alten Mann gegenüber gibt es nur eines: absoluten Gehorsam.»

Moreau griff nach ihrer linken Hand. Er hob diese hoch und drehte Sandra, elegant wie ein Tänzer auf dem Parkett, im Halbkreis um sich herum, so dass sie am Schluss vor ihm stand und er hinter ihr.

«Ich muss ohnehin warten. Such du dir inzwischen was aus!»

Sandra gab sich geschlagen. Vor allem auch, weil sich inzwischen weitere Gäste hinter ihnen anstellten, um sich am Buffet zu bedienen.

«Das vom ‹absoluten Gehorsam› will ich nicht gehört haben», lachte sie. «Aber dem Wunsch eines so galanten Gastgebers kann man sich ja nicht widersetzen.»

***

Draussen im Zelt suchten Archambaults Drohnen-Spezialisten fieberhaft nach der Ursache der Panne im Betriebssystem. Zunächst versuchten sie es mit einem Reset. Doch so oft sie die entsprechenden Knöpfe auch drückten, es geschah nichts. Dann prüften sie, ob allenfalls nur einzelne Komponenten einen Neustart erforderten. Doch auch diese Bemühungen brachten kein Ergebnis. Schliesslich blieb nur noch die Möglichkeit, das Ersatzsystem, das im Fahrzeug bereit lag, zu holen und ins Zelt zu bringen. Bis dieses allerdings angeschlossen war und hochgefahren werden konnte, würde es mindestens zehn Minuten dauern.

Der Kollege, der mit seinem Fernglas laufend verfolgte, was sich auf der Terrasse vor der Villa tat, informierte Falco via Funk, dass sie Zeit bräuchten, um das Ersatzsystem in Betrieb zu nehmen.

«Seid ihr bekloppt?», flüsterte dieser wütend in sein Mikrofon. «Ihr vermasselt noch die ganze Geschichte! Ich muss gleich raus und dem Chef sein Sushi bringen. Er ist jetzt schon am Ende mit der Geduld.»

Falco stürmte aus der Küche. Auf einem Tablett trug er eine Auswahl an frisch zubereiteten Sushis. Auf dem Weg zu Moreau überlegte er sich, mit welcher Begründung er diesen so lange hinhalten könnte, bis das neue System aufgebaut und funktionsbereit war.

Als er sich dem Buffet näherte, traute er seinen Augen nicht. Die Situation, die er antraf, glich einem Supergau. Und zwar dem schlimmsten, den man sich überhaupt vorstellen konnte. An der Stelle, an die er den ahnungslosen Moreau noch vor wenigen Minuten vorsichtig und mit viel List gelotst hatte, stand nun Sandra Constaffel. Moreau selber befand sich hinter ihr und damit ausserhalb des Schussfeldes der tödlichen Drohne. Für die Drohnenpiloten war er nicht mehr zu sehen.

Die Reaktion aus dem Zelt liess denn auch nicht auf sich warten.

«Verflucht, was ist denn los bei euch?», zischte es in Falcos Kopfhörer. «Dieses Weibsstück verdeckt uns die ganze Sicht. Jag sie zum Teufel, verdammt nochmal. Bring sie zum Verschwinden!»

Falco platzte der Kragen. «Ich soll sie zum Teufel jagen? Wie stellst du dir das vor? Glaubst du, ich kann da einfach hinspazieren und die Dame wegweisen: Ich bitte Sie höflich um Verzeihung, Frau Constaffel, leider muss ich Sie ersuchen, sich wieder hinter Herrn Moreau anzustellen. Dies hier ist sein...»

Noch bevor Falco den Satz zu Ende sprechen konnte, geschah das Unfassbare.

Mitten unter den Gästen kam es zu einer Explosion. Doch anders als bei einem Sprengstoffanschlag war nicht der übliche, ohrenbetäubende Knall zu hören. Es tönte vielmehr so, als hätte jemand Artilleriemunition in einen Schallschutzmantel verpackt und erst dann zur Detonation gebracht.

Umso verheerender war ihre Wirkung. Sandra, die sich eben noch mit Moreau unterhalten hatte, griff sich mit schmerzverzerrter Miene an die Brust. Sie spürte, wie sie ohnmächtig wurde. Mit letzter Kraft versuchte sie, irgendwo Halt zu finden. Doch alle Bemühungen blieben vergeblich. Sie klappte zusammen und stürzte zu Boden.

Ein Blutstrom färbte ihre weisse Bluse rot.

***

Im Drohnen-Zelt herrschte Entsetzen. Keiner der beiden Männer konnte sich erklären, was gerade passiert war. Schliesslich war das Abschuss-System noch immer blockiert und das Ersatzgerät noch nicht angeschlossen.

War es eine Fehlzündung, die dazu geführt hatte, dass sich dennoch eine der Drohnen lösen und ihr Ziel ansteuern konnte, ohne dass jemand den Start freigegeben hatte?

Es war müssig, darüber nachzudenken. Das Unheil war geschehen. Die Drohne hatte ihren Auftrag erfüllt und ihr Zielobjekt getötet.

Doch sie traf die falsche Person. Ihr Opfer wurde nicht, wie vorgesehen, der Drogenbaron aus Marseille, sondern eine unbeteiligte junge Frau aus der Schweiz.

***

In Marseille starrte Ethan Archambault auf seinen Bildschirm. Es durfte nicht sein, was er soeben mit eigenen Augen gesehen hatte. Als er realisierte, was auf Cap Ferrat tatsächlich geschehen war, begann er zu rasen. Er verlor er jede Kontrolle über sich und suchte nach etwas, an dem er seine Wut auslassen konnte. Er griff nach der Blumenvase, die vor ihm auf seinem Pult stand, und schmetterte sie mit voller Wucht gegen den gläsernen Trophäenschrank, in dem er versilberte und vergoldete Kannen und Pokale aufbewahrte – lauter Zeugen seiner einstigen Erfolge als junger Boxer. Die Glasfront zerbrach in tausend Stücke. Mit lautem Krach kollerten die Erinnerungsstücke auf den Zementboden.

Archambault tobte und verfluchte seine Mitarbeiter. Die unfähigen Vollidioten auf dem Cap hatten seine letzte Hoffnung zunichte gemacht. Statt endlich über den Tod seines Erzfeindes triumphieren zu können, musste er hilflos mitansehen, wie seine Leute in einer einzigen Sekunde alles verpatzten.

Das Zielobjekt Moreau blieb unversehrt. An seiner Stelle verlor eine ihm völlig unbekannte Frau ihr Leben.

Einmal mehr stand er als Verlierer da.

Natürlich würde Moreau im Nu herausfinden, wer das mörderische Attentat ausgeheckt und in Auftrag gegeben hatte. Und es war nur eine Frage von Stunden oder wenigen Tagen, bis ihn dessen Häscher in seinem Versteck aufgespürt haben würden, um ihn anschliessend zu Tode zu foltern.

***

Auf der Terrasse der «Villa des Elfes» ging ein Schrei des Entsetzens durch die Menge, als Sandra zusammenbrach und blutend zu Boden stürzte. Die Gäste, die sich eben noch am Buffet mit ihr unterhalten hatten, stoben auseinander. Aus Angst vor weiteren Explosionen suchte jedermann Schutz hinter Mauern und Bäumen. Die Musik verstummte. Im ganzen Park herrschte beklemmende Stille.

Als nach einigen bangen Minuten keine neue Explosion die Gegend erschütterte, wagten sich die ersten Gäste aus der Deckung. Am Ort des Anschlags erkannten sie Moreau und einen seiner Angestellten. Beide beugten sich über Sandras Leib.

Moreau versuchte, sie anzusprechen, doch sie reagierte nicht. Ausdruckslos starrten ihre Augen vor sich hin.

Plötzlich bewegten sich ihre Lippen, als wollte sie etwas sagen. Doch sie brachte kein Wort heraus. Moreau griff nach einer Stoffserviette und presste diese auf die offene und immer stärker blutende Wunde unterhalb ihrer rechten Brust. Doch der Versuch, den Blutstrom zu stillen, blieb ohne Erfolg.

«Ich rufe den Arzt», sagte Falco, der neben ihm kniete.

«Aber den richtigen!», wies ihn Moreau an. «Du weisst schon, Dr. Baillou aus Nizza. Schildere ihm, was passiert ist. Er soll die Ambulanz aufbieten und so rasch wie möglich selber vorbeikommen.»

Mit Blick auf die Sterbende fügte er leise hinzu: «Allerdings wird es für sie zu spät sein. Sie überlebt es nicht. Rufe die Securities zusammen, auch die Leute von Sestrielli. Sie sollen das ganze Gelände nach möglichen Tätern absuchen.»

«Verstanden, Chef. Und wenn jemand nach der Polizei ruft?», fragte Falco.

«Die rufe ich selber an. Verbinde mich mit Gerard d'Alconnier von der Police Municipale.»

Während sich Falco daran machte, Moreaus Anweisungen auszuführen, näherten sich mehrere Gäste der Unglücksstelle, unter ihnen auch Sestrielli.

Moreau wusste, dass von ihm als Gastgeber eine Erklärung zum eben Geschehenen erwartet wurde.

«Liebe Freunde», sprach er leise, mit gesenkter Stimme. «Ich bin ebenso schockiert wie ihr alle. Was wirklich passiert ist und vor allem: Warum es passiert ist und wer es auf sie abgesehen haben könnte – ich habe nicht die geringste Ahnung. Ein Arzt und die Ambulanz werden in Kürze eintreffen. Die Polizei…»

Falco trat hinzu und reichte Moreau ein Handy: «Kommandant d'Alconnier für Sie.»

«Entschuldigt mich bitte für einen Augenblick.»

Moreau entfernte sich ein paar Schritte und flüsterte etwas in den Apparat, so dass keiner der Gäste mithören konnte, was er mit dem Polizei-Chef besprach.

Dass er diesem seit Jahren monatlich eine grosszügige Zahlung zukommen liess und als Gegenleistung jederzeit auf dessen Loyalität und Unterstützung zählen konnte, blieb das Geheimnis der beiden. Dass d'Alconnier den heutigen Fall mit grösster Diskretion abklären würde, musste gar nicht erst besprochen werden. Es verstand sich von selbst.

Moreau kehrte zu den Gästen zurück.

«Die Polizei ist benachrichtigt. Sie wird in wenigen Augenblicken hier sein. Ich bitte euch um Verständnis dafür, dass die Flics ihrer Pflicht nachkommen und die Personalien aller Anwesenden aufnehmen werden. Ich garantiere aber: Niemand braucht sich deshalb Gedanken zu machen. Die Daten werden gelöscht, sobald der Fall abgeschlossen ist und die Täter gefasst sind. Selbstverständlich werde ich euch über den Verlauf der Untersuchungen auf dem Laufenden halten.

Und nun, liebe Freunde, ich denke, ihr geht mit mir einig: Aus Pietät gegenüber Sandra Constaffel und was mit ihr passiert ist, gebietet es, dass wir die Party an dieser Stelle abbrechen. Ich danke euch für euer Kommen und für euer Verständnis!»

Während sich die Gäste stillschweigend verabschiedeten, hörte man von Weitem das Einsatzhorn der sich nähernden Polizeiwagen. Nur wenig später trafen auch Moreaus Hausarzt und die Ambulanz aus Nizza ein.

Dr. Baillou stellte offiziell den Tod von Sandra Constaffel fest. «Verstorben an inneren Verletzungen infolge Explosion einer Sprengladung im Brustraum», schrieb er in seinen Bericht. Dann begab er sich mit Moreau in die Villa.

Inzwischen hatten sämtliche Gäste den Unglücksort verlassen und befanden sich auf der Heimfahrt.

Über der Villa und dem Park herrschte nach wie vor gespenstische Ruhe. Sie wurde nur unterbrochen von leisen Geräuschen, die entstanden, als die Sanitäter Sandras Leichnam auf eine Bahre betteten und diese in ihren Wagen trugen.

***

Zurück blieben drei Männer. Jeder von ihnen war fassungslos und verzweifelt. Keiner von ihnen brachte ein Wort über die Lippen. Jeder hing seinen Gedanken nach. Keiner konnte glauben, was sich soeben vor aller Augen abgespielt hatte.

Davide stand geknickt und angelehnt an einen der Kandelaber, die den Park in der Nacht so märchenhaft beleuchtet hatten. Nur Stunden zuvor hatte ihm Sandra an dieser Stelle zum ersten Mal ihr bezauberndes Lächeln geschenkt. Und ihn damit mitten ins Herz getroffen.

Er, der sich von jeder seiner bisherigen Bekanntschaften oft schon nach kurzer Zeit wieder verabschiedet hatte, wusste: Sandra war die Frau, die es kein zweites Mal geben würde. Sie war die Frau seines Lebens. Nie mehr würde er sie loslassen.

Nun war sie tot.

Auch Gordon Kelly war der Verzweiflung nahe. Er lag rücklings ausgestreckt auf dem Rasen. Mit beiden Händen hielt er sein Gesicht bedeckt. In seinem Schädel hämmerte es, als hätte ihm jemand einen Knock-out-Schlag versetzt. Krämpfe durchzuckten seinen Körper. Er und Sandra, sie hatten sich so viel vorgenommen für die nächsten Tage. Morgen schon wollten sie weiterreisen nach Théoule-sur-Mèr, um dort ihre jahrelange Freundschaft zu besiegeln – mit der Verlobungsfeier und bald darauf mit der Hochzeit.

Nun war alles vorbei.

Vater Sestrielli sass zusammengekauert auf einem morschen Baumstrunk zwischen zwei Silberakazien, unmittelbar neben der Treppe zum Pool. Gedankenverloren starrte er ins Leere.

Als er aus seiner Lethargie aufwachte, war ihm eines bewusst: Der Schachzug, seinen Sohn Davide mit der Bankenerbin Sandra Constaffel zu verkuppeln, war ein für alle Mal gescheitert. Sein geheimes Ziel, nach jahrelangen Bemühungen endlich doch noch zu seiner Bank in der Schweiz zu kommen, musste er begraben.

Endgültig.

Nichts blieb auf dem Cap Ferrat zurück.

Ausser drei Männer in Trauer.

Und drei zerplatzte Träume.

Danke

Bei der Verfassung des Manuskriptes zu diesem Buch haben mich einige Personen unterstützt, denen ich an dieser Stelle danken möchte.

Dr. med. Cédric A. George, Facharzt FMH für Plastische, Rekonstruktive und Ästhetische Chirurgie, u. a. Gründer der Klinik Pyramide am See, ermöglichte mir, zusammen mit Beat Huber, meinem Zunftfreund aus den Vereinigten Zünften zur Gerwe und zur Schuhmachern sowie langjähriger Direktor der Klinik Pyramide, den Zugang zu hoch spezialisierten Fachärzten. Diese berieten mich u. a. bei der Schilderung der Operation. Insbesondere Dr. med. Georg Noever, Spezialarzt für Plastische-, Hand- und Wiederherstellungschirurgie, sorgte dafür, dass die Darstellung realitätsnah und medizinisch korrekt verlief.

Lukas Briner, ebenfalls ein Zunftfreund und ehemaliger Zunftmeister der Vereinigten Zünfte zur Gerwe und zur Schuhmachern, sowie Jürg Stüssi-Lauterburg, Militärhistoriker und langjähriger Constaffelherr (Zunftmeister) der Gesellschaft zur Contaffel, unterstützten mich bei der Formulierung der historisch richtigen Antwort auf die Frage nach dem möglichen Zusammenhang des Begriffes «Constaffel» und dem gleichlautenden Familiennamen.

Und last but not least bedanke ich mich bei Christoph Meier-Marpa, Texter und Buchautor. Er hat mich beim Schreiben kritisch begleitet und mich rechtzeitig auf mögliche inhaltliche Unstimmigkeiten aufmerksam gemacht.

Biografie

Alfred Fetscherin arbeitete während vieler Jahre als Journalist und Reporter für Tageszeitungen und Magazine. Später wechselte er zur SRG, wo er in erster Linie für Informationssendungen wie «Von Tag zu Tag» oder die «Rundschau» tätig war. Als Sprecher und Moderator der «Tagesschau» erlangte er landesweite Bekanntheit. Später wurde er Mitbegründer und Chefredaktor von Radio Z, dem heutigen Radio Energy. Nach Abschluss seiner journalistischen Laufbahn gründete Fetscherin ein Beratungsunternehmen für Public Relations und Medienberatung.

Weitere Krimis
im Reinhardt Verlag

ANNE GOLD

Anne Gold
Wenn jede Sekunde zählt
296 Seiten, gebunden
mit Schutzumschlag
CHF 29.80
ISBN 978-3-7245-2727-5

Theo Tanner, ein Basler Unternehmer, wird wegen Mordes an einem 14-jährigen Mädchen verurteilt. Als der Mörder abgeführt wird, flüstert er der Kommissärin Andrea Christ zu, dass das Spiel noch nicht vorbei sei. Sie und ihr Partner Daniel Winter hatten ihn überführt. Kurz darauf wird Andrea auf dem Münsterplatz entführt. Ist das ein Zufall oder stecken die Geschwister des Täters hinter der Entführung?

Kommissär Francesco Ferrari und seine Kollegin Nadine Kupfer übernehmen den heiklen Fall. Im Wettlauf mit der Zeit versuchen sie, ihre Kollegin zu finden – lebend. Die Spur führt zu den Tanners, doch als Theo im Gefängnis erstochen wird, tappen Ferrari und Nadine plötzlich wieder im Dunkeln.

Gelingt es ihnen, ihre Kollegin rechtzeitig zu befreien, oder kommt jede Hilfe zu spät?

Weitere Krimis
im Reinhardt Verlag

ROLF VON SIEBENTHAL

Rolf von Siebenthal
Trugbild
460 Seiten, kartoniert
CHF 19.80
ISBN 978-3-7245-2709-1

Der Basler Einbrecher Raab will bloss seine Ruhe haben. Doch Nora, die Tochter seiner Expartnerin, holt ihn aus seinem selbst gewählten Exil. Nach einem Skandal ist ihre Mutter Jo entlassen worden, jetzt ist sie verschwunden und hat einen Abschiedsbrief hinterlassen. Die verzweifelte Nora bittet Raab um Hilfe. Er glaubt nicht an einen Selbstmord und begibt sich auf die Suche nach Jo. Schnell stösst er auf rätselhafte Hinweise und eine Spur, die in die Kunstwelt führt. Je tiefer Raab gräbt, desto mehr schmutzige Geheimnisse aus der Vergangenheit kommen ans Licht. Und das schreckt skrupellose Gegner auf.

Weitere Krimis
im Reinhardt Verlag

BEAT WELTE

Beat Welte
Das verschwundene Bild
Li Röstis erster Fall
280 Seiten, Hardcover
CHF 29.80
ISBN 978-3-7245-2706-0

In seinem 1. Fall jagt Li Rösti einem Bild nach, das aus einer Villa an der Zürcher Goldküste gestohlen wurde. Er ist im Family Office seines Vaters für diskrete Ermittlungen im Dienst der betuchten, oft exzentrischen Kundschaft zuständig. Der Fall des verschwundenen Bilds erscheint zunächst banal – nur ist nichts so, wie es anfangs scheint. Warum will der Villenbesitzer den Diebstahl partout nicht bei der Polizei melden? Wie konnten die Diebe die ausgeklügelte Sicherheitsanlage überwinden? Und warum liessen sie ausgerechnet das wertloseste Bild der Kunstsammlung mitlaufen? Die Spannung steigt, als auch noch eine zwielichtige Galeristin ermordet wird, die das Bild mutmasslich begutachten sollte. Im Verlauf der Ermittlungen wird Rösti klar, dass er es mit einer gefährlichen Bande zu tun hat, die vor nichts zurückschreckt.

Weitere Krimis
im Reinhardt Verlag

DOMINIQUE MOLLET

Dominique Mollet
Die Wahl
320 Seiten, kartoniert
CHF 19.80
ISBN 978-3-7245-2668-1

Eine Reihe von Attentaten gegen Kirchen erschüttert Europa und versetzt die Bevölkerung in Angst und Schrecken. Kardinal Montagnola nutzt dies geschickt, um die Macht des Vatikans auszubauen. Auch die Aktivistin Dagmar sieht ihre Stunde gekommen, organisiert online den Widerstand gegen den Papst und fordert demokratische Kirchen. Gleichzeitig verfolgt der Journalist Piet eine heisse Spur in Paris und stellt Nachforschungen an, bis er selbst ins Visier der Terroristen gerät. Der Kunsthändler Mike wiederum verkauft derweil bekannte Werke mit unklarer Herkunft und wirbelt damit nicht nur den Kunstmarkt auf. Im Verlauf der Geschichte werden die Zusammenhänge zwischen Kirche, Kunst und Terror immer klarer und die verschiedenen Handlungsstränge fügen sich überraschend zusammen.